岩 波 文 庫

37-506-1

心　変　わ　り

ミシェル・ビュトール作
清 水　徹 訳

岩 波 書 店

First published 1957 by Les Éditions de Minuit, Paris.

This Japanese edition published 2005
by Iwanami Shoten, Publishers, Tokyo
by arrangement with Les Éditions de Minuit, Paris,
through le Bureau des Copyrights Français, Tokyo.

目　次

心変わり

第一部

1

きみは真鍮《しんちゅう》の溝の上に左足を置き、右肩で扉を横にすこし押してみるがうまく開《あ》かない。

狭い入口のへりで体をこすりながら、きみはなかにはいり、それから、ぶどう酒の瓶のような暗緑色の、表面が粒状になった革製のスーツケース、長い旅行になれた男がよく手にしている小型のスーツケースのべとべとする握りのところを、あまり重くはないのだが、ここまでもってくることで熱っぽくなっている指でにぎって、もちあげると、きみの筋肉と腱の輪郭が、きみの一本一本の指、掌《てのひら》、握ったこぶし、腕に、さらにはきみの肩にも背中の片側半分にも、脊椎の頸から腰にいたるまでにも、くっきりと浮かびあがるのを、きみは感じる。

そう、ふだんはあまり経験しないこの力の弱さは、朝になったばかりといういまの時刻のせいばかりではなくて、年齢がもうきみの体の上に支配権をふるうことを、きみに納得させようとしているためだけれど、といって、きみはやっと四十五歳になったばかりだ。

まるで薄い煙の幕をかけられたように、きみの眼ははっきりと開かないし、きみの瞼《まぶた》は神経質にぴくぴくふるえるが、あまりなめらかに動かず、引きつれたきみのこめかみ、張りつめ、いわば、細かな皺《しわ》のよったままこわばった皮膚、他人にはわからないが、きみも、アンリエットもセシルも気づいており、やがては、子供たちも気づくほど薄くなり、灰色のものがまじっているきみの髪は、すこし逆立っていて、きみの体の動きをさまたげ、しめつけ、重くのしかかるような服のなかで、きみの体は、まだすっかり目覚めぬまま、まるで、懸濁状態の極微動物でいっぱいのゆれ泡立つ水に浸っているようだ。

きみがこの*車室《コンパルテイマン》にはいったのは、列車の進行方向に向かった通路よりの席――いまはきみの左手にある――が空いていたからだが、予約するゆとりがあったとしても、きみはその席を習慣どおりに、マルナルに頼んだことだろうか、いやいや、二、三日の予定できみが出かける先がローマだということを、スカベッリ商会のだれかに知られてはならなかったから、予約するとしても、きみは自分で電話をかけたことだろう。
きみの右側には、ちょうどきみの肱《ひじ》のあたりに顔のあるひとりの男が、この旅行のためきみがこれから腰を落ちつけようとしている席の向かい側に坐っている、きみよりすこし若い、せいぜい四十歳くらい、きみより大柄で、顔色は蒼白く、髪にはきみより灰色が多くまじり、強度の近視眼鏡の背後に、眼をしばたたいている、落ちつかぬ長い手、煙草で黄色くなり、かじった跡のある爪、出発前のもどかしさに指を神経質に組んだりほどいたりしている、十中八九まで、あの暗赤色の折カバンの持主だろう、ぎっしりつまった書類の色のついた端がいくつか、カバンのほころびた縫目からのぞき、本も数冊つめてある、たぶん退屈な、装釘《そうてい》した本、この男の頭の上にある折カバンは、まるでひとつの象徴というか、地図の下に出ている凡例、といった恰好だが、といってもひとつの実体としてはやはり説明的でもあり、謎めいてもいる、ひとつの所有されたもの、けっして言葉ではない、それが四角い穴のあいた金属板の荷物棚の上に置かれ、廊下よりの壁面によせかけてあり、
その男は、きみが立ったまま動かないので、苛立ってきみの顔をまじまじと見つめる、きみの足が彼の足の邪魔になるのだ。彼はきみに、坐ってくれと頼みたいのだが、その

言葉は、彼の臆病な唇にまでとどかず、そして彼は、人差指でSNCFという略号〔フランス国有鉄道の略号〕が織り出されている青いカーテンを横に寄せて、そこのガラスのほうに顔をそむける。

彼の坐っている側の座席には、いまのところはひとり分の空間があるが、そこには席をとっておくために黒い絹の袋に収めた長い傘が、緑色のモールスキンに横線を引くように置かれてあり、その傘の上のほうには、防水したタータン・チェックの布張りの、ぴかぴか光る貧弱な真鍮の錠がふたつついた軽い箱型トランクがあって、そして、その空いている客席の向こうには、ひとりの青年、もう兵役は終えたというとしごろで、金髪《ブロンド》、明るいグレイのツイードの服を着て、赤と紫の斜め縞《じま》のネクタイをしめ、右手では、若い女、彼の金髪よりはすこし褐色の勝った髪をした若い女の左手を取って、拇指《おやゆび》を彼女の掌の上に往復させながら女とたわむれ、女のほうは、彼のすることをじっと見ている、満足そうに、一瞬、眼をきみのほうにあげる、がすぐに、さっと眼を伏せる、きみがそのふたりを観察していたから、でもそのままだ。

ただ愛し合っているふたりというだけではなくて、若夫婦なのだ、ふたりとも金の指輪をはめているから、それも結婚したて、たぶん新婚旅行中だろう、あのふたつの揃いの真新しい豚皮製の大きなスーツケースも、気前のいい伯父さんの贈物でないとしたら、ふたりがこの機会に買ったものだろう、ふたりの頭上に重ねておいてあり、ふたつとも、握りのところに細い革紐《かわひも》で結びつけた、小さな革製の名前入れで飾られている。

この車室では、座席を予約しておいたのは、彼らふたりだけだ。大きな黒い字で番号を書いた褐色と黄色の札が、ニッケルメッキをした横棒に留めてある。

窓ぎわの反対側の席には、聖職者がただひとり坐っている、三十歳代だが、もうすこし肥りはじめ、細かに気をくばって清潔な身なりをしているが、右手の指だけはニコチンで汚れている、挿絵がたくさんはいった聖務日課書を読むのに没頭しようと努力しているこの聖職者の頭上には、黒い、いや、すこし灰色がかったアスファルト色の書類カバンが置かれ、長いファスナーの一部がしめてなくて、海蛇が口を開けたときの細かな歯のならんだ口を思わせるのだが、その書類カバンの置かれたのと同じ荷物棚のところまで、きみは、中空の鋳物でできた巨大な分銅《ふんどう》を自分の鼻輪でもちあげてみせるあのひとを馬鹿にした広場の運動家さながらに、スーツケースを片手でもちあげる、というのも、もう一方の手は、さっき買った本を、まだにぎりしめているからで、表面が粗い粒状になったぶどう酒の瓶の暗緑色の革製のきみのスーツケース、「L・D」と、きみのイニシャルが押してあるそれは、昨年の誕生日のとき家族から贈られたもので、もらった当座はまだかなり上品で、スカベッリ・タイプライター商会パリ支社長にはまったく似合いの品だった、いまでもまだそのように見えないこともないが、注意深く見れば脂のしみが浮かんでいるし、陰険な錆《さび》が金属部分を侵しはじめている。

きみの正面、聖職者と愛らしい若い女のあいだの窓ガラスをとおして、さらにもうひとつの窓ガラスをとおして、きみはぼんやりと、別の客車、黄色い木の座席と網棚という旧式な客車の内部に、いろいろな反射光のいりまじったその先のうすくらがりのなかに、きみと同じくらいの身長の男の姿を認める、その男の年齢もきみにははっきり決められないし、どんな服を着ているかも、きみには正確に描写することはできないが、その男は、きみがいまやり終えた疲れる動作を、きみよりももっとのろのろと、やって見せてくれている。

腰をおろして、きみが、目のまえのインテリ風の男の脚とたがいちがいになるように脚をのばすと、男はほっとした様子で、指を動かすのをやっとやめた。きみは玉虫色の絹の裏地のついた毛ばだった厚い外套《がいとう》のボタンをはずし、裾をひらき、膝を出す。紺のウーステッドのズボン、昨日アイロンをかけたばかりだが、折目がもうくたびれている、きみは、粗い織りで表面のざらざらしたウールのマフラーを、右手で胸もとでひろげてはずし、麦藁《むぎわら》色や真珠母色の織目が、きみにスクランブルド・エッグを思わせるそのマフラーを、いいかげんに三つに折って押し込んだ大きなポケットには、ゴーロワーズの青箱がひとつ、マッチ箱、いうまでもないが、煙草かすと埃《ほこり》とが縫目にたまって混じりあっている。

それから、クロームメッキをした扉の把手《とって》、地金《じがね》の鉄がメッキの傷からうす黒く姿を見せている把手をつよくつかみ、きみは扉を閉めようとするが、扉はすこしがたがたしたなり、もう閉まろうともしない、と、そのとき、きみの右側にある扉にはまったガラスのなかに、ひとりの血色のいい背の低い男、黒いレインコートを着て山高帽をかぶった男があらわれ、扉の開き目をほんのすこしでも広くしようとはすこしもしないで、ついいましがたのきみと同じように、扉の開き目に身をすべらせる、まるで、扉の錠や滑り溝がうまく働かないだろうと確信しているかのようだ。きみが伸ばした脚をひっこめると、無言のまま、感じとれるかとれないかというくらい僅かに唇と瞼とを動かして、きみに失礼《バルドン》と言う、十中八九までイギリス人だ、座席の緑色のモールスキンの上に横線をひいているあの黒い絹の傘の持主にちがいない、はたして、彼はそれを取り、荷物棚ではなくて、その下にある金属棒を組み合わせた小さな棚の上に置く、それから帽子も、いまのところは、この車室内でただひとつの帽子だ、たぶんきみよりすこし年上、頭はきみより薄い。

右側の、きみがこめかみをもたせかけた冷たいガラスをとおして、そしてまたなかば開いた通路の窓、ついいましがた、フード付きのナイロンのコートを着た女が、すこし喘《あえ》ぎながら通りすぎていった通路の窓のガラスをとおして、灰色の空の上に、プラットホームの時計がかろうじて浮き出ているのが、きみに見える。せわしなく廻っている細い秒針がきっかり八時八分を指した、出発まであとちょうど二分。待合室で、足も停めず、叢書名を信用して、標題も著者名も見ずに買った本を左手ににぎりしめたまま、その手のワイシャツと、上衣と、外套の、白と紺とグレイの三重の袖口をまくりあげて、きみは手首の時計を出してみる、緋色《ひいろ》の革バンドでまきつけた四角い腕時計、文字盤の数字には緑がかった色の螢光塗料が塗ってある、八時十二分を示しているので、きみは進みを直す。

そとでは一台の電動車が、忙しげに動く混雑した灰色の群衆のあいだをうねうねと通りぬけ、群衆はそれぞれに表情をうかべて、雑談したり、別れの挨拶をかわしたりしてもつれあっている、拡声器から流れ出る歪《ゆが》んだ声の断片に耳を傾けながら、すると、別の列車が騒音のなかをごとりと動きはじめ、緑色の客車がひとつ、またひとつと通りすぎ、最後の客車がまるで劇場の幕の縁飾りが引きあげられたように通りすぎると、きみの眼に、驚くほど長い舞台さながらの別のプラットホームの光景が開かれて、そこもひとびとで混雑していて、同じように時計があり、同じように列車が停まっている、その列車は、たぶん、きみの列車が駅をはなれるまでは出発しないだろう。

瞼を開けているのがきみにはつらい、頭をまっすぐ立てていられない、きみは座席の隅にもぐりこみたいと思い、肩でそこを具合よくくぼませようと、背中をねじまげてみるが、具合よくならない、そのうち、背中が揺すぶられ、つき動かされる。

そとの空間が急に拡大する。小さな機関車が接近してきては、転轍機《てんてつき》が縞《しま》模様をなした地面の上を消えてゆく。きみのまなざしは一瞬それを捉えることができただけだ、ちらりと見えた、きみがよく知っている巨大な建物の、まるで癩《らい》を病んだ皮膚のような汚い裏側、組み合わされた鉄の小梁、大きな橋、その上を牛乳屋のトラックが通りかかる、シグナル、カテナリ架線、それを支える鉄柱、それの分岐、外の光景が流れてゆくなかをとおして見える通り、自転車に乗ったひとがひとり、街角をまわろうとしている、鉄道線路に沿って走るその通りと線路とをへだてるのは、貧弱な柵と、ひょろひょろと元気なく生えた草の狭い帯だけだ。シャッターを巻き揚げようとしているカフェ、金色の球にぶらさげた馬の尻尾をまだ看板にしている理髪店、真紅《まっか》なペンキ塗りの大きな字をかかげた食料品店、市外の最初の駅、別の列車を待っているひとびと、大きな鉄のガスタンク、青い色ガラスの窓のついた工場、亀裂のある大きな煙突、古タイヤ置場、ぶどう棚やあずまやのある小さな庭園、それぞれに囲い地のなかの珪石造りの一戸建ての小さな家々、テレビのアンテナが立っている。

家々の高さがだんだん低くなる、家並みの不揃いなのが、しだいにはっきりする、都市というこの織物地にあるかぎ裂きが数を増す、道のほとりの茂み、葉の落ちた樹々、最初の泥の面、最初の田園の断片、低い空の下で、すでに田園の色はやや緑色を増し、その向こうの丘陵の線は、森のあるために地平線と見分けがつく。

ここ、車室のなかでは、騒音がたえず流れ、それにはつねに深い顫動音《せんどう》がともない、きいきいいう音や、うめくような音が、とげとげしい茂みのように、ときどき不規則にその顫動音を強調する。そうした響きにゆすぶられ痛めつけられて、きみの向かい側の四つの顔は左右に揺れている、だれもひとことも口をきかず、なんの身ぶりもしないが、こちら側の窓ぎわの席に坐った聖職者は、大げさに溜息をついて、しなやかな黒い革で装釘した聖務日課書を閉じる、人差指をしおりの代りに金縁のページのなかにはさんで、白い絹の細いリボンはひらひらとなびかせたまま。

とつぜん、すべての視線が扉のほうを向く、肩でひと押ししただけで、なんの苦もなげに、扉を大きく開けた赤ら顔の男は、息をはずませている、列車がガタリと動きだしたちょうどそのときに、客車に飛び乗ったにちがいない、荷物棚の上に、ふくらんだボストンバッグと、新聞紙で不細工に丸くつつみ、ぼろぼろの紐《ひも》でしばった包みをなげだし、それからきみの横に坐り、レインコートのボタンをはずし、右を上にして膝を組み、ポケットから表紙の色刷りの映画週刊誌をとりだして、その写真をたんねんに見はじめる。

その男の肥った横顔が、聖職者の横顔をきみからさえぎり、見えるのはただ、窓台に置いた手だけで、その指は車室全体の震動のためにふるえ、人差指だけが、おだやかに、機械的に、音もなく、この騒音のまっただなかで、螺子《ビス》でとめた長い金属板をたたいている、その金属板の上には(きみは本当はその掲示を読めない、その横にならんだ文字、遠くから見ているため、ひどくひしゃげて歪んだ文字がなんという文字であるかを、ひとつずつ大体推測できるだけなのだが)、きみは知っているのだ、その金属板の上には、仏伊二か国語で「そとに乗りだすと危険です」という掲示が書いてあることを。

黒い縞模様が窓ガラスの全面を走りすぎるように、セメントの電柱あるいは鉄の電柱が、とぎれずにつぎからつぎへと続いてゆく。上昇し、遠ざかり、下降し、近づき、交錯し、分岐し、合体し、碍子《がいし》が一定のリズムで眼にとびこんでくる電話線は、複雑な楽譜に似ている、音符は記入されていないが、線の単純な遊びで、いろいろな音とその結合とを示している。

電柱のならぶ面よりはもうすこし遠くに、電柱よりはもうすこしゆっくりと、森の大きな塊《かたまり》が動いてゆき、その塊をところどころで中断する村落や家々の数がだんだんすくなくなって、森はゆっくり自転し、小径をちらりとのぞかせては、まるで腕のうしろに顔を隠すような恰好で、身をかがめてしまう。

まさしくひとつの森林に沿って列車は進む、いやちがう、それを横切っているのだ、きみが、あいかわらずこめかみをもたせかけているガラスの向こう側、いまはひとけのない通路の向こう側には、窓ガラスが客車の端までならんでいるのが見えるが、その窓ガラスをとおして、同じように、うす暗く生い茂った大樹林が見え、その森がどんどん稠密《ちゅうみつ》になってゆく。

鉄道がその森のなかに道を切り開いているわけだが、その道は、きみには空がもはやまったく見えないほどせばまって、平らな地面というのもなく、地肌がむきだしのままや砂利を積んだ高い盛り土になって、その砂利積みの上に、一瞬、といっても何であるか認めるにちょうど足るだけの時間だが、白い長方形の上に赤で大きな字が書いてある、たしかにきみはそれが見えるのを待ちうけてはいたが、こんなに早く見えるとは思ってなかった、きみが何度も読んだことのある文字、きみは、そこを通るたびごとに、昼間でさえあれば、それを待ち伏せしている、到着が間近いとか、あるいは、旅行が本当にはじまったとかをきみに教えてくれるから。

フォンテーヌブロー＝アヴォン駅を通過。通路の向こう側に、黒い中型乗用車が、町役場のまえに停まっている。

この列車の動きや騒音にもう慣れを取り戻しているきみは、この列車に乗り遅れはしまいかと心配したのだが、それは、今朝、予定よりも寝すごしたためではない、寝すごしたどころか、きみの今朝の最初の行動は、眼を開きかけながら、腕をのばして目覚まし時計が鳴らないようにすることだった。曙《あけぼの》の光がきみのベッドの乱れた毛布を彫りはじめ、暗がりのなかで、打ち破られたまぼろしのように浮かびでていた毛布、柔らかく暖かいベッドの表面に押しつぶされていた毛布、きみはそこから体をひきはなそうとしていた。

眼を窓のほうに向けると、きみにはアンリエットの髪が、むかしは黒かった髪が見え、それから彼女の背中が、鈍い、気持を滅入らせるような朝の光のまえに、すこし透けて見える白い夜着をとおして、やさしく、唐突に浮かびあがり、背中の輪郭は、彼女が鉄の鎧戸《よろいど》を開き、音をたててたたんでゆくにつれて、しだいにはっきりしていった。鎧戸の透き間には、都会の綿埃や煤埃がたまっていて、そこここに、凝固した血のような錆が点々とついていた。

爽やかな、ざらざらした、多量の空気がきみの鼻孔をかすめて部屋じゅうにひろがり、六面の窓ガラスが、いまや全部姿を見せると、寒そうに、右手で、みすぼらしいレースの飾りのついた——彼女の垂れた胸の上ではレースの飾りなんかあってもむだだ——そんな襟《えり》もとをしめながら、彼女は衣裳戸棚の扉を開けにゆくと、ルイ＝フィリップ時代風の鏡に、天井、その刳形《くりかた》、ひと月ごとにはっきり目だってくるので、もうずいぶんまえからふさいで見えなくさせなければいけなかったのに放ってある壁の亀裂が、ぐるりと回転して映った、(この拡散しているがつつましい光線、まるで、たくさんの、とても薄く剝《は》がしたスレートの薄片のブラインドをとおして和らげられたような光線の下では、マホガニーですらほとんど無色に見えていた。刳形の角についた、赤いというよりむしろ焦茶色の銅の反映だけがゆらめいていた)、それから彼女は、ハンガーに下げた、だらりと垂れた袖が音もたてずに静かにゆれているありさまが、まるで青ひげの先妻たちの冷酷にも皮肉な亡霊の、硬直した、ひどく細い腕を覆っているように見える服のなかから、グレイと黄色の大きな格子縞の部屋着をとりだし、裸の腕をあげて腋の下を見せながら袖をとおし、絹の紐を神経質に結ぶと、憔悴し、憂わしげで、疑い深い顔つきの病人のように見えた。

たしかに、そのときの彼女のまなざしのなかには優しさはなかったけれど、それにしても、きみがまったくひとりで身支度をすることができたのだから、どうしてまた彼女に起きる必要があっただろう、それはもう了解ずみのことだったたし、彼女が休暇で子供たちをつれてどこかへいっているときなど、きみは何度もそうしたものだったが、彼女は自分がいる場合にはそうした細かな点をきみにまかせることができなくて、いつでも、自分がきみにとってぜひとも必要な人間だと思って、きみにそのことを納得させたいとねがっている……。

　きみは彼女が部屋を出て、脇の部屋で眠っている子供たちの眼をさまさないように、扉をうしろ手でそっと閉めるのを待ってから、手首に腕時計をはめ（六時半をまわったばかりだった）、ベッドの上に起きあがり、部屋履きをつっかけ、頭をかきながら、窓ごしに灰色の空の上にぼおっと浮かびあがっているパンテオン*の円屋根をぼんやり眺めて、きみは妻の表情について自分に問いかけて不審に思っていた、彼女がなにかを怪しんでいるというのではない、それはあまりに確実なことだ、そうではなくて、正確には、なにに関して、とりわけ今度の旅行については、どの程度まで正確に、彼女にきみの心のうちが見えているのだろうか。

　たしかに、彼女がきみのために温めてくれたカフェ・オ・レを飲むのはうれしかったけれど、その飲みものもほんとうはいらないのだ、と彼女は知っていた、いずれにせよ、きみは、食堂車を利用して朝食をとるつもりなのだから。

扉口の踊り場で、きみは彼女の悲しげな接吻をあえて拒否することはできなかった。

「ちょうどいい時間だわ。一等だから、いつでも席があるけど」

今度の旅行では、きみが座席を予約しておくことができなかったということを、いったいどうして知ったのだろう？　彼女にそれを言ったのはほんとうにきみだったのか？　とすれば、いったいなぜか？　いずれにせよ、彼女の知らぬことがひとつある、それだけは確かだ、何等の客車にきみが乗るかということ、それから、この出張旅行が、スカベッリ商会から出張費つきで命令されたものどころか、ローマにいるきみの上役たち、パリにいるきみの部下たちの眼をのがれてするものだということ。

彼女は、きみが階段をおりはじめるまえに、住居《アパルトマン》のドアを閉めてしまった、そうやって、きみの情に訴える最後の機会をなくしてしまったわけだが、明らかに、彼女はそんなことをまったく求めていないし、今朝起きてきみにコーヒーを出してくれたのも、単純に習慣の千篇一律の繰りかえしであり、せいぜいある種の憐憫の情、それも軽蔑《けいべつ》の念ですっかり染められた憐憫の情のためなのだ、明らかに、ふたりのうちでは彼女のほうがあきあきしている。彼女が、あの言葉を言ったなり、きみの出かけるのを見ていようともしなかったことを、なぜきみは咎《とが》めようと思ったのか、たぶん、あてこすりだったあの言葉、きみはそれにどう返答することもできなかったし、また返答しようとも思わなかったけれど、じつのところ、きみたちふたりにとっては、彼女が起きだしてこないのが、眼を開きさえしないことが、そう、いちばんよかったのではないか、彼女が眠っているうちに、ふかぶかと寝息をたて毛布を上下させているうちに、鎧戸も閉めたままにして、暗い部屋のなかで彼女の寝姿のはっきり見えぬまま、出かけてしまうのが、いちばんよかったのではないだろうか。

列車はいま、裸の畠や褐色の雑木林のあいだを規則正しく駆けぬけているが、きみがこの列車に乗り遅れはしまいかと心配したのは、タクシーを見つけるのに、予定よりもずっとたくさん時間がかかったためで、きみは手にスーツケースを下げてスッフロ街を端まで歩かねばならず、スッフロ街がサン＝ミシェル大通りにぶつかる角まできて、カフェ・マイユーのまえで、きみは、何台もやりすごしたあげくに、やっとのことで中型自動車を停めることができたが、その車の運転手は、自分では扉も開けず、きみの小さな荷物を運び入れるのを手伝ってもくれなかった。そのことからきみは、運転手にはきみの顔付で、今日のきみがふだんのように一等ではなくて、三等で旅行するのだと読みとれてしまったというばかげた印象をうけたばかりか、とりわけやりきれなかったのは、三等で旅行するというのが、なにか不名誉なことででもあるかのように自分が反応していると、とつぜんさとったことだった、ぶあつい半覚醒状態にまだすっかりせきとめられている早朝の思考力が、とんでもない方向にそれ、調子が狂っているのだった。

　いまのきみのように、右側の隅に身を置いて、きみは樹々の幹が、まだひとけのない鋪道の上を、まだ全部閉まっている商店のまえを流れてゆくのを見た、ソルボンヌの教会と、そのまえのまだがらんとしている広場、*背教者ユリアヌス帝の公共浴場《テルメ》と呼ばれている——じつはもっと古いものらしい——廃墟、*ぶどう酒倉庫、植物園の鉄格子、オーステルリッツ橋の欄干ごしに、たくさんの鐘塔にかこまれて、*シテ島の大聖堂の後陣《アプシス》が見える。右側に駅の塔、時計が八時をさしている。

　国際連絡線という窓口で買った切符に鋏を入れてもらいながら、どのホームへゆくべきかとたずねた途端に、そのホームが、ほとんどきみの真正面にあることに気がついた、ホーム入口にある時計の文字盤の動かない針が、そのときの時刻ではなく、列車の発車時刻、すなわち八時十分を示していて、大きな掲示に、きみの暗記している主要停車駅名が書いてある。ラロッシュ、ディジョン、シャロン、マコン、ブール、キュローズ、エクス＝レ＝バン、シャンベリー、モダーヌ、トリーノ、ジェノヴァ、ピサ、ローマ終着駅《テルミニ》、さらにそのさきには(この列車はローマよりももっとさきにゆく)ナポリ、レッジョ、シラクーザ。きみは残る数分を利用して買い物をした、手あたりしだいの本、いまもきみの左手をはなれていない本、それから煙草、まだ手つかずのまま、きみの外套のポケットのなか、マフラーを押しこんだそのさきにはいっている。

通路の向こう側で、一台の黒い中型乗用車が教会のまえから動きだし、鉄道に沿った道を進み、きみと速さを競いながら、接近し、遠ざかり、森のうしろにかくれ、また姿をあらわし、柳が生え小舟が一艘うちすてられている川を横断し、追い抜かれ、また追いつき、それから十字路で停止し、右に折れて、村のほうに遠ざかってゆく。その村の鐘塔も、まもなく土地の起伏の向こう側に消えてゆく。モントロー駅を通過。

ごうごういう響きをつらぬいて鈴の音がきこえ、食堂車の給仕がきみのほうにやってくる、金色の刺繍のついた青い帽子をかぶり、上着は白い。給仕がくるのを待っていたのは、きみひとりではなかった、若夫婦も眼をあげ、いま、顔を見合わせて微笑しているから。

男、女、また別の女、きみには背中しか見えないが、その三人が彼らの車室から出て遠ざかってゆく。きみがあいかわらずこめかみをもたせかけているガラスの上を、レインコートの片袖がかすめてゆき、プラスチックのボタンのついた黒いナイロンの大きなハンドバッグが、ガラスにがたがたとぶつかる。

温度がめっきり上がった、座席と座席のあいだの、線の菱形模様をつけた細長い金属の床部分が温まっているのをきみは感じる。きみの隣の、いちばんあとから乗ってきた男、この車室に席を占めているひとびとのうちで明らかにいちばん金持でない男が、それまで読んでいた週刊誌をふたつに折り、どこに置こうかと一瞬ためらってから、立ちあがり、それを棚の上にちょっとのせる、と、それは、扇のように拡がる。男はそれからレインコートを脱ぎ、大きな手で車拭きの雑巾のようにつかんで、荷物棚の上の彼の新聞紙包みときみのスーツケースのあいだに、乱暴に、くしゃくしゃと押しやり(角《つの》製のバックルが金属板をたたいてから、ぶらさがったベルトの端で左右にゆれる)、週刊誌をまた取り、それをひろげて、腰をおろす。

あの写真の結婚式風景は、なんという女優のだろう、何度目の結婚だろう?

また鈴の音が近づいたので、きみは視線を右のほうへまわし、給仕の白い上着のあとをしばらく追いかける、給仕は食堂車に戻って、北フランスの都会の変わりやすい春の空のように青い色の茶碗に、とりたてて上等でもないくせ高価なコーヒーを注ぐのだ。

若い妻のほうがはじめに心をきめ、夫がつづき、失礼《バルドン》しますと言いながらきみのまえを通る、ふたりとも顔を赤らめ、微笑している、まるでこれがはじめての旅行のようで、なんでも、どんなに些細なことでも、彼らには楽しくてすばらしいのだ。すこしまえから大きく開けはなたれたままだった扉をなかば閉めて、それから急いでゆく。

きみの向かい側の男が横のカーテンをあげる。

きみも出かけたまえ。邪魔なその本をポケットにつっこんで、この車室を出たまえ。きみが空腹だからではない、コーヒーを飲んできたのだから。きみがふだん乗っているのとはちがう列車に乗っているし、きみがふだんとはちがう時間表の支配下にいるのだから、ただたんに慣例どおりに食堂車へ行くというわけではない、そうだ、それは、きみのあの決意の一部分をなしているものだ、きみが自分でぜんまいを巻いた機械仕掛が、ほとんどきみの知らぬうちに巻きもどりはじめているのだ。

2

ここだ、この車室だ、きみがはなれていた場所は、ごま塩頭の男は、いま、黒い粗布で装釘したぶあつい本に熱中している、食堂車へ行くまえには、きみの向かい側に、赤ら顔の男と隣あっていた男、身ぎれいな、貪欲な魚のような小さな眼の男、そして窓ぎわの聖職者は、また、聖務日課書を読むのに没頭しようとしているが、気が散ってだめだ。

彼ら、あの愛し合っているふたり、きみはあの夫婦を四車輛さきに残してきた、食卓の上にかがみこんで、ひそひそと、しかし話に熱中していたふたり、彼らにとっては、なんでも話のたねになる、なんでも新しい満足感をあたえてくれるもととなる、それにひきかえ、きみは、退屈と孤独感ゆえに、この仕切りに舞いもどってきてしまった、いまきみを運んでいるこの汽車という空間のなかでのきみの住居であるこの場所、きみの持物であるあの物体、きみの左側の荷物棚にあるきみのスーツケースが、そこをきみの居場所だと示している。

しかし、そのスーツケースの下のきみの座席、進行方向に向かった通路よりの席、リヨン駅でそこが空いているのを見つけて、きみが大いに満足だったその席、会社の出張旅行のときはいつでも、アレクサンドル・マルナルに頼んで、一等車のその同じ席を予約させておく習慣だったその席に、きみは、きみの外套を重くしている本を置いて、そこをとっておくべきだった、いろんなもののつまっている上にさらに押し込んで、きみのポケットを伸ばしてしまっている本、その本を食堂車へ出かけて行ってから読みはじめようという気持はなかったのだから。というわけは、いまは、その座席を、あのいちばんあとからこの車室にはいってきた男が占領してしまっているのだ、車室にはいってきたときの、肩でひと押しして扉を開けるという自分の力を誇示するようなやりかたからして、また、馬鹿げたあのわがもの顔の態度や下品さゆえに、きみの癇《かん》にさわっていたあの男、あいもかわらず図版《イラスト》入り週刊誌に熱中している、立ってきみに席を返そうという気持など毛頭示していない、たぶん、なにかのセールスマンだろう、だけどなんの？　ぶどう酒だろうか、薬品だろうか、下着類のセールスマンかもしれない、タイプライターのセールスマンでないことだけはたしかだ、そうだったら、いまのきみのように逃避行の途中ででもないかぎり、まったくちがう荷物をもっているはずだ……。

車室内の温度は、きみが席をはずしていたあいだも、あがりつづけていた、いや、体を動かしたためか、きみが飲んだ熱い飲物のためか、きみは汗をかいている。ちょうど鏡の高さにあるきみの顔が、汽車の動きのため、鏡枠のなかでゆれている。きみは今朝おおいそぎでひげを剃《そ》ったので、耳もとに黒い点がたくさん見える。汗ばんだ手を顎《あご》へやる。皮膚は、ざらざらしているばかりか、こわばっている。憔悴した顔だち、光の消えた眼、苦々しげな口もと。二杯目のコーヒーを飲んでも、きみはまだ眼がさめきらない、時計を見てみると、もう九時をすぎているのだけれど、だから、ふつうの週日だったら、きみは、いまごろはもう、オペラ座通りで仕事をしているわけだ、遅刻してきたタイピストがこわごわはいってくるなかで。きみはまだ眼がさめきらない、昨日の夜はかなり早く寝たのだけれど。

この旅は、ひとつの解放、若返り、きみの体ときみの頭の大掃除になるはずのものなのだ、そうしたこの旅行の恵みと昂揚とを、きみはもう感じとってもいいはずではないだろうか？　それにしても、いまきみをとらえているこの倦怠、ほとんど不快感ともいえるものは、いったいなにものなのだろうか？　何か月もまえから、何年もまえから蓄積された疲労、けっして弛《ゆる》むことのなかった緊張のため抑えられていた疲労が、いまその仕返しをして、きみがわが身にあたえたこの休暇に乗じてきみを侵蝕しているのか、ちょうど、大潮が、堤防のどんな小さな割れ目にも乗じて、それまで堤防という防壁に保護されていた土地を、苦い潮で浸して、すっかり不毛にしてしまうように。

だが、このような危険はあまりにもはっきりとわかっていて、その危険に備えるためにこそ、きみはこの冒険を企てたのではなかっただろうか、いまこの列車がきみを運ぶのは、老年の先触れをなすあの最初のひび割れの完全な治癒をめざしてではないか、あのローマをめざしてではないだろうか、ローマではどんなすばらしい休息が、どんなすばらしい恢復がきみを待ちうけていることだろう。

とすれば、いったいなぜ、きみの神経はこのように痙攣《けいれん》するのか、きみの血液の循環を妨げるこの不安は、いったいなにゆえか？　いまごろは、もっとくつろいでいるはずなのに、そうでないのはなぜだろう？　きみのなかに、このような心の顚倒《てんとう》、場ちがいな感じ、このような懸念を惹き起したのは、ほんとうに、単純に時刻表を変更したためなのか、習慣どおり夜出発するのではなくて、朝の八時発の汽車に乗ったというそれだけの事実のためなのだろうか？　とすると、きみはもう、それほどまでに惰性的になり、習慣の奴隷となっているのだろうか？　ああ、だからこそ、このような断行がぜひとも必要で、しかも急を要することだったのだ、なぜなら、もう数週間待つということは、なにもかも失ってしまうこと、出口を示したかに見えた色褪《あ》せた地獄が、ふたたび口を閉ざしてしまうことに他ならず、そしてきみは、もう二度と勇気を見いだすことはなかっただろう。いまやようやく、解放が近づきつつある、そしてすばらしい歳月が。

　とりあえずいまのところはきみは外套を脱ぎ、畳《たた》んで、スーツケースの上にのせたまえ。右手できみは棚の鉄棒をつかむ。横に体を曲げなければならない、たえず揺れているなかだけに窮屈な姿勢で、キラキラ光るふたつの錠の押しボタンを、拇指《おやゆび》で押すと、留め金がぴんと開き、留めのはずれた革の蓋《ふた》が、弱いバネで動かされているように、ゆっくりともちあがる、きみはその蓋の下に指をすべりこませ、あてずっぽうに洗面具入れをさぐる、赤と白の縞のナイロン製の洗面具入れ、きみが今朝、パンテオン広場十五番地のきみの家の鏡でひげの剃りぐあいを調べてから顔をふいてすぐ、いらいらしながら大急ぎに、順番や列べ方などかまわずにごたごたと投げこんだのだ、まだ濡れていたひげ剃りブラシと、灰色のプラスチックの箱にはいったひげ剃り石鹸と、替刃の包みと、歯ブラシと、櫛《くし》と、練歯磨《ねりはみがき》のチューブがはいっている、ファスナーの小さな輪のついた滑らかなナイロン製の洗面具入れ、それから、指にさわった、なかにきみの部屋履きを入れた革の袋と、鶏頭色のパジャマの絹のような手ざわりの布、昨日の夜、きみの部屋の鏡のついた衣裳戸棚のなかの下着の貯えがくっきりした虹模様をなしたなかから、きみが、セシルの気にいるようにと念入りにえらんだパジャマだ、そのとき、アンリエットは、夕食の最後の準備に気を配っていて、そして、きみの耳には、壁ひとえの厚みをとおして、子供たちの口喧嘩がきこえていた、子供たちも、もうあれだけの年齢になれば、おたがいの行動を我慢できるだけになっているはずなのだが、それからやっと、きみの指は、探していた薄い本をさぐりあてた。

スーツケースの蓋がさがり、ゆるやかに二、三度バウンドするが、きみは、その錠を閉めないでほうっておく。

かすめ飛ぶ畠と、ゆっくり流れる霧にかすんだ地平線をのぞかせている窓のまえで聖務日課書をぶつぶつと読んでいる聖職者（聖職者という人間たちは、なんとたくさんの時間をそんなことに使うのだろう！）と、ひろげた週刊誌にくびをつっこんで、通路に面した窓ガラスのまえでスターの結婚話の筋道をゆっくり念入りにたどっているセールスマンとのあいだの座席に、きみは腰をおろす。通路を、ガーネット色のコーデュロイの外套が通りすぎる、ほんのすこしまえ、食堂車で目にした外套だ。

ふたつの鹿毛《かげ》色の靴の裏をとおして熱が伝わってくるのがきみに感じられる、その靴の紐の一本は結んでつなぎ直してあって、結び目はかくれて見えないが、その部分だけ皮が小さな膿瘍のようにこころもち盛りあがっていて、きみの足の皮膚に圧迫感がある、きみの鹿毛色の靴のあいだに、別の靴がひとつ、黒いエナメル革の靴、靴先がきみのと反対の方向を向いて、仄暗《ほのぐら》いなかに光り、靴の甲のあたりに紺色の木綿の靴下がのぞけて、そのまわりに、似かよった二色のグレイの細い縞模様のウーステッドのズボンの折り返し、そこに一本の細い白糸が、よりがほぐれて、朝風になびく雲のようにけば立ってついている。

その黒い靴がふるえながら右のほうにもちあがり、その靴をはいた脚が、もうひとつの脚と組み合わされる、きみは自分の両脚を近づけてから、シェクス社の鉄道時刻表南東地方版の空色の四角い表紙を眺めはじめる、時刻表をもつきみの両手もふるえている、この車室がパリ＝ローマ間を走るあいだじゅう、ゆるやかに揺れているように。

それは「一九五五年十月二日発行。冬季号。一九五六年六月二日まで有効」という時刻表で、「オテル・ド・ラ・ペ、ニース、年中無休」(きみの泊まったことのないホテルだ)、「シャベール・エ・ギヨ社のヌガー」の広告があり、それから小活字でなにか書いてあるので、それを読むためにきみは本を眼に近づける、当然のことだが、眼のまえにその活字を動かないように支えることができないので、小さな活字を読むのに骨が折れる。「金の蜜蜂巣箱《リューシュ・ドール》」という字が、昔風の蜜蜂巣箱の絵の上に、まるで小さな円天井のようにカーヴして書いてある、昔風の蜜蜂巣箱——それは藁《わら》ぶき屋根の丸い小屋で、そこに不規則についた四つの点は、あきらかに蜜蜂をあらわしている(低い騒音にときどきとても鋭い音のまじるこの列車の立てる響きは、金属が金属の上をころがり、こすっている状態を想い起させる)、また別のところには、「ヴレのヴェルヴェーヌ」と書いてある(きみの飲んだことのない酒だ。緑がかった甘い酒にちがいない。こんど食堂車に行ったら、その酒があるかどうか訊ねてみることもできるわけだ。食堂車では、いつでも食後酒はいかがですかと、リキュール類を見せられるから)。

と、きみは、ピュイ＝アン＝ヴレという名前を聞いたことのあるのを思い出す、きみの行ったことのない無数の都市のひとつ、フランスの地方都市のひとつ、地質学上のいろいろな名所——岩脈っていったっけ——や、いろいろな絵で飾られた大聖堂があるけれど、煤けた退屈を町じゅうににじみ出させているにちがいない、そこにもきみの部下のひとり、スカベッツリ商会のセヴェンヌ地方代理人がいる、そんな町ではタイプライターの需要などたいしてないのはわかりきっていて、そんなことは初等教育卒業試験に合格したてぐらいの子供なら、だれでも言えることだし(そうはいっても、きみの販売網はフランス全土にわたっていなければいけなかったのだ)、そんな町では、代理人が注文をとって、どうにかこうにかやってゆくという程度でもかなり辛いというのは、あまりにも当然なことなのだが、きみはその男に、昨日もかなり威嚇《いかく》ぎみの手紙を社から送らせたのだった、その男にはきみは会ったこともなく、名前さえ記憶にとどめていない、というわけは、そうした事務の一切をきみはモランドンに委任しているからであり、彼が毎年地方回りのときにピュイに行っているからなのだ。

彼ら、若い夫とその結婚したての妻は、ふつうなら、もうずっとまえからここに戻ってきているはずだ、彼らが食堂車に行ったのはきみよりまえだし、きみが食堂車にはいりしなにその姿を見たときには、彼らのまえにはもう皿が並んでいて、もうトーストにバターを塗っていたのだから。まったく彼らは仲が良い、むき出しだ、うっとりとしている、おそらく、この線を旅行するのははじめてで、おたがいに話すことがたくさんあるし、旅行の空虚と退屈をできるだけうずめるために旅行のいろいろなエピソードをむりに引き延ばす必要もなければ、さっきのきみのように、すこしでも余計に時間をかせごうとして顎《あご》の動きを遅くするという必要もない。なぜなら、どんなことでも、彼らにはたくさんの時間がかかるし、だからどんなことでも、彼らにはあまりにも早く過ぎ去って行ってしまうのだろう。到着までのあの長い時間のもたらす疲労をまえもって予知することなど、彼らにはまったくないのだから。だが、きみのほうは到着までに長い時間があるということを、これまでの習慣からあまりにもよく知っている、きみをセシルから遠ざけている長い時間、こんどの旅行では、きみは三等車の居心地の悪さのなかで、その時間に耐えなければならないのだが、彼らには、三等車ということも、すこしも楽しみの邪魔にならないだろうし、彼らの行先がきみと同じローマだとしたら、明日の朝、彼らがへとへとになりながらも微笑を浮かべて眼をさます姿を、きみは見ることだろう。

彼女がはいってくる。愛想よく、気を配って、きみの右隣の男、きみの座席をとってしまったセールスマンに対して失礼《パルドン》しますと言いながら、すると彼は図版入り《イラスト》週刊誌から鼻をあげる、クロスワードパズルを解こうとして、雑誌を膝にのせ、ボールペンで答を書いていたところだったのだ。彼女は、セールスマンの正面の教授(その男は教授以外ではありえない)に対しても失礼《パルドン》しますと言う、彼は黒い布装の本を閉じる、その本の背中には汚れた楕円形のラベルが貼ってあり、ラベルには黒インクで、昔風の太いペン字で数字が記入されている、たぶん、大学図書館の分類番号だ。彼女はイギリス人(それはイギリス人以外ではありえない)に対しても失礼《パルドン》しますと言う、きちんと正座している男、いまのところでは、この車室内で読書をしていないのは彼だけだ。彼女はきみにも失礼《パルドン》しますと言う、きみはあまり急いで足をひっこめようとしない。と、彼女はつまずき、左手をまえにつき出す。右手はハンドバッグを握りしめている、籠《かご》形のハンドバッグ、籐《とう》張りで、白革でふちどりがしてあり、下げ紐がついていて、口もとからマフラーの端と、ふたつ折りにした婦人雑誌のページがのぞいている。一瞬、彼女は、きみの腿のすぐ横の緑色のモールスキンの上に指をつき、彼女のレインコートがきみの膝をかすめる。彼女は頭をのけぞらす。唇がちょうどきみの眼と同じ高さだ。彼女はあとからくる連れに微笑する、右手で、きみの正面にある荷物棚のへりのニッケルメッキの鉄棒につかまりながら。いま彼女はバランスをとり戻した。いま彼女は、身をかがめて、席を取っておくためにおいたふたつのもの、旅行案内書《ギード・ブルー》とイタリア語会話入門書《アシミール》をとりあげ、それを夫に手渡し、夫はそれを棚の上におく。

彼らも温度の変化に気がついた、レインコートをぬいでいる。

彼女は窓ぎわに坐り、ハンドバッグを自分の横のすみに押しやり、両手を膝の上に組む、と、彼女のグレイのツイードのスカートがくぼむ。彼のほうは、棚の上の本を取ってから腰をおろす。ふたりはおたがいを眺めあい、きみのほうを眺め、微笑する、あの食堂車で、彼が青いぶあついコーヒー茶碗のなかで角砂糖をとかしていたとき、彼らはきみの顔をそれとみとめたのだった。きみたち三人のあいだに軽い親密さがつくりあげられ、それがきみを、ほかの四人と区別している、一緒のテーブルではなかったが、同じゆれ動く室内で朝食をしたという事実から生まれた親密さ、だから、いまなら、きみはもうすこし近づいて会話を交わすことも、やろうと思えばたやすいことだろうが、きみにその気持はない、彼のほうはすぐに飽きてしまって、眼をそらし、もっともらしい顔で旅行案内書《ギード・ブルー》を開き、地図をひろげる。彼女のほうは、ハンドバッグから婦人雑誌をとりだして、モードのページをめくりはじめる。若い聖職者は、腕をまた曲げて、聖務日課書をふたたび読みはじめ、それをものうげにつぶやいている。畠のなかに数頭の牛が見える。きみは時刻表に戻って、それをぱらぱらとめくる。

こまかい活字でびっしり規定の書いてある部分、駅名索引欄、国際線連絡表。きみに関係のある表がある。表E、イタリア。その表に、きみがいま乗っている列車が書いてある。六〇九列車、急行、一・二・三等（来年には三等はなくなるらしい）、黒い菱形記号が欄外にこまかく注意書のあることを知らせているので、それを参照すると、パリ＝ローマ直通列車ばかりでなく、シラクーザまで直行する客車のあることがわかる。そこできみは、自分がシラクーザ行きの汽車に乗っているのではないかと考える、それから、あの愛し合っている夫婦が、その都市まで行くのではないか、と。きみの知らない都市だけれど、話に聞いたり、写真で見たりしたところによると、新婚旅行にまったくふさわしそうに思える、とくに、いまの季節では、ローマでさえ天候のわるいおそれがあるのだから。

サン＝ジュリアン＝デュ＝ソー駅通過。駅の照明灯、その下に駅名掲示板、駅の建物の横に大きな字で駅名が書いてある。鐘楼、道、畠、森。若い夫婦は、夫が地図のうえに指さしているある細部について話しあっている。通路の向こう側には兎の棲むような茂みが点々とひろがり、起伏が多い。そのまえの道を一台のトラックが走っている、遠ざかり、近より、家の背後にかくれたりするトラック、そのうしろを、オートバイに乗った男が追いかけ、ゆるいアーチ形の傾斜を利してトラックを追い抜く。トラックはオートバイからひきはなされ、きみの列車からもひきはなされ、視界から消えてゆく。

定刻どおり八時十分にパリ＝リヨン駅を出発したこの列車には、小さなナイフとフォークの組み合わせ記号の示すように食堂車がついている、きみとあの若い夫婦がもう利用した食堂車だ。きみは昼食をとりにまたそこに行くことになるが、夕食はちがう、そのころには別の食堂車、イタリアの食堂車に変わっているはずだから、この列車はディジョンに停車し、そこを十一時十八分に出発する、ブール着は十三時二分、十四時四十一分にエクス＝レ＝バンを出て(そこの湖のまわりの山々にはたぶん雪が見えるだろう)、乗り替えの便のために、シャンベリーでは二十三分停車の予定、国境通過は通関手続きのため十六時二十八分から十七時十八分までかかる(モダーヌという駅名の次に書いてあるこの小さな家のかたちは税関を意味する記号だ)、列車はトリーノのピアッツァ・ナツィオナーレ駅に十九時二十六分に到着する(ああ、そのころにはもう、ずっとまえから夜になっているだろう)、そこを出発するのは二十時五分、ジェノヴァ中央駅を出るのが二十二時三十九分、ピサには一時十五分に着く、そしてローマ終着駅には明朝五時四十五分到着だ、まだ夜は明けていない。この列車の事情をきみはほとんど知らない、なぜなら、ふだんきみの乗るのは別の列車、すぐ横の欄に出ている列車、七号急行列車、寝台車つきの「ローマ急行」なのだから、一等と二等しかなく、いまの汽車よりずっとはやい、ローマまでの所要時間が十八時間四十分しかかからないのに、このいま乗っているいる汽車は、見たまえ、二十一時間三十五分かかる、なんと二時間五十五分もちがう、それに夕食の時刻に出発して翌日の午後早く到着するのだから、いつもの列車のほうがずっと便利だ。

きみがいま乗っているこの列車についてのもっとくわしい案内をさがしてみるためには(もうひとつの列車、乗りつけている列車、「ローマ急行」の時刻表なら、きみはほとんど暗記している。その列車を利用するときには、きみはこの四角い薄い本をまったく必要としない、だから旅なれているにもかかわらず、きみはこの本のなかで見当をつけるのにひどく苦労する)、そのためには表500を参照しなければならぬ、その表にはこの旅程がもっとくわしく書いてあり、通過駅までふくめて駅名が全部記してあるはずだ。しかしパリ＝マルセイユ本線とわかれるマコンからさきのことは表530を参照しなければならないが、モダーヌからさきは、イタリアの鉄道時刻表が必要になる。この本には、トリーノ、ジェノヴァ、ピサ、と主要停車駅だけを書いたページしかない、たしか、ほかにもいくつか停車駅があったはずだ、リヴォルノに停車することはまちがいない、おそらくチヴィタヴェッキアにも停車するはずだ。

まだ暗いだろう。きみは、眠りをなんども中断されたあげく、やっとの思いで眼をさますことだろう、とくに、もしきみが、中側の席というこの悪い座席に坐りつづけなければならないとしたら。でも、いま同じ車室にいる乗客のひとりが下車するときに隅の座席のどこかひとつをうまく占領するというチャンスは、かなりある、このひとびと全部があそこまで乗りつづけるとは考えられないから。

彼ら六人のうちで、だれがあのときまでこの車室に残っていることだろう、たぶんそのころ、この車室を照らしているのは青い終夜灯だけだ、きみがいま、室内照明灯の内部にその姿を認めている、黒ずんだ丸い小電球、ふたつの透明な洋梨形の電球のあいだにはめこまれた小電球だけが照らしていることだろう。田園の家々の光は消えていることだろう。数台のトラックのヘッドライトや、駅の照明灯がかすめすぎるのをきみは見るだろう。きみは寒さを感じることだろう。きみはいまよりもざらついている顎に手をやることだろう。きみは立ちあがって、車室を出て、通路の端まで行き、眼を水で浸すだろう。

そのころ、焔《ほのお》の見える石油精製所や、そこの高いアルミニウム柱をまるでクリスマスツリーのように飾っている電灯を通りすぎて、きみはローマの都市のまわりをほとんどひと回りすることになる、街はまだ暗く眠っているが、電車やトロリーバスはもうざわめきはじめているはずだ。きみのまえを、ローマ郊外の駅々がつぎつぎと流れてゆく。*ローマ・トラステーヴェレ駅(川の暗い水面にいくつかのものかげを認めるだろう)、ローマ・オスティエンセ駅(城壁とピラミッドのくっきりとした尖端が見えるはずだ)、ローマ・トゥスコラナ駅(そこで、*ポルタ・マッジョーレからきみは市中央部にはいって行く)。

それでやっとローマ終着駅につく、あの透明な駅、その駅に夜明けに到着するのは美しい。別の季節だったらこの列車でその美しさを味わえるだろうが、明日はまだ暗い夜だろう。

通路の向こう側は、黄色いポプラの茂みのある農場であり、くぼんだ道がうねって見え隠れするその背後に畝溝《うねみぞ》の大きな櫛《くし》の目があらわれる、中高《なかだか》の櫛の目状の畝溝、鴉《からす》が数羽、点々ととまっている。ヘルメットをかぶり革ジャンパーを着てオートバイに乗った男がその道に姿をあらわし、鉄道線路に接近し、鉄橋の下の盛り土道路にはいってゆき、きみを運ぶ機関車と、きみに先行するまえのほうの客車が鉄橋にさしかかっているのが見える。きみは、聖職者と若妻のあいだの窓ガラスをとおして、そのオートバイ乗りの姿をもう一度見ようとするが、彼はいまや、きみよりずっとうしろにいるにちがいない。

まったく突然、きみはこの旅行を思いたったのだった、月曜の夕方、車がなかったので、オペラ座通りとダニエル＝カザノヴァ街の交叉点にあるきみの事務所にスーツケースをおいたまま家に帰って夕食をしたときには、まだなにも問題になっていなかった、たしかに、セシルのためにパリに職を見つけてやるという意図をきみはずっとまえからもってはいたが、そのために積極的に奔走するということは、それまでまったくしてこなかったのである。火曜の朝になってはじめて、きみは、日常の仕事を全部検討し、きみのローマ滞在中にたまった郵便物を読み終ってから、得意先のひとり、きみの部屋の窓からその窓ガラスが見えるデュリユー旅行社の支配人であるジャン・デュリユーに電話をかけて、秘密にしておいてくれと頼んでから、三十歳代の、充分にインテリで、英語とイタリア語を流暢《りゅうちょう》に話す女性にふさわしい職の心当たりはないかとたずねたのだ、いまのところは、記憶が正確ならば、ローマのフランス大使館付陸軍武官の秘書をしている女性で、いまの仕事は彼女にとってあまり面白くない仕事だし、パリに戻りたいとひどくねがっているので、あまり高給でなくても承知するだろう、と言って。

きっとなにか探せる、と彼はきみに返答した、なにか情報があったらすぐきみに電話をかけると言っていたのだが、きみがとてもびっくりし、また喜んだことには、彼はその日の午後電話をかけてきて、自分の仕事をいろいろな方面で変えてゆきたいと思っているので、きみが話したような女性なら、その事業内容の更新という枠でとても役に立つだろうときみに告げ、俸給に関してはかなりな額を申し出たので、きみはみずからの責任において、彼女の承諾を彼に保証したのだった。

いつから勤めはじめればいいだろう？　彼女ののぞむときでいい、早ければ早いほどいいが、といってぜひ早急にというのではない、ゆっくりとローマでのいろいろな用事をかたづけ、辞任や引っ越しをすませ、パリに落ちつくだけの時間はどうかたっぷりとってもらいたい。このようなときに持ちあがるかもしれぬごたごたのひとつひとつを、すべてあらかじめ計算にいれておくのがどんなにむつかしいことか、よくわかっていた。

そして、彼の声と鄭重《ていちょう》さとには、共犯という不快な調子があった。

　このときには、きみはすべてを手紙でかたづけ、このつぎの月例の出張旅行のとき、スカベッリ商会外国支社長の年度末総会があるときまでセシルには会うまいと考えていたのだが、事態がせわしくなったのは、水曜日になってからのことだ。それはたぶん、その日が*十一月十六日つまりきみの四十五歳の誕生日にあたっていて、つねづねそうしたとるにたらぬ家庭の儀式に執着していたアンリエットが、ほんとうは信じてはいないもののなにやら根拠のある疑惑を感じて、今年はとくに重大な意味をそれに賦与しており、この小さな祭典の網の目のなかにきみを引きとめ、きみを締めつけようと考えていた、きみへの愛情ゆえではない、そんなものは、もうずっとまえに、きみたちふたりのあいだでは、まったく終りを告げてしまった(たしかにかつては若さのあまりの情熱というものがあったけれど、それは、セシルがきみにもたらしたあの解放感と恍惚感とはまるでちがうものだった)、アンリエットのそうした態度は、自分に慣れた秩序からなにかが変化してしまうのを見たくないという、日に日に大きくなってゆく(ああ、彼女のなんと年老いてしまったことか)彼女の恐れに由来するものなのだ、それはたしかに嫉妬のせいではない、きみの側の無分別、あるいははげしい仲たがいが、彼女と子供たちの安楽な生活を破壊してしまうのではないかという彼女の強迫観念のせいなのだ、そうした点について彼女としては、恐れるべきことはなにもなかったのだが、それはまた、彼女がじっさいきみをまったく信用していなかったため、すくなくとも、もうずいぶんまえからきみへの信頼を失ってしまったためなのだ。それが、疑いもなく、きみたちのあいだの断絶の原因となっていて、断絶は年を追うごとに、ただきわだつばかりであり、また、きみのさまざまな面での成功ぶりも、この立派な住居に、おかげで彼女がはいれるようになったという明白な栄達も――彼女はこの住居にとても執着してはいたが――彼女をけっして納得させず、そういう彼女が、はっきりとした理由も見つけださぬうちから、きみを暗黙裡に非難し、きみを監視しているのを、きみはしだいに強く感じるようになっていた。

水曜日にきみが昼食をとりに食堂にはいったとき(窓越しに、パンテオンの壁面のすばらしい帯状装飾《フリーズ》が十一月の白い日射しをあびて輝いているのが見えたが、日射しはすぐに翳《かげ》ってしまった)、きみの四人の子供が、ぎごちなく、ふざけたような顔で、めいめいの席のうしろに立っているのを見たとき、かげになった彼女の表情や彼女の唇の上にあの勝ち誇ったような微笑を見分けたとき、彼らがおたがいに黙契をかわしてきみを罠にかけようとしているという印象をきみは受けた、きみの皿の上にあるこれらの贈り物はおとりの餌だし、食事はすべて、きみを籠絡《ろうらく》するように念入りにメニューを考え、料理されてあった(きみたちは二十年近くも一緒に暮らしているのだから、彼女がきみの好みを学ばなかったというはずがあろうか)、すべては、これからさき飼いならされた堅実な年寄りとして生きろときみを説得するために仕組まれていた、ところが、ほんのすこしまえに、まったく別の人生がきみに開かれたのだ、これまではローマできみがほんの数日間ずつ過ごしているだけだったあの生活、ここパリの住居における生活とは、それのほんの影にすぎないような生活が。それゆえきみは、いらいらしていたにもかかわらず、どうにかして慎重になろうとして、彼らのゲームを演じてやろうと心がけて、ほとんど陽気でさえあるように見せかけるのに成功し、彼らの選択眼がみごとだとほめ、四十五本の蠟燭《ろうそく》を念入りに吹き消したのだけれど、しかしきみは決心した、この恒常的なものになってしまった欺瞞、このすっかり腰を落ちつけてしまった誤解に、できるだけはやく終止符を打つことを。まぎれもなく、いまやその時だった!

もうすぐセシルがパリにやってくる、そしてきみたちは同棲することだろう。離婚さわぎもなければ、喧嘩になることもないだろう、それをきみは確信していたし、いまも確信している。なにもかもすべて、とても静かにことは運ぶだろう、あわれなアンリエットは口をつぐむだろうし、あの子供たちには、きみはだいたい週に一度ぐらいは会いに行くことだろう。きみはセシルとの仲がうまくゆくことを確信していたばかりでなく、きみのブルジョワ的な偽善ぶりをあんなにからかっていたあのセシルの誇らしげな喜びをも確信していた。

ああ、のしかかってくる息づまるようなこの感じ、できるだけ早くそれをのがれ、未来の空気、眼の前の幸福を、できるだけ早く胸いっぱいに吸いこまねばならない、きみは彼女にこのことを知らせなければならぬ、それもじかに話しかけて、取り違えの惧《おそ》れもなく、ものごとを成就させるために。

そこで、その日の午後、オペラ座通りで、きみは至急の用件がなにもないことを確かめ、次長のメイナールに、きみが数日のあいだ、つまり金曜から火曜まで留守にすると告げ、マルナルに命じて、いまきみが手にもっている時刻表を買ってこさせたのだが、そのときは、切符を買い席を予約することを彼に頼みはしなかった、きみがまたローマに行くのだということを商会のひとに絶対に知られたくなかったから。

その夜、きみがアンリエットに、予想外の急な事情で金曜の朝出かけなければならないと告げたとき——金曜の朝、それはいまこうして過ぎつつある——そのときに、彼女の好奇心をひいたのは、きみが旅行をするという事実そのものではなかった、これまでにもう何度も、定期的な出張のあいだに、急用のために商会本社まで行かねばならぬということが実際にあったのだから、彼女の好奇心をひいたのは、きみの出発の時間が習慣とはちがっていたばかりか、明らかに不便な時間だったからだ、きみがその時間をえらんだのは、セシルといっしょに週末を全部利用できるように、また、明日の土曜に彼女と昼食を共にすることができるようにというためだったが、また彼女の好奇心をひいたのは、はっきり言えば、この列車に三等があるためだった、きみにしてみれば、会社をさぼって行くこの旅行は、きみの人生のこれからさきの展開にとっては、たしかにきわめて重要なものではあるが、どうしてもやむをえなければ、出かけなくてもよかった旅行であり、それにもちろんあとで商会から旅費の払い戻しをうけるということもないのだから、いわばそれだけで、もうきみにとっては出費となる旅行なのであった。出発の時間とえらんだ列車、というまさにこの点について、彼女はきみに質問を呈しはじめ、きみはいろいろといつわりの理由を考えださねばならなかったが、ほんとうのことをいえば、そのやりかたはあまりうまくはなかったので、きみの考えだす理由のひとつひとつに、彼女は容易にもっとも正しい反対意見を立てることができたし、そうした反対意見に対して、きみは返答すべきことをまったく思いつかず、そこで彼女は、きみがまったくなんの道理もなく自説に固執する姿を見て、それだけ驚いていた。

それに続く晩餐は家族のだれにとっても堪えがたいものだった、食事のあいだじゅう、子供たちは皿のほうを向いたまままたえず冷笑を浮かべていたし、きみはほとんどだれにも話しかけなかった、ただ、インクのしみだらけの手をしていたジャクリーヌが、手を洗っておいでときみから言われて、肩をそびやかせて部屋を出たとき、きみは彼女に対してひどく腹を立て、他方で母親のほうは、もちろん、公然とジャクリーヌの弁護をするのを至当と考えた。こうしたわけで、化粧室でこの騒がしい会話をひとことも聞きもらさずに耳にしてから部屋に帰ってきた娘は、結局きみに勝ったことにすっかり得意になってもとの席についた(末っ子の彼女はきみのお気に入りの娘で、ほかの子供たちにはきみはなんの親しさも感じないし、彼らがなにを考えているのかも知らず、彼らがなにを好んでいるかもわからない、彼らは三人で一種の同盟を結んできみに反抗している、ふたりの男の子が兄弟喧嘩をするときをのぞいて)、末の娘をめぐるこのひと幕は、そのときまで、まだきみに若干のためらいの心が残っていたとしても、それをすっかり取りのぞいてしまったことだろう。

食事の最後のひと口を呑みくだすや、きみは外套を着て階下におり、エストラパード街の車庫に行ってきみの大型乗用車に乗り、パリのそとにとび出して、雨の夜のなかを百キロものスピードで飛ばしてから、車をパンテオン広場の鋪道沿いに置いて真夜中すぎに戻ってきたとき、きみはきみのベッドにいるアンリエットの姿を見いだしたが、彼女は眠ってはいなかった、きみになにも言わず、いくらか嘲笑し軽蔑《けいべつ》するような眼で、きみを見つめていただけだった。

幸いなことに、その翌日、つまり昨日の木曜日には、そんな事態はやんでいて、食事は静かにすんだ。その日の天気はものすごく寒く、それがいまもつづき、だんだんひどくなってきている。その日のせわしなく神経の苛立つ昼間、きみは、大胆にも火曜までとってしまったこの短い休暇のため、スカベッリ商会のあいかわらず錯綜した事務を整理してしまわなければならなかったし、夕方、フランス座広場の雑沓《ざっとう》は、おさまるのにふだんよりもすこし余計に時間がかかったように思われ、車庫に着いて、今週異様にぎしぎし軋《きし》んでいた車を、不在中に念入りに整備してもらおうと思って、作業員がきみの応待をしてくれるのを待っていたが、ついに辛抱しきれなくなってがみがみとどならなければならず、パンテオン広場十五番地にくると、エレベーターが故障で、歩いて五階まで上らなければならぬ始末だった、しかもこんなふうにして家に帰るのが遅れたのだったが、食卓にはまだなんの支度もなく、アンリとトーマのわめき声が彼らの部屋から聞え、アンリエットのわめき声がそれに加わり、喧嘩をなだめることもできず、へまばかり言っていて、やがてアンリエットが廊下に出てきてマドレーヌを呼んだが、そのときの彼女のまなざしはどんよりして疲れきっていた、死人のようなまなざしで彼女がきみの姿を見たとき、そこには不信の焔、恨みの焔が燃えていた、それから、あの軽蔑の色、まるで彼女のあまりに明白な衰えがきみの責任であるかのように、その軽蔑の色はいまもきみを圧《お》しつぶす、まるで、これまでの全半生が、ペンチのように、絞殺者の手のように、きみのまわりを取り巻き、その環を閉ざすように感じられる、怨霊《おんりよう》のような薄明の全生活、きみはやっとそれから脱け出そうとしていたのだった。

　というのも、そのときのきみは折カバンのなかにそれをもっていたからだ、これ、きみがいま両手でもっているこの青表紙の時刻表、きみの眼はあいかわらずそれに注がれているが、いまのところは、もうなんにも読み取ってはいない。きのう夕食がすんでから、アンリエットのいないダブルベッドにひとりで寝るまえに——彼女はきみがもう眠ってしまってからはじめてきみのところへやってきた——きみはその時刻表を、スーツケースのなか、すこしばかりの清潔な下着の上にのせた。

それはまるで護符、鍵、きみの脱出口の証し、光にみちあふれたローマへの到着の証し、あの青春の泉に浴《ゆあ》みする療法、ひとに秘密にしているだけに、いっそう魔法的に感じられるあの療法の証しのようだった。役に立つと思っていろいろな仕草を空しく続けている、まるで死体と化してしまったようなあの女から、あのいろいろと訊問をあびせかけてくるあの死体と化した女からはなれてゆくこの旅行の証しのようだった。きみは子供がいるために、この女からはなれるのをこんなに長いあいだためらっていたのだが、毎日毎日、ひとつの波が押しよせてきては子供たちからきみをひきはなし、その結果、子供たちはまるで彼ら自身蠟人形のようになってしまい、彼らの生をだんだんと隠してゆき、彼らの生を知りたい、それに加わりたいという気持がきみにだんだん薄れてゆく。あのアンリエットからはなれてゆくこの旅行、離婚などは、彼女は絶対に決心しそうもないから、また、きみのような地位にいては、きみはあらゆるスキャンダルを避けたいと思っているから、それはきみに不可能なのだ（スカベッリ商会はイタリア人の経営で、抹香くさく偽善的だから、そんな事態になったら、きわめて悪意ある眼できみを見ることだろう）、きみの足首には重い鉄の球が結びつけられていて、それが、アンリエットの這いまわっている倦怠と放擲《ほうてき》の海、ひとを疲労させ、生活をどんよりと蔽《おお》ってしまう慣習の海、あの無意識の海の息のつまるような奥底に、きみをひきずりこんでしまうことだろう、もしもきみに、あの救い、セシルがいなかったら、あのひと息の空気、あの力の増大、明るい幸せの国からの便りのようにきみに向かって差し出されるあの救いの手、それらがもしもきみになかったら、この旅行で、あの重苦しく煩わしい亡霊から、いまようやく、はなれることがきみに可能となろうとしている、そうやって到着するさきは、あの魔法の女、ただひとめ見てくれるだけで、そのまなざしの魅力で、あのおぞましい戯画のような生活のすべてからきみを解放し、きみをきみ自身へと戻し、あれらの家具、あれらの食事、はやくも色香の褪せたあの体、ひとをへとへとにするあの家庭を忘れさせてくれる恵み深いあの魔法の女なのだ、

それは証しであった、やっとの思いで決心できたことの、はっきり別れようという決

心、良心のむなしい危懼《きく》というあの甲冑《かっちゅう》を脱ぎすて、自分が麻痺してしまうあの臆病さから自由になろうとする決心、そういう自由と大胆さをきみの子供にも教えようとする決心、その決心は、数字と決算と署名のこの一週間、雨と叫び声と誤解のこの一週間を、みずからの照り返しで明るく輝かせていた、その決心のおかげで、抗しきれずに屈服し、なにもかも断念し、永久に道に迷ってしまうということもなく、きみはこの一週間を渡りきることができたのだった。

それは証しであった、アンリエットには秘密のこの旅行の、というのもきみは彼女に、行先はローマだとは語ったが、本当の理由は隠しておいた、アンリエットには秘密の、だが彼女は、時刻表の上でのこれまでの習慣をきみが変更したことの背後に、なにかある秘密、きみの秘密が存在することをあまりにもよく知っている、きみの秘密、それがセシルという名前をもっていることを彼女はよく知っている、だから、そういう点できみが彼女を欺《あざむ》いていたとは本当は言えない、彼女に対するきみの嘘とは完全に嘘なのではない、完全に嘘であるということはありえなかった、そうした嘘は、とにかく(とにかく、というような視角からそれを考察する権利があるものだ)きみたちの関係に光をあてるために、いまのところは、まったくふかぶかと覆われてしまったきみたちの、おたがいの間柄における誠実さを恢復するためにぜひとも必要なひとつの段階なのだから、彼女のほうとしてもきみと別れるというかたちで解放され、ある程度は自由になれるためにも、ぜひとも必要なひとつの段階なのだから、

秘密の旅行、オペラ座通りではきみの行先をだれも知らないし、ふだんだったら、きみがクィリナーレ・ホテルに到着するともう手紙や電報がそこできみを待っているのだが、こんどはどんな郵便物もきみにとどかないだろう、だから、この数年来はじめて、この数日間の休暇は本当のくつろぎになるはずなのだ、きみがまだいまのような責任ある地位にいなかったとき、まだ出世しなかったときにはそんなこともあったが、

秘密の旅行、コルソ街のスカベッリ商会でも、きみが土曜の朝から月曜の夜までローマに滞在しているとはだれも知らないし、ローマ滞在中も、そのことをだれにも気づかれてはならない、だから、あの親切で熱心で家族的な商会社員のだれかに姿を見つけられないように、きみはいくらか警戒しなければならないだろう、

秘密の旅行、いまのところはセシルにとってさえも秘密の旅行なのだ、彼女の驚く様子を楽しもうと思って、きみはローマに行くということを前もって彼女に知らせなかっ

たのだから。

だが彼女は、この秘密を完全に分かちもってくれることだろう、そして彼女の予期しないこの出会いがひとつの剣となって、これまできみたちふたりの足にからまり、きみたちをたがいにはなればなれにして悩ませていた束縛の絆のすべてを、その結び目において断ち切ってくれることだろう。

夜なか、パンテオン広場でブレーキの軋む音にきみは眠りを破られ、右手のほうにある第一帝政風の小型スタンドの明りをつけて、ベッドの反対側に眠っている不幸なアンリエットの姿をしげしげと眺めた、すでにすこし灰色になった髪が長枕の上にひろがり、口をなかば開けたアンリエット、亜麻《リネン》のシーツの越えられぬ川がきみから彼女をへだてている。

窓の向こうに、若い女と聖職者のあいだに、道路に沿って高圧線鉄塔がつづき、道路には一台の大きなガソリン運搬トレーラーが走っている、トラックが鉄道に近づく、鉄道は鉄橋――その下をトラックがさしかかっている――を越えてから畠の上を急カーヴする。きみの向かい側にいる男には、いまたぶん、通路の向こうにそのトラックが見えるだろう、きみの眼からすれば、通路の向こうにはまた別の高圧線鉄塔が、だんだんにきわ立ってくる起伏の上につづいている。

　ローマ終着駅に着いたとき、駅の上のほうのガラスは夜空の下で半透明の鏡のように見えるだろう、きみはスーツケースを手にもち、コンクリートのみごとなアーチの下、磨かれた黒大理石の四角い柱の立ちならぶあいだを、まだ眠りからさめきらぬまま出口のほうに乱雑にいそぐ群衆と一緒にプラットホームを歩いてから、イタリア人の駅員に切符の半券を渡すだろう、今朝リヨン駅で買った切符、いまはふたつに折って、札入れのなか、身分証明書や多数家族証明書などの横に入れて、背広の左の内ポケットにある。

きみは待合室にはいるが、本屋やそのほかの店はまだ閉まっていて、そこのひろいガラスの壁と、そこに映る別の部屋の影をとおしてきみの眼に見えるのは、広場の向こう側の暗いディオクレティアヌス帝公共浴場跡《テルメ》ではなく、街灯の光、市街電車の青い火花、地上を流れるヘッドライトだろう。

　きみはスタンドバーでエスプレッソを飲む、スタンドは、そのときはまだ開いてなくても、だいたいそのころ開くはずだ、それから地下の有料休憩所《アルベルゴ・ディウルノ》へ降りていって、人浴し、ひげを剃り、着替えをして、また地上に上がって、そこではじめて、きみのスーツケースを手荷物一時預り所に預ける、それだけすませたところで、夜明けの薄明がやっとおずおずと透明になり、夜が明けはじめるだろう。だが、太陽が本当にあがって灰色とオークル色のなかに広場の周辺の建物の前面《ファサード》や廃墟がすっかりその姿をあらわすのは六時半ごろ、いや七時ごろになってのことなので、きみは、手になにもたず、軽快な気分になって、そうした風景をまえにゆったりと腰をおろし、泡の立った一杯のカフェ・ラッテをゆっくりと飲むのだ、はっきりと身を落ちつけ、平静な心で、その新しい一日のなかにしっかりした足場と基礎を占めるために、ついいましがた、自転車に乗った男が配達してきたその場で買った日刊新聞を読みながら、そうこうするあいだに、陽光はしだいに量を増し、ゆたかになり、暖かくなってくるだろう。そしてきみが曙のなかを駅をはなれるときには、市街はふかぶかとした赤みを帯びてその姿をあらわし、街のあらゆる煉瓦《れんが》から昔ながらの血の色が滲《し》みだして、街の埃《ほこり》をすっかり赤く染め、その上の空はかならずや澄みわたり美しいことだろう。セシルが家を出るところを不意討ちするのに都合のよい時刻になるまでには、きみはまだ残されたほぼ二時間ちかくをぶらぶらしていなければならない、まったくなにも予期してはいないセシルは、大使館に行く週日の毎朝がそうであるように、あわてていることだろう。そこできみは、ぶらぶらと、ローマの輝かしい大気のなかに、いわばパリの秋ののちにふたたび見いだされた春のようななかにはいりこんで、歩きだす、なにものにも拘束されず、それがきみの気持を誘うなら、どんなに長い、どんなに曲がり曲がった、どんなに突拍子もない廻り道を試みてもかまわない、そういうきみを邪魔するなにものもないのだ。

そうはいってもきみの道順はだいたい、習慣どおりに、まずはじめにきみをエゼードラ広場に連れてゆくだろう、そこの一九〇〇年型噴水は、その時刻にもう水を噴きあげているだろうか、そこの官能的な女体青銅像《ブロンズ》、あの滑稽で、しかも繊細なブロンズ像は噴水のしぶきに濡れているだろうか、それとも乾いているだろうか。だがいつもとはちがって、こんどのきみは、歩きつづけ、そこのアーケードを抜け、ナツィオナーレ街をすすんでゆくと、そこでは商店が店を開けはじめ、オートバイがあの癇《かん》にさわる激しい音を立て一台また一台と動きはじめていることだろう。ただし明日は、いつもとはちがって、クィリナーレ・ホテルのまえで足をとめ、なかにはいり、腰をおろし、スーツケースを預けるということはしないで、きみは、まだ眠りこんでいるホテルとは反対側の鋪道を、ただ足早に通り抜けるだけだろう、いや、ちょうどその場所で——細心な、いささか笑うべき慎重さゆえのことだろうが――ホテルのドア・ボーイに見つからないために、それに平行した別の通りを歩くかもしれない、ふだんだったら、きみはそのボーイに迎えられ、荷物をもってもらい、媚びへつらうような挨拶をうけるのだが。きみはヴィットリオ・エマヌエーレ二世記念堂のほうへと下ってゆき、途中トンネルを横にして、もうひとでいっぱいのコルソ街を右に見て、ヴェネツィア館に沿って進み、*ジェズ教会をとおりすぎ、さらに道をつづけて、*サンタンドレア・デッラ・ヴァッレ教会に到るだろう。いや、そうではいけない。きみがどんなにジグザグのコースをとったり、大まわりをしたり、立ちどまったりして、その道のりに飾りや面白味や注解をつけてみたところで、どうしたってまだ早すぎるということになるだろう、その道のりは、きみがタクシーで走るとき、あるいは、夜、それとは逆方向にセシルの部屋からホテルまで歩いて帰るときには、なんとも長く、しかもきわめて無味乾燥に思えることもよくあるのだけれど、だが明日は、夜汽車に疲れたきみが、どれほどゆっくり歩いてみたところで、短かすぎるということになる。そうだ、それ以上の道のりを、それ以上たんねんに散歩しなければならぬだろう、ここローマできみが経験することのほとんどなかったそういう時間、その時間がきみのために取っておいてくれたローマの街への新しい照明、セシルの驚きと喜びへの前奏曲、未来の時間の先駆けをなすこの三日への前奏曲、きみはそれらをもっと有効に使わなければならないのだから、そんなふうにひと続きの道を歩いてはならない、駅から歩きはじめてジェズ教会広場まで来てしまうことすらいけない、そうではなくて、たとえばカピトリーノ丘を一周する、いやむしろ、カンピドリオ広場まで上がって、そこからテーヴェレ河畔に下りてゆき、それからラルゴ・アルジェンティーナへ戻る、中世紀の塔が立ち、まんなかの大きな穴には飢えた猫がたくさん棄てられていて共和制時代の四つの神殿の廃墟があるラルゴ・アルジェンティーナ、そこに行くには、大通りを通ってゆく、なんという名前の大通りだったかきみには思いだせないが、そのさきにガリバルディ橋がある大通り、きみたちがふだんトラステーヴェレ地区＊のピッツェリアに食事をしに行くときに通る大通りだ、いや、それとも……。

彼女は九時まえには家から出てこないだろうが、きみはそれよりまえに、モンテ・デッラ・ファリーナ街とバルビエリ街との曲がり角、彼女の住む高い建物の真正面で待ち伏せをしていることだろう、その建物の門扉の上には、見えにくいのだがパドヴァの聖アントニウスの像が飾られ、ほかにふたつの保険会社の錆びた看板がついている、そこできみは五階の鎧戸《よろいど》の開くのを待ちうけるのだ、葉巻を一本ふかしながら、そうだ、こんど食堂車へ行ったら葉巻を買うのを忘れてはならない。

通路の向こう側、穀物倉と沼の畔《ほとり》の茂みのあいだから一台のオートバイが飛びだしてきて、右に曲がり、それから屋根に荷物をたくさん載せた青い長距離バスの背後に急にかくれ、左に曲がり、踏切番小屋のほうに行く、その踏切番小屋を列車は通りすぎ、まもなく大型バスも通りすぎるだろう。他方で、遠景に、鐘楼や給水塔のある村があらわれる。新婚夫婦は窓から外を眺めている、彼らのふたつの頭がすれすれに近寄ったまま両方とも揺れている。ジョワニイ駅通過、町全体がイヨンヌ川に姿を映している。

きみは時刻表に眼を戻し、それを閉じて、空色の表紙の上の南東地方略地図を検討すると、地中海海岸線と国境線が、いろいろな都市のおおよその位置を探しだすのに便利なように細い線で示されていて、太く黒い直線あるいは細く黒い直線がそれらの都市を結んでいる、まるで絵具のひび割れの網の目か、なにが描いてあるのかよくわからないステンドグラスの鉛の骨組のようだ。きみの正面の男が立ちあがる、あいかわらずレインコートのボタンを襟もとまではめ、ベルトを締めている、こんど停車する駅は、どんな主要列車でもかならずはじめに停車する駅で、そこに駅が置かれている理由も、その駅の重要性も、まったく鉄道それ自体の必要にもとづくラロッシュ＝ミジェンヌ駅なのだから、正面の男が立ちあがったのは、そこで下車するためではないはずだ、事実傘と帽子を棚に、緑と青のチェックの布張りのトランクを荷物棚の上に残したままだから。たぶん、通路の端まで行こうと思ってのことだろう、もうすぐ駅に到着すること、停車中の手洗所の使用が禁止されていることを彼は知らないのだ、その禁止の注意は、じつはこの客車内にはフランス語とイタリア語でしか書かれていない、たぶん、イギリス人特有の大陸諸国軽蔑も手伝って、彼にはその二国語ともあまりよく読めないのだ、だから、あまりそれが気にならないのだろう。

といっても、彼の国イギリスにおいても、まさしく同じ規則があるはずだ、とすれば、彼がフランス語もイタリア語も読めない、きみのようにはこの線に慣れていないと、いったいきみはどんな点からそう思いこんだのか、いや、きみ以上にこの列車にも慣れているかもしれないではないか、さらに彼がイギリス人だということを、きみはなにから知ったのか、その男について、いまのところきみに語れる権利のあるすべては、彼がイギリス人のような風采をしている、イギリス人のような顔色をし、イギリス人のような服を着て、イギリス人のような荷物をもっているということだけではないだろうか？

ただの一語も口にしなかったあの男は、いまうしろ手で扉を閉めようとしているが、うまく閉まらない。

列車が停まる、ひとびとはみな、突然訪れた不動と静けさのなかに読書を放棄して眼をあげる。

通路にいましがた客室を出て行った男のうしろ姿が見える、窓を下げ、頭を外につきだしている、まるでなにか見るべきものがあるかのようだ、白い琺瑯《ほうろう》びきで、螺子《ビス》で柱にとめたあたりに赤錆《あかさび》が浮きでた、赤字でラロッシュ＝ミジェンヌと書いてある鉄の標識板と、黒いカテナリ架線で縞模様のついた灰色の空と、光る鉄道線路の二本走る黒い大地と、木造客車と、小さくて古びた家々のほかに、ここでなにか見るべきものがあるかのように。

と、爽やかな一陣の空気が客室のなかに流れこみ、拡声器をとおしたしわがれた声が聞える、なにかよくわからぬ言葉を言っているが、その言葉の最後は、どうもこんなふうに言おうとしているらしい、「列車はディジョンまで停まりません」。

きみの左側の聖職者は、閉じた聖務日課書の黒い皮を爪でたたいている、きみが教授と名づけた男は、眼鏡をはずし、その丸いレンズを羚羊《かもしか》の革でふいている。きみがセールスマンと名づけた男は、クロスワードパズルをまた考えはじめた。通路ではきみがイギリス人と名づけた男は、レインコートのポケットからひと箱のチャーチマンズを取りだし、その最後の一本の煙草を抜いて、箱を線路の上に投げ、窓をゆっくりと閉め、きみのほうにふりむいて、マッチをすり、煙草をふかしはじめ、格子縞の背広のポケットから『マンチェスター・ガーディアン』紙をとりだし、それを読みはじめ、新聞をたたみ、歩きだし、見えなくなる。

きみは彼の真似をしたくなる。きみは立ちあがり、時刻表を、開いたままになっているスーツケースの蓋の下にすべりこませる。きみは外套を取り、左のポケットのなかを探り、マフラーの下から、きみがリヨン駅で列車の出発する直前に買った小説を取りだして、いま立った座席にその本を置き、それからまだ封を切っていない煙草を取りだし、その隅を破る。

扉の両横にいるふたりの男が脚をつきだしていて、それが交叉している。きみは失礼《パルドン》と言って外に出る。

3

例のセールスマンが通路に知り合いの姿を認めて席を立ったので、きみはもとの席を取りもどす、つぎつぎときみの眼に飛びこんでくるブルゴーニュの風景のなかに、ローム＝アレジア駅が姿を見せたところだった、駅には老朽機関車置場がある、そのそばには、いまは眼に見えないが、伝説によれば、ユリウス・カエサルがゴール人を打ち破った場所アリーズ＝サント＝レーヌがあるはずだ。きみは自分の横にある小説、すこしまえに席を取っておくために置いた本には手を触れない。客車の前方の端のほうの窓がひとつ、すこし開いているのか、きみの鼻のあたりに流れこむ空気が少々涼しすぎるので、その空気の流れを和らげようと思って扉を引っ張ると、動きのよくなかった扉は急にがたがたと動いて、約二十センチほど閉まる。

横の窓の縁枠に螺子《ビス》で取り付けてある灰落しの蓋を数秒間もてあそんでから、きみは上衣の右のポケットからゴーロワーズの包みを取り出す、包みの一方の隅だけが破いてあるが、中央に封として貼りつけてある白い紙の帯はそのままだ、もう二本すくなくなっている。きみはそこから三本目をつまみ出して火をつける、両手で焔をかばいながら、と、煙がすこし眼にはいり、二、三度まばたきをせずにいられず、それから時計を見ると、十時十五分、きみが出発してから二時間とすこしになる、こんどディジョンに停車するのは十一時十二分だから、まだそれまでに約一時間あるわけだ、きみは灰を落して、この乾いた葉屑のつまった白い紙の小さな管をまた吸いはじめると、ふたつの赤い点がきみの向かい側にいる男の近眼鏡のレンズに燃え、ふるえているのが見える、きみの向かい側の男、それはいまではイギリス人ではなく、まえと同じく、その隣にいた教授だ、ぶあつい本の黄ばんだページに顔をかがめている。きみが煙をはきだすたびに、ふたつの赤い点が強さを増しては弱まり、その赤い点のそばには、三つの窓と、すこし開いた扉が歪んだ小さな像となって映っていて、曲がった風景がそこを流れてゆく、その上の額は年のわりにはもうすっかり禿《は》げあがっていて、しわが三本くっきりと見える。

彼は一所懸命になって列車の震動で揺れうごく文字の列を凝視し、早く読もう、しかも重要な部分を読み落すまいとしているのだ、右手に鉛筆をもち、ときどき余白に十字形の印をつけている、あの書物は彼がなにかの準備をするのに役立つものにちがいない、たぶん講義の準備で、まだ下調べが終っていないのだが、今日の午後講義をしなければならない、十中八九まで法律の講義だ、というわけは、書物の欄外の見出しがひどく揺れ踊っていて、ましてそれをきみのほうから逆さまに読むのではなんのことかわからないが、見出しの最初の語の最初の三つの文字だけは、L、E、G、と読めるから、その最初の語は《Législation（立法）》にちがいない、きっとディジョンで講義をするのだろう、この沿線には、国境まで、ほかに大学はないから。

彼の揺れうごくほっそりとした指には、結婚指輪がはめてある、週に二度か三度講義をしにくるのだろう、いや、ただ一度だけかもしれぬ、講義日程をうまく調整できているとしたら、講義先に泊まれる家か適当な安いホテルがあるとしたら、たいした給料もとっていないはずだろうし、奥さんはパリに残してあるのだ、同僚たちの大部分と同じく彼はパリに住んでいる、子供たちと一緒に――もちろん子供があるとすればの話だが――子供たちは勉強の都合でパリにいなければならないのだ、あの都市に良い高等学校《リセ》がないためではない、たぶん彼らがもう大学入学資格試験《バカロレア》に通ってしまっているからだろう、すくなくとも上の娘は、いや上の男の子は（これはばかげた反応だ、だが、きみはたしかに、きみのいちばん上の子供が男の子であったらよかったのにと思っている）、こんなことを考えるのも、間違いなくきみよりもいくつか年齢は若いが、結婚したのはきみよりもたぶん早かっただろうし、そして、彼の子供たちはきみの家庭内よりもゆきとどいた注意をうけているため、勉強に困難がなく、たとえばマドレーヌよりもずっと成績がいいだろう、マドレーヌときたら、十七歳になってやっと第一級*というありさまだ。

　熱に浮かされたようにページを繰っている。あと戻りしている。彼の意識は平静ではない。もっとずっとまえに、まったく平静な気持で終えておくべきだった仕事を、ぎりぎりのときまで延ばしてしまったことを自分に咎めているにちがいない。いや、それとも、突然むずかしい問題が立ちあらわれて、じつははっきりとつくりあげてあって、自分ではもう意を用いる必要はないと思っていて、教職について以来、毎年なんの変化もなく繰りかえしていた講義をすっかり検討し直さねばならぬという羽目に立ち到ったのだろうか？　彼にはどこか普通のひととはちがった点がはっきりと見える、誠実な教授、という感じだ。

　彼の俸給では、いまのきみのように仕事をさぼってローマへ遊びに行くなんて思いもよるまい、それどころか、それだけの資力があったら、そしてまた服装に余計な費用をかけることなどできるだけ避けようとするのがすでに彼の第二の天性となっているのでなかったら、もっと別な身なりをしたいときっと思うことだろう、ほとんど擦《す》り切れてしまったいまの服装、新しかったときでも、趣味のよさ《エレガンス》などは薬にするほどもなかったにちがいないいまの服装とはちがう身なりをしたいと思うことだろう、新しい外套を買い求めようときっと思うだろう、いま着ている大きなボタンのついた黒い外套は、たぶんもう大学の名物になっていることだろう、まだそれを脱がないでいる、彼ひとりがこの車室内でくつろいだ恰好をしていない、ほかのひとほど暑さを感じないためではなく、そんなことに注意を向けないのだ、それほど問題に没頭している。すこしまえには、まったく蒼白かった彼の顔に、すこし赤みが増してきた、眼鏡に映った像をとおして、眼が神経質にしばたたいているのが見える。

もちろん、奮発して車を買う費用もないだろう（彼はきっと小心で控え目な男だろうから、彼自身としてはそんなことはまったく気にしていないとしても、妻や子供たちには物足りないことだろう）、とすれば、法律の教授というのはいったいどんな生活をしているんだろう？　いや、そんなことを考えるよりも、まず、スカベッリ商会フランス支社長というのは、いったいどんな生活をしているというんだ。なるほど、きみは彼よりもたくさんお金をかせいでいる、車ももっているし、恋心を起すこともできる、立派な服装をしているし、きみの妻だって好みのままに、いや彼女は身なりはあまり気にしないが、その気になりさえすれば立派な服装をととのえられる、だがそうはいっても、彼の仕事はきみには興味ないとしても、すくなくとも彼にとっては興味があるということは確実だし、それだからこそ、あのあまりゆたかでない職業を彼はえらんだのだ、それにひきかえきみは、スカベッリ商会に入社するまでは、明らかに、タイプライターやその販売などをひどく軽蔑していたではないか。それに、あの男には評判の長い夏休みがあるが、きみの時間はほとんど完全にきみの勤めに喰いつくされている、パリをはなれてどこか別の地方に行くときだってそうだ、ローマへ行くときだけはちがうが。

なるほど、それはすぐれたタイプライターだ、他社の製品にまったくひけをとらない、性能のいい美しい物体だが、そんなことはきみの所轄、きみの権限、きみの気苦労のおよそ外にあることなのだ、きみは製造面にはまったくタッチしていないのだから、きみにとって問題なのは、たんに、ひとびとにオリヴェッティ社やヘルメス社の製品ではなくスカベッリ商会の製品を買ってもらうということだけなので、もとより、そんなことにはれっきとした理由などひとつもない、ときにはかなり面白いゲームだが、へとへとに疲れるし、ひと息つくなどほとんどできない、金は儲かるが、まるで悪癖のようにきみ自身を抹殺しかねぬゲームだ。だが、今日、きみがこうして自由である以上、きみの自由、セシルという名の自由にこうして復帰しようとしている以上、このゲームはきみを滅ぼしはしなかったわけだ。きみのほうは物質的に裕福であり、あの男のほうはあまりにも明らかに金に困ってはいるが、あの男が自分に興味のある仕事をし、自分の気にいったことに生活を集中している以上、もしきみにこの素晴らしい愛がなかったとしたら、気の毒なのは、あの男よりはまさにきみのほうではないだろうか、この素晴らしい愛、それはきみの独立の証拠、きみがふたつの面で成功したことの証拠だ、きみはほぼ充分なだけ金をもっているし、若々しい精神を失わないで、いまそれをすばらしい冒険的な生のために使用することができるのだから。

いや、きみは潤沢というほどは金をもっていない、きみは金に関してはあまり自由ではない、そうでなかったら、きみは一等車に乗っていることだろう、そのほうがずっと楽なのだから、だが、そうしたことは別のやりかたで考えることだってできる、三等車の乗り心地の悪さなどきみはまったく心配しなかったのだし、この程度の軽い不快さを気にかけるほどスポーツ精神を失ってもいない。きみはいま自分がまったく眼がさめきって、生気潑剌《はつらつ》として、勝利者のようだと感じる。

煙草のために指先が熱い。ひとりでに燃えつきてしまったのだ。若い夫が立ちあがり、旅行案内書《ギード・ブルー》とイタリア語会話入門書《アシミール》を席に置いて、失礼《パルドン》と言いながら外に出て、きみの背後に消える。

煙草の灰がきみのズボンの上にくずれ落ち、きみはそれを菱形模様の金属の床の上、教授の靴のそばにはらい落す。教授は本を閉じて立ちあがったが、黒い外套を脱いで、荷物棚の書類のいっぱいつまった折カバンと緑と青のチェックの布張りのトランクのあいだにまるめて置いただけで、またあわただしく研究をはじめる。

きみは吸殻を灰落しのなかにおしつぶす。ひとつの手がなにか金属製の物体で窓ガラスをたたく、鋏《はさみ》をもった検札係の手だ、きみは上衣の内側をまさぐって札入れを出そうとする、水曜日に子供たちから誕生日のお祝いとしてもらった黒い札入れではない、それはきみの部屋の鏡のついた衣裳戸棚の棚の上に箱に入れたまま置いてきてしまった、きみのとりだしたのは古い赤い色の札入れだ、旅券《パスポート》もはいっている、あと一か月で期限が切れるから、こんど年末の会議でローマへ行くまえに、*マルナルに頼んで更新してもらわなければならぬ、札入れを開けると、ふたつに折った千フラン紙幣が五枚、別なところに一万フラン紙幣が二枚ある、食堂車で昼食に使う額を引いても国境通過のときに法的に許可されている二万フランという額より多いが、まったく例外的に検査があったとしても(そんなことはこれまでただの一度もなかったが)、これほど僅かな額についてはきみに文句はつけないだろう(もしかりに、すこしでもごたごたするようだったら、きみはすぐに非難の対象である差額を放棄してしまうだろう)、身分証明書はかなり汚れていて、そこに貼ってある古びた写真の顔はひと違いしそうだ、他にイタリア貨幣で数千リラ、パリの地下鉄の切符が三枚、使いかけのバスの回数券(いま、聖職者が小さな四角い券を差し出す、検札が終ってからそれを聖務日課書の見返しページと表紙のあいだにはさむ)、三枚のイタリア切手、多数家族証明書、コルソ街でとったセシルときみのスナップ写真、ルーヴル友の会会員証——更新するのを忘れていた——、ダンテ・アリギエリ協会会員証、やっと切符が見つかり、差し出し、検札の穴を入れてもらい、また収める。

車室から出ようとした検札係は、なかにはいろうとしていた若い夫にぶつかる、若い夫のほうはすこしどぎまぎして、妻に目配せしてからポケットをひとつ、またひとつと探し、やっと見つけ、放免され、きみのそばを失礼《パルドン》と言って通る。

彼女が雑誌を閉じて横に置く、旅行案内書《ギード・ブルー》とイタリア語会話入門書《アシミール》が下にかくれて見えなくなる、垂れかかる髪をかきあげ、ハンドバッグを手に立ちあがり、座席のあいだで夫とすれちがい、きみに向かって微笑する。彼女の絹のストッキングがきみのズボンにふれ、夫のほうは、彼女の立った窓よりの席、聖職者の向かい側に腰をおろす。

検札係が隣の車室から出てきたところだ、鋏で次の車室の窓をたたいている。

教授が本を閉じる、満足した様子だ、これで充分だ、講義の準備はできた、これでどうにかできるだろう、そう考えているにちがいない、それから鉛筆を上衣のラペルのすぐ下のポケットに、万年筆とならべて、明らかにもう使ったらしい汚れ目の目立つハンカチーフのまえに入れ、両手をこすり、指を両耳のうしろにやり、それから眼鏡と眼のあいだにいれ、立ちあがり、荷物棚の折カバンを取り、ちぎった紙をところどころに印としてはさみこんである黒い布装の本をそこに収め、同じく出て行く、シャンソンらしいものを口笛で吹きながら、きみには全然聞えないが、そのリズムだけは唇の動きで辿ることができる、手の甲で手あたりしだいのものをたたいてそのシャンソンの拍子をとっている、車室の外に出るまえにも、きみの右側のガラス窓を二度たたいた。ほとんど入れちがいに若妻が戻ったが、車室にはいるまえに彼女は気がつく、夫が彼女の雑誌を取り上げ、皮肉な顔付でそれをぺらぺらとめくっているのを、夫の唇のはしが客車の揺れのリズムに合わせて規則正しく上がったり下がったりしている、たぶん身の上相談欄でも見ているところだろう。それから彼女は近づいて、からかうような調子で彼に言う、「あら、あなたにも面白くて」、かなりたくさんの儀礼的な表現を別にすれば、出発以来、この動く待合室のなかで、はっきりと高い声で言われた最初のこの言葉に、彼はやさしく肩をそびやかす。

ダルセー駅通過。通路のかなり遠くのほうで、検札係がある車室から出て次の車室へ行く、それでたぶん最後だろう、それから、マドレーヌとほぼ同じ年かさのひとりの少女がこちらへやってくる、そのあとからすこしはなれてあのセールスマンがくる、きみがパリを出るときにえらんだこの隅の席、きみが取り戻すのに成功したこの席にさっき坐っていた男。新婚夫婦はまた並んで坐っているが、並び方が逆だ、男のほうが窓ぎわで、彼女はイギリス人の横。通路の向こう側を長い貨物列車が通る、木造冷凍車が何台かついている。汚れた白塗りに、大きな黒い文字。

ローマが晴れていればいいが、《ここに不断の春あり》とウェルギリウス*は歌っている、あすの朝、ローマの秋につきもののあの意地の悪い驟雨《しゅうう》を、近くの大きな門のかげにかくれてよけねばならぬという事態にならねばよいが、そんなことをしていると、透きとおったレインコートを着て大使館のほうに駆けて行くセシルの姿を見落し、つかまえそこなってしまうかもしれぬ、そんなこともなく、彼女を待っていられるといいが、静かに、くつろいで、快適であろうはずのない今夜の旅からうける疲労もすっかり恢復して、食堂車でもうすぐ買っておく予定の葉巻をくゆらしながら、外套を小脇にかかえ、ものかげで、しかし家々の屋根を金色に染めている陽光にすっかり快活な気持になって、バルビエリ街の曲がり角で、モンテ・デッラ・ファリーナ街五十六番地——ふた晩のあいだきみの秘密の住所となるところ——を正面に見ながら。

　きみの監視がはじまるとき、五階の鎧戸はまだ閉まっているだろう、自分でもよく知っているようにきみは短気なので、いろいろと廻り道をしても、結局、見張りの場所に首尾よく八時すぎに到着することはできないだろう、だから、建物とその亀裂をしげしげと眺めたり、朝早く通りかかるひとびとの顔を見たりして、とても長いあいだ我慢し、時間をつぶさなければなるまい、そうこうして、やっと建物の窓が開く、彼女がそこに姿をあらわすのがきみに見えるだろう、彼女はそとに身を乗りだし、オートバイがけたたましい音をたてて街角を曲がってゆくのを眼で追う、彼女の漆黒の髪、イタリア女性の髪――いやイタリア女性といっても、彼女の父はフランス人だが――まだ乱れたままのその髪を、頭をひとふりして肩のうしろにやる、ちょうどまさにそのとき、彼女はきみの輪郭を認めるだろう、だが、きみの来訪をまったく知らない彼女には、それがきみだとはわからない、せいぜい、そんなにしげしげと彼女を観察しているその散歩者が、きみといくらか似ていると思うだけだろう。

そうやって、きみは、いわばきみ自身の不在の状態で彼女を注視するわけだ、それから、彼女は部屋の内部の暗さのなかに消える、古いローマの建物の、天井の高い大きな部屋、室内の飾りつけの巧みな彼女は、その片隅にきみたちふたりがゆったりとできる大きな長椅子を置き、たえずいろいろな花々をとっかえひっかえ飾っておく。彼女の部屋の隣のふたつの部屋は、春や夏は観光客に貸すしきたりになっているが、たぶんいまのところは空いていて、そのうちのひとつが、表向きは、ふた晩のあいだきみの宿となるはずだ。彼女の部屋は、家主が家族と住んでいる部屋とはとてもはなれている、ダ・ポンテ夫人、モーツァルトのオペラ「魔笛」*の台本作者や、バッサーノと呼ばれた画家と同じ名前の家主の住んでいるほうと反対側に小さな暗い入口があり、その入口はガラス戸ひとつをへだてて、直接大きな台所に通じている。

　だから、それからあとは、扉のところ、埃にまみれたガラス越しであまりよく見えない聖アントニウス像の下で、きみは彼女の出現を待ちうけることになるのだ、きみが彼女に贈ったあの大きな白いショールを肩にかけて出てくるといいのだが、そういう彼女の姿がいちばん美しいのだから、緋色と菫色の花模様の、大きな襞《ひだ》のついた服を着ていればいいが、それとも、すこし冷えるようだったら、エメラルド色よりもうすこし濃い緑色のコーデュロイのスーツだろうか、黒い髪は編んで渦にまき、額の上で虹色のガラスの珠のついた二、三本のヘアピンでとめてある、口紅をさした唇、眉は青い眉墨でふちどり、しかしそれだけだ、彼女の顔の残りの部分、あのすばらしい膚にはなんのお化粧もしていない。

　彼女は扉口を出てすぐ左に、サンタンドレア・デッラ・ヴァッレ教会のほうに曲がるだろう、それがいつもの習慣の道なのだ、それがいちばん近道なわけではないが、彼女はその道を好んでいる、こんどこそ彼女はかならずやきみの顔を見るだろう、きみが彼女に合図をするだろうし、必要とあらば彼女の名前を呼んでもいい、それでも足りなかったら彼女のほうに駆けよってもいい、彼女は立ちどまる、われとわが眼を疑いながら。

そのとき彼女の顔だちの上に興奮の色が動く、まるでグラジオラスの茂みを一陣の風が吹きぬけてゆくように。

きみは笑いだす。月曜の夜まで滞在する、ただそれだけを彼女に言う、それだけだ、すこしずつ、すこしずつびっくりさせなければならない、不意の驚きというもののもつ喜びを完全に表現し、その喜びをひとしずくずつ彼女に味わわせるのだ、その喜びの要素をひとつでも味わいそこねるようなことがあってはならない。きみは彼女に道を変えさせ、ラルゴ・アルジェンティーナにコーヒーを飲みに連れて行く、大使館に遅刻するのが怖くて、彼女はあれこれ反対する、遅刻なんてもうなんの重要さもないのだが。きみは彼女を安心させ、彼女に接吻し、それからタクシーで行くだろう(その時間だったら、ヴィットリオ・エマヌエーレ二世大通りに客を待っているタクシーがいるにちがいない)、それはまったく贅沢な行動だ、ファルネーゼ館(ここがフランス大使館邸になっている)のあるところまでは、車に乗れば早くつくということも考えられぬほど、ほんのひと息なのだから。彼女が車をおりるとき、きみは午後一時に会いにくると彼女に約束するだろう。

その午前の残りの時間中、きみはひとりだろう、まだ宿に身を落ちつけていない、スーツケースを手荷物一時預り所に置いたままの、いわばローマ観光客のひとりだ、そこできみはこの自由、この空いた時間を利用して、もう数年来はいったことがない美術館、とにかくセシルを知ってから行ったことがない美術館を見に行くだろう、スカベッリ商会の事務所や仕事の上で関係のあるひとびとの事務所とともに、きみが彼女と連れだって行ったことのない稀れな場所のひとつ、そこに行ったことのない理由の第一は、そこが午前十時から午後二時までしか開いてなく、日曜は一日じゅう閉まっているからだ、ヴァティカン美術館のことだ。

＊

きみたちはふたりでサン・ピエトロ大聖堂に行ったこともない、彼女がきみと同じく、教皇だとか司祭だとかを憎悪しているからだが、彼女の憎み方たるや、きみよりずっと烈しくあらわだった(それがまた、きみが彼女を愛する理由のひとつになっている)、といって、また彼女は、自分のそのような気持には頓着せず、そこここの泉や円屋根やバロック風の建物前面《ファサード》などをひどく好んでいて、たしかに、いまのきみの気持としても、明日の朝、あの巨大な建築的失敗、あの貧しさを大金持の厖大なスケールで告白した建物の内部にはいりたいとはまったく思っていない。

きみがまず最初にしなければならぬことがある、きみが携行した数千リラのイタリア紙幣は、イタリアの食堂車で今晩の食事代を支払ってしまうと、もうそれだけでほとんど尽きてしまうだろうから、コルソ街の、ドリア館の向かいにあるローマ銀行の支店のきみの口座から金を引き出すことだ、それからバスに乗ってリソルジメント広場まで行く、それでもまだ、のしかかるような城壁に沿ってだいぶ歩かねばならぬので、きみが美術館入口につくと十時を過ぎているだろう、だから入口は開いている。

きみはあの長々とつづく廊下は足早に通り抜けるだろう、そこには、ほとんどいたるところから掠《かす》め取ってきた古代彫刻がだらだらとばかばかしくならべられているだけで、質の点からいっても、歴史的に見ても、すこしも重要でないものばかりだから、このすし詰めの凡庸な陳列物のなかで、たまに傑作がきらりと光っていることがあっても、そこにはまったく間の抜けた頭や、ばかげた腕や足が付け足されていて、完全に品格を失わせている(いったい、はるか昔から腐敗しつつあるこのヴァティカン市国の内部には、こうした眉をひそめさせるような混乱や欺瞞に抗議する人間はいないのだろうか)。きみはラファエッロの部屋を一瞥してから、システィナ礼拝堂にしばらく足をとめ、それから、ボルジア家の間《ま》を通ってゆっくりと戻ってくるだろう。

午後一時、ファルネーゼ広場で、こんどは、建物から出てくるセシルのほうが眼できみを探すことだろう、それから、むかしドミティアヌス帝の円形競技場のあったナヴォ*

ナ広場のリストランテ・トレ・スカリーニあたりで昼食をとりながら、ボッロミーニ作の円屋根や楕円形の鐘楼を嘆賞し、その細長い広場一帯を支配する動きにまきこまれてゆったりとして。「四大河の泉」からほとばしり出ている水、噴水を飾るドナウ河の像、ナイル河の像、驚きでのけぞった姿勢の、鼻のぺしゃんこなガンジス河の像、ラプラタ河の像の顔は見えない、顔どころか像全体も噴水の水しぶきに隠れて、かろうじて見えるほどだ、それら四つの巨大な白い石像は、それぞれかわった姿態で、中央の岩を、いわば螺旋《らせん》状に取りまき、中央の岩は薔薇《ばら》色の大理石のオベリスクを支えている、そんな光景のなかでフォークの上にタリアテッレをからませながら、きみは彼女にこんどの旅行の理由を説明するだろう、スカベッリ商会の仕事できたのではなく、ただ彼女だけのためにきたのだ、彼女のためにパリに職を見つけたのだということを、そしてきみがクィリナーレ・ホテルに泊まらず、彼女とずっと一緒にいるつもりなので、きみたちはまず、この午後の始めに、手荷物一時預り所からスーツケースを引き取ってから、ダ・ポンテ夫人に話をつけに行かねばならない、こうして用件をすっかりすませてから、ふたりは、すこしも急がず、まるで若い恋人同士のようにたがいに腰に手をまわして、ローマの空間を、ローマの遺跡や樹々を楽しむのだ、もうどの街もきみたちは自由に歩ける、コルソ街やコロンナ広場でさえも平気だ、その時刻にはもうスカベッリ商会は閉まっているだろうから、だが、ヴィットリオ・ヴェネト街だけは例外だ、とくにカフェ・ド・パリの近くは警戒しなければならぬ、エットレ・スカベッリ氏がよくそこで時間をつぶしているから。

日が暮れるときみたちはモンテ・デッラ・ファリーナ街に外套を取りに戻るだろう。たぶんセシルは、その地区のピッツェリアに食事をしに行くことをのぞみ、そこへ行く道すがら映画のプログラムをいろいろと検討する、しかしじっさいに映画を見に行くのは翌日の夜になってのことだ、明日になると、騒々しく快適でなかった前夜――これから訪れてくる夜――の疲労を、きみはどっと体に感じるだろうから、で、きみは早くから彼女の部屋で横になってしまうだろう、こんどは朝までその部屋から出なくてもよいのだ。

通路の向こう側に見える雲には晴れあがりそうな気配もない。イギリス人が膝を組む。窓の向こう側に、葉の落ちたぶどうの樹に覆われた丘のゆるやかなうねりがふるえている。

セシルを知るまでのきみには、ローマの主要な遺跡を訪れてみても、また、ローマの気候のよさをいくら認めてはいても、いまのようなローマへの愛情は湧かなかった。彼女とふたりで歩くようになってはじめて、きみはローマをいくらかたんねんに踏査しはじめ、彼女がきみに吹きこむ情熱がこの都市のすべての街々をあざやかに彩り、その結果、きみがアンリエットのそばにいてセシルを夢みると、パリにいてローマを夢みることとなるのだ。

　そんなわけで、このまえの月曜日、きみがローマ急行の一等車に乗って、今日これからきみを待ちうけている夜よりははるかに快い夜をすごしてからパリに午前九時に到着したとき、駅のガラス張りの屋根をとおして朝の光がすこしさしこんでいた、ふだんなら、すぐにリヨン駅をはなれ、タクシーに乗ってパンテオン広場十五番地のきみの家に行き、ひげを剃り入浴して、それから歩いてエストラパード街のガレージまで行ってきみの車に乗り、事務所へ出かけるというだんどりなのだが、きみはそうした習慣からはずれて、リヨン駅のコンコースで、ローマ終着駅のあの有料休憩所《アルベルゴ・ディウルノ》に相当する所はないかとさがすと、小さな公衆浴場を見つけることは見つけて、じつをいえば浴槽はあまりきれいではなかったが、体を洗い流した。それから、ローマから帰ってきたときはいつでも十時半まえには出社しないことにしているので、空いた時間を利用してすこしぶらつくことにした、まるでパリのローマ人観光客のように、まるで、ローマがきみの平素の居住地であり、パリには、ときどき、どうにかふた月に一度か、ひと月に一度、商用のために来るだけであるかのように。

昼間マルナルに命じて取りに行かせようと考えてスーツケースを手荷物一時預り所に預けてから、きみはセーヌ河畔まできて、オーステルリッツ橋で河をわたり、十一月にしてはまったくよく晴れていたので、外套のボタンをはずし、植物園に沿って歩いてサン＝ルイ島にはいり、そこでカフェ・オ・レを飲み、クロワッサンを食べた、食堂車で、朝食として習慣どおりに、紅茶を飲みラスクをかじったのだが、そうした朝食はいつでも不足で、きみはきまって自分の家でなにか実質的なものを食べ足すのだ、このまえの月曜には、そうした朝食の追加がいつもどおり用意されてあってきみを待っていたにちがいない、それからきみはシテ島をほとんど一周した、片手をズボンのポケットにつっこみ、折カバンをさげたもう一方の手は、モンテヴェルディのアリアを鼻歌でうたいながら、そのリズムにあわせてぶらぶらさせて。ノートル＝ダムが真正面に見える場所で六十九番線のバスに乗ったときにはもう十時をすぎていたにちがいない。きみはパレ＝ロワイヤル広場で降りた。

まだ完全には家に帰ってはいないという印象を長びかすため、きみは昼食を自宅で食べないことにきめたが、アンリエットに無用の不安をあたえたくなかったので、きみの家、ダントンの二五三〇番に電話をすると女中のマルスリーヌが出て、アンリエットは外出中で、子供たちはみんな学校へ行っている――もちろんのことだが――と返事をしたので、夕方まで帰らないと奥様《マダム》に伝えるようにと彼女に命じた。

三十分後、アンリエットが電話をかけてきた。

「デルモンを呼んで下さい」

「ああ、ぼくだ。元気かい。おひるには帰らない、すまんが」

「夕食には帰るんでしょうね」

「もちろん」

「で、明日は？」

「明日なにか特別なことがあるのか」

「別に。あなたのお誕生日は水曜よ……」

「よく覚えててくれるね」

「旅行はどうでした？」

「いつもと変わらんさ」

「じゃ、また」

「わかった」

ダニエル＝カザノヴァ街の向こう側にあるデュリユー旅行社の飾り窓に、ブルゴーニュ旅行をさそうポスターが貼ってあった。ボーヌ救済院の釉薬《うわぐすり》をかけた陶製の屋根瓦、斑点のついた葉の茂みのあいだに黒い房をのぞかせている九月のぶどう畠、ディジョンにある昔の領主たちの墓。オペラ座通りに面した第二の飾り窓のなかは、冬のスポーツを想わせるものばかりだった。スキー、登山用ザイル、赤い紐を結んだ大きなスキー靴、大きな写真がいくつも飾ってある、ロープウェイ、滑走の跡の刻まれたまばゆい白雪の野、両手をまえにあげた姿勢でジャンプを試みる選手たち、山小屋の屋根はまるで巨大な白い毛皮のような雪に覆われ、陽光にきらめくその毛皮の表面には、山小屋の濡れた木造バルコニーが見えるほか、紡錘形のパンタロンをはき、ジャカード織模様のタートルネックのセーターを着た少女たちが、きらびやかに点々といる、そこに映しだされたサヴォワ地方は、きみを乗せた汽車がまもなく通過するサヴォワ地方の風景とはまったくちがっている、きみが通過するときはまだ黒い地肌が見えて霧が立ちこめ、雪は点々とほんのすこししかなく汚れていることだろう。第三番目の飾り窓はあげてイタリアで、トリーノにある「*聖骸布」を所蔵している礼拝堂の円頂《ドーム》の星形の内部、ジェノヴァのバルビ宮の階段、ピサの斜塔、*タルクィニアのフリュート吹き、教皇シクストゥス五世の命によりカリグラ帝の円形競技場から運ばれたオベリスクの屹立するサン・ピエトロ広場、ほかにも多くの都市の写真があったが、その大部分をきみは知らない、たとえば、ルッカの教会、ベネヴェントにあるトライアヌス帝の凱旋門、ヴィチェンツァのオリンピコ劇場。第四の飾り窓はきみをシチリア島にさそっていた。

　ピラミッド街を横断する、右手のアーケードのあいだに、空の雲を背景に、金色に塗られたジャンヌ・ダルクの騎馬像が穏やかに輝いていた、オペラ座通りの反対側にいくつもある他の旅行社でも「イタリア」という言葉が繰りかえし繰りかえしかかげられていた、そうした街を通りすぎてから、きみはフランス座広場で右に曲がり、信号灯の緑が赤になり、車の大河をまるで突然堰をおろしたように停めるのを待ってから、リヴォリ街を横切って、通行口をくぐり、その向こう側の広場に出ると、テュイルリー宮苑を前景に真珠母色の空にゆるやかに雲が流れていた。小公園の茂みのなかにかくれた「カインの息子たち」を刻む三つの拙劣な銅像とカルーゼルの凱旋門のあいだを通り抜けたとき、凱旋門の向こうの空に、はるかかなたのエトワールの凱旋門を背景として、オベリスクの灰色の尖端が屹立しているのがきみに見えた。

自動車が、まるで図書館の本のようにぎっしりならんで駐車していた。モリヤン館の入口のまえに二、三台の観光バスが停まっていた。写真機をぶらさげたアメリカ人たちが、石のベンチに坐り、観光案内図をめくりながらガイドを待っていた。*石棺やヴァティカン美術館にある古代芸術品の青銅模造品にはふだん以上の注意を払わずに、きみは「サモトラケの勝利」のニケ像に導く階段をのぼり、どの方向に行くか頭のなかにはっきりした考えももたず、気の向くままに歩みを進めた。エジプト芸術の部屋を通りぬけ、小さな螺旋階段をのぼって十八世紀絵画の部屋に行った。

きみの視線は、第一の部屋のグァルディやマニャスコの絵、第二の部屋のワトーやシャルダンの絵、第三の部屋のイギリス画家やフラゴナールの絵、と流れていった。最後の部屋にきて、はじめてきみは足をとめたが、それはゴヤのためでもダヴィッドのためでもなかった。きみがほれぼれとしたまなざしで、しげしげと見つめたもの、きみの歩みがきみを連れていったさきは、二枚のある三流画家の絵、パンニーニの絵で、それぞれ、天井の高い広間に空想の絵のコレクションがかけてあり、上流階級のひとびと――聖職者だろうか貴族だろうか――が、風景画をかけた壁のあいだにおかれた彫刻を縫って歩いている、ある者は嘆賞の姿勢、ある者は興味深げな態度、ある者は驚いた身振り、またある者は当惑した様子で、まるでシスティナ礼拝堂の拝観者のようだ。この絵の注目すべき点は、その絵のなかで、現実のものとして示されている事物と、描かれた絵として示された事物とのあいだにマチエールの差がまったくないということで、それはまるで、この画家がカンバスの上に、当時の多くの芸術家に共通の意図を、すなわち現実の完全な等価物を示すこと、絵に描かれた柱頭が、それをかこむ枠を無視すれば現実の柱頭と区別できぬものとならねばならぬという共通の意図をみごとにあらわし出そうとのぞんだかのようだ、それと同じように、見るひとを幻想のなかにつれこむことを意図したローマ・バロック期の大建築家たちは、彼らの建築家としてのすばらしい記号体系、つまり透し柱の集成や快感をそそる曲線の力をかりて、たえず自分たちの眼前にあり、自分たちに屈辱感を味わわせていた古代ローマの遺跡に拮抗するモニュメントを、空間のなかに描きだし、想像させるのであり、そうやってつくり出される彼らの建築は、彼らの建築言語の基礎にほかならぬ細密な装飾技術を、方法的にひとつの有機的全体へと積分するものなのだ。

こういうふうに均衡をとらせる態度、十六世紀以来、古代ローマ帝国が現実のカトリック教会に向かって、いわば、たえず挑戦状をつきつけていると感じてその挑戦に応じようとする努力、この二枚の対称的な絵の強調するものはこれだ。美術館の中庭に面した窓の右側にある『近代ローマ風景画の画廊』、左側にある『古代ローマ風景画の画廊』、後者のなかにきみは、コロセウムやマクセンティウス帝のバシリカ式会堂やパンテオンの姿が、いまから二百年まえ、ピラネージ*がそれらを銅版画に彫ったころの姿として描かれているのを見つけて楽しんだ、地表からほんのすこし突き出ているだけの白い柱頭はフォロ・ディ・アウグストゥスの奥にある、アウグストゥスの建てさせたマルス・ウルトル神殿の柱頭だが、いまはあの雄大な柱の上に高々と乗っている、アントニヌスとファウスティナの神殿の柱廊と、その神殿の内部につくられ、まだ壊されていない教会の正面、コンスタンティヌス帝凱旋門、ピラネージの時代にはまだ家々にかこまれていたティトゥス帝凱旋門、田園のまんなかにあるカラカラ帝の公共浴場、それから、ミネルウァ・メディカの神殿といわれている不思議な円形神殿、——こんにちでは、汽車で駅につくとき、それと交叉する。

窓の向こう側、雲がたれこめ暗くなってきた空の下のぶどうの樹々のあいだに、教会の高い屋根が突き出して、釉薬をかけた黄色い瓦が菱形模様をなし、その下に村がきれいにかたまって見える。座席のあいだの鉄の床暖房では、何本もの線条が、まるで車輛入れ換え駅のこまかなレールのように交錯している。

二年まえ、いや、まだ夏だったからもうすこしまえだったろうか、八月末のことだ、きみはいまの旅行と同じように、三等の車室に坐っていた、いまと同じく進行方向に面した通路よりの席に、そして、きみの向かい側には知り合ったばかりのセシルが、食堂車で出会ったばかりの、休暇から帰るところだったセシルがいた。

いまの時刻よりたしかにもっとあと、午後の真盛りのことだ、この列車と同じように、朝発《た》ってローマには明け方に到着する列車、時刻表にはいくらか相違があったが、たぶんいま乗っている列車と同じ列車で、そのときは出発の直前に支障が起きてしまって、その列車に乗らざるをえなくなったのだったが、どんな種類のごたごただったか、きみはもう正確には覚えていない。言うまでもなく、昼食まえまでは、きみは一等車に乗っていた、名画のカラー写真が飾ってある一等車、たぶんローマにある名画の複製だ、たとえばボルゲーゼ*美術館所蔵の二種の愛の寓意画だろう、それがいちばんありふれた複製写真だから。

きみがはじめて彼女を見たとき、昼食の第二回目のサーヴィス時間に、きみは窓ぎわのテーブルに席を占めて食事のくるのを待ちうけていた。ディジョンはもうずっとまえに過ぎていた、ボーヌもマコンもシャロンも、いや、ブールでさえ過ぎていた、窓外の景色はもうぶどう畠ではなく山に変わっていた。

彼女は、浅黒い胸をのぞかせた赤っぽい橙色の服を着て、黒い髪は編んで頭のまわりに巻き、金色の珠のついたヘアピンでそれをとめ、唇はほとんど菫色に塗っていた。

食堂車はすこしずつ混んできたが、偶然きみたちはテーブルにふたりだけとなった、暑かったので、窓の上部のガラス仕切りを開けてもかまいませんか、と彼女にたずねたのが、きみの最初の言葉だった。それから、彼女が黒いハンドバッグから鉄道時刻表をとりだすのを見て——きみが今日もってきているような空色の時刻表ではなく、あの荷物棚の下の絵のような浅緑色だった——そのときのきみは時刻表をもっていなかったので、エクス＝レ＝バン到着の時刻を彼女にたずねた。

「そこに着くまでには、お食事は終りますわ」

「そこでは降りません。ローマまで行くんです。でも残念ながら観光ではなく商用で」

はじめはただ若干の儀礼的な言葉、それも、とぎれとぎれに長い沈黙をはさんでだったが、だんだん持続した会話となってゆき、話題の中心は、食事のこと、きみが彼女にすすめたぶどう酒や、きみたちの皿に供された料理についてだった、やがて食事も終り、彼女が伝票を見たとき、自分のもっているフランス貨幣では足りないことに気がついた。

「リラでもかまわないでしょうね」

「でも、とても損ですよ。わたしがパリの相場で千リラ取りかえてさしあげます」

それから、彼女は自分のことをきみに話しはじめ、自分もローマまで行く、数年まえからそこのファルネーゼ館で働いていて、この都市、こういう生活、こういう職場を彼女は愛している、だが彼女はローマではひとりぼっちだった、いまはひと月の休暇をパリで過ごしたのち、パリをはなれたところ、もちろん、いささか郷愁の念をおぼえて。母はイタリア人で、彼女もまたミラノで生まれたが、国籍はフランス人だったし、学校も、大戦中にセヴィニエ高校を卒業していた。

国境閉鎖が解除されてから、彼女は母方の親戚の家に戻り、フィアット社の青年技師と結婚したが、夫は、彼らがトリーノに居を構えた直後、高速道路でのひどい事故で死んだ、結婚後ちょうど二か月のことだった。それを思い出すと、いまでも身ぶるいするほど気持が揺すぶられる。そのため彼女は、そうした思い出のたねとなるすべてのものからはなれたいとのぞみ、南に下ったのだった。

食堂車のお客はほとんどみんなそれぞれの客車に戻ってしまっていた。ボーイがテーブルクロスをたたんでいた。きみたちは食堂車を出た。きみの一等車室のまえを通りかかったが、こんどはひどく自分のことを彼女に話したいという気持に駆られたので、きみは彼女の車室までついて行き、彼女と向かい合わせに坐ったのだった。そのとき、列車はラマルティーヌ*の詩で名高い湖に沿って走っていた。

国境通過のときもきみたちはしゃべっていた。そして夕方、きみたちは一緒にイタリアの食堂車に行った。夕陽に照らされたピエモンテの峨々《がが》とした広大な風景、谷あいはしだいに影にみたされてゆくが、灰色の木造の屋根が斜面の中途に輝いていた。汗がきみの背中を流れていったが、吹く風が爽やかになったのをきみは感じた。彼女はきみの話に耳を傾け、きみを見つめ、きみに見とれ、笑った。時間が流れ、夜になっていった。

きみたちが彼女の車室に戻ったとき、そこにはもう三人しかいなかった、黒い服を着たイタリア人の老婆と、フランス人観光客ふたり、兄と妹。

きみたちはジェノヴァのトンネルにさしかかっていた。きみたちは明るく照らしだされた大型商店の建物、そして水面に映る月影をじっと見つめていた。もうなにも語らなかった。だれかが車室の明りを消して下さいと頼んだ。天井には青い小さな終夜灯しかついていないが、通路沿いの窓のカーテンはまだ下げてなかった。一瞬、彼女はきみがまもなくここを去るだろうと考え、きみ自身もそうしようかと内心考えたが、なんとみごとにきみは捉えることができたことか、彼女の顔の上に、あの心残りの表情を！　きみはそのまま坐っていた、進行方向に向かった席、いまと同じ席に、そして彼女はきみの向かい側に、ついいましがたまで教授が坐っていたと同じ位置にいて、頭を左に曲げてきみに微笑みはじめ、きみに見守られたまま眠りが押しよせるのに身をゆだねて、ときどきふっと姿勢をとり戻し、手は窓の縁枠をなでている、ときどき口をほんのかるく開けて呼吸すると、彼女の上歯の端が唇の上をすこし噛んでいるのが見える、なにか苛立っているようだが、しだいに、列車の揺れが彼女を捉え、魅了していった。

鉄の床暖房の表面をきみの両足がこすっている。窓の外は雨、いずれ降りだすことは出発のときから明白だった雨が、いま、静かに落ちはじめている、細かな雨粒が窓ガラスの上に小さな線を描いている、まるで何百という睫毛《まつげ》のようだ。

反対側の絵の題は、『近代ローマ風景画の画廊』、ミケランジェロのモーセ像がそこに君臨しており、額縁のなかの絵には、ベルニーニ*設計の噴水がすべて描かれている。きみは眼で散歩していった、ナヴォナ広場の「四大河の泉」からバルベリーニ館のそばの「トリトーネの泉」へ、サン・ピエトロ広場からトリニタ・デイ・モンティ教会まえの階段へと。きみが眼で散歩して行くそうした場所のどこもここも、きみにとっては、セシルの顔、セシルのまなざしにみちみちていた、セシルからきみはそれらの場所を愛することを学び、セシルのためにきみはそれらの場所をまえにも増して愛することを学んだのだ。

お腹が減ってきたので、きみは窓ガラス越しに中庭を見ると、雨が降っていて、中央の棟の上方についた時計が十二時半を示していた。

きみは小さな螺旋階段をおり、エジプトの部屋を通りぬけたが、「サモトラケの勝利」

のニケ像まで来てから、直進してすぐ階段を下におりるかわりに、左へ曲がり、「初期イタリア絵画の部屋《サル・デ・セット・メートル》」を通りぬけ、足早に「大画廊《グランド・ギャルリー》」をとおって、たくさんの外国人グループのあいだを縫って進み、*プッサンとロラン、ローマに住んだこのふたりのフランス画家の絵のところまできたのだった。

　このふたりの画家の絵がどんなふうに並んでいたか、きみは思い出そうと努力するが、完全には思い出しきれない。たしかきみの覚えているかぎりでは、右側の壁には、十七世紀における*フォロ・ロマーノの風景を描いた小さな絵があった、そのころはなかば地中に埋もれたディオスクロイ神殿の三本の柱や、*カンポ・ヴァッチーノ、茫漠とした空き地、そのころには家畜市場と変わってしまった世界の首都の脊柱部がそこには描かれ、それからまた、つづれ織の壁掛けによく似た『ルツとボアズ』、垂直の空間に、ふたりの人物の動作がまるでエジプトの浅浮彫のなかの刈入れ人の動作のように画布に展開され、麦畠はワニスを塗られ長い時間がたったため、どんよりとしている絵、その次はあまり確実ではないが、たしかアテネのペストを描いた絵、あるいは『サビニの女たちの略奪』、いずれにせよ、ポンペイ絵画ときわめてよく似かよっているため、この明白な事実から、画家がポンペイ絵画に関してはまったくなにも知らなかったという明らかな事実をなかなか承服しがたいといわれている例の種類の絵のひとつ、いや単純にあの凡庸な古代ローマのフレスコ画『アルドブランディニ家の婚礼』をとおして――彼の手になる珍しい模写作品がローマのドリア館にある――天才的な推察能力によりポンペイ絵画の精髄を再発見することができたのだといわれている絵のことだ。ところで、反対側の壁にはなにがあっただろう？　たしかバッカス祭の絵があった、だが、そのほかは？　クリュセイスをその父に返すオデュッセウスの絵だったか？　朝日をあびた海港の絵だったか？　クレオパトラのタルソス上陸の絵だったか？　その三つとも飾ってあっただろうか？

きみは、それらの絵に描かれた人物たちをじっと見つめていた、人物たちはじつに素直に描かれていて、見る者の精神が招きよせられ、彼らに生命を吹き込んでゆく、そのため、きみは彼らのひとりひとりについて物語を想像し、そこに描かれた光景の前や後を彼らにしたがって歩いたり、彼らの海上の旅のまっただなかで、彼らの姿態を考えてみたり、あれらのすばらしい海辺の都市の街々での彼らの冒険を想い浮かべたりしていた、列柱や広間がつらなり、大きな樹々の植えられた庭園がいくつもある豪奢な住居、ウェルギリウスの声に浸された彼らの想像力のなかでは、古代記念建造物のばかげた再現よりは、はるかに正しく古代的であったあれらの豪奢な住居、これからさきも、愚かな多くの世代がそうした再現をわれわれに示しつづけるだろう、いったい、そんなばかげたことがいつまでつづくのだろうか？

まるで時計のように正確なきみの胃袋――そういうのは年をとったことの徴候のひとつだそうだが――その胃袋の空っぽな感じできみは夢想から引きはなされて、きみは、それまでよりはずっと早い足どりで下におりて外に出ることもできたわけで、ヴァン・ダイクの部屋を横切り、すぐ左手に、中世彫刻を飾ってある所へ行く階段を見いだすこともできたわけだった。だが、きみはそうはしない。身をひるがえして陶然としている外国人グループのあいだを通りぬけ、「初期イタリア絵画の部屋」を通り、「サモトラケの勝利」のニケ像のそばをぬける、早く、とても早く、だが、見たいという気持をおさえきれぬまま、きみは、アンティオキアのモザイク、皇帝ネロの時代のローマ婦人肖像、長衣《トーガ》を着て丸い顔をした、重々しい少年ネロの彫像と視線を流していった。

ガンベッタの記念碑のあった跡を示しているテラスまできたとき、雨はとても細くしげく降っていたので、カルーゼル凱旋門が辛うじて見えるほどで、もちろん、オベリスクはまったく見えなかった。

リヴォリ街は、半時間まえと同じく自動車の波だったが、まえとちがうのは、どの車のフロントガラスにも、いまは、ワイパーが扇形を描いて動いている点だった。

リシュリユー街の、これまでなんどか商談で使ったことのあるレストランで、きみは昼食にボローニャ風スパゲッティを注文したが、運ばれてきたものは、まさに名前どおりにボローニャ風のものだったろうか、いや、食べながら突然感じた孤独感が、その料理を、素直に味わうことを妨げたのだろうか？　コーヒーについても、店のものは微笑を浮かべながら、エスプレッソでございますと断言していたが、数分後に運ばれてきたのは*フィルター・コーヒーだった。たしかに、とてもきちんとしたフィルターではあったが、きみには、フィルターからコーヒーが濾過されてその下の茶碗にいっぱいになるまで待っている気がなく、勘定を払った。こんな感情を抱きながら、こんなふうにして食事をするくらいだったら、わざわざきみの家に昼食に帰らないで、役にも立たぬ嘘をさらに重ねて、アンリエットとの関係をさらにこみいらせ、悪化させる必要もなかったのではあるまいか？

きみのナツィオナーレの包みには、まだ一本煙草が残っていたが、そとに出たら、とても激しく雨が降っていたため煙草の火が消えてしまったので、きみはそれを鋪道にすてた。まだ一時半で、二十五分も早く事務所に戻ろうという気持はまったくなかったし、ましてや、事務所に戻ったとき、きみがかりにひとりきりだったとしたら、きみはそこで眠ってしまいかねなかったから。鉄道旅行にきみがどれほど慣れていたとしても、たとえ快適な一等車に乗っていてさえ、旅行はいつでもきみを疲れさせる。疲労の度は年をとるに従ってだんだん多くなってゆく。

このつぎからは、もっとずっと楽になるだろう。なんどもスカベッリ商会で問題にしたあげくに、やっと、これからのきみの旅行には寝台車の費用が出るという決定を獲得したのだから、だが今日のところは、きみは一等車にすら乗っていない、きみを待ちうけているなかば不眠の夜のことを考えると、きみはあの倹約心、もっと暮らしが楽でなかったころの名残りを口惜しく思いはじめる、いや、ときみは考え直す、きみがこんど、こんなふうな条件の下で旅行しようと思ったのは吝嗇《りんしょく》さゆえではない、それはセンチメンタリズム、ロマンチックな心の動きのためなのだ、二年まえの八月の末、この列車ではじめてセシルに会ったとき、きみが自分の車室をはなれて彼女の車室、いま乗っている車室と同じような車室に移り、彼女と向かいあわせに、いまきみが坐っているのと同じ座席に坐ったというそのことのためだったのだ。また、きみが彼女と一緒に旅行をするときは、いつでも三等だったからでもある。だが、ここでまた化けの皮がはがれ、倹約心が馬脚をあらわしてくる、というのも彼女の最近の旅行の費用はきみが払っていたのであり、きみはそれがあまり高くつくのを好まなかった、パンテオン広場十五番地のきみの家、きみの家族のための金が充分でなくなることを、いつでも心配していたからだし、金の使いぶりについてアンリエットから質問をうけることを、いつでも恐れていたからだ。ああ、いまのきみは、げんに暮らしが楽なのだから、いまとなっては滑稽でしかないそんなけち臭さを、もっと昔にふりすてることができたら、きみはもうずっとまえから、セシルと一年じゅう生活を共にしていたことだろう、これまでは、きみの気ぜわしいローマ滞在のあいだしか味わえなかったあの生活を。

だから、この半時間をつぶさなければならないのだが、悪天候のため、街を散歩するわけにはいかないので、きみはオペラ座通りを横断してから、その左側の鋪道を北に進んだ、きみがさっき事務所からルーヴルに行ったときの道を逆戻りしたわけで、左側に沿ってすすむと本屋の飾り窓にローマとパリの旅行案内書《ギード・ブルー》が飾ってあり、つづいて旅行社の飾り窓、きみの友人デュリユーの店だ、デュリユーはこれまではそれほど仲の良い友人ではなかったが、いまは彼に恩義を感じている、彼の店にセシルが勤めるようになるはずだから、彼女がパリに来るきっかけをあたえてくれたのが彼だから、彼がそれと知らずにきみを解放してくれたからだ、シチリア島の宣伝をしている飾り窓、イタリアの宣伝をしている飾り窓には、カリグラ帝の円形競技場にあったオベリスクが中央にそびえるサン・ピエトロ広場、タルクィニアのフリュート吹き、ピサの斜塔、バルビ宮の階段、偉大なグァリーニ設計の内側が星形の円頂《ドーム》。アルプス宣伝の飾り窓、ダニエル＝カザノヴァ街に面したほうにはブルゴーニュ地方宣伝の飾り窓、ブルゴーニュ――きみは、いまそこを走り、そこの食道楽な中心地ディジョンに近づきつつある、かつては活気にあふれていたが、パリが中心的都市となって以後、こんにちではまずなによりも隠遁と享楽の町だ。飾り窓にはカラー写真がいくつもかかっている、ボーヌ救済院の中庭と複雑な模様を描きだしている釉薬《うわぐすり》をかけた陶製の屋根瓦、ロヒール・ファン・デル・ワイデンの『最後の審判』の天使像、メルキオール・ブロエデルラムの『エジプトへの逃避』、『預言者の井戸』のモノクロ写真、色刷りのポスターにはぶどうの房、ぶどうの樹、ぶどう酒の瓶が描いてある。その通りの反対側には、きみの事務所のイタリア風の外見の飾り窓、黒い字で大きくスカベッリと掲示してある。その字はネオンサイン式照明にはなっていないが、夜になると、輪郭のうねうねした大きな曇りガラスが明るく照らしだされた上に影絵のようになって浮かびあがるのだ、地面のところまでガラスの張ってある飾り窓のなかの壁面はモザイク模様になっていて、タイプライターや計算機が、さまざまの方向に張られた色糸の束でつるされ、それぞれひとつずつ小さな投光機で照らされている(もちろん、こんなディスプレイの仕方は、きみよりまえにオリヴェッティ・タイプライター社でやっていたことだった)、すこしさきに脇門、この建物の古い門で、商会社員ばかりでなく大事なお客までも、上の階にあるきみの事務所に行くためには、その入口を使わねばならぬ、その門を、きみはもうずいぶんまえから改造させようと考えていたが、ローマ本社のほうでなかなか承認してくれない。本社としては、自分が所有主となることもできぬ部分——というのは、その階段は上のすべての階に通じる唯一のものなのだ——の模様替えに巨額の支出をする気にならないのだった。その脇門のつぎに、ブレンターノ書店とイタリアの船会社がある。

きみはカピュシーヌ大通りを歩いてコーマルタン街まで行き、ローマ風のバーにはいった、夕方になるといつも混んでいるバーだが、その日の夕方はとくに混んでいた、というのも、きみはその日の午後の勤めが終ってから、もういちどそこへ行ったのだった、パンテオン広場十五番地に帰りつき、アンリエットや子供たちに会うのをすこしでもあとにしたいと思ったからで、夕方行ったときには、バーは化粧の濃い女たちでいっぱいで、彼女たちは高い腰掛けに坐り、ハイヒールの尖った踵《かかと》をぶらぶらさせ――かなり太い足の女もずいぶんいた――、長いシガレット・ホルダーを指でたたき、人造宝石《イミテーション》のイヤリングを耳にはめていた、だが、昼間行ったそのときにはほとんど空っぽで、老人が数人いただけだった、《古代ローマ風》というバー、ラテンの首都の現在のバーとはおよそかけはなれているが、その官能的な悪趣味のまま十九世紀末のローマに移せば、きっとぴたりとはまってしまうだろう、壁には褐色がかった趣きのある絵が数枚、小市民的な世間体への顧慮から解放された《ベル・エポック》のころのパリ人のいささか窮屈な放蕩ぶりが、自分の意図の絢爛《けんらん》たる実現のつもりで夢みていた、あのけばけばしく、また同時に、もやもやした道徳的自由、あの壮大な淫蕩めいたもの、そんな特徴的な題材を描いた絵が数枚かかっている、たとえば、『ヴィーナスの間にいるメッサリーナ』だとか『ネロ皇帝ローマに勝利の入城』だとかで、肱掛椅子のクッションは緋色のビロード張り、古貨幣《コイン》のコレクションが飾ってある、だが、いかにローマ風であっても、このバーではきみの欲するエスプレッソを飲ませてはくれぬだろうと、きみにはわかっていたので、またフィルター・コーヒーであきらめて、きみはそれをちびちび飲みながら、ふたりの老人がおたがいにときどき耳打ちしては新聞を読んでいる姿を横目で観察しているうちに、二時五分まえになったのに気がついた、廻り道をしてゴーロワーズを幾包みか買ってから午後の開店時刻に事務所に帰りつくのにちょうどいっぱいな時間しか、もうきみには残っていなかった、その夕方、六時半に、きみが一番あとから事務所を出て鍵を閉めたとき、夜のなかを霧雨がすべての店のネオンの看板や飾り窓、自動車のヘッドライトや信号灯の光をうけて虹色に輝いて降っていた、きみはしばらく鋪道に立ってタクシーに声をかけていたが、どの車も客が乗っていた、そのときのきみは、マルナルが午後のうちに手荷物一時預り所から取ってきておいてくれたスーツケースを手にさげていて、結局地下鉄に乗ろうと決心せざるをえないことになったが、地下道までぶらさげて歩くには、そのスーツケースはあまりにも重かったので、きみはまたきみの職場へ、きみの支社長席へと上がってゆくと、部屋にはだれもおらず真暗で、静まりかえった部屋部屋のガラス窓をとおして、濡れたひと影と光が動いているのが見えた、スーツケースを机の上においてから、手ぶらになったきみは真直ぐ家に帰らず、例のローマ風のバーへ行くと、こんどは、婦人たちや、昼間いた老人たちよりは若い男たちでいっぱいで、きみはそこに約十五分間、濃い紅茶を一杯飲むあいだしかいなかった、濃い紅茶を飲んだのは寒かったからだが、夜汽車に乗ったあとのきみは、それを飲んだために家に帰ってから寝つけないだろうとはまったく心配しなかった。それから、濡れて急ぎ足に通りを歩く群衆のあいだを縫ってマドレーヌ駅まで行って地下鉄に乗り、セーヴル＝バビローヌ駅でオーステルリッツ駅方面行きに乗り換え、オデオン駅でおりて階段を上がると、あらゆる人種の学生たちの波が階段をおりてくるのにぶつかった、そんな道筋を通って帰ってきたのも、

それがいちばんの近道だったためではない、パンテオン広場十五番地にいそいで着きたければバスに乗ったほうがよかったのだけれど、だがきみはその日一日じゅう、ローマの記念建造物を、セシルの存在のためにきみが強く心をよせるようになった建造物を思い出させるような建物のそばを好んで通り、いわばパリの街なかでローマ的道程を辿っていたわけで、そうしたローマ的道程をさらにもうすこし引き延ばしたいと考えたから、そんな道筋を通ってわが家へ帰ろうとしたのだ。パリのそうしたローマ的細部をしげしげと見つめたとき、きみのかたわらには、セシルの眼、セシルの声、セシルの笑いを、彼女の若々しさとまだ失われぬ自由がありありと蘇ってきたものだった、きみがいちばんの近道をとおらなかったのは、

観光客のように、ゆっくりした足どりで、サン＝ジェルマン大通りを歩き、サン＝ミシェル大通りを横切ってから右に曲がり、その大通りの左側の鋪道を進もうと思ったためだった、その目的は、背教者ユリアヌス帝の公共浴場《テルメ》の廃墟である煉瓦と角石の壁をじっと長いあいだ見守るためではなく(夜、しかも、雨の降るなかに佇もうという気持は、きみには毛頭なかった。それに、そもそも見守るべきなにがあるというのだろう)、そうではなくて、その煉瓦と石の壁を手で触ってみるためだった、ユリアヌス帝の「愛*するルテチア」——この言葉だけで、皇帝の名がこの廃墟に結びつけられて残っているという事実が充分にうなずける——、そういうただひとつの重要な遺跡であるこの壁。

パンテオン広場には、毎晩、その時刻にはいつもそうであるように、ほとんどひとけがなかった、ふだんなら、そんな時刻にはきみはもう、きみの車に乗ってきみの家に帰ってきている、だが、その月曜の夜には、きみの車はエストラパード街の車庫に置かれたままだった、昨日きみが会社の帰りに車を置いてきたあの車庫に。パンテオンの暗い影の塊《かたまり》が広場の上にのしかかって頂きの円屋根は見えず、広場はひどく巨大に思われ、横切るのが大変だと感じられた。一台の自動車が雨に濡れたなかを角を曲がり、ヘッドライトで一瞬ジャン＝ジャック・ルソーの石像を照らしだした。

スイッチを押すと、扉はぎっぎっと音がして開き、左手にある管理人部屋の窓ガラスには、すき間なくカーテンが下りていて、そのカーテン越しに赤みを帯びた光がほんのすこし滲《にじ》みでていた。自動タイムスイッチで明りをつけてから、きみはエレベーターに乗り五階までくると、きみの住居の玄関のところに、アンリエットが両手をグレイのエプロンで拭きながら出てくるのがきみに見えた。

いつものように、きみが接吻するのを彼女は待っていたが、きみは、この喜劇をこれ以上延長するのを拒んで、外套のボタンをはずしはじめた、とそのとき、彼女はきみにたずねた。

「スーツケースはどうなさったの？」

「事務所に置いてきた。引きずってくる気がしなかった、今晩は車がないんだから。みんな元気かい？」

「お食事はすぐできます。今日の昼間はどうでした？」

「すばらしかった。もっとも、少々疲れてるがね」

彼女はふりむいてマルスリーヌを叱りとばし、きみが子供部屋をちらりとのぞくと、男の子たちは、うしろめたそうな、それでいて傲慢な様子でふたりとも立ちあがった、アンリは、きみの帰ってきた物音を耳にしたときにはベッドに横になって推理小説叢書《セリー・ノワール》の一冊を読んでいて、辛うじてその本を枕の下になかば隠したところだというのが見えみえであり、トーマは、さっきの母親のしぐさと同じように、両手をこっそりとコーデュロイの半ズボンで拭いていた、彼のうしろの洗面台には水が張ってあり、色紙の帆をつけた小さな紙の舟がそこにゆっくりと沈んでゆくところだった、大きなテーブルの上には灰皿がある、ふたりのどちらかがどこかのカフェで盗んできたものにちがいない、焼けた紙片や煙草の吸殻でいっぱいで、絨毯の上にはガフィヨ羅仏辞典とほかの教科書が数冊ころがっていた、それを投げ合っていたにちがいない。

扉を閉めた背後で彼らは笑いを圧《お》し殺していた。娘たちの部屋のなかでは(片隅には小さな洋服をくしゃくしゃに詰めこんだジャクリーヌの人形車があり、まんなかの電灯の下には、やりかけの編物が山と積んであった)、マドレーヌが安楽椅子に倒れこんで『エル』誌を読みふけっていた。

「妹はどこにいるんだ?」

「ママの言いつけで食堂で宿題をやってる」

彼らはまったくいまは素行の悪い年頃だ、夜、彼らと顔をあわせれば、まるですばらしい玩具でも相手にするように、楽しく遊んでやっていた、小さかったときの魅力も可愛らしさもすっかりなくしてしまった、いや、一番上のマドレーヌを含めて、みんなまだ幼すぎて、きみは、彼らに大人のように、友人のように話しかけることもできない。きみの立場、きみのいろいろな気苦労のため、そのほかいろいろときみの心を奪っているもののため、彼らの勉強を親身に見てやることができぬまま、きみは彼らの騒々しいばか騒ぎを我慢しているのだが、それがきみに子供たちのことを苛立たしく思わせ、それがまた原因となって、子供たちはきみを信頼しない、そんなわけで、彼らはきみにとって、野蛮でずうずうしく、共謀してなにかをたくらんでいる小さな異邦人となってしまっている、彼らは、彼らの母ときみとのあいだがなにかうまく行っていないとはっきりさとっていて、きみたちふたりの行動を探っている、そのことについておたがい同士では話をしないとしても――そんなことをしているとしたら、きみの心は動揺するだろう――、彼らはそれを深く考えているにちがいない。彼らは親が自分たちに嘘をついていると知っている、彼らはもうあえてきみのところに問いただしにはこないのだ。

セシルへの愛情をまえにしてきみがあれほどためらったのは、たしかに彼らを考えてのことだったが、事態をそんなふうにしてゆっくりと悪化するにまかせることは、明らかに問題の解決にはならない。そうではなくて、必要なことは、彼らがうすうす感じていることが真実だと、彼らに率直に示すことだ、そんな外科手術は、彼らをすこしは苦しませるかもしれぬが、彼らを蝕《むしば》みはじめている精神的病いから彼らを解放してやることになるだろう、それは、何ひとつはばからずに自分の感情に従って断行する男のモデルを彼らに見せることになり、いつかは、彼らはそのことできみに感謝するだろう。だから、彼らのためにこそ、きみはもう躊躇してはならない、もうきみは自分の気持を隠してはならないのだ。

　きみは、彼らをけっして見棄てはしないだろう、きみはいつでも彼らを力づけ、彼らがなにひとつ不足のないように注意してやるだろう。とりわけ、もしそうなったら彼らは、あの不信のまなざしも、あの悪意ある微笑も見せずに、きみのもとに来ることができるだろう。きみと彼らの関係が浄められるのだ。

　きみの部屋のなかできみは窓を開け、雨の降るなかで、濡れたヘッドライトの光の上のほうにそれとわかるパンテオンの黒い塊をしげしげと見つめた、それは、ユリアヌス帝の公共浴場《テルメ》跡とならんで、パリのすべての記念建造物のなかで、それを見ればかならずきみの心をセシルへと舞い戻らせる建物なのだ、そのわけは、ただたんに、その名前がきわめて自然に、*アグリッパが十二神に捧げたあの神殿の名前をきみに想い起させるためばかりではなくて、ちょうどきみの住居の高さのところにある花綱模様の帯状装飾《フリーズ》が、古典主義的建築装飾のあらゆる努力のなかで、もっとも美しい古代ローマの装飾をもっとも見事に模倣したもののひとつだからでもある。それからきみは鎧戸を閉めてから手を洗おうとして化粧室にはいったが、鏡の下の小棚になにも載っていないのを見て、スーツケースをもってこなかったことに茫然とし、翌朝どうやってひげを剃ったらいいだろうかと考えた、きみの息子たちはまだ若すぎてひげ剃りブラシとか、そのほかのひげ剃り道具をもっていないし、まる一日ひげを剃らない顔でマドモワゼル・カプドナックやマドモワゼル・ランベールやマドモワゼル・ペランのまえに姿をあらわすわけにもいかないから、ただひとつの解決法は朝食後に床屋へ行くことだろう。

　きっとアンリエットは、さっききみが帰ってきたときそのことを考えただろう、なにしろ彼女ときたら、そうした細かなことに関しては驚くほど鋭い注意力をもっているのだから、でも彼女は、それをきみに言おうとは思わなかった、きみがひとりでそのことに気がつくことをのぞんだのだった、きみの鼻をくじくため、きみには彼女が必要だということを感じさせるためだ、もちろん愛の面に関してではない、その点ではもう手遅れだ、そうしたあらゆる些細な物質的問題という面についてである。いつでもそのような小細工を弄して、きみが思いきった行為に出るのをさまたげ、子供たちをスキャンダルから守るのだ、いつでも、そうした小心でさもしい小細工を弄し、心の底ではきみと同じように離別をのぞんでいるのに、そんな偽善を振舞っている、しかしじつは、彼女は離別が怖いのだ、友人たちから憐れみの眼で見られることを恐れ、子供たちが級友たちからなんと言われるだろうと恐れているのだ。そんな事態に彼女はあえて立ち向かおうとはしない、だから彼女は、炸裂を遅らせるため全力をあげている、しばらくたてばきみの情熱も弱まり決意も鈍り、それからはもうなにごとも起らないだろうとのぞみながら。

彼女はいつでも策略の罠を張っている、だが、もしかりに彼女の策略が成功したら、彼女はそこからなにを引き上げることだろう？　きみを決定的に打ち破ったという悲しい優越感、地獄に堕ちたひとびとが他人を自分たちの松脂《まつやに》と倦怠の沼地のなかに引きずりこむときの陰気な快楽、そんなものだ、彼女は勝ち誇るだろう、だが、なんとあわれな勝利なことか、戦いおわって彼女がきみのかたわらに戻ってみたところで、それはまるで消耗戦に抵抗しきれなかった男のそばにいるようなものだ、だからそんな男に対して彼女は、戦いのあいだじゅう抱いていた軽蔑の念よりもはるかに深い軽蔑の念しか抱くことができないだろう。

そのとき彼女にはきみが我慢ならないだろう、きみの意に反して、きみを彼女のもとに引きとめたのが、きみの弱さ以外のなにものでもなく、愚かな友人たちをまえにした彼女の恐れがきみに伝染したゆえだと知って、彼女のそれまでのよそよそしさは憎悪へと変わるだろう、ああ、あの非難がましい顔は、そのとき、まったく重苦しく変わることだろう！　いったいどうやって彼女はきみを赦すことができようか、きみの怯懦《きょうだ》を決定的にむき出しにしてしまったこと、きみのなかの、彼女がまだ愛することのできたかもしれぬもののすべてを殺してしまったことを、どうやって自分に赦すことができようか？

そうやって他人の眼に自分を寛大な女性だと見せようと考えながら、そのじつ彼女は、きみたちふたりながらを、あの取り返しのつかぬ破滅のなかに引きずりこむことに、なんと秩序立って熱中することだろう！

パンテオンの帯状装飾《フリーズ》がイリュミネーションで照らされ、くっきりと浮かびあがって見える客間の窓のそばの肱掛椅子に腰をおろして、きみはラジオから流れでるモンテヴエルディの『オルフェオ』抜萃曲に耳を傾けた。きみは黒い鉄製のスタンドにしか明りをつけなかった。ガラスのはまった扉越しに、マルスリーヌが食堂で食事のお膳立てをしているのが見えた。きみは正面の壁に掛けたピラネージの二枚の大きな版画をしげしげと見つめていた、一枚は牢獄の絵、もう一枚は建築物の絵。セシルとの関係ができたはじめから集めだしたラテン作家やイタリア作家の書物をならべたきみの小さな書架のなかから、きみはギヨーム・ビュデ古典叢書中の『アエネーイス』*の第一巻をえらび、その第六歌の冒頭のところを開いた。そのとき、ジャクリーヌが右手の人差指と拇指をインクで黒く汚したまま部屋にはいってきて、暖炉の反対側、フランス作家の書物をおさめた大きな書架のそばの肱掛椅子に、すこし当惑したような様子で坐り、両手を組んだ。

「パパ、旅行はおもしろかった?」

「ああ。で、おまえはおとなしくしてたかい?」

「あの女のひとにまた会ったの?」

「女のひと、って?」

「いつか、うちに来たひとよ」

「ダルチェッラさんのことかい?」

「苗字は知らないわ。パパがセシルって呼んでたひと」

「ああ、会ったよ。でも、なんだってそんなことを訊《き》くんだね?」

「そのひと、また来る?」

「さあね」

食事の支度ができましたときみに言うためガラスのはまった扉を開けたアンリエットが、この末の娘をきびしい顔付でにらんだので、娘のほうは真赤になり、泣きだしてしまい、指を洗いに浴室に逃げこんでしまった。

あの些細な情景の下にはなにがあったというのだろう? そこに、罪のない偶然の符合しか見てはならぬのだろうか、とすれば、顔を赤くし、泣きだし、逃げだしてしまったのは、単純に、彼女が母親ときみの態度に狼狽《ろうばい》したためだったろうか? いやむしろ、彼女は意識してきみに質問を発したのではなかったろうか、彼女が小さな頭のなかで組み上げた仮定の確認をえようとし、きみから情報を引きだして自分がそれを知る最初のものになろうとするために、それともまた……、もちろんここで、この問題は苦痛と変わり、もうそんなふうに考えを進めてゆくことはできなかった、問題を糊塗してごまかしても、自分自身と自分の救いとをまえにして、あのような不潔な恥ずかしさを感じても、もうなんの役にも立ちはしなかったのだ、数年まえまではきみをあれほど愛していたあの娘、ついいましがたあんなに可愛らしげにきみに近寄ってきたあの娘、姉のマドレーヌを念入りに真似て精いっぱい大人っぽく見せようと振舞っても、やはり優しくきみを愛さないわけにはいかなかったあの娘、そんなあの娘なのだが、彼女の振舞いのなかには、きみを嘲弄しようという心がすこしは動いていたのではないだろうか？
そんなことをきみはベッドのなかで考えていた、その日の午後の終りにローマ風のバーで飲んだとても濃い紅茶のため、旅行で疲れているにもかかわらず眠れなかったので。

窓の向こうでは雨はいっそう激しくなった、大粒の雨が窓ガラスを打っては、斜めに線を描いてゆっくりと流れ落ちはじめる。イギリス人が新聞をたたんでポケットに押し込む。通路の向こう側、雨にぼんやりかすんでふるえている電線の下に、家屋か樹がぼんやりと塊になって、葉のないぶどうの樹に覆われた丘の斜面の、そこここに見える。

だが、こんどこそ大丈夫、もうおしまい、きみはいまや自由だ。

たしかに、まだ整理しなければならぬいろいろな細かいことがあるだろう、数か月後でなければ境遇は安定しないだろう、だが、第一歩は踏みだしたのだ。

明後日の日曜の朝、きみが九時ごろモンテ・デッラ・ファリーナ街五十六番地の五階で眼をさますとき、陽光が鎧戸のすき間をとおして輝いていることだろう、きみの耳にはいってくるのはイタリア人の声だろう。

まずはじめに、きみはセシルの部屋をはなれる、彼女はもう起きていて、水差し一杯のお湯を差しだしてくれるだろう、きみは部屋をつなぐ扉から表向きはきみが寝たことになっている部屋に行き、ベッドを乱し、顔を洗う。

それから、きみたちはローマの街なかに出るだろう、よく晴れていれば、きみたちは市街を出て、たとえば、きみが秋には行ったことのないハドリアヌス荘に昼食を食べに行くだろう、それとも、彼女がのぞんだら、どこかの海岸に食事をしに行ってもいい、場所を選択するのは彼女だ、彼女がその日の主人となるのだ。雨が降りそうだったら、彼女は最初にきみに明かしてくれたローマの秘密、サンタ・*チェチリア・イン・トラステーヴェレ教会にあるピエトロ・カヴァッリーニの『最後の審判』へと、たぶんきみを連れて行くだろう。その教会では、毎日曜日の午前十一時に、イエズス会派の神父が参観を特別に許可しているのだ。

ローマでも、この季節にはかなり早く日が暮れるので、きみたちは早めに彼女の部屋に戻り、彼女はきみのために夕食を念入りに準備する、料理の腕前をひとに見せるのが好きなのだ、そうすれば、きみたちは早く床につくことができるだろう。

その翌日の月曜日には、彼女は九時にファルネーゼ館に行かなければならぬ、その翌日ばかりではない、彼女がデュリユー旅行社から雇傭契約の手紙をうけとり、辞表を出してそれが受理されるまで、まだ何日もそうしなければならぬ。正午まで彼女に会えないので、きみはどこか美術館か記念建造物をひとりで見て午前中の時間をつぶすだろう、まもなく、そうした美術館や記念建造物をきみが見るときに、その横に彼女がいるということも、もうなくなるのだ、だから、これからさき、きみがまたローマにやってきてそれらをふたたび見るとしても、それはいわば、きみたちの愛のはじまりをほめたたえ記念する儀式のようなものだろう。きみはたとえば、ローマ終着駅正面のテルメ美術館へ、リウィア皇后の食堂の壁画を、小鳥の群がるあの聖なる果樹園を見に、あるいはまた、見たいものをまだすっかり見終えていなかったら、ヴァティカン美術館に行くだろう、ヴァティカン美術館はセシルと一緒には行ったことのなかったところだが、こんどのこの訪問は彼女のためなのだ、そこの開館時間の都合とヴァティカンには行きたくないという彼女の決心のため、彼女のまだ見たことのないあれらの部屋を、きみは彼女のために、いつもよりもずっと注意深く見てゆくことだろう、その部屋部屋を飾る絵が、ヴァティカン市国とかサン・ピエトロ大聖堂とかいう不快で欺瞞的な母岩に覆われているなかからそれらの絵だけを解き放って、ひとになにを伝えているかを、彼女に対して伝えてやる使者の役をはたすことができるように。

さらに、このヴァティカン美術館訪問は、明日の朝にせよ、さらにふたたびこんどの月曜日に行って鑑賞を深めるにせよ、ここ数年来、セシルを連れずにローマの記念建造物を訪れる最初のものとなるのだ、だからそれはまた、これからさき、彼女がきみと一緒にパリに住み、もうモンテ・デッラ・ファリーナ街できみを迎えるということがなくなってから、なんらかの事情できみがセシルを連れずにローマの記念建造物を訪れることもあるだろうが、そうしたきみひとりきりの訪問の皮切りともなるのだ。このヴァティカン美術館訪問は、いわばローマにおける彼女の不在の前夜祭のようなものだろう。

それにまた、もしきみがこの二度の午前をその目的に使用しなかったら、おそらくひどく先になってからでないと、きみは改めてそんなことをする機会に恵まれないだろう、明らかに、いまみたいに、しばしば四、五日間の逃避旅行を試みることもできないし、それに、セシルがローマにいなくなったら、たぶんもうきみにはそんなことをしたい気持が起らなくなるだろうからだ。

あの《永遠の都》が、これからさきはもううつろなものに思えるのではないか、そこにいても、きみの心をそこに惹きつけ、ひきとめていた女性のことを悩ましく求めるのではないかと、きみは心配している。いかにもありそうなことではないか、これからさきは、その《永遠の都》に来ても、もはやただひとつののぞみ、仕事が片づきしだいすぐに帰りの汽車に乗りたいというのぞみしかもたぬということが、週末を楽しむことさえせず、そう、それが土曜日だったら、十三時三十八分には、この前の日曜にきみが乗ったあの列車の一等車か、きみののぞみによっては寝台車に乗って、もうローマを発っているだろう、その列車は、三等車がついているという理由できみが月曜の夜のためにえらんだ列車より、ずっと早い。

決めた、その日の午後のきみは、ひと足ごとに帝政ローマの古い建造物の遺跡に出会うローマのあの地区、眼に見えるものは、いわばそれらだけで、近代的な市街もバロック期の市街も、いわば古代ローマの遺跡だけをその広大な孤独のなかに置きざりにして、しりぞいてしまっているあの地区を、すみからすみまで歩きまわるのだ。

　きみはフォロ・ロマーノを通り抜けてパラティーノ丘にのぼって行く、そこでは、ほとんどひとつひとつの石が、ひとつひとつの煉瓦の壁が、なんらかのセシルの言葉を、きみが本で読んだり学んだりして彼女に知らせたなんらかのことを、きみに想い起させるだろう。セプティミウス・セウェルス帝の宮殿跡に立って、きみは、松林のあいだに屹立するカラカラ帝公共浴場の鉤型《かぎがた》の上に夕陽が沈んでゆくのをじっと見つめる。きみは丘を降ってウェヌスとローマの神殿を通り抜け、コロセウムの内部で夕べの薄明がしだいに終りを告げ、夜の闇が厚みを増してくるのに立ち会い、それからきみはコンスタンティヌス帝の凱旋門のそばを通り、サン・グレゴリオ街からマクシミアヌス帝の円形競技場に沿ったチェルキ街を行くのだ。夜のなかに、左手にウェスタ神殿が、反対側にヤヌス・クァドリフロンスの拱門《アーチ》が見える。そこからきみはテーヴェレ河畔に出て、河沿いに歩いてジューリア街まで行き、そこから通りへ折れてファルネーゼ館に辿りつく、そうすると、たぶんそこで、ほんの数分待つだけでセシルがなかから出てくるだろう。

　通路の向こう、激しく降る雨のなかでよく見えないが、長い貨物列車が通っている、はじめは石炭を積んだ貨車、ついでほかの貨車、長い木材を積んだのや、未完成の自動車を積んだのや、まだ塗装されていない自動車の車体がピンでとめられた甲虫のようにならべられて積んである貨車、それから鉄格子のはまった窓のついた家畜運搬車、石油を容れた小さな梯子《はしご》のついた貨車、どこかほかの鉄道線路に敷くための赤錆のついた小石を満載した背の低い貨車、やっと最後尾の貨車、展望台があり、窓のすぐ横ではなく、すこしはなれて角灯がついている。だまりこくって、それぞれ読書にふけっていた若夫婦が、脚をきみの坐っている側の座席の下にのばした。いま通路には、教授が真鍮棒につかまって煙草をふかしている。どこかの駅を通過したが、きみにはその駅名が読めない。

きみの左側にいる聖職者が立ちあがり、聖務日課書を閉じ、それを黒い箱に収め、目印に席に置いて、失礼《パルドン》と言いながらきみのまえを通り、扉をすこし大きく開けてきみの右側に出て、すぐきみの背後に消えてゆく。いまは十一時。十二分後に列車はディジョンに停車するはずだ、彼はそこへ行くのであろうか？　三十五歳くらいだろう、たくましい、気性が激しそうにさえ見える。退屈しているようだ、あの隅の席にまだだいぶ坐っているだろう。聖務日課書は読み終ったのだろうか、それともたんに飽きてしまったのだろうか？　僧衣とはなんという服装だろう！　たしかにあんな服装は、かなりいろいろなことを誇示するものだが、そうした誇示の背後にかくれて、なんとたくさんのことをカモフラージュできることか？　たとえば、彼がイエズス派の神父であるか、私立中学校の教師であるか、田舎司祭か、それとも都市の教区の助任司祭であるか、どうやって知ろう？　彼の体を覆うあの黒いひだは、彼が教会に所属していることを示し、彼が日にいくつかのお祈りを唱えているということ、ミサをあげるということをきみに確信させはするが、彼の人生がどんなふうであるか、その大部分の時間をいったいどんな仕事をして過ごしているのか、どんな環境と接触しているのか、そんなことを知らせてくれる手掛りは、その黒いひだの上にはこれっぱかしもない。

彼はどこまで行くのだろう？　彼の態度から見ると、たぶんディジョンよりさきだろうが、それほどさきではあるまい、持物としては、あの黒い書類カバンしかないのだから。どんな理由で旅行をしているのか？　きみのように女に会いに行くためとはまさか考えられない。たぶん彼の家庭へ戻っていたところだろう、たとえば年老いた母に会いに。ああいうひとびとにも、ほかのひとびとのように、ときどきは休暇があるにちがいない。彼らもまた、ときには自分の楽しみのために旅行することもあるだろう、だが、この季節には……。この旅は彼の職業上の理由のため、すくなくとも彼の人生のなかで、職業のきみに対してもつ意味に相当するようなもののためであるはずもない。彼がなぜパリからディジョンに向かわねばならぬかわからない、彼が知識人で、講演をしに行った帰りだとか、国立図書館に資料調査に行った帰りだとかいうのでなければ、国立図書館のまわり、リシュリュー街あたりで、このまえの月曜に、もしかしたらきみは彼とすれちがっていたのかもしれぬが、彼の様子ではそんなふうにも思えない。

法律の教授がきみのほうに戻ってくる。車室内にはいり、坐る。時計を見る。眼鏡をはずし、ポケットからケースを取り出し、そこから羚羊《かもしか》の革を出してまたレンズを拭きはじめる。

この男の場合のように、顔付にはあらわれていなくても、一般的に服装だとか、読んでいる本だとか、挙措動作だとかで、教授の部類に属するか、それとも古文書探究家の部類に属するかはわかるものだが、あの男ときたら、あの服と落ちついた態度と聖務日課書になにもかも呑みこまれてしまっている。

たぶんいまの彼がローマまで行くとはほとんど考えられないが、行ったことはあるかもしれぬ、いや、ローマへ行こうとのぞんでいるのだろう、教皇を見るため、あそこのありとあらゆる街を、まるでぶんぶん唸る蠅の群れのように歩き廻っている僧衣の男たち、肥った聖職者や痩せた聖職者、年若い聖職者や老いぼれ聖職者の群れに混じるために。彼の知ったローマ、あるいは彼がこれから知るであろうローマは、この二年間にセシルがきみに示してくれたローマとはまったく異なっているにちがいない。

若い夫はイタリア語会話入門書《アシミール》から眼をあげ、自分のまえの席が空席なのを認める。横の若い妻のほうは、もう婦人雑誌に読みふけってはいない。いまの彼女は旅行案内書《ギード・ブルー》をパラパラとめくっている。彼女は一枚の地図をひろげる、きみはそれがローマの地図だとわかる。

聖職者が車室にはいってくるので、きみは脚を引く。彼は座席の上の聖務日課書を取りあげるが、もう開かない。それをポケットに押しこんで車外を見つめる。

彼の顔にあらわれているあの当惑ぶり、筋っぽい指を神経質に曲げている様子、それをなんのせいだと考えるべきなのか、潜在的な深い不満のためなのか、彼の服装に代表されるすべてのものに対する一種の疑惑のためなのか、はっきりと告白することはあえてできぬまでも、これは自分の行くべき道ではないとわかったとか、さらに率直に、だれにとっても袋小路であるような道にはいってしまったことへの一種の後悔のためだろうか、それともそれは、一時的な、なんら本質的でない障害の影響だろうか、とつぜんひとつの暗い影が彼の上にかぶさってきた、というふうな、そう考えれば、彼がパリに病気の親を見舞いに行ってきたところだという仮定と完全に合致する、もっとも、これは彼がパリ生まれだとすればの話で、もしかしたら、これからブールかマコンに病気の親を見舞いに行くところなのだろうか？

たぶん彼をそんなに緊張させているのは思い出ではなくて懸念なのだ、彼の顔の上の影は過ぎた日の影ではなく来るべき日の影なのだろう、もしかしたら、彼もまたひとつの決定を迫られているのかもしれぬ、いまこの瞬間に、いやむしろ、一瞬まえ、きみの期待とちがって聖務日課書をふたたび読みはじめずに、さも厭《いや》だといったふうにそれをポケットにほうりこんだそのときに。きみにとってこの旅行が意味する飛躍よりも、さらに重大な飛躍をなしとげたのかもしれぬ、そんなお祈りだとか服装だとかを放擲しようと決心し、これまで彼を恐怖で凍らせていた自由のなかに、徒手空拳とはなったが、まったく汚れない姿ではいってゆこうとしているのだろうか。

彼の表情は静かだ、なにかぶつぶつつぶやいている。彼は、あの僧衣を生涯身につけているだろう。小さな中学校の学監であるにちがいない。きみの息子たちと同じ年頃の少年たちを処罰することで日を送っているのだろう。そうした少年たちのほうは、彼がフットボールの名手であるために彼を尊敬しているのだ。

左手の窓ガラスをとおして外を見つめていた、きみの向かい側の教授は、なにか駅に近いことを示すしるしを認めたにちがいない。立ちあがり、外套を着て折カバンを脇にかかえる、イギリス人も外套を着てトランクをもって出て行く、そのイギリス人はぶどう酒商のロンドン在住代理人で、ここへは今年の収穫の買い付けに来たのだ、きっとそうにちがいない、ときみは思ってみたりする。

線路や架線の数が増してくる。ディジョンの家々が見えはじめる。

脚の痺《しび》れをなおしたい。リヨン駅のプラットホームで買ったまま、まだ開いてもみない小説が、あいかわらず、いままで坐っていた場所の左側の座席の上にある。きみは自分の席を取っておくためにそれを横に押す。

第二部

4

客車のそとに出たとき、きみを襲った冷たい湿っぽさがまだきみからぬけきらない。そとに出たとき、きみは、客車の外側、ちょうどきみの背中のうしろ、通路の窓の下に金属製行先掲示板がかかっていて、そこに、ディジョン、モダーヌ、トリーノ、ジェノヴァ、ローマ、ナポリ、メッシーナ、シラクーザと書いてあるのをたしかめた、たぶんそのシラクーザまで行くあの新婚旅行中の若夫婦は、窓をさげ、そこから身を乗りだして、線路や、別の列車が遠くのほうで、激しさを増す雨のなかをゆっくりと動いてゆくのを見つめている。

夫のほうが頭をあげる。雨滴が彼の乾いた髪の上に光っている、パンテオン広場十五番地のきみの住居の食堂にあるテーブルの木材と同じ色の髪の毛だ。と、彼女のほうが、十一月の太陽のような色をした髪のなかに指をすべらせて、髪の房についた雨滴をはらいおとしている、セシルも髪を編みなおすとき、漆黒のうろこをもった蛇のような髪のなかを、ちょうどそんなふうに指をすべらせる、何年もまえアンリエットがまだ若い妻だったころ、よくそんな仕草をしていたものだった。

聖職者がまた聖務日課書を引きだしたあとのケースが、座席の上、きみが席をとっておくために置いた小説本のそばに投げだされたようにころがっている、きみはその本を取りあげ、棚の上にのせようとするが、そのまえに、ちょうどきみが小学生のころあの小さな動画絵本をそんなふうにして遊んだように、拇指《おやゆび》でその小説本をぱらぱらとめくってみた、ただの一語も読まずに、もちろんこの場合は、挿絵が動いて見えるのを期待したためではない、汽車と駅の騒音のなかで、そうやって本をめくるときの、雨の降る音にも似たかろやかな音を耳にするためだけだった。

彼は黒い服を着てあいかわらずきっぱりとかまえている。服のひだは、いまは、熔岩彫像のひだのように動かない。雨にけぶる線路とカテナリ架線の風景から眼をそらせているのは、たぶんあまりにも知りすぎている風景であり、彼にとってはあまりに気が沈む風景なのだろう、彼のふとい人差指が本の赤い縁のページのところにはさんであり、そのためページがふくらんでいる、きみが腰をおろそうとするとき、彼のまなざしときみのまなざしが一瞬交錯する、が、彼の見つめているのはきみではない、きみの向かい側、さっき降りた教授が坐っていた席にいる男、きみがプラットホームに出て行先掲示板を眺めていたときこの車室にはいってきた男を見つめているのだ、その男は明るいグレイの外套をまだ着たままだ、外套はほとんど濡れていない、確実にイタリア人だろう、ポケットからたったいま『ラ・スタンパ』紙を出したからというだけでなく、とくになにより、波目が菱形に固まったように見える鉄の床暖房の流れの上に置かれた、彼の先のとがった靴が黒と白のコンビネーションであるからだ。

若夫婦は窓を引きあげ、腰をおろす。

黒ずくめの、落ちつかぬ様子の、かなり小柄な女、顔にはもうしわがあり、チュールのついた帽子を大きなヘアピンでとめてかぶった女が、一方の手には麦藁《むぎわら》のスーツケースと買物籠をもち、もう一方の手には十歳くらいの男の子の手を引いてはいってくる、その男の子もトマト色のスカーフでくるんだバスケットをさげていて、ふたりがきみと聖職者のあいだの席に腰をおろすとすぐ、女のほうが長い溜息をもらす。

拡声器をとおした歪んだ声が聞える、「……シャンベリー、モダーヌ、イタリア方面行き、ご乗車下さい、発車いたします」と、その声が終り、それから、最後に残った扉の閉められる鈍い音が聞える。列車が動きだす。

あの靴の白い革の上に、丸い泥のしみが点々とくっきり見える。彼がイタリアをはなれたとき、この靴以外はもってこなかったにちがいない、イタリアをはなれたときは天気がよかったのだろう、きみと同じく、このまえの日曜かもしれぬ。

帽子をかぶり白い上着を着た食堂車の給仕が姿をあらわし、昼食の予約をとりに来たので、若夫婦は第一回目のサーヴィス時間をえらび、その予約券である青色の券を受け取った。薔薇色の券は第一回目よりだいたい一時間後の第二回目サーヴィス時間の予約券で、きみとイタリア人はそっちをえらぶ、イタリア人は、きみとほとんど同年輩に見える、たぶんきみほどゆたかでない、きっと、ディジョンのある商会のイタリアにおける代理人で、芥子《からし》か、またはクロ＝ヴージョぶどう酒の輸入業をいとなんでいるのだろう。

彼が頸のまわりにまいているマフラーの色は、荷物棚の上の彼の旅行鞄とまったく同じコバルト・ブルーだ、あの法律の教授の持物だったインクのしみのついた暗赤色の折カバンの置いてあったところにある。教授がそこから取りだしていたあの黒い厚い布で装釘した本は、きっと学部図書館から借り出してきたものだったにちがいない。

この男は身の廻り品としてどんな品物をもっているだろう？　たぶん電気カミソリ——きみがどうしても慣れることのできなかったもの——、その隣に、すくなくともパジャマが一着いれてあるだろう、それから、イタリアでしかつくられない洒落《しやれ》たワイシャツが数枚、コルソ街の飾り窓でよく見かける絹の袋にいれた革スリッパ、当然、商用書類、タイプで打ったいろんな色の紙、企画書だとか見積り書、手紙や送り状など。

もうすぐ下車するにちがいないあの聖職者の隣に坐っている黒い服の婦人（若夫婦の明るいひと組にくらべて、その向かい側にいる彼らふたりは暗鬱な異様なひと組をなして見える）は、自分ときみの左隣にいる少年とのあいだに押しこんだバスケットを覆ったスカーフを取りのける、少年はもうじりじりして（彼は数年まえのトーマに似ている）ぶらさげた両脚を打ち合わせている。

もうジュヴレー＝シャンベルタン駅を過ぎた。通路のなかに、車室のひとつから出て次の車室へはいってゆく給仕の白い上着が見える。反対側の窓ガラスは、また大きな雨滴で覆われ、雨滴は、ところどころひきつれたり、せきとめられたりした斜めの不規則な線の束となって、ゆっくり、ためらいながら流れている、その窓をとおしてまるで幻のように見える一台の牛乳運搬トラックが、おぼろにけむった褐色の背景に、その背景よりももっと暗い、はっきり見分けのつかぬまだらのまんなかを遠ざかってゆく。

月曜の夜、セシルがファルネーゼ館から出てきて、あたりを見廻してきみをさがし、きみが浴槽の形をしたふたつの噴水のひとつのそばに立ち、流れる水の音に耳を傾けながら、夜のなかを彼女がほとんどひとけのない広場を横切ってきみのほうに近づいてくるのをじっと見つめているのを見つけたときには、カンポ・デイ・フィオーリ広場にはもう商人の姿はひとりも見えないだろう。ヴィットリオ・エマヌエーレ二世大通りまできて、はじめて、きみたちは大都市の光と喧騒、電車の響きやネオンサインの看板を見いだすだろう。だが食事までまだ一時間もあるので、おそらくきみたちはあまりにもふだん歩きなれている道筋はとらないで、いろいろな暗い小道を長々と、ゆっくり、うねうね曲がりながら歩くことだろう、きみの手を彼女の腰にまわして、あるいは彼女の肩を抱いて、あの若夫婦も、もしローマへ行くのだとすれば、きっとそんなふうにしてローマの街を歩くことだろう、いや、シラクーザまで行くとしても、きっとそんなふうにして散歩をすることだろう、ローマでも、年若い恋人たちが毎晩そうやって歩いている、きみはまるで青春の浴《ゆあ》みのなかに浸るように、そうしたあちこちに散らばった恋人たちの群れに混じるのだ、そしてきみたちはテーヴェレ河に沿って歩き、ときどきそこの欄干によりかかって、低い暗い水の上にうつる反映をじっと見つめる、そんなとき、ひとびとがダンスをしている船着場の浮台から、古びた陳腐な音楽が爽やかな夜風にのってきみたちのいるサンタンジェロ橋までとどいてくるのだ、その橋にある動きの大きな彫像は昼間見ると真白なのだが、そのときのきみたちには奇妙な固まったインクのしみのようにしか見えないだろう、そこから、また別の暗い道をいくつか通って、きみたちは、きみたちのローマのあの背骨の部分、ナヴォナ広場にもういちど辿りつく、そこのベルニーニの噴水は明るく光り輝いていることだろう、きみたちはそこでリストランテ・トレ・スカリーニに腰を落ちつけるのだが、その時刻ではテラスでは涼しすぎるだろうし、それにきっともうテラスの食卓は片づけてしまっているだろうから、せめていちばん窓ぎわの食卓に坐りたいものだ。最上のオルヴィエトぶどう酒を注文してから、きみはその日の午後きみがしたことをできるだけ詳しくセシルに話すだろう、その目的は、まず第一に、こんどきみが来たのはまったく彼女ひとりのためで、たとえその日の昼間にはきみたちはほとんど大部分は別々にいたとしても、きみにとってほかになんの目的もなかったということ、スカベッツリ商会から命じられた旅行を利用してやって来たのではないということを、彼女にはっきり納得させるためだ、なぜならきみたちふたりのあいだに、これからはじまる新しい人生のためには、その新しい人生の基底になんらの虚偽もないばかりか、虚偽の影すらあってはならぬからだ。第二の目的は、ローマでローマについて彼女と語りあうのももうそれが最後だから、思う存分語りあうことである。

じっさい、彼女が近くローマをはなれるといういまとなっては、その決定がくだされ、日取りがきめられ、手続きがはじまってしまうと――それはその月曜の夜ではないとしても、せいぜい数週間後にははじまることだ――、きみがこのつぎにローマへ来るのは、ローマにいる彼女を見る最後の旅行となるわけだが、そのときのきみにとっては、いわば彼女はもうほとんどローマを去ってしまったかのようなものだろう、というのも、そのころの彼女は、この都市について彼女のすでに知っているものを思い出のなかにいっそうしっかりと繋《つな》ぎとめるため、もはやそれをさらに深めようとは努めずに、それを見直すことをはじめているだろうからだ。

そんなわけだから、それから以後は、ふたりのうちできみのほうが「ローマに住むひと」となるだろう、そしてきみののぞんでいることは、ローマをはなれるまえに、ローマについての彼女の知識がパリ生活のなかで薄れてしまわぬうちに、彼女がその知識をできるだけきみに役立たせてくれることなのだが、それ以上にきみののぞむところは、彼女がローマ滞在の最後の時間、この猶予の時間（大使館をやめたのち、必要とあれば、数日間の暇をつくれるのだといいが）を利用して、きみが愛していて彼女がまだ見たことのないものを知ってほしいということなので、その第一は、彼女がこれまではいろうとのぞまなかったヴァティカン美術館内の、ともあれ興味あるもののすべてを知ることだったが、彼女がヴァティカン美術館にはいりたがらなかったのは、ただたんにカトリック教会に対する彼女の一般的反撥のためばかりではなく（そんなことは充分な理由とはならぬ）、きみとの出会い以来、たしかに彼女は外見は理性的にふるまってはいたが、そのじつ、きみがいかに誠実にきみの精神の自由を明言しようと、彼女にとってヴァティカン市国は、アンリエットと別れることをきみにさまたげているもの、きみの人生の再出発を、迫りつつあった老年から身をふりほどくことをきみに禁止していたもの、そんなものの総体を意味していたからでもあったのだ。

　いまや、きみの決心によって、彼女だけが目的の旅行によって、きみは、そんな種類の鎖を断ち切ったと彼女に示したことになるだろう、したがって、あれらの絵画、あれらの彫像も、もはや彼女にとって、きみに到達するためには回避すべき障害、きみを解放するためには破壊すべき邪魔な柵を意味するはずはあるまい、だから、どれほど、あのヴァティカン市国やその衛兵や観光客に彼女が苛立たしさを感じはしても、いまこそ彼女はあれらの絵画、あれらの彫像を見ることができるばかりか、それらをぜひ見なければならない、このローマというきみたちふたりの共有財産、この場所におけるきみたちの共感、きみたちの愛が深く根を張ったこの土地が、いっそう堅固なものとなるために、そのときこのローマに根をおろしたきみたちの愛も、やがて生長して、ほかの場所、あのパリという都市、きみたちふたりともまったく譲渡不能の祖国と見なしているあのパリに、花を咲かせるのだ。

通路の向こう側、いわば雨滴で織りなされた布ですっかり覆われている窓ガラスをとおして見えるアルミニウムの光沢のようなものが、じつは、一台の石油運搬トラックが接近し、きみとすれちがい、消えてゆく姿だと、きみは推測する。すこし強い震動があって、袖のボタンが金属棒にぶつかって音をたてる。潤《うる》んだ窓ガラスの向こう、池の面にうつる反映のような風景のまんなかに、屋根屋根とひとつの鐘楼のつくりだす暗い三角形が廻っている。

セシルと一緒にリストランテ・トレ・スカリーニで昼食を食べてからそこをはなれたときは、すばらしくよく晴れていた。吹く風が爽やかでなかったら、まるでまだ八月という感じだった。「四大河の泉」が陽光をあびて流れていた。

彼女は、きみが彼女を置きざりにして帰ろうとしていること、彼女がその日曜の午後をひとりで過ごさねばならぬことを嘆き、きみは彼女をなだめようとして、なぜその翌朝にきみがパリの事務所にぜひともいなくてはならぬかを彼女に説明した、そう、だめなのだ、電報を打って翌々日にならなければ事務所に出られぬと知らせるわけにはいかない、と、そんなに嘆いてきみの出発を遅らせ、余儀なくきみが二十三時三十分の列車に乗らねばならなくなるように試みるなど無意味だ、と、二十三時三十分の列車、きみはこんどの月曜の帰りの列車としては、それを使おうと思っている。

「かりにわたしがなにもかも投げ棄ててあなたと一緒にパリへ行き、毎日あなたに会おうとしても、会って下さるのはたった五分間、しかも、こっそりとなんでしょうね。

わかってる、わたしはローマにいるあなたの女友だちでしかないのよ、でも、わたしって夢中になってそんなあなたを愛しつづけるし、こうやって許してしまう、どれほど反対の証拠をにぎっていても、大事なのはもうわたしだけとあなたから言われてしまうと、あなたの言葉を信じてしまうの」

そこできみは、全力をあげてなにか彼女のための職をさがし、機会が訪れしだい彼女をつれて行き、騒ぎも起さずにアンリエットとわかれ、一緒に生活できるようにする、と彼女に断言した。

ところで、いまは、きみはほんとうにその決心をし、ほんとうにきみの周囲のひとに職をさがしてもらって、その職が見つかったのだが、つねづね彼女に言っていたことが、すべてほんとうになったのだが、そのころは、まだそうした方向にはなんら奔走していなかったし、そんなことはすべて漠然とした計画の状態にとどまっていて、きみは計画の実行を、一週また一週と引きのばし、ローマ旅行のたびに、こんどのローマ旅行までというふうに延期していたのだった。

そんな事情を彼女はとてもよく了解していて、悲しげな微笑を浮かべながらじっときみを見つめていたのだが、そのときのきみは、その微笑をきわめて不当だと思っていた。

そんなわけで彼女は黙ってしまい、甘んじて、サンタンドレア・デッラ・ヴァッレ教会のまえのタクシー駐車場のほうに歩きはじめた、時間がずいぶんと過ぎ、クィリナーレ・ホテルにきみのスーツケースを取りに行かねばならなかったので。

ローマ終着駅。新しい歩道《マルチャピエデ》を歩いてから、一等車に乗りこみ、進行方向に向かった通路寄りの席に新聞と、ガラス張りの広いコンコースで買ったばかりのイタリアの推理小説とを目印に置き、駅の時計が十三時三十分を示しているのを見て、上の荷物棚に折カバンとスーツケースをのせてから、プラットホームに降りてセシルに接吻すると、セシルはそれまでにもう聞いてわかっていた返事を訂正させようとして、もういちど、きみにたずねた(たしかにいまとなっては、あの返答は訂正されたわけだが、あのときのきみはそんなことになろうとは知らなかったし、彼女をなぐさめもできず、彼女を満足させることもまだできなかったのだけれど)、

「で、こんどはいついらっしゃるの？」

その問いに対して、きみは彼女がもう知っていること、そのときのローマで滞在のあいだじゅう、きみがもう二十ぺんも彼女に言った言葉を繰りかえした、

「残念ながら十二月の末まで来られない」

いまとなっては正しくない言葉だ。ところが、突然、まるでこれから行われようとすること、つまり、いまげんに行われつつあることを予感したかのように、彼女はそれまでの沈んだ気持をすっかりふりすて、笑いだした、列車がごとりと動きだしたとき、彼女はきみに叫んだ、

「じゃ、お元気で、わたしを忘れないでね」

そしてきみは彼女の姿が遠く小さくなってゆくのをじっと見つめていた。

それからきみは車室に戻って腰をおろした。きみのまえには、システィナ礼拝堂の細部のひとつ、ひとりの地獄に堕ちた男が眼を隠そうとしている姿をあらわすカラー写真がかかっていたが、その写真の下の席はパリまで空いたままで、きみは背教者ユリアヌス帝の書簡集を読みふけった。

太陽が沈みきったころ、きみはピサに着いた。ジェノヴァの街には雨が降っており、そのころきみは、食堂車で窓ガラスの外側につくたくさんの雨滴がしだいに数を増すのを見ながら食事をしていた。午前一時ごろきみは国境を通過した、それから電灯が消され、気持よく眠り、五時ごろになってやっと眼がさめた。右側の青いカーテンをすこし開けると、まだすっかり暗い夜のなかを駅の明りだけが輝いているのが眼にはいり、列

車の速度が遅くなったので駅名を読むことができた。トゥルニュ。

あいかわらず雨に曇っている窓の向こうに、整然と等間隔にならんでいる鉄塔の流れを不意にほんのすこし強くかき乱すように、碁盤縞模様の信号機がその鉄塔の列に重なってあらわれ、ぐるっと四十五度廻る。すこし強い震動がきて、きみの右手の下にある灰落しの蓋が飛びはねる。通路の向こうの窓ガラスに、小さな流れの束で縦に縞目がついているありさまは、まるでウィルソン霧函《きりばこ》のなかで分子がきわめてゆっくりと、ためらうように運動するときの軌道のようであり、その窓ガラスの向こう側に、一台の雨覆いをかけたトラックが、道の黄色い水たまりのなかで、ものすごく跳《は》ねをあげている。

こんどのきみはクィリナーレ・ホテルに戻る必要もないし、食事のあとで駅に急ぐ必要もないだろう、食事のあとできみはモンテ・デッラ・ファリーナ街五十六番地のセシルの部屋に戻って、その日の宵を過ごすのだ。セシルはまもなくその部屋を出るのだから、きみはもうあと一度か二度しかそこを見られないことになる。

きみたちの会話の主題となるのは、ふたりの未来の生活の設計、パリで、どんなふうに彼女が居をかまえるかということだろう、その点についてはまだ完全には取りきめていないので、彼女にその話をするのは、きみがローマを発つ直前がいいと思っているのだが、しかし、きみはそれに関する可能ないろいろなケースを彼女に示すことならもうできる。当面、最悪の場合は、とりあえず、パンテオン広場十三番地のあの女中部屋でもいいが、きみのいまの住居とあまりに近いのでひどく気づまりだろう。ホテルでもいい、きみたちふたりの考えとはあまりにかけはなれているが、はじめの数週間だけのことなら考えに入れてもいい、それに一月からはマルテル一家が一年間アメリカへ行くはずで、たぶんその期間中きみたちをあとに住まわせてくれるだろうが、マルテル一家に対しては多少用心しなければならない、ことの仔細をはっきりと打ち明けてはなるまい。彼らは、うわべでは熱烈に賛同するだろうが、ほんとうのところ、彼らがどんなふうに考えるかわからないからだ、ぎりぎり二月になればデュモンがマルセイユに移転するはずだから、その小さな住居が借りられよう、広くもなく、設備も場所も悪いが、ほかになかったら、そこをしかるべく整えることもできるだろう。

いまのところ情勢はこんなところだ、と、新婚者の悩みにふたたび直面したきみは彼女に言うだろう、だが、ここ数日のうちにほかの空家の口がいろいろとやってくることもありうるし、きみは新聞の広告をたんねんに調べて、もし気に入ったなにかがあったら、すぐそれを予約して、彼女が到着するときにはすべてが整っているようにと、その住居の内部を塗りかえることまではじめさせているだろう。

オベリスクと凱旋門の写真の貼ってある下の彼女のベッドにふたりならんで横になって、きみたちはたがいに愛撫しあいながら、住居についての不安などそっちのけにして、必要な家具や台所のための道具について議論するだろう、そうした言葉のあいだに幾度も沈黙をはさみながら、そのうち、いや、あっというまに、隣の部屋、きみがふた晩ともそこに眠らずにただ朝になってベッドを乱しておくだけだった部屋の借り賃を払う時刻となるだろう、それから駅へ行く時刻がくる、できるだけ軽くしようと思っていたけれど、とにかくスーツケースがあるので、歩いては行かない、きみたちはサンタンドレア・デッラ・ヴァッレ教会のまえかラルゴ・アルジェンティーナでかなり長いあいだ待ってから――というのも十一時ごろともなると車の通るのがひどくすくなくなるからだ――タクシーに乗って駅へ行く。

明るい駅にはいり、「ピサ、ジェノヴァ、トリーノ、モダーヌ、パリ」と書いた行先掲示板のかかっている三等車に乗りこみ、きみがいま坐っているのと同じような進行方向に向かった通路よりの席をさがして、それを取っておいてからセシルに会いにプラットホームにおりる、と、セシルはたぶんまた言うだろう、

「で、こんどはいついらっしゃるの？」

だが、まったくちがう調子で、まったくちがう意図をこめて、そしてきみは、その夜は別れても幸せな気持がまったく損なわれぬまま、彼女に、このまえの日曜の昼さがりに言ったのとすっかり同じ言葉、

「残念ながら十二月の末まで来られない」

と答えるだろうが、発音の調子がまったくちがう、その言葉にきみ自身笑いながら、身近に迫ったきみたちの幸福、きみたちの決定的な再会を確信し、もはや束縛感も苛立ちもすっかりなくして。

ぎりぎりの瞬間まできみは彼女を抱きしめているだろう。こんどは、そのあまり便利のよくない列車の出発する時刻がとても夜遅くだから、たとえまったくの偶然のしわざでスカベッリ商会の上役がきみのすぐ横にいても、きみをそれと認めるという心配は皆無だからだ。汽笛が鳴ってからはじめてきみはタラップをのぼり、窓をおろして、そこ

からきみはセシルが駆けだし、きみに手を振るのをじっと見つめる、もうそれ以上行けぬところまで駆けてきた彼女は、息を切らし、そのうえ、こみあげる感動に顔を上気させたままだ、その姿がだんだん遠く小さくなり、列車は駅をはなれてゆく、それからきみはあまり快適でない夜を迎えるべく席に腰をおろすが、まだ本を読みはじめない、きみの心はまったく彼女のことでいっぱいなので、きみの旅行の道づれのどの顔を見ても、そこには彼女の眼、彼女の唇がきみに微笑みかけているからだ、それればかりではない、ローマ・トゥスコラナ、ローマ・オスティエンセ、ローマ・トラステーヴェレ、とローマ郊外の駅のプラットホームで、ほかの列車を待っているすべてのひとびとの顔の上でも、彼女の眼、彼女の唇がきみに微笑みかけているのだ。

そのうち、だれかが電灯を消してくれと頼むだろう。

雨が弱まってきたので、まえほど曇っていない窓ガラスをとおして、きみの車に似た一台の黒塗りの大型車が見えるが、泥ですっかり汚れて、ワイパーがめまぐるしく動いている、それはまもなく線路から遠ざかり、通路の向こう側のぶどうの樹のあいだの穀物倉のうらに隠れる。通路にはいま、鐘を振りならしながら食堂車の給仕がこっちに進んでくる。フォンテーヌ゠メルキュレー駅通過。

若夫婦が頭をあげたが、妻のほうよりは旅行経験に富んでいるらしい夫が、まだ急がなくてもいい、給仕が鈴を振りながら戻ってくるときまで待とう、と言う。

きみは時計を見る。十一時五十三分、だからあと四分でシャロンに到着する、きみの食事まではまだ一時間以上ある。

左側の子供がチョコレートをかじっているが、チョコレートが融《と》けはじめ、指が汚れる、すると黒い服を着た女が――あと数年もたったらアンリエットは彼女に似てくるだろう、ちがいはアンリエットのほうがすこし上品だというだけだ、あの黒い服よりはもうすこし陰気でなく、もうすこし悲しげでないグレイの服を着て――その黒服の女がハンドバッグからハンカチーフを出し、だめよと言いながら子供の小さな指を拭いてやり、それからバスケットのなかから銀紙に包んだひと包みのビスケットを取り出し、銀紙を破いてそのひとつを子供にやる、たぶん彼女の息子なのだろう、孫かもしれぬ、いや甥か、それともなにかそれ以外か。子供はビスケットのひとかけを、暖かい、震動している床に落す。

聖職者が聖務日課書から眼をあげ、あくびをかみころし、左手を窓台にのせ、指でそこにある「そとに乗りだすと危険です」という掲示が記してある金属板をたたく、それから背凭《せもた》れで両肩をこすり、深く腰かけ、身を起してふたたび読書をはじめると、その向こうにシャロンの家々が見えはじめる。

さっき、きみの席を取ってしまった男が車室に戻ってきて、まるで酔っぱらいのようにふたつの座席のあいだでよろめきながら黒いレインコートを着ようとして、平衡を失い、あやうくきみの肩につかまりそうになって、立ち直る。

不動と静寂が訪れる、その静寂の上に、いくつかの叫び声、軋む音、こすれる音がひびく。窓ガラスの上の雨滴はもうふるえていない、新しい雨滴と替わることもない。

そのセールスマンは、革に似せてあるがすぐにボール紙製だとわかる、角を補強した赤みを帯びたボストンバッグを荷物棚からかるがるとおろす。なかにはいっているのは商品見本にちがいない、ブラシだろうか、缶詰だろうか、手入れ用品だろうか。

ふつうはああいうひとびとの商用旅程はもっと短いものだ。ああいうひとびとは短い旅程で町から町へと行くので、お得意をふやそうと狙っている地方のすぐそばに任地があるものだ。きみの配下の地方駐在員だったら、スカベッリ商会のために、これほど遠距離の出張をするはずはけっしてないだろう。彼らが仕事でパリに来ることはけっしてない、監督担当のほうが彼らに会いに出向いて行く。だからこの男がどこかの商会の地方代理店監督者でないことは確実だ。たぶん立派な組織をもたず、盲滅法に品物をさばいているちゃちな商社――しかも、そうした商社の品物は品質粗悪なことがきわめて多い――そんなどこかに所属しているのだろう、彼が休暇で旅行しているのでないとすれば(休暇を取るにはまったく不向きな時期だ!)、あるいは家族に会いに行くのでないとすると、いや、彼もまた女に会いに行くのかもしれぬ、どんな女だろう、どんな汚い街に住み、どんな粗末な貸間にいる女だろう?

あの新聞紙の包みは、たぶんなにか食糧品か昨夜のデザートの残りものだろう、あの包みを一日じゅうぶらさげて、お得意の家にまでもちまわるわけにゆくまいし、手荷物一時預り所に置くこともできまい、いやがられるだろう。だが、いやがられたって別にかまわない、たぶん彼にはこの町に友だちがいるだろうし、それより、彼はこの町に妻子と一緒に住んでいるのかもしれぬ(そうだ、彼にも係累はいるんだ、きみのように、いまは彼の体に隠れて見えぬあの若い夫のように、きみの向かいのイタリア人のように)、彼は妻をたくみに欺いていると思っているが、妻のほうでは、じつはなにが彼をパリへ惹きつけるのかちゃんと知りぬいていて、たいていの場合は平和をねがってさからいもせず彼に嘘をつかせているが、ときどきは爆発する。

扉に、同じようなボストンバッグをさげた同じような種類の男があらわれる、もうすこし年上で、もっと赤ら顔で、肩幅も広い。その男に、彼は大きな声でいま行くよと言う、彼はさっきその男を近くの車室で見つけて、その隣に坐っていたのだろう、そのためにきみはお気に入りの席に戻ることができた。

隣の子供は、ふたつに切った切口のはしからハムがのぞいているパンにむしゃぶりついている。

枯草色の濡れた外套を着た、ここでは場ちがいな感じのする若い軍人がはいってきて、手にもったカバンがわりのペンキ塗りの木箱をもちあげてから、イタリア人の隣に坐る。出発の汽笛が鳴りひびく。電柱や駅のベンチが動いている。騒音と震動がはじまる。もう駅を出た。踏切で自動車が待っている。あれがシャロンの最後の家々だ。

外套を着ていないひとびとが行列をつくりだす、食事をしに、揺れうごく食堂へと行くひとびとだ、青い券を手にもって。そういうなかを鐘の音が戻ってくる。

若い妻が最初に立ちあがり、席にイタリア旅行案内書《ギード・ブルー》で目印をつけ、鏡のまえで髪を直し終えてから、夫と一緒に出て行く。

未亡人は籠から取りだしたグリュイエール・チーズを薄く切っている。聖職者は聖務日課書を閉じてケースに収める。

ヴァレンヌ＝ル＝グラン駅通過。通路に、白い上衣を着て帽子をかぶった給仕の背中が見える。また雨で曇りはじめた窓の向こう側に、学校の門を出ようとしている数名の生徒たち。

同じ車室のほかのふたりは、まだ口を開けて眠っていた、ひとりは男、ひとりは女で、天井には、電灯笠のなかに小さな青い終夜灯が点《つ》いていた。きみは立ちあがって扉を開け、通路へイタリア煙草を吸いに出た。トゥルニュを過ぎてからあとの田園は真暗だった。客車の窓から土手の上に四角い光が投げかけられ、その光の当ったなかで草がなびいていた。

きみはセシルの夢を見ていたが、快い夢ではなかった。不信と非難にみちた彼女の顔がきみの眠りのなかに立ち戻り、きみを苦しめるのだった、ローマ終着駅のプラットホームの上で、きみたちが別れたときの彼女の顔が。

　ところで、きみがアンリエットから遠ざかりたいという欲求をあんなにまで感じていたのは、なによりも、彼女のどんな些細な言葉、どんな些細な仕草にも、たえずつきまとうあの非難がましい態度ゆえではなかったか？　とすれば、これからきみは、ローマに行って同じその非難がましい態度をふたたび見いだすことになるのだろうか？　きみにとってローマにはもはや憩《いこ》いはないのだろうか、ローマに行って明るく新しい愛の率直さのなかに跳びこみ、そこで若返るということは、きみにはもはや不可能なのだろうか？　きみ自身のなかの、保護されていると思っていた部分を、迫りくる老年がすでに蚕食《さんしょく》しはじめていたのだろうか？　とすれば、いまやきみは、ふたつの非難、ふたつの恨み、怯懦に対するふたつの告発のあいだに揺れうごくことになるのだろうか？　これまでの二年間の旅行のたびごとに、きみの眼前でしだいに築きあげられ、塗り固められ、美しく装われていったあの救いの建物が、はじめはほんの僅かだったが放任しておいたので、みるみる大きくなってゆく亀裂のために、やがては腐蝕され、ついには瓦解しかねないのを、きみは手をつかねてほうっておこうとしていたのか？　アンリエットを憎むに到らせたあの不信の地衣《ちい》が、こんどはセシルの顔の上にも寄生し伸びひろがってゆくのを、きみは手をつかねてほうっておこうとしたのか、ただただきみがあえて荒々しい手つきで彼女の顔からそれを引きはがし、彼女を解放してやらなかったばかりに。

たしかに、アンリエットの昔の顔だちをいまや恐ろしい仮面で覆っていったあの陰険な癌は、彼女の口もとで固くなってゆき、ついには、その口をほとんど無言のものとしてしまったし(彼女の発する言葉はどれもこれも、日一日と厚みを増す壁の向こうから聞えてくるようであり、しだいに棘《とげ》を増す茂みに日一日と覆われてゆく砂漠のかなたから聞えてくるように思われた)、ついには、きみが彼女の唇に接吻しても、彼女の唇は、ただそれを習慣として拒まぬというだけで、まるで大理石でできてでもいるかのように、冷ややかで、ざらざらとなっていった、またその陰険な癌は彼女の眼のまわりに固くなってゆき、まるで悪性の角膜白斑のようにその眼を覆っていったので、なるほど、そういう陰険な癌をきみが切除することをあれほどためらったのは、ちょうど外科医が切開手術を行なったときのように、メスをただひと刺ししただけで、昔ながらの苦しみが噴出してくるのではないか、きみがそこに生ま身の肉を見いだすのではないかと恐れてのことだった。

だがしかし、その化膿したぞっとするような深い傷も、そういう激しい切開手術による浄化をへてはじめて癒《い》えることができるものだろう、そして、もしかりにきみがぐずぐずしていれば、化膿はその膿の根をさらに深く張りはじめ、病いの魔手はいっそう強くきみをしめつけるだろう、セシルの顔までが、その病いにすっかり冒されてしまうことだろう……。

すでに非難の威嚇的な影がセシルの顔の上に重くのしかかってきていた、それらふたりの女のうち、どちらかをえらぶべき重大な時となっていた、いや、どちらをえらぶかはまったく明白なのだから、そういう言いかたは正確ではない、その選択からさまざまな結論を引きだし、その選択を宣言し発表すべき重大な時となっていたのだ、アンリエットの苦しみ、子供たちの動揺がなんだというのだ、それこそが、彼女の病いからの恢復、子供たちの恢復、きみ自身の恢復へと向かう唯一の道、セシルの健康を守る唯一の手段ではないのか。だがそれにしても、決断をくだすことはなんと辛かったことか、きみの手に握られたメスはなんとふるえていたことか。

ああ、もしもかりにパリで、あのさまざまな苛立たしさ、あの混乱した味気なさがきみを巻きこみ押し流すことがなかったら、きみは事態をさらにつぎの週に、つぎの旅行へと延期していたことだろう。きみはおそらく決定を避けてごまかそうと努めたことだろう、アンリエットがそう考えているとおりの、セシルがそう考えはじめているとおりの卑怯者のきみは、だが、セシルはもはやきみを卑怯者だとは考えないだろう、いまや、きみはようやくこの決定の一歩を踏みだしたのだから。きみはきみ自身の幸福の到来をこれまでのように遅らせつづけてしまったかもしれないのだ、きみを追いかけていたあの声、きみに迫っていたあの嘆き、あの救いを求める叫び声にもかかわらず、きみの夢のなかに出てきて、きみを悩ませていたあの顔にもかかわらず。あの顔は夢にあらわれたのち、こんどは、客車の窓から出る光に四角く照らしだされた土手の流れゆく草むらのなかに、ありありと描きだされて見えたのだった。そして、胸をえぐるような苦しげなセイレーネスがきみの心のなかで悲しげに泣き叫びはじめていたのに、きみはその顔のことはもはや考えまいと努め、その顔を遠ざけようと試みていたのだった。

プラットホームで最後に彼女が笑いだしたことのなかにきみは救いを求めたが、心は安まらなかった。そう試みたきみの耳に、きみのそのつぎの旅行、十二月の旅行のときに、その笑い声がさらに耳に辛くひびく笑いとなってふたたび繰りかえされ、やがては、別れの言葉がしだいに痛烈な皮肉へと変わってゆくのが、すでに聞えたからだった。

そういう声を遠ざけ、ぼかし、はるか彼方に揉《も》み消してしまうために、きみは暗い夜を眼で深くさぐり、その暗い夜のなかでは、さらに黒々とした塊、樹々や家々が、まるで巨大な羊の群れのように流れ、地面をかすめていった、照明をつけ、駅名表示板と時計を見せて、つぎつぎと現われてくる駅に、きみはじっと注意を向けた。センヌセー、ヴァレンヌ＝ル＝グラン、ひとけのないシャロンの長いプラットホーム、そこにも列車は停まらない、それから、フォンテーヌ＝メルキュレー、リュリー。そのうち、疲れはて、眠りがふたたびきみをつかまえてくれることをのぞんで、きみは一等車室に戻り、扉を閉めた。右側にあるガラスを覆っている青いカーテンをすこし開くと、駅の電灯が見え、列車の進みがのろくなっていったので、きみはその駅名をシャニーと読むことができた。

窓についた雨滴がまえよりずっと細かくなっている、その窓の向こうに過ぎてゆく村はセンヌセーにちがいない。聖職者が立ちあがり、荷物棚の上の書類カバンをとり、ファスナーを開けて聖務日課書をすべりこませ、また坐る。鉄の床暖房の上で、ビスケットのかけらがひとつ、黒衣の婦人の靴と若い軍人の靴のあいだの菱形模様のひとつの中央にふるえている。軍人は外套のボタンをはずし、膝をひらいてその上に肱《ひじ》をのせ、通路のほうを見つめている。

きみが三等車室のなかで眼をさましたとき、セシルはきみの向かい側で眠っていて、室内照明灯の内部で青い光が夜を照らしていた。ほかの三人の観光客もまどろんでいた。そのうち暁の薄明が訪れ、そのなかできみが時計を見ると、まだ五時になっていなかった。空には雲ひとつなく、トンネルをぬけるたびごとに空の緑色はしだいに明るくなっていった。

通路の向こう、ふたつの丘のあいだに暁の明星が見え、タルクィニア駅だなときみにわかったころ、窓ぎわにいたひとたちが頭をふり、のびをした。そのひとりがカーテンの止めをはずすと、それはひとりでにゆっくりと上がってゆき、そして、すこしずつ薔薇色を帯びてきた光線がセシルの顔を彩り、浮かびあがらせはじめてくると、セシルは体を動かしはじめ、身を起し、眼をひらき、しばらくきみをだれだとも思いださずにじっと見つめ、自分がどこにいるのだろうと自問しているようだったが、やがて、きみに微笑した。

きみは、まえの日の朝、きみのベッドのなかにいたアンリエットのやつれた顔だちと乱れた髪のことをぼんやり考えていた、それにひきかえ彼女はどうだろう、結ったままにして眠った彼女の黒い編毛はほとんど形がくずれず、ただ、夜のあいだ動いて背凭れにこすれたためほんのすこしほつれているだけで、朝の光を浴びて輝き、彼女の額や頬のまわりを、ちょうどこの上なく肉感的でゆたかな影の光輪のようにして取り巻いて、かるく揉んだ絹のような彼女の皮膚の輝き、彼女の唇、彼女の眼の輝きをまるでふるわせているように見えた。彼女の眼は、はじめほんの数秒のあいだは、ぼんやりと定めなくまばたきをしていたが、もうすっかり生気をとりもどしていたばかりか、そこには新しいなにか、まえの晩には見られなかった信頼感にあふれた一種の晴れやかさが認められた。こういう変化を見て、きみは自分のせいだと感じていた。

「まあどうなさったの？ ずっとここにいらっしゃったの？」

ざらつく顎《あご》に手をやりながら、きみは彼女にすこしたってまた来ますと言って、それから列車の進行と反対方向に歩いて、きみがパリで席を占めた一等車室へと戻ると、車室にはだれもいなかった。きみは荷物を座席の上におろして、そこから洗面道具のはいっているナイロン製小袋を取りだし、ひげを剃りに行って、そのあとでセシルのところに戻ってきたが、その途中通った客車では、ほとんどすべてのカーテンが上げられ、ほとんどすべての旅行客が眼をさましていて、セシルもまた、そのあいだに、さっぱりと身なりを整え、髪を編みなおし、口紅をつけなおしていた、セシル、きみはまだ、じつは彼女の名前を知らなかったが。

ローマ・トラステーヴェレ駅を過ぎて川を渡り、ケスティウスのピラミッドが朝の光線に輝いているローマ・オスティエンセ駅を過ぎ、ローマ・トゥスコラナ駅を過ぎ、ポルタ・マッジョーレと、ミネルウァ・メディカの神殿をへて、透明な大きな駅、ローマ終着駅に到着すると、きみは彼女が降りるのに手をかし、彼女の荷物をもってやって、きみたちはならんでコンコースを横切った。きみは彼女に朝食をご馳走した、食堂の大きなガラス板をとおして、すばらしい朝日に照らしだされたディオクレティアヌス帝の建造物の廃墟を見つめながら。きみは一緒のタクシーでお送りしますと彼女に何度も申し出た。そんなわけで、きみはモンテ・デッラ・ファリーナ街五十六番地のまえにはじめて行ったのだった、そのころはまだ、きみがほとんど知らなかった地区である。

彼女はまだ自分の名前をきみに告げていなかった。きみの名前も知らなかった。きみたちは、いつかまたお目にかかろうなどとはまったく話さなかった。しかし、車がきみをナツィオナーレ街からクィリナーレ・ホテルへと連れて行くあいだ、きみはもう心にかたく信じていた、いつかきみはまた彼女に出会うだろう、偶然の出会いがこれだけで終るわけがない、こんど出会ったら、きみたちは正式に身分姓名を明かしあい、たがいに住所を教えるだろう、どこか場所をきめて会うだろう、そしてまもなく彼女は、いましがた彼女がはいって行ったあの高いローマ風の家にきみを招じ入れるばかりか、あの地区のあちらこちらへ、そのころのきみにはまだ秘め隠されていたローマのあの部分へと、きみを連れて行ってくれるだろう、と。

その日一日じゅう、彼女の顔がきみの散歩や会話につきまとったし、夜になっても、ひと晩じゅうきみの眠りからはなれなかった、そしてその翌日、きみはモンテ・デッラ・ファリーナ街のほうにさまよい出たい、いや、それどころか、ちょうどきみが明日やるように、五十六番地のまえで、どこかの窓に彼女が姿をあらわしはしないかと思って、しばらく待ちぶせをしたいという気持をおさえることができなかったのだが、やがて、滑稽に見えることを恐れて(もうずいぶんまえから、きみはそんなふうに行動したことはない)、とくに、もし彼女にそんなところを見られたら、彼女を苛立たせ、彼女に迷惑をかけるのではないか、また、押しつけがましいひとだとすげなく断わられ、きみの性急さのため、なにもかもだめにし妨害してしまうのではないかと恐れて、きみは諦めてそこから遠ざかり、彼女のことを忘れようと努めた、ともかく、このつぎの出会いの機会をつくりだす心遣いは運命にまかせようと心にきめて。

鉄の床暖房の上で、軍人の靴がビスケットのくずを踏みつぶす。聖職者はポケットから財布を取り出して中身を勘定している。雨滴がまだらになった窓の向こうで、近づいてくる教会と村、きみはそれがトゥルニュだと知っている。

天井の室内照明灯のなかから青い小さな電球が照らしていた。蒸し暑く、息をするのも苦しいほどだった。車内のほかのふたりは、あいかわらず、まるで大風にゆれる果物の実のように頭を右に左にふりながら眠っていた、そのうち、ひとりが眼をさました、肥った男のほうだ、立ちあがり、よろめきながら扉のほうに進んで行った。

きみを追いつづけるセシルの顔を心から追い払おうと努力しているうちに、こんどは、パリにいるきみの家族のイメージがきみを苦しめだしたので、きみはそれを追い払おうと試みると、きみの心は仕事についてのいろいろな考えに流れていってしまい、どうしてもその三角形から脱けだすことができなかった。

朝の光がさしてきていればよかったのだ、せめて本を読むことができれば、せめてなにかを注目することができればよかったのだが、暗い車室のなかにはもうひとり、女性がいる、きみがその眼つきも顔だちも髪の色も服の色も知らぬ女性、たしかきみは、まえの晩彼女がなかにはいってきたときの姿を見たはずだが、もう忘れてしまったのだろう、その女性のぼんやりとした形が、進行方向に向かった窓ぎわの隅の席にちぢまったように見えた、下げた肱掛けに身を守って。すこししわがれたような規則正しい呼吸が聞え、その女性の眠りを乱す気にはなれなかった。

なかば開いたままになった扉から黄色っぽい光がひとすじ流れこんできた、埃が舞っているその光は夜の闇からきみの右膝を浮かび上がらせ、床の上に描きだされていた光の梯形《ていけい》の角を、戻ってきたあの肥った男の影がそぎ、扉に背をもたせかけた男の右脚と、右袖と、ワイシャツのしわになったへりと、象牙のカフスボタンと、ポケットに突っ込んだ手が見え、手はポケットからゴーロワーズではなくナツィオナーレの包みを取り出した。もやもやとした煙草の煙が立ち昇り、ねじれ、車室のなかに流れこもうとして、結局横に流れてしまうのを眼で追っているうち、いくぶん強くがたりと車が揺れたことで、ディジョンに着いたことがわかった。

軋む音や、ころがる音が思い出したようにときどき混じる沈黙のなかで、もう眼をさましていた女性が自分の横のカーテンのボタンをはずし、それを数センチ上げると、そとはもう室内よりはすこし明るくなっていたので、そこは細い灰色の帯状に見え、列車が動きだしはじめると、その灰色の帯状の部分の視界はひろがり、明るさを増したが、暁の色はまだあらわれなかった。

まもなく、窓の覆いはすっかりはずされ、雲の多い空が見え、そして、窓ガラスの上に、水滴が小さな円を記しはじめた。

天井の電灯笠のなかの青色の電球は消えており、通路の黄ばんだ光の電灯も消えていた。ひとつ、またひとつと、扉はすべて開いて、そこから旅客たちが、まだ眠りの泥にすっかり埋もれている眼を大きく見張りながらそとに出てきた。カーテンもすっかり上げられていった。

きみは食堂車へ行ったが、そこで飲んだのは貴重なイタリア風コーヒー、あの濃い生気のつく飲物ではなく、淡青色のぶあつい陶製茶碗にはいったふつうの黒みがかった液体で、それには、三個ひと包みでセロファンに包んだ四角いラスクが、この食堂車以外では見たことのない珍しいラスクが添えられていた。

そとは、雨の降るなかを、フォンテーヌブローの森が流れていた、樹々はまだ葉をつけていたが、風が吹くと、まるで茂みごともぎとられるようにその葉はもぎとられ、赤紫と鹿毛《かげ》色の蝙蝠《こうもり》の群れのようにゆっくりと舞い落ちていった、ここ数日間でその壮麗な美しさをすっかり失ってしまったそれらの樹々のいかつい枝の先には、まもなく、ふるえる細かな斑点しか残らず、それがかつては林間の空地や叢林にまでひしめきあうほど広くひろがっていた壮麗さを想起させるにすぎなくなるだろう、そしてまるで、そうした森の変化をもたらした原因のようにして、雑木林や大樹林のあいだをとおして、かつては華麗だったが、いまはぼろぼろになった服を身にまとい、リボンも金モールもほころび、それをまるで鈍い光を放つ髪の毛のようになびかせて、ものすごく背の高いひとりの騎士が馬に乗っている姿がきみに見えるように思われた、馬のなかば透けて見える骨、あれは炭化した橅《ぶな》の濡れた枝だろうか、ひるがえる肉、はなれてひらひら風に舞う筋、はたはたと音を立てる皮膚の紐、それらが、まるで風にざわめく枝のように開いたり閉じたりするあいだから透けて見える骨、――そんな馬に乗ったあの*狩猟頭《グラン・ヴヌール》の姿が見え、あの名高い嘆き、「わたしの声が聞えるか?」という声を耳にするような感じさえした。

　ついでパリ周辺になった、灰色の壁、転轍手の小屋、レールの交錯、郊外電車、駅々のプラットホームと時計。

窓の上の雨滴はしだいにまばらになってゆく、その窓の向こう、空のなかでそこだけ明るくなったその下に、ついさっきまでよりはずっとはっきりと、家々、電柱、地面、外出するひとびと、一台の二輪荷馬車、一台の小さなイタリア製自動車がきみに見え、自動車は、陸橋――いま、きみの真上だ――を通って線路を横切る。通路をこちらのほうにふたりの青年が、もう外套を着て、スーツケースを手にもってやってくる。セノザン駅通過。

財布から切符を取りだした聖職者は、財布の中身を数え終ったのち、それを僧衣のポケットにしまい、それから黒い外套のボタンをはめ、頸のまわりにニットのマフラーを巻き、ふくれた書類カバンを小脇にかかえ、ファスナーを閉めようとするが完全には閉まらない、そんな彼の背後にマコンの最初の街々が流れすぎてゆく。それから彼は、金属棒につかまりながら、大きな靴を高くあげて黒衣の婦人のまえを通り、軍人と子供のあいだをぬけ、雑誌のページをめくっているイタリア人ときみのあいだをぬけ、車室のそとに出て、扉のガラスのまえで列車が完全に停まるまで待っている。

聖務日課書をなかに収めたあの平凡な書類カバンの二枚の皮のあいだには、なにがはいっているのだろう？　ほかの本だろうか？　彼がどこかの中学の教師だとしたら、たぶん教科書だろう、たぶん彼は、これからすこしたつとそこへ行って昼食をとり、二時に、アンリやトーマのようなやくざな生徒相手の授業が彼を待っているのだろう、いや、宿題を訂正したり、書取りに赤鉛筆でさんざん線を引いたりする仕事かもしれぬ。不可とか、可とか、零点とか、アンダーラインを引いたり、！をつけたり、評定を書いたり《お家のひとのサインをもらってくること》、課題作文かもしれぬ《友人のひとりに休暇の話をする手紙を書くこと》（いや、もう休暇はとっくに終っている。こいつは学年はじめに出す題だ）、こんな課題かもしれぬ――《きみがイタリアにあるタイプライター商会のパリ支社長だと仮定して、ローマにある本社の部長に宛て、きみが四日間の休暇をとる決心をしたわけを説明する手紙を書くこと》、講評は、《着想はいいが起承転結を考えていない》とか《綴りに注意》とか《文章が長すぎる》とか《課題にはずれている》とか《こんな理由ではイタリア人部長にけっして認めてもらえない》とか。それとも、こんな課題かもしれぬ《きみがレオン・デルモンだと仮定して、きみの愛人のセシル・ダルチェッラに宛てて、彼女のための職をパリに見つけたと知らせる手紙を書くこと》、講評は、《きみがこれまで恋愛をしたことがないことがよくわかります》、ところで、あの男にそんな心理がわかるのだろうか。

もしかしたら彼は、そういう種類の感情に責めさいなまれている、もしかしたら彼は、自分の欲望、現世に予感する救いと、教会と絶縁することの恐怖のあいだに引き裂かれているのだろう、教会は彼にとってなんの頼りにもならぬ。

《きみが妻と離婚したいと思っていると仮定して、彼女に宛てて事態を説明する手紙を書くこと》、《仮定の人物の気持になりきっていない》。《きみがイエズス会神父だと仮定して、上司に宛てて、きみが会をはなれようとしているわけを説明する手紙を書くこと》。

通路の窓のひとつが、だれかの手で開けられていたため、拡声器の声がかなりはっきりと聞きとれる、こう言っている――「……シャンベリー、サン＝ジャン＝ド＝モーリエンヌ、サン＝ミシェル＝ヴァロワール、モダーヌ、イタリア方面行き。ご乗車下さい……」。

あの外套も着ず荷物ももたぬ旅客たちは、食堂車から戻ってきたひとびとにちがいない、最初の回のサーヴィス時間が終ったのだ、まさしく、そのひとびとに混じってあの新婚夫婦が戻ってくる。彼らが車室のなかにはいってきたとき、プラットホームの上から駅員のひとりが客車の扉をばたんと閉め、列車はがたりと動きだし、若妻が荷物棚のあいだでよろめく。風にそよぐ白樺の若木のように。

未亡人は籠からえらび出した赤い林檎《りんご》の皮をむき、それを四つに切ってひと切れずつ子供にやっては、膝の上にひろげた破いた新聞紙に皮や切り屑をのせ、食べさせ終ると、それをボールの形に丸め、ナイフの刃をそれで拭いて柄に収め、ハンドバッグに入れてから、それを座席の下に投げこむ、それから彼女は窓ぎわの、聖職者が立ち去ったあとの席にまで身をずらせる、すると子供も、指をしゃぶり、果物をかじりながら、きみの横からはなれる。果物の匂いがまだ車室じゅうに立ちこめている。

ポン＝ド＝ヴェイル駅通過。通路にふたりの青年が窓ガラスのまえの真鍮棒に肱をついて煙草の火をつけあっている。鉄の床暖房の上で、若い夫の左の靴、ゴム底で明るい黄色い革の靴が、踏みつぶされたビスケットのかけらが描きだす同じ色合いの汚点を、ほとんど完全に隠している。

きみたちが汽車のなかで出会ってから一か月以上たったのち、きみがもうそのことをほとんど忘れてしまっていたころ、すばらしくよく陽が照ってまだひどく暑かった九月か十月のある日の夕方、きみはコルソ街のあるレストランで、法外な値段のくせにまったく平凡な味のぶどう酒を飲みながらひとりで食事をした。スカベッリ商会でかなり厄介な問題をいろいろと片づけねばならなかったあとだったので、きみは頭を和らげるため、フランス映画を――もうどんな映画だったか覚えていない――メルラナ街の角の、マエケーナス講堂の向かいにある映画館に見に行った。すると、窓口のまえできみは彼女に出会ったのだ、彼女は気どらずに「ボン・ジュール」とだけ挨拶した。彼女と一緒になかにはいって行くと、案内嬢がきみたちを同伴だと思ってならんだ席に案内してくれた。

映画がはじまって数分後に、天井がゆっくりと開いてゆき、きみはスクリーンから眼をそらせてそれをじっと見つめていると、青い帯状の夜空がだんだんひろがり、星がたくさん光っていて、そのなかを一台の赤と緑の方位灯をつけた飛行機が飛んでゆき、風がすーっと劇場のなかに吹き降りてきた。

そとに出てからきみは、お茶でもつきあいませんかと彼女を誘い、タクシーに乗り、サンタ・マリア・マッジョーレ教会とクァトロ・フォンターネ街を通ってヴェネト街まで行った。きみは彼女にきみの名前と、きみのパリの住所と、ローマではどこに滞在するかを知らせた。それから、明るく上品なひとびとの群れに気持をすっかりそのかされて、きみは彼女に、明日リストランテ・トレ・スカリーニでご一緒に昼食をねがえませんか、と申し出た。

そんなわけで、翌日の朝、きみはスカベッリ商会本社に行くまえに中央郵便局に寄って、アンリエット宛にきみが月曜までパリに帰らない旨を知らせる電報を打ち、それから一時すこしまえ、テラスのテーブルに腰をおろしたきみは、広場の反対側から彼女がやってくるのを見つけ、「四大河の泉」で水浴びをしている子供たちの姿は、水しぶきをうけて輝く巨人像のそばにひどく小さく見えていた、もし、そのときのきみが*カヴァルカンティの詩を知っていたら、彼女は明るさで空気をふるわせている、ときみは言ったことだろう。

彼女はきみの向かい側に坐り、隣の籐椅子にハンドバッグと帽子を置き、ほっそりとした両手を真白なテーブルクロスの上にのせると、きみたちのグラスのあいだに置かれた花がかすかに揺れて、きみたちを包む快い日蔭がきみたちを受け入れ、きみの心をそっとそのかした。日蔭は昔ながらの高い家から落ちてきたもので、かつては皇帝の円形競技場だったその場所をはっきりとふたつに分けていた。

たくさんのひとびとがその陽光の敷居を、別に動作をやめたり話を中断したりもしないで通り抜けて行く、服装の色が明るく光ったり、その光が消えたりする、髪の毛や服に急に暗いひだが見えたり、またそれが急に意外なほど陽の光をうけて輝きだしたりして、たんに白い輝きでしかなかったもののなかに、驚くほどさまざまのニュアンスが啓示される、――そんな風景をきみたちふたりともじっと見つめていた。

きみたちはふたりとも、その広場、その噴水、ふたつの楕円形の鐘楼のある教会を、まるでかわるがわる歌でもうたうようにして賞讃した、きみたちはローマの記念建造物のことをはじめて話しあった、まず十七世紀の建築物から話ははじまったが、彼女はきみに「すてきなところ」を見せてあげたいと言って、その日の午後じゅうきみを案内して長い散歩につれだしたが、まもなくその散歩は、きみのまだ知らなかったボッロミーニ設計のすべての教会のそばを通らせてくれる楽しい散歩となった。

鉄の床暖房の上で、丸めた新聞紙がイタリア人の靴のところにころがり出る。若い軍人――その枯草色の外套はもう乾いている――が立ちあがり、そとに出る。ひとりの男が列車の進行方向に歩いてきて、のぞきこみ、また立ち去る。きっと車室をまちがえたのだ。

満員だったが冬のことだった。ちょうど列車がいま走っているこの地方、マコンとブールとのあいだのことで、時刻もだいたいいまと同じだった。きみたちは最初の回のサーヴィス時間に昼食をすませてのち、きみたちふたりの三等の席に戻ろうとしていた。アンリエットが、席はもっとさきだ、もっとさきだと主張していたが、そして実際彼女の言葉どおりだったのだが、きみは車室の扉をひとつひとつ開けて（しかも楽々と、いまのきみにはもうそのころの力はない）のぞきこんでは、さっきの男のようにまちがえたと気がついて、また顔を引っこめていた。

きみは自分のいた車室に対しても、あやうく同じようにしてしまうところだった、というのも、席についていたひとがすっかり変わってしまったからである。いまは、他人にまじって、四人の子供を連れた一家族が、きみたちの坐っていた席に坐り、目印に残しておいた本は、ごていねいにも上の棚にのせてあった。

きみたちは通路で、畠や、ぶどうの樹々や、黒い森や、その上の低く垂れこめた暗い空を見ながら席の空くのを待っているうちに、ブールで雪が降りはじめ、雪片が窓ガラスに当って砕け、窓枠に積もってきた。シャンベリーまで待って、きみたちはようやくまた坐ることができた、アンリエットが窓ぎわに、きみはその隣に、ちょうどあの新婚夫婦のように、しかし、進行方向に向かった席に。

雪は降りやんだが、乳色の空の下のすべての山々、すべての樹々、家々や駅々のすべての屋根は白く覆われていた、そして冷たいガラスの上に蒸気が凝縮して曇るので、たえずそれを拭かねばならなかった。

夜中に国境を越えてからのち、暖房があまりきかず、やっと足りるか足りないかというほどだったので、きみたちはふたりの外套を重ねてふたりの体をすっぽりと包み、そして彼女は頭をきみの肩にもたせかけて眠った。

別な男がひとり列車の進行方向と逆に歩いてきて、扉からのぞきこみ、立ち去る。若い軍人が戻ってきて腰をおろす。彼はなにげなく鉄の床の上にゆれ動いている丸めた新聞紙を蹴とばし、座席の下に追いやる。

つぎの旅行のとき、きみは彼女に手紙できみの到着を知らせておいたが、それはきみが彼女に書いた最初の手紙で、このごろ彼女宛に書く手紙とはすっかりちがっていて、文体もいまでは「拝啓」から「懐かしいセシル」へと変わり、さらに恋人同士の愛称へと変わっている。「貴女」は「おまえ」に、形どおりの結びのことばは「おまえに接吻を送る」に変わっていった。

クィリナーレ・ホテルに着くと、あらかじめ頼んでおいたとおり彼女の返事がきみを待っていて、もしよろしかったら、トラステーヴェレ地区にある行きつけの小さなレストランにお連れしたいから、ファルネーゼ館の出口のところで待っていてください、ときみに告げていた。

しだいに習慣となってゆき、旅行のたびにきみは彼女に会った。まもなく季節は秋になり、ついで冬へと変わっていった。きみが音楽の話をすると、そのつぎには彼女は音楽会の切符を買っておいてくれた。彼女はきみのために映画館の上映番組をしらべるようになり、きみのローマ滞在中の閑暇をつぶす計画を立てるようになっていた。

そのときは彼女も気がつかなかったし、べつに彼女がそう意図したわけでもなかったのだが(きみたちがおたがいに相手のためにきみたちのローマを研究しているうちに、きみたちはふたりともそのことに気がついた)、きみたちがはじめて一緒に歩いた散歩を、彼女はボッロミーニの星の下に置いてあった。それ以後、いろいろな巨匠たちがきみたちの散歩を導くようになった。ある日のこと、ボルゲーゼ館のそばの貴重本ばかりならべた小さな古本屋で、きみたちはピラネージのローマ遺跡版画集を長いあいだ見ていたことがあったが、それからすこしたって、セシルはその古本屋できみの誕生日祝いに、いまパンテオン広場十五番地のきみの部屋を飾っている二枚の版画「建築物」と「牢獄」を買ってくれた、ピラネージのその版画集に描かれた廃墟は、あのパンニーニの絵のなかにならべられた想像上の絵の主題とほとんど同じであり、そんなわけで、冬にはいってからきみたちは、それら煉瓦と石の堆積を、ひとつ、またひとつと訪れ、眺めに行ったのだった。

そして、ある夕方のこと――きみたちはアッピア街道を歩いていた、風が強く、とても寒かったが、チェチリア・メテッラの墓のそばに夕日が沈んでゆく光景に、きみたちはすっかり心を打たれてしまった、ローマの街と城壁が埃のまじった緋色の霧のなかに包まれていた――、そんな夕方のこと、彼女は、きみがもう何か月もまえから待っていたこと、彼女の家にお茶を飲みに来ないかということを、とうとうきみに申し出て、きみはモンテ・デッラ・ファリーナ街五十六番地の家の敷居をまたぎ、その高い四つの階をのぼってダ・ポンテ家の住居のなかにはいり、黒い食器戸棚、レースのカヴァーのかけられた肱掛椅子、広告のカレンダーがいくつか——そのひとつはスカベッリ商会のだった——、宗教画、そんなもののなかをぬけて、きみは彼女の部屋にはいった、そこはダ・ポンテ家の部屋とはまったくちがって、まったく爽やかに飾られていた、フランス書とイタリア書をならべた本棚、パリの写真、色縞のベッドカヴァー。

暖炉のそばに割った薪がうずたかく積んであり、火をつけるのはきみがやると彼女に言ったが、戦争が終って以来そういう習慣をなくしてしまっていたので、ひどく時間がかかった。

暖かくなった。肱掛椅子のひとつにふかぶかと腰をおろして、きみは彼女のいれてくれた紅茶を飲みはじめ、紅茶はきみをすばらしく元気づけてくれた。きみは快い疲労にすっかり浸されていくのを感じていた。きみは、明るい焔を、ガラスの壺や陶製の壺にうつる焔を、きみの眼のすぐそばにあるセシルの眼に映る焔を、じっと見つめていた。靴を脱いで長椅子に横たわったセシルは、片方の肱をついて、一枚のトーストにバターを塗っていた。

焼いて固くなったパンの表面にバターナイフがこすれる音、暖炉のなかのぱちぱちいう音をきみは耳にしていた。パンと薪の焼けるふたつの煙がまじって快い匂いがただよっていた。ふたたび、きみは若者のように臆病になっていた。彼女に接吻すること、きみには、それがまるで逃れることのできぬ宿命のように思われた。きみは急に立ちあがった、彼女がたずねた、「どうしたの？」

それに答えず彼女を見つめながら、もうきみの眼を彼女の眼から引きはなすこともできず、きみはまるで、ものすごい錘でうしろに引っぱられているように感じながら、彼女にゆっくりと近づいた。長椅子の上、彼女の隣に腰をおろしたものの、きみの唇は気も遠くなるような数センチの距離を跳び越えねばならぬ、きみの胸はまるで濡れたシーツを絞るときのように締めつけられていた。

彼女は一方の手からバターナイフを、もう一方の手からパンをはなし、そして、恋人たちがふたりですることを、きみたちはした。

鉄の床暖房の上で、林檎《りんご》の種子がひと粒、ひとつの菱形模様からつぎの菱形模様へと跳びはねているのが見える。通路で食堂車の給仕がまた鈴を鳴らしている。ポリアット駅通過。

若い軍人が立ちあがり、胡桃《くるみ》色に塗られ金属の握りのついた合板製の箱、彼のただひとつの荷物を注意しながらおろし、出て行く。すぐそのあとにイタリア人がつづくが、反対側に向かって何歩か歩きだしたところで、隣の車室からふたりの女が出てきたため、彼の姿はきみには見えなくなる、女たちはイタリア人のあとにつづいて遠ざかってゆく、そのとき、プールの最初の家々が見えはじめる、だからいまきみの向かいには若夫婦しかいない、その頭上には、明るいきれいな革の大きなおそろいのスーツケースがふたつ、握りにそれぞれ札が一枚つけてある、きっとそこに彼らの行先の都市の名前が書いてあるのだろう、たぶんシチリア島の都市だ、シチリア島、もしもきみがセシルとの結婚ならざる結婚、結婚式らしきものの記念として旅行をすることができるのなら、きみはそこへ行きたいのだが、そこはほとんど夏同様だろう。

彼女のスーツケースのなかには、化粧道具や、若い女性の使う複雑なマニキュアセットのほかに、腕をむきだしにする明るい色の袖なしの服がはいっているだろう、シチリアで彼女がその服に着替えれば、彼女の腕は金色に輝いて見えるだろう、彼らがきみと同時にパリを発ったときには服の袖にすっかり隠されていた彼女の腕、彼らの旅程の終点まで隠されたままであるだろう彼女の腕、たとえ彼らがローマに寄り道するとしても、いまのままだろう、いや、彼らはローマで一日を過ごして夜の列車に乗るのかもしれぬ、いまのこの列車よりもっと走る音がうるさく、もっと遅い列車、もっとひどく横揺れがし、もっとしばしば停車して、そのたびにもっと激しく揺れるその列車にさらに二十四時間も乗って疲れきったあげくに、パレルモかシラクーザに着くのだ、だが、彼らはそこに下車するやいなや――それは夕方だろうか朝だろうか――クロード・ロランの絵にあるような、壮麗な金色に輝く海を眼にするだろう、緑色に、また紫色に見える深い海、彼らは潮の香に満ちた快い大気を胸いっぱいに呼吸して、それが彼らの心を洗い、すっかり和らげて、彼らは偉業を成就したふたりの征服者のようにおたがいの顔を見つめることだろう。彼女のスーツケースには、水着と大きなバスタオルがはいっているにちがいない、到着した日の夕方か、またはその翌日、彼らはそのタオルで体を拭いてから砂の上にはらばいになるだろう、それは月曜日のことだろうか、それとも火曜日のことだろうか(そのころには、きみはもう帰りの車中で、たぶん国境を越えモダーヌあたりに来ていることだろう)。

黒衣の婦人は、いまその昼食を終えた、子供が薄荷《はっか》入りボンボンをしゃぶっている。彼女は、もうほんのすこしの雨滴しかついていない窓を開け、紙を棄てると、そのうち、ひとけのないプラットホームが動かなくなる。木製客車、上に見える架線、それに対応する地上のレール、その向こうに灰色の小さな建物の見える地平線。

鈴の音がまた近づいてくるので、きみは立ちあがり、濡れた空気をゆっくりと呼吸してから、ふたつのスーツケースの札をちらりと見ると、まさしくシラクーザと書いてある、それからきみは車室の四隅の写真を見る、山の写真、船の写真、カルカソンヌ*旧市街の写真、エトワール広場の凱旋門の写真、その下のきみの席に、きみがパリを発つときリヨン駅で買った小説を棚から取って目印に置き、それからきみはそとに出る。

5

なかにはいってから、きみは窓の縁枠に取り付けた灰落しで、吸いおえた葉巻の残りをもみ消し、席の目印としてエトワール広場の凱旋門の写真の下に置いてあった小説のほうに身をかがめ、それを左手の二本の指で不器用につまみあげたとたん、車がすこし強くがたりと揺れたので、本を落したばかりか、きみ自身もひどくよろめいて、辛うじて座席に手をついて体を支える。

あのマコンぶどう酒の小瓶がそんなにまわるとは、きみは思ってなかった。そういえばこの葉巻のほか、コニャックを一杯飲んだし、食事のまえにもどうしても飲みたくなってポルトを頼んでしまった、そんなことは、ふだんのひとり旅のときはけっしてしないのだが、それに、もちろんパリでのこの一週間の疲労もたしかに手伝っている、一日はしょったこの一週間に、スカベッリ商会の日常の仕事をいつにない早さで片づけねばならなかった、きみの人生の将来の設計に関するこのきわめて重大な決定をついにくだして、しかも、きみの家では沈黙を守り、機嫌のいい顔つきをしているために、この一週間は、きみはまったく気力をふりしぼらねばならなかった、きみが近く家庭をはなれるだろうとなかば確信して以来というもの、家庭はきみにとって、まえにも増して堪えがたいものとなってしまっていた、――家庭のいろいろなことなど、もう長くはないのだと納得したとたんに、ほとんどきみの関心のそとに出てしまうだろうときみが想像したのとはまるでちがって。

床に落ちて折れ汚れた本のページをきみが手で折目をのばし、ちりを払っているのを、トーマに似た可愛い子供が眼をまるくしてじっと見つめている。

こんなふうに、きみは、きみがよくやる遊び、同じ車室にいるひとのひとりひとりに名前をつける遊びをはじめるのだが、席の上でたえず体を動かしているあの子供は、きみの息子よりずっと幼いのだからトーマという名前はあまり似合わない。たとえばアンドレと名付けたほうがずっといいだろう。いま子供の手を引いてそとに連れて出ていった婦人はポリアット夫人ということにしよう、さて、あの若いふたりは。文学的なニュアンスがあってはいけない、男は簡単にピエール、女のほうは、セシルという名前は除外して、そう、アニェスならよく似合う、サント・アニェス・イン・アゴーヌ（サンタニェーゼ・アル・チルコ・アゴナーレ)、これはナヴォナ広場にあるボッロミーニ設計の教会だった。

きみが本を閉じて棚の上に置き、腰をおろそうとすると、イタリア人がはいってくる、顔がさっきよりずっと赤い、彼には、きみはローマ人たちが大好きな古代ローマ風の名前をつけてやろう。アミルカーレ? あまりローマ的でない。ネローネ? トラヤーノ? アウグスト?

ところで、彼がローマ人だとだれがきみに言ったのか? 彼がトリーノで降りて、夕食に妻が(彼にも係累がひとりいるのだ)彼のために冷えないようにしておいたスパゲッティを食べて、キャンティを飲むのかもしれぬということに、きみはいくら賭けるつもりだ(いや、もしかすると、妻には隠れた行動かもしれぬ、明日にならねば帰らぬと言ってあって、じつはこれからだれかに会いに行くところかもしれぬ)、いや、降りるのは遠くてもぎりぎりジェノヴァだろう、そうだとしたら帰って寝るだけだ。そこの大聖堂の火《ひ》炙《あぶ》りの刑に処せられた殉教者像の彫ってあるロマネスク式の半円形壁面《タンパン》をきみは思い出す、トリーノにも、交叉アーチによって構成されたグァリーニ設計の円頂《ドーム》がある、聖《サン》ロレンツォに捧げられた教会だ、そうだ、ローマ人であるにせよ、ないにせよ、ロレンツォという名前が似合う。

ポリアット夫人がもう甥を連れかえり、籠の横に坐らせ、籠から薄荷入りボンボンの袋を取りだすが、もうほとんどからっぽだ。

きみは想像する、彼女は湿っぽく暗いアルプス地方の都市の出だろう、銀行の現金出納《すいとう》係をやっていた父親は、夕方になるとへとへとになって帰ってくるのだが、カフェの女給たちを相手に妻を欺いている、一家はプロテスタントで、日曜日には家族そろって教会へ行って讃美歌を鼻声で歌う、彼女は、初等教育終了免状をとったあと、アップライトピアノで何年も和音の練習をして、十八歳のとき母に連れられて生まれてはじめてリヨンへ行き、市役所の広間で歌の教師からダンスのレッスンをうけ、新年のパーティで、休暇を家族のもとに過ごしに帰ってきた医学生と出会ったのだ。医学生は彼女をカフェに連れて行く、彼女は彼にまた会う、彼女は彼を見送りに駅まで行き、入場券を買って、プラットホームに立ち、列車が出て行くのを最後までじっと見つめ、

ひそかに彼に手紙を書きはじめていたが、それが家族に知られて、ピアノのまえに坐らされ説明を求められる、家のものは意を決して先方の事情を調べてみるとひどく好条件だったので、文通はおおっぴらになり、

そのころから小説を読みはじめたため、彼女の手紙の文体は変わる、口紅を一本買い求めて、それをまるでお守りのようにハンドバッグにしまいこみ、そのうち、ときどき、部屋にひとりで閉じこもってお化粧をしてみたことだろう。

みんなは待っていた、彼が学業を終えて彼女と婚約することを、彼が兵役を終えて彼女と結婚することを。そして、彼らは結婚し、パリに新婚旅行に出かけたのだ。

診療所はうまくいっていた。そこに戦争が起り、夫は彼女に子供を残さずに戦死。それ以後、彼女は、銀行に勤めている兄に会いにブールに行くとき以外はもう町を出ないのだ。兄は現金出納係になるのがのぞみで、二人の息子と三人の娘がいる。一番年下のアンドレはすこし病身で、医者から休養が必要だといわれて叔母の家に行くように決められたのだ。

シャンドリユー駅通過。通路の窓には、もういまは十粒あまりの雨滴がついているだけで、その雨滴も蒸発しつつある、その窓ガラスの向こう、灰色のひどく低い空の下に、湖がそのプラチナ色をひろげている。

きみは海岸に沿って走っているだろう。そのときには、もうだれかの求めで電灯は消されていて、もしきみが車室内に隅の席を見つけることに成功していたら、たぶんきみは、こめかみのすぐ横のカーテンをすこし上げ、夜空のもと、波の上に散る月影を見ることができるだろう、あのよく晴れた昼間のあとだから夜空も澄みわたっているにちがいない。

なにもかも語り、あらゆることをし、準備もすっかり終って、決行の期日までもだいたい決めてしまっていることだろう。きみたちは完全に和解しているだろう。ああ、和解どころか、かつてなかったほど一心同体になっているだろう。明るい未来を期待する理由がすべてきみに揃っているのに、いまのきみの心のなかには不安がいぜんとして持続しているのだが、そんな心を蝕《むしば》む不安など、もはやきみの心にはなくなっていることだろう。

疲れてはいるだろう、だが、いつもの疲労とはまったくちがう、かの地での滞在がきみのしこりをすっかり解きほぐしてくれたためだ。きみはこんどは、三等車の居心地の悪さにもかかわらず、たとえ車室内が満員であっても眠るのに苦労はしないだろう、それとは反対に、今夜は眠りをかき乱されることだろう。

列車はチヴィタヴェッキアに停車するだろう、夜のなかでも、たぶんきみはタルクィニア駅通過を知るだろう、それからきみの眼は閉じる、そしてきみは、もうどんな悪夢からも解放され、この旅行が門を開いてくれるあの間近に迫った生活を、さきまわりしてすこし生きることだろう。きみの固い決心のおかげでやっと国境を跳び越えて、なかにはいれたその国を、きみは夢のなかで探険することだろう。

ジェノヴァではまだ夜明けまえだが、プラットホームの騒がしさできみは眼をさますだろう。きみは通路の端まで行って、そこでひげを剃り、食堂車で朝食をとる、列車がトリーノに着くころには、きみはもう席に戻っているだろう。

それから、きみはアルプスをすこしずつ登って行く、山々の頂きは雪が朝日に真横から照らしだされて眩《まばゆ》いばかりに輝いているだろう、きみは切り立った巨大な谷の中腹にある、雪で真白な森を縫って進んで行く、車室のなかには光の反射、明るく新鮮な光の反響がなだれこみ、どの旅行客も、一番眠れなかった客までも、荘重な晴れやかさに浸されるだろうが、そういうすべての顔のなかで、きみの顔ほど、充分に休息をとったのちの喜び、解放、勝利の表情を浮かべているものはないだろう、モダーヌの税関吏までがきみには親しみ深く見えるだろう。

反対側の斜面を下るときには、もちろん、空はまえほど晴れていない。昼食をとっているあいだに、きっと雪が降ってくるのが見えるだろう、あるいは雲のなかを降りてゆくということになるかもしれぬ、窓ガラスには露が凝結して曇り、平地に降りたころにはそれが雨になっていて、ふたたび森は黒くなり、空はしだいに灰色みをましてゆく。

まもなくきみは、いまきみが走っているこの地方に近づき、この湖に沿って、いまとは反対方向に走るだろう、そのとき、きみの頭上にあるスーツケースのなかは、いまはアイロンをかけた清潔な下着がいっぱいにつまっているけれど、きみがいま着ている下着が汚れ、しわになったので着替えて、汚れたほうは、スーツケースのなかに代わりにはいっていることになる。

窓の向こうに、いまや水滴は消えてエクス＝レ＝バン駅が見えているが、その動きがだんだんおそくなり、停まる、そして、きみの見ているまえを、機関車が反対方向に通り、つづいてローマ発パリ行の客車がつぎつぎと通って行く、きみが月曜の夜に乗る予定の列車で、それがここを通るのは火曜の午後のいまごろになるわけだ。

このまえの日曜日のことだ、電車のブレーキの音や、スクーターの始動音でさわがしいナツィオナーレ街に面したクィリナーレ・ホテルのきみの部屋のなかで――それらの物音はきみの朝がたの眠りをなんども破ったものだった――テーブルの上に開けてのせたスーツケースを眺めると、ワイシャツのしわくちゃの袖がそこからはみだしていたが、それはきみがパリを発ったとき着ていたもので、そのときのきみにはもう清潔なワイシャツのもちあわせがなく、そのとき着ようとしていたのも、前夜、モンテ・デッラ・ファリーナ街五十六番地から帰ってきて寝ようとしたときに脱いで、ほかの洋服類と一緒にベッドのそばの椅子の上にひろげておいたものだった。これまでになんども同じような羽目に陥ったときと同様に、そのときのきみは、このつぎの旅行には着替えのワイシャツは一枚ではなく二枚もってこなければいけないと内心つぶやいた、じつは、こんどもまたそう考えていて忘れてしまったのだけれど。

もう、太陽が向かいの建物の上のふたつの階を照らしていた。きみは、そのはみだした袖をたたみ入れて蓋を閉めた、これでもうすっかり準備ができて、あとはそのホテルに戻ってきてスーツケースをもつというほんの短い手間だけで、駅へと向かうことができるのだった。

その前夜、きみはとても長いあいだセシルと一緒にいた、どうしても彼女からはなれる気持になれなかったためだが、それでいて、そのまま朝までそこで寝ているわけにもいかないとよく承知もしていて（だが、そのときのきみには、そんなことはなにもかもまったくばからしく思えていた）、もう十時近くになってから、ようやくきみは部屋を出て街なかに出たのだった。

セシルは、きみもよく知っているように、きみよりはずっと早く眼がさめて、きみを待ちくたびれてきっともう朝食をすませてしまっているだろう。そう考えてきみは、とあるバーにはいり、カフェ・ラッテとイタリアでクロワッサンと呼ばれているジャムを詰めたお菓子のいくつかをゆっくりと食べた、そんなわけで、きみがモンテ・デッラ・ファリーナ街五十六番地に着いたときにはもう十一時近かった。ダ・ポンテ一家はミサに出かけていて、ひとり残っていたセシルはひどく不満そうだった。前の晩に、きみから朝食の支度をしておいてくれればうれしいと言われて、紅茶だとかトーストだとかをすっかり用意しておいたからだった……。だが、前夜のきみは彼女に、そのほかにもじつにいろいろなことを小声で言ったので、そのことは忘れてしまったのだった。

鉄の床暖房の上では、林檎の種子がふた粒、きみの左足のすぐ横にある。

一年すこしまえ、いまと同じ季節だったが、もうすこし早かったろう、ある日曜の夕方のことだ、きみは紅茶をゆっくりと飲んでいた、窓と鎧戸は大きく開けはなたれ、向かいの家の軒蛇腹《のきじやばら》の赤い夕陽に照らされた部分がすこしずつすくなくなっていった、長椅子の上にならんで腰をおろし、ふたりとも壁によりかかっていた。パンの焼ける匂いがただよい、彼女の頭はきみの肩にもたれ、彼女の髪はきみの頸に触れ、きみの腕は彼女の腰にまわされていた。

街の物音がだんだんはっきりと聞えるようになり、屋根屋根の上にのぞける空の赤みはだんだん暗くなり、やがて雲が切れて、そこに最初の星々が姿をあらわした。

街灯の光と、ときどきかすめる自動車のヘッドライトの光で、建物の壁は金色に染まり、しだいに暗くなってゆく部屋のなかで、きみの手首に腕時計の螢光塗料を塗った文字が光っていた。

二十三時三十分発の列車まではまだ時間があった、彼女がきみと一緒にパリへ旅行することをやっと決心して、きみたちはふたりでその列車に乗ることになっていた、だが突然、きみは涼しさに身ぶるいした。

彼女が台所として使っている隅のはめ込みの小さな流しと小さな料理用レンジの上についた電灯の光をたよりに、きみは彼女の洗った皿を拭いてから窓を閉めたが、そんなあいだに彼女のほうは旅行の準備を終えていた。きみのスーツケースは手荷物一時預り所に運ばせておいた。

ヴィットリオ・エマヌエーレ二世大通りはいつものようにざわめいていたが、向こう側の街々は驚くほど静まりかえり、ナヴォナ広場にひとかげはほとんどなく、「四大河の泉」は夜のなかに水をほとばしらせていたが、カフェやレストランの椅子はみんななかにしまいこまれていた。

いまと同じ三等車室の進行方向に向かった通路よりの席で、電灯が消されるとすぐ、まるでその列車が彼女にとって、きみと一緒にいるときの自分の部屋と同じように親しいものであるかのように、頭をきみの肩にもたせかけて眠ってしまった彼女を、きみはじっと見つめていた。翌日、きみたちは一緒に昼食をたべたが、幸いテーブルにはふたりだけだったので、きみたちは最初の出会いのことを話しあった。

鉄の床暖房の上、きみの両足と向かいのイタリア人の両足に囲まれた四辺形のなかでは、ふた粒の林檎の種子が彫り溝の上でつぶれ、その薄い皮の裂け目から白い果肉が飛びだしている。

あの小さな円テーブル、――長椅子とは同じ高さで、長椅子には、そのまえの旅行のときぎみが買ってやった派手な色縞の華やかなカヴァーが、ぴんと張ってかけてあったが、彼女はそこに身を投げてしわにしてしまって、膝を折り、壁に背をもたせかけると、彼女の髪がパリの凱旋門の写真の上で砕け、その凡庸なナポレオンの記念建造物の上の、白い雲のたなびくひろい空の上で、真黒な、ごく細い雲のように見えて、彼女が足指の先を動かしてスリッパを脱ぎ、派手やかな色彩の上に素足をのばすと、足の爪には、まだ前の日につけた紅色のペディキュアがすこし残っていた(彼女はパリに住むようになれば、もうこの季節にそんなふうにすることはできないだろう)、その低い小さなテーブルに掛けてある綾織風の食卓布には頭文字《イニシャル》がついているが、彼女の前の夫のイニシャルではない、彼は新家庭用のシーツやナプキンやテーブルクロスなどをすっかり新しく買いととのえるほど豊かではなかった、そのイニシャルは、そのテーブルでいつか朝食をとったとき彼女が説明してくれたところによれば(細部は忘れてしまったが)、彼女の両親か祖父母のものだった、その小さなテーブルの上には、よく磨いた銀製紅茶ポット――なかには冷えた紅茶が半分くらいはいっているときみは知っていた――、群青色《ぐんじょう》の陶製ミルク入れ、ガラスの砂糖壺、大きな薄手の茶碗がふたつ――そのひとつは底のほうにベージュ色の液がすこし残り、そのなかには黒い点が十ばかり点々と浮いていた――、トーストしたパンが四片ならべてある花模様の皿、その横にトーストを焼くのに使った、ニッケルメッキの器具、バターを盛った器、ジャムの瓶、がのせてあり、

そして、その紅茶ポットの銀の表面には陽光が強く反射して、あたりのうす暗がりのなかでまるで星のように光っていた、鎧戸がほんのすこし開いていて、ひと筋の光線だけがそこから射しこんでいたのだった。

「すっかり冷めてしまったわ。お湯をわかしましょうか?」

だが、彼女が席を立ってそんなことをしたくないのは明らかだった、かたくなな上半身、唇に微笑は浮かんでいない。それに、きみはすこしも紅茶をほしいと思わなかった。

「遅刻してしまったね。もうすっかり片づけてしまっているだろうと思って、コーヒーを飲んできた」

きみは鎧戸を大きく開けひろげた。するとテーブルの上に置いてあるものが、また彼女の爪が、光りはじめた。きみの立っているところから見ると、ベッドの上の二枚のパリの写真を覆うガラスが鏡のようにものを映していた。

窓の向こうで、エクス＝レ＝バン駅が動きはじめ、だんだん遠ざかってゆく。

そのころには、ブールジェの湖に沿って走ったあと、十一月末の短い昼さがりのなかで、きみはシャンドリユー駅通過を認めるだろう。太陽は——いや、正確には太陽の光はと言うべきだろう、国境通過以後は、きみにはもう太陽は見えないだろうから——だんだん低くなってゆくだろう。ブールではもう黄昏《たそがれ》で、マコンでは空は黒くなり、あの町々も村々も暗くなっているだろう。それらの町や村の電灯や街灯や看板を、雨滴に覆われた窓ガラスをとおして見るしかないということが、なんとしばしばあったことか。だから、ブルゴーニュの風景はまったく見えないだろう。濡れた冷たい夜があらゆるものに重くのしかかり、きみ自身のなかにも滲みこんでくるだろう、そうしたなかを、きみはパリへと近づいてゆく、パリ、そこにきみを待ちうけている一週間は、この一週間よりもずっと堪えがたいことだろう、断乎とした決定をくだしてしまったあと、その決心が完全に実現されるまで事態をできるだけ細心の注意をはらって口に秘めておかねばならないからだ。あの女、アンリエットのそばで、きみの家族のまんなかで、まるでなにごともなかったかのように生活しなければならないからだ、沈黙を守り平静を装ったままセシルがパリに到着するのを待たねばならぬからなのだ。

いや、なんだってきみは、そんなに気が弱いのか？　むしろ、きみの帰宅後すぐに、正直に、なにもかも彼女に話すほうがいいのではなかろうか？　かならずやかずかずの非難や嘆きや誘惑の試みがはじまるだろうが、きみの決意は、それに揺れ動くほど脆弱なものなのか？

いやちがう、きみの恐れているのはアンリエットの涙ではない。彼女がただ涙を流すだけということがあるだろうか？

そんなことはない、彼女の反応はもっとずっと狡猾で手に負えぬものだろう。例の沈黙がはじまるだろう、ただたんに彼女のまなざしのなかばかりではなく、彼女の体全体に、どんな些細な仕草にも、どんな些細な態度にも、例の侮蔑が見られることだろう。そうやってしばらくたってから、彼女はきみにたずねるだろう。「いつまでここにいらっしゃる？」もうそうなったら、きみは家を出るより仕方がない。

それからは、パリでの孤独なホテル住まい、きみがなによりも恐れているものがはじまる、そしてそんな状態にいるきみは、彼女のどんな些細な攻撃にも、どんな些細な奸《かん》計《けい》にも傷ついてしまう、きっとそうした攻撃や奸計はどれほど巧妙であることか、彼女はきみの鎧、きみの身体組織のどこに弱点があるかをよく知っているのだ。

数週間後には、きみは彼女のもとへ戻って泣きつくかもしれぬ。彼女の眼にも、きみの眼にも、セシルの眼にも、きみは完全な敗者と見えるかもしれぬ。きみはセシルにもう二度と会う勇気が出ないかもしれぬ。

いや、いけない、はやまって事態を説明してしまうと、いまきみがこんなに綿密に企てた逃避の成功が危うくされてしまうだろう。

成功するためにぜひとも必要なのは、きみの弱点の範囲を完全に意識しておくこと、その弱点から身を守るためにあらゆる警戒をおこたらぬことだ、とすれば解決法はひとつしかない。沈黙を守ること。数週間も、もしかしたら数か月間も嘘をつきとおすこと。自分を強者だと思いこんでしまうのは、確実にきみを失敗させるもととなるだろう。

しかし、愛の勝利のために慎重さが教えてくれるこの決心は、なんとも屈辱的な、辛いものではあるが、辛ければ辛いだけ、きみはその決心をさらに強固にする必要がある、とくにその決心をとらせるに到った理由が、すべて否定できぬ不愉快なものなのだから、きみは、火曜の夜、パリへと近づくにつれて、よりしっかりとその理由にしがみつかねばならぬだろう、なぜなら、セシルとともに過ごす数日間のあたえてくれる力と勇気の感情に、幸福の近いことに酔ったきみは、事態を一挙に解決したいという欲望にまったく押し流されかねないだろうからだ。

だから、その虚偽に満ちた数週間、数か月に立ち向かえるだけの心の用意をしておかねばならぬだろう、沈黙を守ろうという意志、じっと待っていようという意志を、さらに強めねばならぬ、きみの内面の焔を絶やさぬよう細心の注意をはらって、その焔を監視しなければならぬ、その長い抵抗戦のために、きみの心のなかの資源を完全に組織しなければならぬだろう。きみが食堂車で夕食をとっているとき、食堂車の暗い窓ガラスはたぶん幾千という雨滴で刺繡されていて、そのひと粒ひと粒のなかに、ひと目をまどわすような光がたなびいていることだろうが、そんな窓ガラスをとおして、まったくの暗闇のなかを明るい列車の窓が通ってゆくとき、朽ちてゆく葉に覆われた土手の斜面、フォンテーヌブローの森のなかの何百という樹の幹の断片が暗闇から浮かびあがってくるのをじっと見つめていると、その幹の断片のあいだに、きみは一頭の馬の巨大な灰色の尻尾をかいま見る思いがするだろう、葉の落ちた鋭い枝々のため、きれぎれに寸断された霧のマフラーのようにも見える灰色の尻尾、そしてきみは、車軸の響きをとおして、その馬の足音を、あの嘆き、あの呼びかけ、あの弾劾、あの誘惑の声、「なにを待っているのか?」という声を聞く想いがするだろう。

通路の向こう、乾いたが汚れているふたつの窓ガラスをとおして、空はもう見えず、家々が段々に重なり、また点在する斜面だけがきみに見える、そこの一本の小さなうねった道を自転車に乗った男が全速力で降りてくる、灰色がかったレインコートの裾を体のうしろに水平にひるがえして。ヴォグラン駅通過。

ポリアット夫人が立ちあがり、鏡のまえで黒い帽子をかぶり直し、黒い玉が尖端についたヘアピンを髪にさし、麦藁のスーツケースをおろすのを手伝ってくれないかとピエールにたのむと、ピエールは旅行案内書《ギード・ブルー》をアニェスにわたし、アニェスは彼が案内書の終りのほうのどこを読んでいたかすぐわかるように、指をページのあいだにはさんで本を閉じる、不用になった二本のしおり紐、二本の細いリボンが垂れさがり、列車の震動につれて、レールの接ぎ目のたびごとの震動による軽い持続的なリズムにあわせて、静かに左右に揺れている。

　ポリアット夫人は、聖職者の下車以後占めていた進行方向に向かった窓ぎわの席の上に荷物をすっかりならべおえてから、甥のアンドレの外套のボタンをはめてやり、アンドレはじっとされるままになっている、それから彼女はアンドレの小さなマフラーをきちっと締めて、買物籠から櫛を取りだして髪をとかしてやる、そんな彼女の姿のため、アニェスの顔も、手伝ってからまた席についたピエールの顔もきみに見えない。ピエールはまた本を読みはじめているにちがいない、いや、そこだけきみに見えるあの左腕の動きからすると、彼はいまは妻の膝ごしに体を乗りだし、汚れた窓ガラスをとおして、ぽつぽつ見えだしたシャンベリーの家々を眺めているにちがいない。

　あのふたりはどんなふうにして知り合ったのだろう？　セシルときみのように列車のなかで出会ったのだろうか、それともアンリエットときみのように、同じ大学に行っていたのだろうか？　いや、そんなことはどうもありそうもない、彼のほうは高等工業学校にいたのだろうし、彼女のほうは装飾美術学校かルーヴル校にいたのだろう、いや、彼女は英語学士号の準備中だったかもしれぬ、そんなふたりは、共通の友人の家での会ではじめて会ったのだ。彼は彼女と踊った、ダンスが上手だったためではないが、彼は、彼女をすくませていた自信のなさ、内気さを除くのに成功し、そしてみんながそれに気づいた。彼女はそれを一笑に付したが、みんなはそのことで彼女をからかいはじめた。彼女は顔を赤らめないようにいろいろと努力したが、そのたびごとに頬がほてってくるのを感じていた。

　彼が彼女に再会したのは夏だった。広間にはいってきたとき、彼女がほとんど思わず飛びあがらんばかりだったのに彼は気がついた。彼はもっと静かな部屋へと彼女を連れて行った。彼らはパリのとある大通りに面したテラスに出た。足もとには自動車のヘッドライトが交錯し、すずかけの葉の茂みが風に揺れてざわめき、その音はときどき、まるで溜息のように強くなったりした。ああ、彼女はよく知っていた、自分が恋をしているということを、あらゆる小説や映画のなかで、まるで近づけぬもののように、はるかかなたに輝いているのをあれほど憧れ眺めていた領域へと、一足跳びにはいってしまったということを、そして彼女は自分の心に問いかけていた、彼、このピエール、この美青年の心を自分がつかんでしまうなんてことがいったいありうるだろうか、ほかのたくさんの娘たちが、自分と同様に、ただ彼につくすことしか求めていないのに、と。彼女はあえて、それをあまり信じなかった。彼女はあとであまりにも激しい失望を味わうのは避けたいと思って、なにも言わず、彼の顔を見ることさえしなかった、そして、彼のほうは、いったいどうすればよいのかわからなかった。

きみにはちゃんと見当がついている。彼らは映画同好会やフィルム・ライブラリーの映写会に出かけては、きみがかつてアンリエットと一緒に見たのと同じ映画をうやうやしく鑑賞したのだ。一度か二度、彼が彼女を地下の酒場やレストランに連れて行ったこともあった。彼らはおたがいのことを両親に話した。彼らは昨日教会で結婚の式をあげた。夕方にはすっかり疲れきっていた、パーティのため家のなかをひどくあちらこちらと動き、たくさんの友人たちに挨拶しなければならなかったので。

だが、いまは、なにもかもまったくうまくいっている、前の晩は短い眠りだったけれどとにかく休んだし、いまでは彼らは、あの乱雑になった家具から、もうなんと遠くはなれたと感じていることか、

そして、彼らの心の奥底で、彼らはどれほど真摯な態度でおたがいに誠実であろうと誓っていることか！　そうした幻想がどれほどのあいだ持続するだろう？

ああ、もし彼らにきみの旅行の理由がわかれば、もしきみが彼らに話してやれば、

——きみが彼らの年齢のとき、きみのアンリエットとの新婚旅行のときにはどうであったかを、きみもまた、こういう和合が確固として持続するだろう、きみたちのあいだに子供ができれば、それがきみたちをさらに強く結びつけるだろうと、どれほど心に想い描いたかということを、そしてそれからなにが起ったか、そうしたすべてがどのようにして崩れていったか、どんなわけでいまきみがここでこうして旅行しているか、すべてを清算し、きみを解放するためにどう決心しなければならなかったか、——そんなことをきみが彼らに話してやったら、きみの顔、年をとってほんのすこし痩せた、身じろぎもせぬきみのシルエットは、彼らには恐ろしいものに見えるのではないだろうか？

きみは彼らの安らかさをかき乱すべきではないだろうか、彼らに言うべきではないだろうか、人生の勝負に勝ったと空想してはならない、かつては、きみもまた心からそう信じていたのだし、そのころのきみには心からという姿勢も可能だったのだが、ということを。彼らに言うべきではないだろうか、彼らは、いまからただちに、別離のための準備をしなければならぬ、きみの境遇に似た彼らの境遇に由来する偏見のすべてを、いまきみが経験しているような困難な事態が起ったとき、彼らの決定、彼らの解放をずるずると遅らせてしまうであろうような偏見のすべてを、いまからただちにおたがいのあいだで破壊しなければならぬということを。あのアニェスに、きみのアンリエットに起ったような変化が起ったときに備えて、あの説明不能な侮蔑の色が彼女のあらゆる仕草を塗りつぶし、彼女を屍体に変えてしまったときに、また彼のほうで、人生をふたたびはじめようと試みるため、別の女、まったくちがって見える、いわば保存された青春そのものであるような女を求める必要が生じたときに備えて。

列車が停まった。ポリアット夫人は元気よく窓を下げた。プラットホームはそちら側だった。彼女は荷物をピエールに託し、降りてから渡してくれるようにと頼んでから、甥のアンドレを連れ、失礼します《パルドン》、と言いながら、きみの足とシニョール・ロレンツォの足のあいだを足を引きずるようにして出てゆく。

通路にいた十六歳と十八歳くらいのふたりの若者が彼女をとおしてやってから、なかにはいってくる、ファスナー付きの革ジャンパーを着て、通学用カバンを手にもっている。

あの未亡人の手が麦藁のスーツケースに、買物籠に、バスケットに伸ばされるのが見える、さっきいろいろな食糧を取りだしたバスケットだ、その手は乾からびているが、しっかりと荷物をつかむ。彼女の横にいる少年の姿は見えない。少年はたぶん彼女の甥ではないのだろう。彼女はたぶん未亡人ではないし、ポリアットという姓ではない。少年の名前がアンドレだという可能性もほんのすこししかないだろう。

彼らの坐っていた席に兄弟が腰をおろす、年下のほうが開いた窓よりに、ふたりともカバンは上の荷物棚に置き、ジャンパーのファスナーをはずす、彼らを見つめているアニェスは、彼らのような元気で顔だちのよい子供をほしいと思っているのだろう、こんなふうに考えながら、——ピエールが、いまわたしを見ているあの男のひとくらいの年齢になったら、わたしたちが年輩の夫婦になったら、あの子たちのような息子がほしい、でもわたしたちの息子はもうすこし上品でしょうね、あの子たちがシャンベリーのどこかの工業学校でうけている教育よりは、もっとずっと立派な教育をうけさせてあげられると思うから。

ふたりのイタリア人労働者が声高に話しあいながら、リュックサックをおろし、膝にかかえる。いまや車室は満席になった。

二か国語による三通りの会話が入り混じってひびいて、きみにはそれを聞きわけることはできないのだが、そうした会話の声をとおして、発車の間近いことを知らせるらしい、はっきりとしない拡声器の声がひびく。

おなじみの音がはじまり、震動がそれにつづき、そとの事物がきみのほうに、きみの座席を通過する無限の線のほうへと遁走を開始し、きみの座席からは見えなくなる。風が流れこみ、なかの空気をとつぜん乾燥させる。ピエールが窓を閉める。

きみたちが市街地を出たとき、検札係が鋏で扉のガラスをたたく。みんなだまって検札をうける。

シニャン＝レ＝マルシュ駅通過。窓の向こう側では、すでにほんのすこしの雪が森の樹々の梢に見え、森はだんだん深く黒くなって斜面を覆っている。

あのときのきみは身を乗りだして、秋のすばらしく美しい朝の光を浴びながら、下のほうで、木炭を載せた重い荷車がひどく苦労しながら道を曲がってゆくのを見つめていた。ローマにだって冬がくるというのはほんとうだ、こんどの週末は、このまえの週末ほどおだやかな気温には恵まれないだろう。たてまえとしてきみが泊まることになるあの部屋は凍るように冷たいだろう、隣のセシルの部屋には、ほとんど一日じゅう火が気持よくおこしてあるだろう。

きみは彼女の手がもうすこし禿《は》げかかっているきみの頭の上をすべるのを感じた。きみの隣に肱をついて、彼女は言った。

「ほんとにばかげているわ！　あなたも言ってるけど、旅行のたびに滑稽にもクィリナーレ・ホテルに部屋を借りて、寄宿学生か、無断外出をして翌朝の点呼のときにはいなければならない兵営内の兵隊みたいに、毎晩そこに戻ってゆかなければならないなんて、ほんとうに残念なこと。

「あなたはいろいろと反対なさるけど、結局はそんなふうなのよ。あのかたに対する虚偽を、これからさきどうやってつづけてゆくの、――すくなくともローマでのこんな暮らし方は、あなたのおっしゃるとおりほんとうに虚偽でしょう、あなたのわたしに対する態度のすべてが虚偽だとは言わないけれど。

「言いわけなさらないで。わたしを愛して下さることもよく知っているし、彼女がだんだん我慢ならなくなるっておっしゃるときのあなたに嘘はないことも、よく知ってる。よく知っているのよ。だから、なんにも言わないで、あなたがなんとおっしゃるか、すっかり覚えていてよ、この場合、問題なのは彼女《あれ》じゃない、スカベッリ商会のほうがどうも許しそうにないんだ……。そうよ、もう説明して下さった、こんな非難がましいことを言うのも、ただあなたをからかうため、勇気のないあなたに仕返しをするためだけなの、といってわたしは、あなたの勇気のないことを完全に許している。

「でも、いつかあなたがこんなことと縁が切れればいい、そうそう、お隣の部屋を借りてるひとね、その古くさい大きな閂《かんぬき》で閉めてある扉の向こうの部屋よ、そのひとが今週ここを出るって今朝知ったの。わたしがダ・ポンテ家のひとに頼んでみるだけで、あなたにその部屋を貸してくれる。きっと承知してくれるわ、（あなたはわたしの従兄でしょう？）そうなったら、わたしたちとっても落ちつけるじゃない。

「そのひとがさっき出て行く音を聞いたわ。まだきっと帰ってきてないと思う。ちょっとのぞいてみない」

彼女は閂をはずした。閂はすこしはずしにくかった。扉を開けると蝶番《ちょうつがい》がきしんだ。鎧戸は閉めたままだった。乱れた鉄製のダブルベッド、開いたスーツケース、整理だんすの上に散らばったいろいろな種類のネクタイと靴下、そのそばにブリキ製洗面器が三脚台にのせてあって、水差しとバケツがそばに置いてあった。

そしてそのときのきみは、明日行われるであろうようなことを空想していた、もちろんそのときのきみは、その空想がこんなにも早く実現するとは思ってもいなかったし、それを実現させる計画さえまだまったく立てていなかった、きみはそのことを、まるではるかかなたの可能性のように想像して、セシルの気紛れに気持を合わせるために、そんな可能性をちょっと楽しんだのだった——家具の上や深紅色のビロードを張ったあの肱掛椅子の上にきみの身の廻り品をちらかし、いかにももっともらしい乱雑さをつくりだし、あの大きな羽枕と掛けぶとんの下にきみのために敷いたシーツは、汚さないというありさまをちょっと楽しんだのだ——、明日のきみもそれを汚さない、ただ、いかにもきみがそこに寝たとひとに信じさせるためにしわにするだけだろう、あの扉はひと晩じゅう開いたままだろう。

鉄の床暖房の上の、外からはいってきたひとの濡れた靴が残した泥の足跡は、いまにも雪が降りだしそうな雲に似ている、その雲のような足跡のなかに、きみは微小な星の星座をみとめる、薔薇色の紙の星、いや、褐色のボール紙の星、切符に検札の鋏をいれたときに落ちたものだ。

検札係がきみたちの切符を調べた。きみはセシルと一緒に車室に戻っていた。きみたちはいまのピエールとアニェスのようにならんで腰をおろしていた。なにもしゃべらず、きみは、彼のように本を読んでいた、席を取っておくために残しておいて、戻ってきたとき取りあげた本、どんな本だったか、もう正確には覚えていないが、たしかローマのことを書いた本だった。ときどききみはその一節を彼女に見せたりしていた。

だがまもなく、きみの眼は文字を追うのをやめて、いま走っている同じこの地方だったが、扉のガラスをとおして、いまとは反対に流れてゆく山々を見つめながら、きみは内心に問いかけていた、——なぜこれが、ずっとこんなふうに続くことができないのだろう、なぜいつもわたしは彼女と別れねばならないのだろう？　じっさい大きな一歩を踏みだしたのだ。わたしは彼女をローマのそとに連れだすのにやっと成功した、わたしたちの共通の人生は、これまでわたしたちが釘づけを余儀なくされていたあの狭い境界を乗りこえるのに、とにかく一度は成功したのだ。これまでのどの旅行においても、ローマ終着駅は別離の場所、「じゃまたね」の場所だったが、わたしたちはやっとその境界線をさきに押しやることができた。ふだんだったらわたしはパリにいて、彼女から遠くはなれていること、その距離とあれらの山々とで彼女から引きはなされていることにひどく悩むのだが、こんどのパリ滞在期間中は、彼女がすぐそばにいる、とわたしにわかっている、ときどき彼女に会うことができるのだ。

たしかに、きみにとってそこには大きな幸福、勝利の感情があったが、そこにはまた悲しさが、これはほんの最初の第一歩にすぎない、いつになったらそれに続く前進が可能になるか、きみにはまったく見当がつかないという悲しさが入り混じっていた、別離はただ一時的にさきに延ばされただけで、国境を一緒に越えたというのもただ一度だけのことでしかない、このつぎの旅行には、またすべてがこれまでのようにはじまるのだ、ローマ終着駅できみたちは別れねばならぬだろう、これはただ一度の例外にすぎず、真の変化ではないのだ。

そしてきみは、以前はこのじつに重要な変化のことを考えていなかったのだ。きみはそんな二重生活に満足していた。きみはパリにいてローマでの日々を夢みてはいたが、きみのパリの日々を変化させることができるかもしれぬということに本気で思い到ったことはまだなかったのだ。

ところで、いまや、その可能性がきみの精神に重くのしかかってきていた、はじめはその可能性も気違いじみた恐ろしい誘惑と見えたが、しだいにきみの考えという考えのなかにゆっくりと滲透していって、きみはすこしずつそれに慣れ、ついには、それはどの瞬間にもきみにまつわりついてはなれず、そのためきみはアンリエットをひどく憎むようになった。

　ふたりならんで坐ってローマからパリへと旅行する、なんと軽率な行いだろう！　それまでは、すべてはまったく平静に行われていた。だが、もうちがう、これからは、もうこれだけでは満足できないだろう、そして、きみにはわかっていた、彼女もまたそう考えている、いまの生活を変える可能性がこれからは彼女にもつきまとってはなれないだろう、これがいつまでも続くとは言わずとも、仕事や社会的地位の要求が許すかぎり長いあいだ、何度も続くという事態に到るために、彼女はみごとなやりかたですべてをなしとげるだろう、この可能性だけがついにはきみに大きくのしかかってきて、ついには目的に届き、ついにはきみを、あのすばらしい純粋な愛情、あの新しい自由に届かせようとしていた、それまでのきみの恋の次第は、そのすばらしい純粋な愛、新しい自由について、まったくみすぼらしいイメージ、いつでもきれぎれな、いつでもきみの一部分にかかわりをもつだけのイメージを、いつでも断片的に提出することしかできなかったのだ。

一年ののち、その可能性はいま実現されようとしている、きみはその実現を決意した、きみはいまそれを実現しつつある。

きみたちはシャンベリーを出た。ヴォグラン駅通過を見た。エクス＝レ＝バン駅に停車した。きみたちはふたりそろって通路に出て湖を眺めた。

ひとりの男が扉から頭をつきだし、左右を眺め、車室をまちがえたのに気がつき、遠ざかり、見えなくなる。

ローマ終着駅、そこは、いつもならばきみとセシルとの共通の人生が終点になる境界線で、一年まえ、きみはその境界線を彼女と一緒に一時的に乗りこえることに成功したのだが、三年近くまえ、きみがまだモンテ・デッラ・ファリーナ街を通ったことがなかったころ、きみにとってローマとは孤独の代名詞であったころのことだ、ある冬の朝、日の出まえにそのローマ終着駅に、きみは旅に疲れたアンリエットと一緒に到着したことがあった、きみはまだ彼女を愛していた、いや、すくなくとも、きみが彼女からはなれはじめているとは知らなかった、そのころはまだ否応なしに彼女と比較したくなる女性を知らなかったから、明らかにそのころのアンリエットの内部では、もうきみに対する侮蔑の念が彼女をかたくなにさせはじめ、彼女を孤立させ、老けさせ、もろもろを破壊しはじめてはいたが、それは彼女がひどくのぞんでいて、何度も延期されたあげくの旅行だったし、彼女がひどく再訪をねがっていたこの都市へやっとこられたというわけで、アンリエットはきみのすべてを許していた、いまのきみのように、そのときの彼女もまたこの都市に若返りを求めていた――それはもたらされなかったが――、彼女が最後にしかもたった一度この都市を眺めたのは、大戦前のことで、その大戦前との糸のつながりを求めていたのだ、といっても、その糸はすっかりもつれ、もうまったくぼろぼろになってはいたのだが。ローマ終着駅についてから、

きみたちはタクシーに乗ってクィリナーレ・ホテルへ行った、そこには夫婦用の部屋を予約してあったが、それ以後きみがそこで泊まったどのひとり旅用の部屋もそれほど大きくなく、きれいでもなく、快適でもなかったので、それ以後のきみはフロントに鍵を請求するたびごとに、その部屋のことをすこしなつかしむほどだった。そんなわけで、このホテルの建物には、セシルがみごとに気づいたように(だがきみのほうは、やっといまになって、はじめてわかったのだが)、ローマにおけるアンリエットの砦《とりで》というと

ころがすこしある、きみがそこに足を踏みいれるたびごとに――深夜に帰ってくるときはそれほどでもないが――朝など、そこで目覚めて周囲の家具をすこしずつ意識してゆくときなどは、その建物は、きみの考えを彼女のほうに向けるように、陰険に、ひそかにきみを強いてきて、その結果きみは、アンリエットがそんなふうにしてまできみを追跡しているのを憎んでしまうのだった。

彼女は楽しげにきみの名前の隣に自分の名前を記入した。きみは朝食を部屋にもってくるように命じた。鎧戸がまだ閉まっていた。そとはひどく寒かったが、暖房がひとたびききだすとかなり暖かかった。彼女は靴をぬいでからベッドに横たわり、そうやってきみたちふたりは夜が明けるのを待っていた。

ああ、なんということだろう、長いあいだのびのびになっていたそのローマ滞在を彼女はとても楽しみにしていたのだ、それからたくさんのことを期待していた、もう何年もまえから毎日すこしずつ見失ってしまっていたきみをそこでふたたび見いだすだろう、きみがローマから帰ってくるたびにきわだっていった、きみたちふたりのあいだの距離も消滅するだろうと期待していたのだ、実際、きみがローマ出張から戻ってくるそのたびごとに、きみたちおたがいのあいだに改めて失望がもたらされたからであり、ローマの雰囲気がきみに期待を抱かせる、もっと自由で、もっと幸せな人生と、彼女がはまりこんでいる抑圧、パリでの重荷との差が、旅から帰るたびごとに苦々しさの度を加えて確認されたからであり、毎回毎回、彼女にはパリで仕事をするきみがすこしずつきみの正体を明かしてゆくように思われたからであった、仕事のほうでは財政的にはしだいに豊かになってゆき——いろいろな面でまだとても束縛があったけれど——、きみは仕事のばからしさをだんだん隠そうと努めるようになり、新しい商売上のつきあいができるたびに自宅に食事に招き、そうやってそのたびごとに自尊心と、かつての感受性をすこしずつ棄てて、彼らの下品な笑い、道徳的あるいは背徳的な紋切り型の言葉、使用人や商売敵《がたき》や、得意先をさす言い廻しをすこしずつ身につけてゆき、そうやってきみは堕落していって、かつてはすくなくとも排斥するすべを知っていた世のからくり、かつてはすくなくとも妥協していただけのからくり、すくなくとも、言葉の上では絶縁していたからくりに平伏してしまったのだ、いや、それからもしばらくのあいだは、すくなくとも彼女と話をするときには、なにごとも彼女のため、彼女をこの立派な住居に住まわせるため、子供たちに立派な服装をさせるため、彼女からどんな非難もうけぬためだと主張して、そのたびごとに、いまでは、盲目的に世のからくりに身をゆだねてゆく度がすこしずつ増している、たしかにむかしのきみも、彼女から非難をうけぬために、というようなことを口にしたが、そんな言葉を言いだしたはじめのころの皮肉げな調子も、いまは消えてしまい、そしてきみは、しだいにきみ自身からも彼女からも遠ざかってしまったのだ。

そして彼女はよく知っていた、ローマの街やそこの庭園や廃墟の姿には、きみにとってひとつの夢、驚くほど強く育っていった夢、きみがパリでは断念してしまったものすべてについての夢が託されているということを、彼女はよく知っていた、ローマがきみにとって真実の場であり、そこできみが、彼女のまったくあずかり知らぬきみの一部分をはぐくんでいたということを、そして、そのローマの光のなかに、きみに手をひかれて導きいれてもらいたいと彼女はひどくのぞんでいた。

だが、不幸なのはただひとつ、きみのそうしたところも、そのころは夢幻と呪縛以外のものではなく、漠然として表現以前の段階にとどまっていたということだった。ローマには、きみが見覚えていて、それと認めることのできるようなものはなにひとつなかった、ローマについて研究したこともまったくなく、情熱を注いだこともなかったので、彼女になにひとつ説明してやることができなかった。

ああ、彼女のほうは、きみがだれも比較にならぬほどこの都市をよく知っている、この都市に寄せるきみの愛情は充分な教育をうけていると思っていたのだが、そんな教育は、ただセシルだけがきみにあたえることのできたものだった。そんなわけで、その冬にアンリエットと一緒に街々を散歩したとき、彼女がきみにいろいろと質問しても、きみはまったくなにひとつ答えられず、一歩ごとにきみの無能ぶりはあばきだされ、きみがひそかに自分のためにつくりあげたと信じていた避難所がどれほど脆弱なものか明らかになってしまうのであり、きみのかたわらにいて、彼女は理解しようと思ってきみに援助を求めてはそっけなくほうりだされ、きみは、それらのローマの街々が、ふだんきみになにかを確実に約束しているように思えても、そのなにかに到達することはできず、またその街々がきみに語りかけてくる言葉は、きみにとっては、ちょうどぼんやり眼をやっただけのラテン語仏訳の問題のようなもので、ゆっくりと検討する労をとりさえすれば、きわめて容易に解釈できるはずだと思えていたのだが、じつはその言葉をたしかめることも、いや、とにかくはっきりと耳にすることさえできない、――そんなきみは、まもなく、まるでそうした不可能性そのものという姿を見せるのだった。

きみの沈黙、きみの無能力をまえにして彼女は疲れてしまった。かつては彼女も心から愛していたものを、彼女はとつぜん嫌悪しはじめ、第一日の終りには、きみは彼女の憔悴した眼から、そういう彼女の気持を感じとっていた、彼女はいっそもうローマから立ち去りたいくらいだったし、きみのほうでも、彼女がいなければローマのすべては改めてゆったりとした姿をあらわすだろうに、と思うくらいになっていた。

雪が降りはじめた、きみがローマで雪を見たのはそれがはじめてで、しかもただ一回のことだった、いま山の見える風景を曇らせて降っているようなぼたん雪ではなく、溶けかかったようなみぞれ雪だったので、街々はひどくぬかるみ、急にひとかげも消え静かになり、ときどきとおりかかるひとも外套の襟をしめて道をいそいでいた。

風邪をひいて彼女は日曜日一日じゅう床についていなければならぬほどだった、そしてその翌日は、きみがほとんど一日じゅうスカベッリ商会にいなければならなかったので、彼女は、やむなくひとりで外出はしたもののどこへ行ってよいかわからず、退屈しながら教会から教会へとさまよい歩き、そのひとつひとつでロザリオの祈りを十遍もとなえていた。

彼女はどうしても教皇を見たいとねがっていたが、きみはそれを拒絶していた。といって、彼女のそうするのをさまたげようとはしなかった。教皇を見て戻ってきたときの彼女はひどく気分は悪そうだったが、その眼は一種の狂信で輝いていた。もはやきみたちが顔をあわせるのは、パリでと同じように、ただ食事のときと夜寝るときだけだった。帰途のための出発のときは、きみたちふたりともほっとした。

せめて、そのアンリエットとの旅行を冬の真最中、寒波の盛りにするというばかげたことだけはやめればよかったのだが、もうずいぶんまえから延び延びにしていたので、いらいらしてしまい、けりをつけたくなって、きみはこの旅行を決めてしまったのだった……。それにしても、せめてそのときのきみがもうすでにセシルと知り合いになっていさえすれば、もう彼女がきみを案内して、この都市を踏査させ、この都市に養いの糧《かて》を見いだすきみ自身の一面を探りあてさせていてくれれば、あの雪と霧と雨のなかにも、なにかすばらしい驚きを発見する手だてがあったのではないだろうか。

しかしまた、あのいろいろと運の悪かった旅行のあとでセシルと出会ったのでなかったら、きみは彼女をいまほど愛しただろうか？　といってしかし、その旅行のときにすでに彼女を知っていたとしたら、いまきみの気持がこれほどアンリエットからはなれていただろうか、いまきみはこの列車に乗っていただろうか。

もしそうだとしたら、もちろんすべてはちがって展開したことだろう、そしてたぶん、ずいぶんまえから……。

白い長いひげを蓄えた年老いたイタリア人が扉ごしになかをのぞいている。

湖の上にはうすく霧がかかっていたが、やがて雲は厚みを増し、雨がしだいに強く降りはじめ、窓ガラスは曇っていった。

きみたちはふたりとも車室に戻り、きみは本を手に取り、彼女はきみの肩に身をもたせかけた。しかし、きみはふたたび本を読みはじめることはできなかった、内心でこんなふうに感じていたからだ、――こうして境界線を越えたことがほんの一時的なものにすぎぬばかりか、想像していたよりははるかに実際的な効力のすくないものであり、これからさきの二週間も、きみはローマでセシルと一緒にいられたときほどは、とても一緒にいられないだろう、それどころか、彼女に会えるのもときどきで、ローマでよりもずっと人目を忍んでしか会えぬだろう、こんどだって境界線が消滅したわけではなく後退させられたにすぎない、ローマのかわりにパリが別離の場となる、ふだんきみがローマに向けて出発するとローマ終着駅が別離の場となるのだが、そのかわりにパリに到着するやリヨン駅がそれになるのだ。

きみは本を閉じていた、セシルは自分の本に没頭していた、降る雨のためあまり明るくなかったので頭を本のほうに傾けて、雨はジュラ地方で降っていて、ブルゴーニュまで来ると日は暮れかかっていた。もう彼女の体はきみに触れていなかった。きみたちはおたがいになにも語らなかった。

ああ、そのときすでに（いまのきみにはわかっている、あのときは、あの気づまりの気持しかなく、説明のつかぬ苦しみの感情が、まるでなにか疲労と寒さの魔がすこしずつきみをきみ自身から奪ってゆくように、きみを侵蝕していたのだった。いまはじめて、きみはそのことがわかっている、というのも、それ以後そんなことはすっかり忘れてしまっていたのだから、最近数週間はそんなことを思い出さないように気をつけていたし、そんな時間もなかった、それほどたくさんの心配事が一度に押しよせてきみを占領してしまっていたのだ。いまのこの内密の旅行がつくりだしてくれるような休止がきみの人生には必要だった、はじめてスカベッリ商会の仕事以外の目的でしたこのローマ旅行、商売上の心配は、いまきみの心を占めていない、やがてまたそんな心配がきみを攻めたててはくるが、とにかくいまはこの休暇が必要だったのだ、というのも、最近数日間のきみは、やっとそこにたどりつこうと決意したあの出口の存在と現実性、あの幸福と人生の再出発の近いことを、きみにすこしでも疑わせかねぬようなものは考慮にいれまいと思っていたのだから）、

そのときすでに事態は変わっていたのだ、すでに解体がはじまり、緊張はゆるみ、傷つきはじめていたのだ、すでに別離がはじまっていたのだ、一時的にすら境界線は乗りこえられていなかった、ただたんに境界線を後退させたにすぎないというばかりか、境界線は、きみが執拗にそう考えていたよりも、じつは、まるで後退していなかった、はっきり言えば、境界線は引き伸ばされただけだったのだ。またたくまに終ってしまうローマ終着駅前広場での別れのかわりに、その旅行のあいだじゅうに境界線が長々と伸びていた、きみたちはゆっくりとおたがいの側からはなれつつあったのだ、痛ましくも、きみたちふたりを結ぶ糸が一本また一本とゆっくりと切れてゆく、そのときのきみたちは、なにがいま行われているか、はっきりと気がついてはいなかった、じつは、ずっとならんで坐っていたにもかかわらず、きみたちが駅をひとつひとつ迎えるたびごとに、キュローズ、ブール、マコン、ボーヌと進むにつれて、それまでの旅行のときと同じように、駅のひとつひとつが、きみたちふたりをへだてる距離のすこしずつ遠くなることを意味

しているのだった。

どうすることもできぬまま、きみはそのきみ自身の裏切りに立ち会っていた、車室のなかでイタリア語の会話が、いくたびかの沈黙をはさみながらフランス語の会話へと移ってゆくにつれて、きみの頭のなかでは、セシルの顔を中心にした、ローマの街々のイメージ、ローマの家々のイメージ、そこに住むローマのひとびとの顔のイメージが、一キロメートル進むごとに、すこしずつその基盤を失い、アンリエットときみの子供たちの顔を中心にしたほかのひとびとの顔のイメージ、パンテオン広場十五番地のきみの住居を中心にしたほかの家々のイメージ、ほかの街々のイメージへと移ってゆくのであった。

ディジョンを過ぎてふたりで食堂車へ夕食をしに出かけたとき、きみたちのまなざしのなかには、おたがいに遠くひきはなされ、孤独な滅びへとすでに連れさられてしまったと感じているひとびとの発する悲愴な呼びかけが認められた。熱っぽい、しかし短い言葉を語り、慎重に幸福の誓いを口にしつつ、きみは、しだいしだいにきみたちふたりのあいだに不透明な壁としてすべりこんでくる不実と流謫《るたく》の感情を遠ざけ、あるいは覆いかくそうと試みていたが、もうそのときのきみは、いわば、愛するひとの死体をむなしく腕に抱きしめる婚約者のようなもので、眼のまえにいる彼女の姿もじつは偽りの姿なのであり、彼女を喪失することの苦悩と明白さをかきたてるばかりだった、彼女がパリに滞在するあいだじゅう、きみにとって彼女は幻にほかならぬものとなるだろうし、彼女のそうした幻への変貌は、そのときすでにはじまっていたのだ。

通路の窓のところで、列車の電灯の投げる弱い四角い光が、樹々の幹や土手や枯葉をちらりとのぞかせ、きみは、彼女のまわりにしだいに濃くなってゆく影を追いはらおうと、彼女に向かってとめどもなくしゃべった、彼女の返事などはほとんど待っていられない、まるで、ほんのすこしでも沈黙が介入すると彼女の消失をはやめてしまう危険があるといわんばかりに、と、突然、きみは別の女、未知の女に向かいあっていて、きみはもうなにを語ってよいかわからなかったので、とくにあの狩猟頭《グラン・ヴヌール》の伝説の話、暗い大樹林や岩々のあいだから幽霊のようにあらわれ、さまざまにこだまさせながら、いつも同じ呼びかけを発するのだが、まるで古いむかし風の発音で言っているようで、その呼びかけはどういう意味かよくわからない、たぶん「きみはどこにいるのか?」と言っているらしい、というあの狩猟頭《グラン・ヴヌール》の話をした、そしてきみたちは駅に着くまでじっとそうしていたのだ。

鉄の床暖房の上で、ロレンツォ・ブリニョレの左足が動き、薔薇色と褐色の、ずっと以前の星々よりなる小さな星座の一部分をかき乱し、覆いかくし、丸めた新聞紙を蹴とばす、その新聞紙の包みは、椅子の下をいろいろと複雑な道を通って遍歴したあげく、いま、あそこ、この車室の境界線である扉を滑らせる溝の反対側にたどりついたところだ。

セシルと一緒にパリへ行った昔の旅行のことを、もうこれ以上考えてはならぬ。ただ明日のこと、ローマのことを考えるべきなのだ。

「たとえ、いろいろと手筈を整えて、きみに会うだけの目的でローマに来ることができたとしても、駄目なんだよ、ここに泊まるためには、どうしてもスカベッリ商会に知られずに来なけりゃならないのだから……」

「ふーん、あなたがときにはお友だちの家に泊まるっていうことを、商会のひとは許せないのかしら？　商会のひとがあなたの居場所をたしかめようって気になって、その建物の等級についていろいろ調べたりするかもしれないって心配してるの？」

「連中はそんなことをしかねない、ぼくにもきみにもわからないようなやりかたでね。確実にそうするというわけではないが、気がかりなことはぜひとも避けておきたいのさ……。それにダ・ポンテ家のひとだって……」

「おやまあ、あのひとたちをそんな素朴なひとだと考えてはだめ。この町ではカトリックの良心と折り合いをつけるのはとても簡単なことなの、掃いて棄てるほどあるイッデモ何回デモ罪を赦してくれる教会のどこかひとつ手近なところに朝出かけて行って、お祈りをなにかもぞもぞとつぶやけばそれでいいのよ、たとえばジェズ教会あたりへ出かけてね。あのお年寄りの鋭い視線をわたしたちが完全にだましおおせたなんて、あなたはこれまで本気で信じていたの？　あのひとたち、わたしたちのことをなんでも知ってる、それでなんでも、神のお恵みあれ、よ。孫のだれかひとりに、ほんとうよ、あなたのあとをつけさせて、あなたがどこに勤めていて、どこに住んでるか、もうきっと承知してる。いろいろな点でうわべが保たれていれば、それであのひとたちには充分、いいえ、それがなによりも大切なの。わたしたちが外出してるとき、だれか近くのひとが来たら、あのおばあさんか妹さんが家じゅうを案内して、とくにこのふたつの部屋を見せてあげるでしょうよ。しかも、あなたがわたしの従兄で、あの部屋のベッドに寝たということ、部屋のありさまからしても、それに符合するということを説明できなけりゃいけないの、なにしろ見せられるほうだって勘が良くて、おせっかいで、おしゃべりなんだから。わたしたちのほうで、できるだけあのひとたちに隠して事をはこんでもらいたいのよ、充分用心はしているって信じていたいのだから。

「だからきっと承知してくれる、わたしたちがこれまでのように振舞いつづけさえすればいいの。わたしたちの邪魔をするどころか、わたしたちの見張りをしてくれる、みんなで、孫たちも、ときどきしかやって来ないけど甥たちも、もちろん甥たちになんてなにも教えたりしないけど、彼らは見抜いてしまう、鼻でかぎあててしまうっていうのかしら、おしゃべりだけど黙っていることもできるひとたちなのよ、わたしたちの護衛をしながら羨ましく思っているの」

きみたちはふたりとも、明るい部屋と暗い部屋のあいだの扉のくぼみにいた。彼女はこうしたすべてのことを、きみの耳にではなく、きみの唇に向けてささやいていた、ときどき唇をきみの唇に触れて。

「わたしがここに住んでもう何年にもなるけれど、あのひとたちはわたしに親切よ、わたしに親しみをもって、わたしと話をしなければいけないと考えて、かわるがわるやってきては長々しいおしゃべりをしてわたしをうんざりさせたりはするけれど、あのひとたちの考え、とくに宗教的な観念に関するもののなかには、じつにいろいろたくさんな区分があって、あのひとたちの宗教的観念についてては、わたしもまだはっきりした意見をもつことができないでいるの。

「とにかく、あのひとたちのカトリック信仰は、ローマの顔の上をうじうじと這いずりまわる大きな蠅のような、あの大勢の司祭たちの撒きちらすカトリック信仰とはほんとうにとてももちがうものなのよ、あのひとたちがそう思ってるかどうかは別にしての話だけど(でもわたしはあのひとたちが自分の信仰についてそう考えていると思うし、だからこの家にいて気楽なの)。

「いずれにせよ、あのひとたちにはわかっているの(見ればわかること。もしあなたがわたしくらいあのひとたちと知り合いだったら、わたしたちが外出しようとして台所のガラス戸ごしにわたしが手を振って挨拶するとき、どんなふうにわたしたちを眺めているかで、あなたもよくわかるはずよ)、あのひとたちには、わたしたちが良心にやましさを感じていないってわかっている、すくなくともそう信じている(もちろんあなたを非難しているのじゃないのよ。わたしにはよくわかっている、あなただってそう信じているし、すくなくともそう信じようと努めているって。あら、いけない、そんないらいらした様子があなたの眼から消えるために、いそいで言い添えるけれど、あなたはときにはほんとうにそうなっている、ときにはどころか、そういうときがだんだんふえる、と言えそうよ。そう、ほんとにあなたは進歩した、一緒に暮らしたこの二年間――といっても、ごくたまにしか暮らさなかったけれど――わたしはあなたにとってなにかの役に立った、認めるでしょう、あなたはなにがどうであろうと、あなたの地位、あなたの奥様やお子さんたち、パリのあなたの住居にかかわりなく自由で誠実な人間になりたいと夢みていらっしゃるけれど、あなたがそういう人間に近づくのをわたしは助けたわね）、あのひとたちは、わたしたちが良心にやましさを感じていないと信じている、それがあのひとたちの寛大さによってなのか、なにか別のことのためなのかは、あのひとたちには問題じゃない。ああ、この深遠で賢明な共謀がどんなにあなたの役に立っていることでしょう！」

こう言い終ったとき、まるでくずおれるように接吻がきみを襲った。それから、彼女はきみから身をはなし、境の扉を閉めた。蝶番《ちようつがい》がまたきしみ、彼女は閂《かんぬき》をかけた。

「でも何週間かたってあなたがまだ決心してなかったら、あの部屋をとっておいてくれと頼まなかったら、きっとだれかほかのひとに貸してしまう、何週間かのちには、何日かあとにかもしれない……」

「そのひとは、いつ出る?」

「木曜か金曜だと思う。まあわたし、まるで気でも狂ったみたいにしゃべってしまった。こんなに自分の気持に押し流されるなんてあまりないことよ。どうせたぶん、こんどいらっしゃるときも、あなたは毎晩わたしと別れてホテルにお休みに帰らなくてはならないんでしょうし、この壁の向こう側にはだれか新しいひとがいる、だれかしらが。そろそろ、お昼を食べに出かける時間じゃない?」

ヴィットリオ・エマヌエーレ二世大通りは、いつものように雑沓しており、サンタンドレア・デッラ・ヴァッレ教会の扉は開いていて、その反対側の小さな通りには、ミサの帰りのひとびと、白い服を着た少女たち、明るい青色の背広の青年たち、黒い服の老婆たち、いろいろな色の帯をしめた忙しげな神学校生徒たちがうごめいていた。

ナヴォナ広場では、きみのこのまえの旅行のときにはまだ外に出してあった椅子がすっかり取り払われ、たくさんのひとがあちこちに群れをなして声高に議論していて、細長く楕円形の広場のまわりには、この巨大な広場が古代では円形競技場に使われていたことを思い出させるように、三、四台のスクーターがそれぞれ二、三人をのせて笑い叫びあいながら追いかけあっていた。

「四大河の泉」は陽光にきらめき流れていた。空気の爽やかな感覚さえなかったら、まるでまだ八月だと思いかねぬくらいだった。きみたちはリストランテ・トレ・スカリーニにはいった。

窓がどんどん曇ってゆく、その向こうには、きみの感じではあいかわらず雪が降っていそうだが、すこし小降りになっただろう。駅を通過するがその名前を読むことはできぬ。

きみはまっすぐ坐りなおす、体の節々が痛い、もうへとへとに疲れている、この固い席で、これからひと晩辛抱しなければならないのだ、とぼんやり考える。時計を見る、まだ三時半、国境までまだ約一時間ある、ローマ到着まではまだあと十四時間。短いトンネルをいま通過した。

ふたりの少年のうちのひとりが外に出ようとしている、年上のほう、アンリと名づけよう、きみのアンリも一、二年後にはあんなふうになるだろうから、だが服装はもっといいし、あの子よりずっと立派な教育を受けさせたからずっと上品だ、たしかにあの子ほど頑丈な体をしてはいないし、いまアンリを悩ませているのは試験に受かるかどうかということだが、それも大丈夫だろう、きみがたとえ離婚をしても、好きなときにアンリに会っていてかまわないだろう、いまのようにいやいやながら毎晩机の横に坐ってやらねばならぬ、というのではなく、いまのように重苦しくさわがしい共同生活のなかでではなくて、好きなときに、きみたちふたりの好きなときに会って、彼の勉強の監督をつづけ、すこしのちになってからは実社会のなかに彼を導き入れて、できるかぎり彼に支援を与えてやるのだ、たとえきみが離婚して、

セシルと一緒に住んでいても、彼はきみのところを訪れてかまわないだろう、きみたちの家に昼食を食べにきたり、アンリエットが外出中だとわかっているときに、パンテオン広場十五番地にきみを連れて行って自分の部屋をどんなふうに整頓したかをきみに見せたりする。

たとえきみがアンリの母親と離婚したとしても、しばらくたてばもうかまわないだろう、ときどきは彼女に会いに行ったりしても。きみはセシルに隠してそうするだろう。またトンネルを通過した。まえのよりすこし長い。

きみの眼に見えるものに注意を集中すべきだ、あの扉の把手、あの棚、荷物ののっている荷物棚、山の写真、鏡、港に浮かぶ小舟の写真、蓋がついていて螺子《ビス》でとめてある灰落し、巻きあげられたカーテン、スイッチ、非常ベルに、

この車室内のひとびとに、あのふたりのイタリア人労働者、シニョール・ロレンツォ・ブリニョレと、すこしあくびをしはじめているが、おたがいのこめかみの上に軽く接吻をしあってから、元気を出してまた読書に没頭しているアニェスとピエールに、それから袖で窓ガラスの曇りを拭いているあの少年、ふたりの少年のうちの年下のほうに注意を集中すべきだ、

この心の内部の動揺、この危険な思い出の醸造と再咀嚼《そしやく》に終止符を打つために、いま考えるべきなのはアンリのことではなく、いましがたそとに出て行ったあの少年のこと、あるいは窓のそばにいるその弟のことだ、あと二、三年後のトーマは、彼には確実に似ていないだろう、あの未亡人の甥がいまは下車してしまってアンドレという名前があまっているのだから、彼をアンドレと名づけることもできよう、サンタンドレア・デッラ・ヴァッレ——そう、このアンドレ(アンドレア)という名前は、きみがこれまでずっと愛してきた名前、きみに三人目の息子ができたらきっとつけたであろう名前

だ(だがジャクリーヌの生まれたあと、きみはもう子供をほしがらなかった)、あのふたりの少年は彼らの山村に帰るところにちがいない、シャンベリーの工業学校で一週間を過ごしてのちに、いや商業学校かもしれぬ、この一週間にかぎっては金曜のおひるで打ち切りになった、彼らの家でなにかあったためだろうか? 両親がけさ帰ってくるように電話をかけたのだろうか? いや、もっと単純に彼らは毎日夕方に帰宅していて、今日は先生が病気のため午後の授業が休講になったというだけなのだろうか?

またトンネルにはいる。天井の室内灯に明りがつく。

きみの隣のイタリア人労働者がリュックサックの口紐をほどいて宝石箱を取りだし、それを開けてなかの黒いガラス玉の頸飾りを仲間に見せる、妻への贈物だろうか、それとも恋人への贈物だろうか? きみは一所懸命彼らの会話についていこうとするが、それはきみの慣れていない方言だ。

年上の少年がはいってくる。景色が見えない。真黒になって物かげがうつっている窓ガラスだけだ、トンネルにはいったのだ、すこしたつと窓ガラスは雪のように白くなる。

さあ、そとに出て、通路で煙草を一本吸いたまえ、ときどき袖で窓の曇りを拭いてそとを見つめながら。
きみは棚の上から読んでいない小説本を取り、席の上にそれを置く。

席に戻らねばならぬ。まもなくフランス側の警官がやってくるはずだ。

吸殻を灰落しに押しつぶしながら、きみは煙草がもう八本しか残っていないことを確かめる。それから席の上の本を取り、棚の上に置く。きみのどんな動作にもひどく神経過敏な様子が見える。

6

シニョール・ロレンツォの旅券は緑色、アニェスとピエールの旅券は真新しく、青色で、厚い表紙がついており、あのふたりの少年の席に移ったふたりのイタリア人労働者の旅券は、もうすこしすりきれている、だがいちばん使い古されているのは確実にきみの旅券だ、古い形の褐色の旅券で、表紙は薄く、一九五〇年以来きみがもっているもので、もう二度も有効期間を延長してある。

列車が停まったのでいっそう暑苦しくなった。モダーヌだときみは知っているが、窓ガラスがすっかり曇ってしまったのでそとの風景はなにも見えない、そとはきっと雪に覆われているだろう。

　うわの空のフランス側税関吏が遠ざかってしまうと、アニェスとピエールがほっとしたようなまなざしを交わす。灰緑色の制服を着て泥雪で汚れた長靴をはいたイタリア側税関吏がふたりのイタリア人労働者に、彼らがついさっきまで坐っていた場所に置きっぱなしにしてあるリュックサックを開けさせている。きみの眼のまえで荷がほどかれ、ワイシャツや靴や贈物などが取りだされ、シニョール・ロレンツォは旅券を開いてうちわ代わりに使いながら、そんな光景を顔をしかめて眺めている、断続的に、旅券のなかの彼の写真が見え、写真の上に書いてある名前をきみは逆さに読むのに成功した、エットレ・カルリ。

　窓側にいる男の名前はアンドレアだが、そのさきの姓を読みとるだけの時間はない。もうひとりの男の姓の綴りは…etti(エッティ)と終っている。

　国境通過の手続きも終り、昇降口の扉の閉まる音と汽笛の響きが聞えたのち列車は動きだしたが、強くがたっと揺れて停まる、それからほんとうに動きだす、モン＝スニのトンネルの入口だ。

　突然、明りが消える。完全な闇、ただ通路に煙草の赤い火がひとつと、ほとんど眼に見えぬほどのその火の反映、まるで寝息のように聞える強い呼吸音を基底にした沈黙と、トンネルの眼に見えぬ天井に反響する車輪の音。

時計の螢光塗料を塗った点と針を見る。まだ五時十四分。急にきみは心配になる、まだ十二時間以上もじっとこうしていなければならぬということが、きみを迷わせ、やっとの思いで決めたこの決心を見失わせてしまうのではなかろうか、ときどきちょっと席をはなれるものの、これからもこの席でいろいろな妄想につきまとわれる、きみ自身を晒《さら》しものにするこの場所に十二時間以上もじっとしていなければならないんだ、きみがローマに到着するまでの内心の責苦に満ちた十二時間。

明りがつき、会話がふたたびはじまるが、まるで騒音と頭痛の鉄格子でへだてられているかのように、きみは四囲の会話からだんだんはなされてゆく。窓ガラスがすこしずつ灰色になり、ついで、急に真白になる。

突然、駅の一部が流れてゆくのが見える、バルドネッキア駅だと、きみは知っている、それが見えたのは、ピエールの手がハンカチーフでついいましがたあの窓のまんなかを拭いて透明にしたからだ、通路の側にもなにか見えはじめる、厚く不透明な湯気のためぼんやりしているが、空を背景に山々の姿が浮かびあがる。

こんどの火曜日、三等車の旅でへとへとに疲れたきみがパンテオン広場十五番地の住居の扉を鍵で開けると、きみは、きみの帰りを待ちながら縫物をしているアンリエットを見いだすだろう、彼女は、旅行はいかがでしたとたずねるだろう、そしてきみは返事をするだろう、「いつもと同じさ」。

そのときなのだ、きみが内心を暴露しないように気をつけなければならぬのは、というのも彼女はきみをひどくじろじろと観察するだろうし、それに、いつもと同じだというきみの言葉を彼女が信じると期待してもたぶん無駄だ。いつもとはちがう旅行だということを彼女はもう察しているのではなかろうか？　勝利の微笑を彼女に隠し、正確にはなにが起ったか、きみがなにを決意したかを彼女にさとらせず、確かめさせないことにうまく成功するだろうか？　ぜひともそうしなければならぬ。そうすれば、いっそう確実になるだろう。

こんどの火曜日、きみがパリのパンテオン広場十五番地に着いたとき、きみの姿を見るやいなや彼女は、彼女の恐れていること、きみののぞみが実現されつつあるということをさとるだろう。彼女にそれを言う必要はあるまいが、隠しておくすべもないだろう、そしてそのとき彼女は全力をあげてきみから詳細を引きだすだろう、セシルがいつパリに来る予定かとたずねるだろう、だがその点については、いまのきみも知らないし、そのときのきみにもまだわかっていないのだから、きみはなんにも知らないと彼女に言うだろう、そこに嘘はこれっぱかりもない。しかし彼女はきみの言葉を信じない、無言の質問で、あるいは口に出して、きみを悩ませるだろう、そこから脱けだす手だてはひとつしかない、なりゆきを順を追って彼女に説明することだ。

たしかに彼女がなにも知らないほうが、セシルの到着までなにも感づかないほうがいいにはきまっているだろう、だが、そのときの彼女がもう知っているからには……。

こんどの火曜日、きみの帰りを待ちながら縫物をしているアンリエットの姿をきみが見いだしたとき、彼女がなにかたずねるよりまえにきみは言うだろう。「おまえが気がついていたように、ぼくはおまえに嘘をついていた。こんどローマへ行ったのはスカベッリ商会の仕事のためじゃない、だから三等車のついていないいちばん便利でいちばん速い特急には乗らないで、八時十分発の列車に乗ったんだ。こんどのローマ行きはただセシルだけのためだった、おまえを棄てて決定的に彼女をえらんだということを彼女に示すため、彼女のためにやっとパリに職を見つけてやることができたということを知らせるためだった、彼女がずっとぼくと一緒にいられて、おまえがぼくにあたえてくれることができなかったし、ぼくもまたおまえに差し出すことのできなかったすばらしい人生をぼくに送らせるためパリに来てほしい、とたのむのが目的だった。たしかに、おまえに悪いことをしたと自分でも認めている、喜んでおまえの非難をうけるよ、どんな非難でも認める、すこしでもおまえの気持がおさまるなら、ショックが和らげられるなら、どんな落度でも引き受ける。だが、とにかくもう遅いんだ、賽《さい》は投げられたんだ、どう変えることもできない、旅行は終り、もうすぐセシルが来る。ぼくがいなくなったってたいしたことじゃないよ、そんなに泣きじゃくるほどのことはない……」

だがきみはよく知っている、彼女は泣いたりはしないだろう、ひとことも口に出さずにきみをじっと見つめているだけだろう、口をさしはさまず、きみの話すにまかせているだろう、きみのほうで疲れてひとりで話をやめてしまうだろう、と、そのとき、きみは気がつくのだ、きみたちが寝室にいるとか、彼女がすでに横になっているとか、縫物をしているとか、もう夜も遅いとか、きみがこの旅行で疲れているとか、広場には雨が降っているとか……。

こんどの火曜日、彼女の部屋にはいって行ったとき、じっさいきみは旅行の仔細をすっかり彼女に話してこう言うだろう。「ぼくがローマに行ったのは、セシルに、ぼくがおまえを棄てて彼女をえらんだということを示すためだった、パリに来てほんとうにぼくと一緒に生活してほしいとたのむつもりで行ったのだ……」

そのとき、おびやかされたきみ自身の声がきみの内部で立ちあがり、こう訴える、いやちがう、わたしがあれほど苦労したあげくの決定を、こんなふうに崩れさせていってはならない。わたしはいまこの列車に乗って、あのすばらしいセシルに向かっているのではないか。わたしの意志と欲望はほんとうにつよいものだったのだ……。われにかえり、落ちつきを取りもどすために考えごとを中止しなければならぬ、襲いかかってくるこんなイメージはみんなふり棄てるんだ。

だが、いまはもうだめだ、それらのイメージは、この旅行によって、まったく固い連鎖となって列車の確実な動きとともにつぎつぎと繰りひろげられてゆく、そこからはなれようといかに努力しても、きみの注意をどこか別のものに、いまきみから脱け落ちてゆくのが感じられるあの決意のほうにふり向けようといかに努力しても、そうしたイメージの歯車装置のなかにきみはたちまち巻きこまれてしまう。

きみがピエールと名づけた男、さっき彼の旅券の上からほんとうの名前を読みとるひまはきみになかった男は、もう窓ガラスごしにそとを見ていない、トンネルにはいったからで、きみを運ぶこの長い機械のたてる音が、また、まるできみ自身の体のなかから起るような鈍い音に変わる。窓の向こうには、もはや、ここにあるものや、ひとびとの顔のおぼろな反映しか見えぬ。

十四時三十五分だった。陽光が左手のほうからローマ終着駅のなかにふりそそいでいた。明日も明後日も月曜日も、その日ほど暑く明るいことはありえない。それはやがて蒼ざめてゆこうとするすばらしいローマの秋を讃美し、さらに金色に染めていた夏の最後のオアシスだった。

数年のあいだをおいて地中海をふたたび見いだした泳ぎ手さながらに、きみはその都市のなかに跳び込んでいって、スーツケースを手にもち、歩いてクィリナーレ・ホテルまで行くと、ボーイたちの慇懃《いんぎん》な微笑がきみを待っていた。

そのときのきみは休暇中ではなかった。三時にスカベッリ商会でひとに会う用事があり、きみはそこに六時半過ぎまでいなければならなかったし、それからあとも、お天気がすばらしいからヴィットリオ・ヴェネト街のどこかのテラスに出かけて一杯飲もうという申し出を断わる口実がどうしてもなかった、だが、そのころセシルがきみを待っていたのだった、そのときも、いつもの旅行のときと同様にきみの到着をまえもって知らせてあり、彼女が大使館の勤めを終ってから、いつものようにファルネーゼ広場の小さなカフェで待ち合わせることにしてあって、しかもふだんはいつでも、きみはそこに六時に彼女の来るまえに行っているのだった。

ようやくきみが着いたときにはもちろんカフェはからっぽだった。なにも伝言はなかった。いつもご一緒のご婦人はたしかにおみかけしましたが、あまり長くはいらっしゃいませんでした、どちらのほうへ行かれたかも存じません。

モンテ・デッラ・ファリーナ街の彼女の部屋には明かりがついていた。扉を開けてくれたダ・ポンテ老夫人は、すぐに大声で呼んだ。「シニョーラ、シニョーラ、いつものフランスのお方《イル・シニョーレ・フランチエーゼ》、お従兄さん《イル・クジーノ》よ」

「ああ、やっぱりいらっしゃったのね。旅行を延期する必要ができたのじゃないかと思っていたの、そういうことよくあったでしょう」

彼女は外套を着たままだった。きみたちはすぐに部屋を出て、暗い階段で接吻した。

セシルにはきみを連れて行くさきのあてがあった、そのころ彼女の同僚たちがひどくひいきにしていて、彼女がぜひ行ってみたいと思っていたトラステーヴェレ地区のある小さなレストランなのだが、ティベリーナ島を通って行くのは明らかに近道ではない。きみたちはもつれあって小路へとはいって行った、だからきみは帰りに彼女の部屋にあがりはしなかった。

トンネルを出た、列車の響きが乾いた音にかわるが、もうほとんど夜になっていて、窓ガラスの湯気はほとんど消えてしまい、その窓ガラスをとおして、山の中腹のいろいろな高さのところに小さな明りがついているのがきみに見えはじめる。鉄の床暖房の上の菱形模様がまるで格子をなして、そこをとおして暗い坩堝《るつぼ》から熱風が昇ってくるように思われる。

だいたいいまごろの季節のことだった。夜で雨が降っていた。きみたちはふたりならんでリヨン駅を出た、おたがいになにも話さなかった。あまりに長い旅行のあとですっかり疲れ、体が冷えきっていたのだ。

鋪道には車を待つひとがたくさんいたので、きみたちはしばらく待たねばならなかった。きみの都市、彼女があれほど待ちのぞんでいた都市から期待していた晴れやかな歓迎と、それはなんとかけはなれていたことか、彼女がもういちど見たいとひどくねがっていた都市、そんな彼女にとって、きみはその都市からの大使、いや、ほとんどそこのプリンスなのだった。そういう都市からそんなもてなしをうけて、彼女は、プリンスであるきみが突然そこの群衆のなかに姿を消してしまい、自分もそんな些細な不愉快と取っ組み合うということに、いくらか期待はずれという感じをもたないわけにはいかず、そうした不愉快は、はじめこそ些細に見えても、ついには堪えがたいものとなってゆき、彼女はきみの存在だけが自分をそれから守ってくれるだろうと期待していた。

彼女のためにえらんでおいたホテルまで、きみは彼女に同行した、カルチエ・ラタンのなかだが、もちろんアンリエットとあまり出くわさぬように、パンテオン広場のすぐ近くではなく、オデオン座街にあるとても静かでかなり快適なホテルである。

予定では、彼女は部屋にあがってひと休みしてからまた出てきてきみと一緒になり、サン゠ジェルマン゠デ゠プレのどこか気持のよいカフェでその宵をふたりで過ごすはずだったが、彼女は疲れきっていたし、きみも自分の力や元気さに少々思いちがいをしていたことがわかったので、翌日、こんどはきみが事務所から出てくるときに待ち合わせて昼食を一緒にする約束をして、きみたちはオデオン座街でわかれた。

スーツケースを手にもってきみはムッシュー＝ル＝プランス街を徒歩で進んでいるうちに、まるで知人のひとりもいない見知らぬ町におりて宿をさがしているような感じがして、きみははるか何年もむかし、きみが金持でもなく（いまのきみが金持だとしてのことだが）、結婚もしていなかったころにひき戻されて、まるできみの基礎、きみの堅固さ、きみの外観をつくりなしているすべてのものが、まるで突然きみを置きざりにしてどこかへ行ってしまったような感じになり、その街路はきみには驚くほど長く思われた。パンテオン広場のひとけのないなかを横切ってから、エレベーターに乗ってきみはようやくほっと安心した。

きみが鍵穴に鍵をさしてまわしている音を耳にして、アンリエットが縫物の手をやめて客間から出てきた。

「列車が遅れたの？」

「いや。ローマでの知り合いの婦人を宿まで連れていってあげなければならなかったんだ。いつでもとても親切にしてくれるひとだから、礼儀としてうちに招待しなければまずいだろうと思う。ぜひおまえや子供たちとお近づきになりたいと言っていたよ。いつか、来週の夜あたりどうだろう(彼女は二週間滞在するのだ)。月曜か火曜だったらほかにだれもお客がないから、どちらが都合がいいか電話でたずねてからおまえにその返事を伝えるよ。

「あの列車だとローマでほとんどゆっくりできなくてひどく疲れるから(午後を過ごし、夕食をとっておしまいなのだから)、もう絶対に乗らない。連中に言ってやったよ。こんどから、ぼくにローマで夕食を食べさせる気なら、ひと晩泊まってから帰りの列車に乗るって。ところで明日のお昼は家では食べないよ」

だんだん透明になってゆく窓ガラスの向こう側で、山と田園のなかに、しだいに暗くなってゆく空の下に、だんだんと明りがあちらこちらの村々にふえてゆくが、トンネルにはいり、列車の音はまた鈍くひびく音にかわった。窓の向こう、流れゆく黒い岩の上にきみの隣の扉が映っている。

スクーターと市街電車の音のためクィリナーレ・ホテルの狭くさわがしい部屋にいるきみは眼をさました。きみは鎧戸を開けて日の出を待った。

スカベッリ商会での仕事の予定はあまりつまっていなかった。きみはファルネーゼ広場の小さなバーに、あまり苦労せず、時間ちょうどに行くことができた。

ボッロミーニに捧げられた週末があったし、ある週末はベルニーニの徴《しるし》の下に置かれ、ある週末はカラヴァッジョやグイド・レーニの絵、中世初期のフレスコ画、古代キリスト教時代のモザイクを見るのにあてられた。とくに、いくたびかの週末を使ってきみたちがローマ帝国のさまざまな時期を一所懸命踏査したこともあった、コンスタンティヌス帝の時期(コンスタンティヌス帝凱旋門、マクセンティウス帝のバシリカ、カピトリーノ美術館にある彼の巨像の断片)、アントニヌス朝の時期、フラウィアヌス朝の時期、カエサルの時期(その皇帝たちの建てた寺院、パラティーノ丘の上の彼らの宮殿、ネロ帝の黄金の家)、そんなときのきみたちは、ちりぢりになった巨大な廃墟をもとにしてそれらの記念建造物がつくられたころの若々しい姿、この都がもっとも豪放であったころのイメージを再構成しようと試みたのだった。だから、きみたちはフォロ・ロマーノを散歩するときも、ただたんにいくらかの見すぼらしい石や壊れた柱頭や、そびえ立つ壁や煉瓦の礎盤のあいだを散歩するのではなく、きみたちふたりに共通の巨大な夢のまっただなかを散歩するのであって、その巨大な夢はそこをとおるたびごとに堅固になり、明確になり、正しいかたちを取っていった。

あるときのこと、きみたちの遍歴、きみたちの巡礼、きみたちの探索がきみたちをオベリスクからオベリスクへと導いていた、そんなことをしているうちにきみにはわかってきた、ローマという主題をそうして組織的に踏査することをつづけてゆくためには、ときには*サン・パオロ教会からサン・パオロ教会へ、サン・ジョヴァンニ教会からサン・ジョヴァンニ教会へ、サンタニェーゼ教会からサンタニェーゼ教会へ、サン・ロレンツォ教会からサン・ロレンツォ教会へと舞い戻って、そういう名前に結びつけられたイメージを深め、あるいはくまどり、そうしたイメージをつかみとり、利用しようと試みる必要がありはしなかったか、ということが。それらの教会の門をくぐれば、まことしやかに認識されているにすぎぬキリスト教世界に関して、いやさらに、崩壊しつつあるいまの世界、腐敗し堕落してきみの上に崩れかかろうとしているこの世界に関しても、かならずや、ふしぎな発見をすることができるだろう、――きみ自身としてはその世界の首都のただなかにいて世界の廃墟や灰燼《かいじん》から逃れようとつとめていたのだが。しかしきみは、そういう考えをあえてセシルに話すことができなかった、伝染を恐れ、まったくローマ的な迷信から彼女がきみを理解することを肯《がえ》んじないだろうと知っていたから。

先月はピエトロ・カヴァッリーニ*がきみたちの行動の鍵だった。このまえの金曜日、きみたちはファルネーゼ広場の小さなバーで落ち合ってから、ラルゴ・アルジェンティーナにお昼を食べに行こうとしていたとき（そうした平日には、あまり遠くに行くことはできなかった）、エジプトの女神イシスとその息子のホルスが、夫であり父であるオシリスのばらばらにされて隠された死体をさがし歩く旅さながらに、きみたちがミケランジェロの断片をさがし求め、この都市における彼の活動の徴を集めようとしないのはまったくふしぎだと、きみは語った。

すると彼女は笑いだした。

「さてはシスティナ礼拝堂へ行きたいのね。そんなうまいことを言ってわたしをヴァティカン市国に足を踏み入れさせるつもりなんでしょう、ヴァティカンと聞いただけでぞっとする、あの町はローマの栄光と自由の脇腹にへばりついた癌みたいなもの、滑稽にも金色に塗ってある膿《うみ》の袋よ。

「いくらなんと言って否認しても、あなたはキリスト教で骨の髄まで腐ってる、ほんとにばかげた信仰だわ。ローマのどんな料理女だってあなたより自由な精神をもっている。

「いつかはきっとこんな話が出ると思っていた。巧みに滲み込んでいってわたしからあんなにたくさんのものを奪ってしまった毒が、こんどはわたしからあなたを奪ってしまうかもしれないのをわたしはひどく恐れているの、だから、とりわけあなたと一緒に、あの呪われた城壁のなかにはいるなんて気違いざたはまっぴら、あのなかにはいると、なにもかにもがあなたの臆病心をそそのかすでしょうよ」

そんな彼女は、ほれぼれするほどすばらしかった、彼女はそんな自分の言葉、自分の激しさを笑いとばし、自分がきみを左右しうるという確信をもつためにきみに接吻した。彼女がまったく考えちがいをしていると説明して、もっと分別のある考えをさせようと試みることはできもしなかったし、またやってもむだなことだった。

「でもどうしてもというんならモーセ*像なら見てもいい。それから、うちのすぐ横のサンタンドレア・デッラ・ヴァッレ教会に、ミケランジェロのおもだった彫像の古い複製が集めてある小さな礼拝堂があることをご存知？」

トンネルを出たことをきみに知らせたのは、とりわけて、列車の響きの変化だった。アニェスが、「そとに乗りだすと危険です」とイタリア語で書いてある細長い金属板を手でピアノをひくようにたたきながら、大あくびをかみころしている。ウルツィオ・クラヴィエーレ駅を通過、駅事務室にはすっかり明りがつき、電灯が駅名掲示板を照らしている。

ベレッティかペレッティか、それともチェルッティだろうか、いや、旅券の上に「エッティ」と読めたのだからチェレッティという名前だろうか、その男が失礼《スクージ》と言いながらそとに出て、白い毛皮の長い外套を着た婦人とすれちがう、彼女もきっとイタリア人だろう、真白な上品な靴をはいている。連れのアンドレアがきみの横のリュックサックを取り、膝の上に置く。たぶん、下車駅に近づいたと知っているから、もう近いと感じたからだろう、十中八九まで彼らはふたりともトリーノで降りるのだろう。

アニェスとピエールが白い上着を着た給仕に第一回サーヴィス時間の予約券を二枚たのんでいる、きみは習慣どおり第二回目サーヴィス時間のを一枚、夕食が終ってから、みんなが室内照明灯を消すことを決めるまで、その中央部にある青色の小電球が落ちついた暗い光を投げるまでの時間があまり長くないようにというためだ。おなかはすいているのだが気分がよくない。食欲がないのだ。ぶどう酒かなにかほかの酒類をすこし飲む必要があるだろう。それは倦怠感と食欲不振とが混じりあった空腹感だから、ほんとうにおなかがすくまで待ったほうがいいのだ。

ファセッリ、いやファセッティだ、それともマセッティというのだろうか、あのさっきの男が失礼《スクージ》と言いながらはいってきてアンドレアのそばに腰をおろし、それからピエールとロレンツォのあいだに置いてあったリュックサックを膝にのせる。ロレンツォは食事の予約をしなかったから、たぶんトリーノで降りるのだろう。妻が彼を待っていて、いま彼が手にもっている鍵を鍵穴にいれてまわす音を耳にするやいなや、妻は沸騰するお湯にパスタを入れるだろう。鍵と同じ輪にはめられたクリップで彼は爪を掃除している。彼の妻はたぶんアンリエットと同じくらいの年齢だろう、娘も彼の帰りを待っている、マドレーヌよりすこし年上の娘(というのも、彼はきみより早く結婚したにちがいないから)、もう彼をいろいろと悩ませているにちがいない娘。

娘は父の帰りを待ちながら食卓の支度をしている、いやそうじゃない、彼女はうちにいない、友人の家に食事によばれているという口実で、じつは恋人の家に行っている、母親が彼女に「よりによってお父さんがフランス旅行から帰ってくる日だというのに……」と大きな声で言ったとき、彼女は発作的に涙を流した。

カネッティとかパネッティとかいう男がリュックサックのポケットの口を開け、ナイフとパンとバターを取りだし、バターを塗ったひと切れをアンドレアにわたす。アンドレアはサラミの薄切りのはいった包みをひろげる。

あのイタリア人たちは三人とも降りるだろう。彼らはそろってプラットホームの上をほとんど同じ歩調で歩き、改札口まで来て、ふたりの労働者はロレンツォに、まるで長い知り合いででもあるように大声で心から「じゃ、また」と言う、彼らの道はそこで分かれ、おそらく彼らがもういちど会うことはないだろう、いつの日か街ですれちがっても、たぶんおたがいに眼もくれないだろう。

明日の朝、彼の事務所には見るのが遅れた郵便物が待っていて、彼は一時ごろにならなければ昼食に帰らないだろう、秘書に命じて自分と一緒に居残らせ、手紙をタイプで、秘書が一年もまえから取り換えてほしいとたのんでいる旧式のスカベッリ製タイプで打たせたためだ。ふたりとも不機嫌だろう。疲労と空腹にくわえて、そんな明日のことを考えているからこそ、ついさっきはあんなに穏やかだった彼の顔付が、いまは緊張しているわけなのだ。

爪の具合を調べてから彼は鍵束をポケットにしまい、視線をあげて、まるできみが自分の上司に似ているとでもいうようにすこし不安げにきみを見つめる、まるでそのちょっとした爪の掃除にたいするきみの判断を恐れてでもいるかのようだ（それは彼が秘密にしているなにかと関係のあることなのだろうか？ 秘密を洩らしてしまったと感じたのだろうか？ 手をそんなふうにきれいにしたのは、妻とは別のだれかのためだろうか、別のだれかが改札口で彼を待っていて、一緒にサン・カルロ広場のどこかのレストランに食事をしに行くのだろうか？）。

きみのほうにあげた彼の眼に、きみは突然驚きとほとんど憐れみに近いものとを読みとる。まるでこのまえ彼がきみをすこし注意して見つめたとき以来、きみの顔が変わってしまったとでもいうようだ、きみの顔付が憔悴し、眼はとげとげしくなり、まるで数歳もいちどに年を取ってしまったとでもいうようだ。彼は眼をそらす。

食堂車の給仕が鈴をふりながら黒い服を着た婦人とすれちがう。イタリアの婦人だが、＊クーマの瘦せた巫女《シビラ》のように、ダ・ポンテ家の老婦人のように腰が曲がっている。ピエールが、ずっとまえから読んでもいなかった本を閉じ、立ちあがり、鏡のまえでネクタイを直し、きみの足をまたぐ。

ブッソリーノ駅通過、暗い夜のなかにそこだけ光っている。こんどはアニェスが出て行く。列車はトンネルにはいり、車の響きが陰《いん》にこもる。

勘定をはらいながら、きみは彼女のほうをふり向いて言った。「たぶん昼食まえにそこに行けるくらいの時間があるよ」。だが、きみたちがヴィットリオ・エマヌエーレ二世大通りに着いたときにはその大教会*の扉は閉まっていた。そんなわけで夕方になってやっとそこにはいれたのだが、その礼拝堂のなかはひどく暗くて、ほとんどなにも見えなかった。

太陽はもう沈んでいた。冷たい風が吹きはじめていて、市内電車のレールの上に紫色の埃の渦巻をつくっていた。きみたちはいそいでいた、時間の都合がいいので夕食のまえにサン・ピエトロ・イン・ヴィンコリ教会に寄っていこうと思ったからだ。きみはまえにモーセ像を見たときのことを思いだしていた(それはアンリエットとの旅行のときだったろうか)、ほとんど完全な闇のなかにその像だけが強く照らしだされていたので、額に生えている角《つの》はまさしく光の角のように思われた。

表門は閉ざされていて、夜がとっぷりとローマの上に落ち、星々がヴァティカン市国の上、街々から立ちのぼる靄《もや》のようなものの上にきらめいて、街々では暗闇に包まれてゆく屋根屋根のあいだで電灯や広告灯が目覚めはじめ、星々の下の街のざわめきにはときどきブレーキの音や転轍機の軋る音が混じって聞えた。また、教会の窓から滲み出てきた別の音は、オルガンの音と低い歌声とからなるもので、なかで儀式が行われていることを示していた。

きみたちは裏にまわり、修道院の庭を横切った。聖体賛美式が行われていて、祭壇は大蠟燭と電球で照らされ、あたりには香の煙がただよい、身廊《しんろう》の奥のほうには婦人たちが跪《ひざまず》いてお祈りをつぶやいていた。数人の外国人が立ったままモーセ像を見ていたが、像の大理石には、古代ローマの神の像のように油か溶けた黄色い脂肪が塗ってあるように見えた。

セシルがきみの手を引いた。きみたちは退屈なカヴール街に出た。

「明日またここへ来なければ」と彼女が言った。

「でも、ほかに見るものがたくさんあるじゃないか」

「なにが残っているというの、あなたのお好きな預言者や巫女たちの描いてあるあの

『*天地創造』や『*最後の審判』を取りのけてしまうとすれば。わたしたち、もちろんそれは取りのけてしまうの」

「たとえばサンタ・マリア・デッリ・アンジェリ教会があるよ、ディオクレティアヌス帝公共浴場《テルメ》跡のなかの教会だ、すぐそばに修道院のあるところ」

「だれだか忘れたけど、フランスの彫刻家のつくったあのいやらしい聖ブルーノ像のあるところね」

「ウードンだよ。彼の作品はパリで見たほうがいい。もっともあのブルーノ像は、いろいろな芸術のあらゆる聖者像のなかでもっとも悲痛なもののひとつと言わなけりゃならないが」

「ほかの聖者像はどうなの？」

「よく知らない。とにかくあの像は安心感を感じないんだ」

「安心感を感じる聖者像もあるってわけね。あなたは聖体賛美式なんてものからペストを恐れるように逃げまわるべきなのよ。そうじゃなかったら、あなたのお好きなサン・ピエトロ大聖堂に行って、聖体賛美式をゆっくりと見て、感じて、味わってごらんあそばせ、こんどというこんどは、そんな病いから完全に癒ってしまうことよ。でも、わたしが一緒に行くなんて思わないで、どこかのお店《トラットリア》で待っていて恐ろしい経験をしてきたあなたを慰めてあげる。それから巨大な聖ブルーノがうようよ出てくるあなたの眠りを見張ってあげる、ひと晩じゅうじゃないけれど……。ねえ、接吻して」

「ここではだめ。ピッツェリアに行ってから」

数人の労働者がテーブルでタロット・カードで遊んでいた、そのうちのひとりはもう軽く酔っていた。

「それから、サンタ・マリア・ソプラ・ミネルヴァ教会にある、たしか列柱のそばの*キリスト像、あそこはローマでただひとつのゴシック式教会だ」

「世のなかでもっとも醜い教会のひとつね。わたしたちの区域にあるのよ。ファルネーゼ館を出て歩いて行ける」

「それからピア門のそばへ行ってお昼を食べよう。もっともピア門の一方の面だけしかミケランジェロは関係してなかったはずだけど……」

「あとでわたしの戦前の旅行案内書《ギード・ブルー》で確かめてみる。まだあるわ、わたしのまだ見たことのないもの、どこだったかしら、かなり遠くの別荘にあるピエタには、あなたはなんの感興もそそられなくて?」

そこでその翌日、きみたちはタクシーでサンセヴェリーノ荘まで行ったが、門のまえに着いてみると月曜日の十時から十二時までしか開かないことがわかった。

　そんなわけできみたちはサン・ピエトロ・イン・ヴィンコリ教会で、儀式のはじまるまえ、陽の沈むまえに、静かにモーセ像を見る時間がたっぷりあった。身廊にはきみたちのほかひとけがなく、とても寒くて、照明もついてなかった。彫像は穀物倉のなかの幽霊のようだった。そうやってひとつの場所からつぎの場所へ、ひとつの作品からつぎの作品へと足を進めながら、きみはなにか本質的なものが自分には欠けている、なにかしら、きみの思いのままになるはずなのに、セシルゆえに見るのを禁じられたものがある、と感じていた、その話をきみは彼女にしようとは思わないけれど、彼女もまたそのことを考えているときみにはわかっていた、そうやってきみたちはふたりともあの『天地創造』の預言者たちや巫女たちの姿、見るのをやめたあの『最後の審判』につきまとわれて、ふたりとも、こんどの散歩が合理的でなかったことを意識していた、ふたりともだまったままで、きみたちの失望感の一致を口に出して、おたがいに「モーセ像もいいけれど、ほかに……」などと言う必要はまったくなかった。このモーセ像のほかにローマにはミケランジェロの作品として見るべきものがあるということをふたりともあまりにもよく知っていたからだったし、きみたちふたりがそのとき恥辱と苦痛を感じながら味わっていた苦い味は、じつは、きみたちふたりの臆病心というほかに名づけようのないものの味だったのだ。いや、サンセヴェリーノ荘の閉ざされた門のまえに立ったときでさえ、きみたちはたしかになにかある気分の動きを感じはしたのだが、なにか口に出すどころか、急にだまってしまった、そこのピエタ像がどれほど感動的であろうと、心のしこりをときほぐすことも、空虚を埋めることも、けっしてできぬということがあまりにもたしかだったので。

モンテ・デッラ・ファリーナ街で彼女が料理をつくっていたとき、きみは長椅子に横になって『エポカ』誌をめくっていたが、彼女は三色の縞の布巾《ふきん》で手を拭きながらふり向いて言った。

「ローマがほんとにいやになってしまう日があるの……」

「こんど休暇はいつごろ取れるんだい?」

「そう、そんなことを考えるのも、問題は休暇のためでしょうね。あなたはお仕事のないときだけこの部屋にいらっしゃるけど、じつはローマに来るのはスカベッリ商会のためで、じきにホテルに帰ってしまう。せめて、あなたをしっかりと頼みにすることができれば、せめてあなたがわたしになにか証拠を示してくれれば……」

（証拠を彼女に示すためにこそ、きみは今朝八時十分の列車に乗ったのだった）、そして明りを消してきみたちふたりがベッドにはいっていたあいだも、きみの眼は腕時計の螢光塗料で光る数字をときどき見ていた、彼女が「明日の朝はあまりおそく来ないで。お茶とトーストをつくっておくわ」ときみにささやいたとき、きみは彼女に接吻してその口をとざした、だが、翌朝のきみは忘れてしまった。

窓の向こうでは、大地の表面は、その深みと同じように、いまは真暗だ（列車はトンネルのなかと同じ響きを立ててはいない）、空には、いまはもう、いくつかの緑色のたなびき、まだそれとわかるいくらかの雲、雲のあいだに光るいくつかの星だけしかなく、丘の上にも、家々の光や道の上の自動車のヘッドライトしか見えなかった。

パリではセシルは休暇中で、きみはそうではなく、一年のうちでもその季節は、きみはまるで支社長ではなく一介の社員であるかのように事務室で正午まで長々と働いたあとで、下に降りて彼女と会ったとき、彼女は雨のなかを、明るい黄色のフード付レインコートを着て、両手をポケットに入れ、足を開いて立った姿勢できみを待っていた。

「なんて天気だ!」

「接吻してくれないの?」

「ここではだめ、このへんじゃまずいんだ。雨のなかを待たせてごめん。こんどは……」

「かまわないのよ。ほかの日は奥様と一緒におひるを召しあがらなくちゃいけないんでしょうから……」

「毎日のことじゃない」

「でも、ほとんど毎日よ」

「いつも妻と一緒というわけじゃないんだ。ローマでのように仕事の打ち合わせを兼ねて昼食をすることもある」

「ますますわたしの分がすこししかないわけね」

「二週間いられるんだろう……」

「そんなの、すぐにたってしまう。また汽車に乗って……」

「まだそんなこと考えるなよ。どこへ行こうか?」

「ここではあなたが案内役」

「いつでも決めるのに困るな。なにか、おのぞみは？」

「とにかく連れていって、あてずっぽうがいい」

「右岸かい？　左岸かい？」

「右岸はお仕事関係、左岸は奥様の土地、決めにくいわね」

「じゃ、まんなかのセーヌの島へ行こう。どんな店があるか知らないが、きっと見つかるよ。ほら、車が来た」

ルーヴル宮の通行口を過ぎてから、右側の雨に濡れた窓ガラスごしに、和らいだセシルの横顔を前景に、カルーゼルの凱旋門が流れ、遠くにはコンコルド広場のオベリスクがぼんやりと見えた、それからセーヌ河に沿って走ると、ノートル＝ダム大聖堂の塔が屋根屋根の上に灰色に見えた。

河岸《ケー》に面した小さなレストランにきみたちは腰をおろした。テーブルには赤と白の格子縞の布がかけてあった。

「きみのことをアンリエットに話した……」

「なんですって？」

「なにも言わなかったよ、心配することはない。たしか彼女と知り合いになりたいとか、ぼくの家や子供たちを見たいとか言っていただろう。それに、ぼくたちの考えは一致していたじゃないか、いずれは彼女も知らなければならない……って。そうだろう？」

「ええ、たしかに、いつかはね」

「いつかは知らなけりゃならぬとしたら、この機会を利用して静かに心の準備をさせておくほうがいいと思うんだ、すったもんだの騒ぎは願いさげにしたいとぼくたちはいつでも話していただろう？」

「ええ、いつでもそう言っていた」

「だから、きみたちはぜひとも会わなけりゃいけない。会えばいろんなことがわかるよ。なにもかもうまくゆくさ。彼女にもきみの性質がよくわかるだろうから、いつか彼女に説明しなけりゃならないときにも、なにもかもずっと簡単になる」

「そうね、なにもかもずっと簡単になるわね、あなたにとっては」

「なぜぼくをからかうんだ？　こんなことを考えついたのはぼくだったかね？　ぼくのほうは、きみがパリに来ることはいっさい秘密にしておきたかったんだ。きみのほうで繰りかえし繰りかえし口にしたんじゃないか、気を悪くされる理由なんかない、じっさい、なにもかもとても簡単なことなんだ、ぼくが事態を正面から直視しなければならぬ、ぼくがまだ払い落せないでいる宗教的でブルジョワ的な教育ゆえの古くさいものの考えかたは徹底的に棄てなければならぬ、って。きみはそんなことを百遍も言ったじゃないか？　だから、ぼくは彼女にひとりのローマの女性の話として、きみの名前を言い（いや名前を言ったかどうか、いまはよく覚えていない）、いろいろと世話になったからぜひうちに招待しなければならない、それが礼儀だろう、って言ったんだ……」

「奥様はそれをどう考えるかしら？」

「彼女がどう考えたかはわからない。月曜か火曜、きみにいちばん都合のいい日に、とぼくに言ったよ。そりゃたしかに彼女は心のなかでは、すこしはあやしんでいるかもしれないが、好奇心もそそられているんだ、宗教的でブルジョワ的な教育の上に立っているいろいろと考えるにちがいない……。そうなんだ、彼女こそ宗教的でブルジョワ的な教育そのもので、しかもそれを払い落そうなどとはこれっぽっちも思っていない、それどころか、ここ数年来、そんな点がますます強くなり、深まり、こりかたまってゆくばかりだ。ぼくが知り合ったころはそんなじゃなかったけれど。そんなわけで、ぼくにはもう彼女が我慢ならない、だから、ぼくはこんなにきみを必要としているんだ、なぜって、きみは解放そのものだから、よくわかっているじゃないか。がまた、ぼくは彼女に対してできるかぎり残酷でないように振舞わなけりゃならない。子供もあることだし、それに……わかるね、ぼくの気持が。ぼくがきみをこんなに愛してるのは、きみがこうした事情をすべてとてもよく理解してくれて、ぼくにそれを言ってくれたからなんだ。なにもかもきみには単純なことに見えるし、きみと一緒にいさえすれば、ぼくにも単純なことに見えてくるからなんだ。ところが彼女と一緒にいるときときたら……まったくなんてことだろう、彼女はなんにも言わない、とくにこんどの場合、なんにも言わないんだ。なにかを言う必要を感じないんだ。彼女を相手にしていると、なにもかもがこんなふうに、まったくばかばかしく、またどうしようもないほどこんがらかってくる、ぼくの言うこと、わかってくれるね？」

「とてもよくわかるわ」

「じゃあ、なぜぼくに、こんなに苦労をして説明をさせるんだ？　もちろん来たくないっていうんなら、それ以上簡単なことはない、彼女のほうだって気を悪くしはしないだろう」

「もちろん伺いたいわよ。お宅や、パンテオンの円屋根に面した窓や、あなたの家具やご本を見たいし、お子さんや奥様にお目にかかりたいわ、奥様がどんなお顔のかたか、あなたのおっしゃる沈黙戦術というのがどんなものか知りたい、あまり説明してくれなかったけれど、奥様の嘲笑するようなかたくなな微笑というのがどんなものかも。（あなたはローマにいらっしゃったときは奥様のことをあまりわたしに話してくれなかった、あなたのパリでの生活は全部、遠いかなたに置いてきてしまって、まるであのかたが、すくなくともわたしにとっては存在しないようにとおのぞみだったみたい、まるでわたしにとってあなたというひとのほかには何もないことをおのぞみだったみたい、残念なことに、そういうあなたにお目にかかるのは、ごくたまですのにね）、そう、奥様のことをあまりわたしに話してくれなかったけれど、わたしには忘れようったって忘れられないような、いくつかの単語や遠回しの言い方や苛立たしい態度で、奥様がどんなおかたなのであなたがなかなか別れられないかを説明して下さった」

「なんてことを言うんだ、妻を嫉妬するいわれなんかきみにまったくないじゃないか」

「嫉妬なんかしていない。わたしがあなたを若返らせたんだということを自分でもよく知っているんですもの、わたしが嫉妬するわけがないじゃないの。ローマであなたに会って、ここパリではあなたがどんなひとかを見ればわたしには充分。洞穴のなかにはいって怪物に立ち向かうつもりなんですもの、嫉妬しているわけがないじゃありませんの」

「怪物だって？　自分の倦怠感のなかに、できればぼくも一緒に引きずりこんでやろうと思っている哀れな不幸な女性にすぎんさ」

「その哀れな女性とやらにお目にかかりに行きます。月曜日に伺うってお伝えして。お招き下されば、わたしの役をりっぱに演じてみせる。レディ然とすればいいんでしょう、簡単なことよ。わたしは奥様を観察するし、奥様はわたしを観察なさる、で、ふたりとも愛想よくするってわけ」

「きみは愛想がいいだろうよ」

「奥様とわたしふたりともよ。わたしはちゃんと奥様とお近づきになります。あなたに対しては、あまり親しくないお付き合いで、しかもじっさいにいろいろお世話をしてあげたように振舞います」

「なんにも感づかれないだろうか？」

「感づいても顔に出さないでしょう」

「笑ってはいけないね」

「笑いたくなんかなるものですか。わたしになれなれしい口をきく気持にもならないでしょう。その点は安心してる。あなたがいくら支社長様でも、すくなくともわたしと一緒にいるときのあなたは子供、だからあなたを愛してるの、なぜって、あなたをおとなに仕立てたいからよ。うわべはそう見えるかもしれないけれど、じつは奥様にはこれができなかった。奥様はあなたを半分だけ年寄りに仕立てるのに成功しただけ、それがあなたに我慢ならないのは当然のことよ。わたしたちに任せておいて。りっぱに振舞うわよ。なにもかも、とてもうまくゆくわ。わたしは奥様の値打ちをちゃんと認めて、奥様はわたしの性質を理解する。そうしてあなたがやきもきするのをしりめに、わたしたちはおたがいに親切な言葉をかわすわけ。最後にわたしが、とても楽しい夜でした、って言うと、奥様が、またぜひおいでいただけませんか、ってわたしを誘う、で、わたしはありがとうございます、ぜひ、ってお受けするのよ。あなたはそう思っているらしいけれど、わたしが奥様をちっとも憎んでいないってことがおわかりになるわ。これまでだって、そんなそぶりを見せたことあるかしら？」

「じゃ月曜でいいんだね？」

「いいわ」

きみたちにはもう話すことがなにもなかった。その出会いの日を待っていればよかった。あとは、もうずっとまえから運ばれてあったオードヴルを食べるだけだった。すっかり時間がたっていて、きみはいそがねばならなかった、きみはオリーヴの実をかじりながら、窓ガラスごしに、黒塗りの大型乗用車の上に雨水が流れ、背景にノートル＝ダム大聖堂の後陣《アプシス》が浮かんでいるのを、じっと見つめていた。

鉄の床暖房の上で、菱形模様がまるで大きな蛇の皮膚の上の鱗《うろこ》のように波打っている、そんな印象をきみは受ける。平野のなかの家々や自動車や駅々の光だけが、窓ガラスにうつる反映をつらぬき、逆さになった車室の像に流れゆく光の点を打っている、その手前に若いほうのイタリア人労働者の横顔。

やっと空が明るくなっていった、地中海の上に灰色の寒々とした夜明けが訪れたあと、ちょうどジェノヴァの手前で、辛かった夜ゆえの四肢のこわばりがまだ残っていた、その夜のあいだ、きみは篠つく雨のなかを、ときどき通過する駅をのぞいては明りひとつついていないローマ平野を走っていったのであり、ときどき見える駅も、明りはついているものの、ほとんどひとの姿が見えず、ただ車輛交換が行われていたり、眼に見えぬひとの、あるいはランプを振りながら雨のプラットホームの上を遠ざかってゆくひとの発する間投詞がときどき聞こえてくるだけで、その夜のあいだきみはほとんど眠らず、しょっちゅう腕時計を見たり、日の出まであと何時間あるか、国境通過まであと何時間あるか、こんど日の暮れるまで何時間あるか、パリ到着まで何時間か、パンテオン広場十五番地のきみの家でやっと眠れるまであと何時間かなどと計算したり、駅名を小声でつぶやいて並べたてたりしていた。きみはもうそのころには、すくなくとも主要駅や停車駅、きみのいろいろな計画のなかで、なにか些細な偶発的事件にからまっていた駅、あるいは歴史の流れのなかで、なにかの事件か記念建造物にからまっている駅などをそらで覚えはじめていたのだ。きみはアンリエットの落ちつかなげな眠りを、すこしずつきみに近寄り、寒さを防ぐために身をすり寄せ、頭をきみの肩にもたせかけていたアンリエットの眠りを眺めながら、彼女の髪を愛撫していた、そんなことはずいぶんまえからなかったが、そうたぶん大戦のあと、きみたちがはじめてこのローマ再訪のことを話題にのせだしていたころ、きみは陽光のふりそそぐローマで彼女の髪を愛撫したいと夢みてはいた、もう何年もまえになる。彼女の髪を愛撫しながらきみは考えていた、もうこれからは、たぶん、彼女の眠っているときでなければ、きみがほんとうに彼女を所有し、真の意味で彼女の傍らにいることはできないだろう、きみたちを結びつけるはずだったあのローマも、あのいろいろと運の悪かったローマ滞在のあと、新婚旅行のやり直しの失敗したあとのいまとなっては、逆にきみたちのあいだに大きく介在してきみたちを離反させてゆくだろう、きみが狂おしいまでに愛着を感じていたローマ(きみが憎みながら愛撫しているその女性によってローマを奪い取られ、ローマから引きはなされて、そうやってしだいにローマから遠ざかりつつあったそのときほど、きみがローマの魅力を強く感じたことはなかった)、そのとき、きみはほんとうにいまこそ深くローマを知りたい、究めたいとのぞんでいた、浅い眠りを中断されてはきみの肩の上でなにかぶつぶつ言っていたその女によって、じつは、きみがローマについてはまだなにも語れないのだということを示されてしまったあとのいまになって。彼女は苦い失望を味わわされたと不平をこぼしていたし、そもそも彼女はこの地ローマではすべてをきみから期待していたのだから、たしかに彼女はきみにとって、どんなことについても手助けになることはできなかった。こうして彼女は、自分がすこしずつこの地ローマから閉め出しをくわされているように感じていたのだった、かつて、大戦まえのきみたちふたりの最初のローマ旅行のときのようなきみをもういちど見いだしたいと思って、きみに連れられてローマに導き入れられることを期待していたのに。

やっと空が明るくなって、雲も散っていった、ピサを過ぎてからは雨はやんでいたが、雲がまたまるでその季節のパリの雲のように重く低く垂れこめ、波ひとつない海の風景と色合いをすっかり変えていた、そしてたえず聞えてくるレールの上を走る車輪の低い音と、あらゆる金属製品のたえず発する震動音をのぞいては、しーんとしている車室のなかでも、客たちはみんな眼を開き、手をぶらつかせたり、首を左右にひねったり、逆立った髪を爪で掻《か》いたりしていた。

やっと冬の太陽が鋭い光でささくれだったみすぼらしい羊毛でできたパン皮のような空を射しつらぬいてきた。ようやくきみたちは話しはじめていた。彼女はきみに言った。

「わたしたち、まずい時期をえらんでローマへ行ってしまったわね」

それが、きみを許そうとする努力のあらわれであると、きみにはわかっていた、それは、改めてきみを嫌なめにあわせてやろうなどという欲求を彼女に棄てさせるために、きみが故意にまずい時期をえらんだのだと、彼女のほうではっきり言うのを避けるひとつのやりかただった、彼女はこの数日間を消し去ろうと努力していたが、本心ではそんなことは不可能だとよくわかっていた、なぜならば、この旅行の挫折、それのもたらした離反とは、きみたちのなかに彼女がかぎつけ、きみに咎《とが》めていた挫折を確認し強調するだけのものでしかなかったのだから。きみたちのあいだの離反がしだいにその輪郭を明らかにしてゆくのを、たしかに彼女は何年もまえからあまりにもはっきりと感じとってはいたが、きみの昔ながらの変わらぬ存在がローマに隠れているだろうという推測から、ローマというこの都市の力を借りれば、その離反を阻止できると思っていたのだ。じつは、そこが悲劇であり、またそれ以後はっきりしてきたところなのだが、そんなきみの昔ながらの存在は、ただ夢想のなかに隠れていたにすぎず、その夢想も、そのころは明白なかたちをとってあらわれ出ようとさえしていなかった、だから彼女がきみを軽蔑したのもむりのないことだった。

ようやく彼女のまなざしの奥からひとつの微笑がきみに届いてきた。彼女は深淵をただのひとまたぎで跳びこえ、傷口をふさごうとつとめていた。彼女はパリのこと、彼女の両親の家できみたちを待っている子供たちのことを話した。意思の疎通がふたたびはじまり、いつものような、きみたちのどちらも満足させぬものだったけれど、意思の疎通がはじまったというだけで大したことだったし、そのときはそんなものでもいいから ぜひともはじまってほしかった、きみにはほかにどうしようもなかったし、そのころの きみはまだ選ぶなにものもなかったからだ。

きみたちはトリーノを過ぎていた。いまは夜に覆われているこの風景のなかをきみたちは走っていた、あたりの風景はときどき陽光をうけて輝き、雪に覆われた丘が見え、やがて山々が見えてきたが、トンネルをいくつも通り抜けてだんだんと高くなってゆくにつれて、窓ガラスには一面に霧が張りつめ、その霧は雨氷《うひょう》に変わってゆき、たくさんの谷間や村々が——ついいましがた、きみは黄昏のなかにそれらが消えてゆくのを見た——真白な森の背後に隠れた。森の雪の表面には子供の爪で字や絵が描いてあった。

国境を越え、税関を過ぎると、窓ガラスの透明さがまた覆われた、雪が降っていたのだ。ジュラ地方では雨に変わり、マコンではもう夜になっていて、一キロまた一キロと旅程ははてしなくゆっくりとつづき、疲労感がふたたび抗しがたい力をふるいだし、アンリエットの顔もまたこわばり、なにかを苦にしている様子をまた示しはじめた。

フォンテーヌブローの森を通ったとき、狩猟頭《グラン・ヴヌール》は「きみは気でも狂っているのか?」と叫んだ、はやくパリに着きたい、はやくきみたちの部屋、きみたちのベッドにはいりたいと、なんと気がせいたことだろう！　そして、ふたりともベッドに横になったとき、彼女はきみにささやいた。

「どうもありがとう、でもわたし、くたくただわ、なんて長い旅だったんでしょう！」

彼女は枕の上で体の向きを変えて、すぐに眠ってしまった。

ところで、いまのきみにはよくわかっている、彼女がきみに感謝したのはローマに連れて行ってくれたからではなかった、ほんとうの意味で連れて行ったことにはまったくならなかったのだから。パリに連れ帰ってくれたことを感謝したのだ、もしそれ以後の彼女が決定的にきみから遠ざかってゆくとしても、すくなくともパリにいれば彼女には、子供たち、あれらの家具、あれらの壁、あれらの習慣、生活の土台があるのだから。

ひとりの男、ひとりの老人が扉から顔を出して左右を眺め、預言者エゼキエルのようなひげをはやした顔をはげしくそむけ、窓ガラスの上にはっきりと映って揺れている自分の反映を一瞬しげしげと見る、流れゆく遠くの光がその反映をわずかに突き抜いている。

土曜日のことだった、きみたちは再会して接吻を交わすのに大きな喜びを感じた。

「きみのパリに慣れたかい？」

「ふた晩目から慣れたわ。街なかにいても、まるで全然そこからはなれなかったような感じがするの。たしかに、もうずいぶんになるから、なにもかも変わってしまった、建物の色や風情が変わってしまったところもずいぶんある、まえには黒とグレイの小間物屋のあったところへ行ってみたら、赤く塗った本屋なの。でも、それはわたしを迎えるためのお祭の飾りのようなものね」

「ぼくはきみをここへ連れてきて、そうしたすべてを発見させてやろうと思っていたんだ、きみがぼくにローマの秘密を発見させてくれるようにね」

「それをあなたから期待してるの」

「でも、もうなんでも知っているんだろう？」

「みんな忘れてしまったわ、なにもかももういちど見なけりゃだめ。古くなってしまっている場所でも、新しく模様がえされた場所でも、そのまえに立ってみなければなんにも思い出さないの。注目するにたる場所で、わたしがまだ足を踏み入れたことのないところを、きっとあなたはたくさんご存知だと思うの……」

「どこがそうだって、どうしてわかるんだい?」

「なんて質問なの!　とにかくわたしを連れて行って。どこへ連れて行かれても、まえに好きだったもの、ローマで漠然と夢みていたなにかをきっと見いだすわ。さもなかったら、ローマにそんなにはやく帰ってしまうことを悲しく思うまたまた別の理由をね。なぜって、あなたからはなれられないほどあなたを愛してしまうっていう馬鹿なことをしてしまったいまでは、あなたがローマにいらっしゃらないときには、わたしほんとうにひとりぼっちなんですもの」

きみたちは晩秋のよく晴れたなかを、オペラ座通りをセーヌ河に向かって歩いた。

「きっときみの知らないルーヴルの新しい部屋があるけれど、この午後を美術館で過ごすのはやめよう」

「わたしたちボルゲーゼ美術館やバルベリーニ館の定連よ」

「でもそれはローマの話だ」

「あなたがローマにいらっしゃったときのようなことを、わたしがパリでしてはいけないの?」

「じゃこの都市も同じように念入りに研究しなければならなくなる」

「どんなにいいかしら、もっとたびたび来られたら、もっとずっと長くいられたら、ここに住めたら。だからあなたの趣味を信用する、どんな些細なあなたののぞみでも信用するの。で、そのルーヴルの新しい部屋をあなたが見はじめたのはいつごろからのこと？」

「すくなくとも一年まえ、たぶんもう二年になるだろうが覚えていない」

「今日のあなたはわたしがいるからそこへ行きたいとは思っているけれど、わたしが退屈しはしないかと心配してふみ切れないのね。でもわたし、そんなに見る眼がないわけではないのよ。どうして急にそんな心配をしたり、気をつかったりするの？　まるでわたしにはじめて会ったみたい。わたしたちの趣味はとても近いんじゃなくって？　ローマに来ると、あなたったら、感動でふくれあがった声で、近くに迫ったこの上ない快楽の前ぶれに眼をきらきら輝かせて、どんなに取るにたらぬ異議でも聞くのはいやだというようなまじめな態度で、わたしにおっしゃる、絶対にあの教会を見に行くべきだ、あの廃墟だ、畠のまんなかのあの石、家々のあいだに埋っているあの石を見に行くんだ、って。あなたのあとをついていかなかったことがあったかしら、それもおとなしくついてゆくんじゃなくて、熱心についていくのよ」

「あそこならぼくと一緒でなくったって簡単に見に行ける、っていうそれだけの理由さ」

「なぜわたしにそれをひとりで見てほしいの？　いったいなぜわたしに対して、窮屈に気を使うの？」

「きみを喜ばせてあげようとだけ考えてるのに、どうしてそんなにきびしく当るんだ？　言う必要もないことじゃないか、きみは絶対にぼくにとってそんなに気づまりな存在なんかじゃない」

「絶対に？　どんなところででも？」

「気づまりなのはほかのことだ。きみがパリにいて、ぼくのそばにいるときでさえ、アンリエットがぼくたちのあいだを引きさいている。そのうえ、きみまでが事態を紛糾させはじめたら、いったいぼくはどうやったら自然な態度がとれるんだい？」

　こんなわけで、食事を終えてからきみたちはそれらの部屋を見てまわった。きみたちはほとんどなにも話さなかった、ただし古代ローマの彫像やクロード・ロランの風景画のまえでは足を停めて言葉を交わし、パンニーニの二枚の画をまえにしてきみは愛情をこめて細部を細かく指摘した。

彼女と別れてからずっとあとで、夜、きみのベッドのなか、もう眠っていたアンリエットの隣にはいったとき、セシルにその翌日、車で郊外に連れて行ってあげようとまえに申し出ていたのをすっかり忘れて、ただ「じゃ月曜日に」とだけ言ったということに気がついた。

月曜日には彼女はそんなことはまったく話さなかった。彼女はすばらしく優雅だった。彼女が客間にはいってくるときから、ふたりの女はおたがいに視線で相手を測り、まさに格闘をはじめるまえの女レスラーさながらにおたがいを観察していた、いまにも火花が散り炸裂するのではないかと心配して、ぶどう酒をつぐきみの手はひどくふるえたので、きみはついに、食堂車のメニューに書いてある注意書に従って、グラスを手にもって酒を注いだ、まるで部屋全体が打ちふるえているように、まるで駅に到着するときに、ひどくがたりと揺れたり、急激にブレーキがかかったりしそうだとでもいうように。

マドレーヌとアンリだけがきみと一緒に食卓についていた(トーマとジャクリーヌは台所で夕食をすませて床についていた)、彼らは彼女をじっと見つめてはまたきみを見つめ、彼女の美しさに見とれ、ひとことも話さず、一所懸命お行儀をよくして、肉を細かく切ってゆっくりと食べ、ぶどう酒をひとくち飲もうとするたびごとに、そのまえに口を念入りに拭いていた。つねならぬきみの不器用ぶりに狼狽《ろうばい》した彼らは、この招待客にはきみにとってなにかまったく特別のものがある、彼女のためにきみがそんな状態になってしまったのだと感じ、きみがそわそわしていて、なにか起りはしないかと警戒していることをさとった。きみの心配の理由がわからなかったので、彼らはそれだけきみと心配をともにしていた。

アンリエットだけがなにも気がつかぬように見え、微笑を浮かべ、鈴をならして女中を呼んだり、女中にいろいろと命令したりして、なにひとつ失策を犯さず、セシルと同じように愛想がよかった、きみがなにも話さなかったので、彼女はセシルとほとんど同じほどよく、同じほど上手に、ローマのことや自分がローマに旅行したときのことなどを話し、セシルの家族のこと、住居のこと、仕事のことについてあらゆる種類の質問を発し、きみのまだ知らないことまで彼女に言わせるのに成功した。

きみがあれほど恐れていた炸裂は起らなかった。きみはすこしずつ理解していった、ただたんにそうした会話には巧妙さがひそみ、そうした微笑には感情のいつわりが、彼女たちのおたがいに示す関心のなかには術策がひそんでいるというだけではなく、じっさいには、おたがいに向きあっては彼女たちはけっして相手を憎んでいるどころか、このふたりの敵同士はおたがいを認めているのだ、いまや彼女たちの視線の底にはっきりと透けて見えたのは、誠実な相互の尊重だったのであり、苦痛と沈黙のなかでなかば麻痺しているきみをのぞいて、たがいに憎み合う根拠などまったくなかった、そのため、彼女たちの注意はすこしずつきみからそれてゆき、彼女たちの考えはきみから遠ざかって、しだいにたがいに接近し、ついにはきみに反抗するひとつの一致、ひとつの同盟を形成したのだった。

一種の恐怖を感じながら、きみはこの奇跡に立ち会っていた。きみの救いであるセシルがきみを裏切り、アンリエットの側に移ってしまったのだ。彼女たちの嫉妬をとおして、なにか共通の軽蔑のようなものがあらわれてきた。

そこできみは、この堪えがたい和合に終止符を打とうとのぞんで介入した。ああ、危険だったのは、礼儀正しさの仮面をそれ以上かぶりつづけることができなくなって彼女たちのあいだに争いがはじまりそうだということではなく、その仮面がセシルの顔そのものとなり、セシルの裏も表もない真摯さと化してしまいそうだということであった。

アンリエットは、きみの住居という彼女にとっての城砦《じようさい》のまんなかにいて、そういう自分の特権をなんら放棄しようとはしないだろう。だがまさにその放棄をのぞんで、きみはこの城砦のなかに彼女のライヴァルを連れてきたのだった、彼女が地歩を失い、ライヴァルの美しさ、失われぬ若々しさ、才気、生き生きした力をまえにして自分の敗北が当然だと認めることをのぞんだのだった。だがちがう、彼女はきみを軽蔑してはいたが、きみを放棄することは肯んじなかった。

彼女がセシルに向かって、苦労して彼女の爪から奪い取るだけの値打ちがきみにはないと納得させるのに成功したら、どうなっていたことだろう？　そして、そんな事態が起りはじめていたのだ、ほんのすこし、ほんのすこしではあったけれど、ひとつの影が生まれはじめていたにすぎなかったけれど、もしそのふたりの女性がそのままじっと一緒にいたら、その影は必然的に、取りかえしのつかぬまでに大きくなっていってしまうことだろう。ついには、アンリエットが争いにおいて勝利を収めるのではなく、その敵を汚染して、自分の敵ではなくきみの敵としてしまうというかたちで勝利を収めてしまうことだろう。悲嘆に暮れ欺《あざむ》かれたふたりの女がきみを圧《お》しつぶすことだろう。同盟を結んだふたりの女はきみを打ち破り、きみは廃墟と化し、生命の外見を保ったまま、無意味で醜悪な仕事をはたしつづけるにすぎぬ屍体と化してしまうことだろう、ふたりの女は、彼女たちの希望の荒廃と、きみの愛の虚偽の上で、憎しみを抱きながら声もなく泣くことだろう。

すっかり緊張をゆるめたアンリエットが踊り場でセシルに、三日後にまたおいで下さいと頼み、セシルのほうが、彼女自身ではどう思っていたにせよ、ああ、なんということだ、明らかに率直な熱意をこめてその招待を受けたとき、それはなんと手痛い傷だったことだろう！　だが、きみは彼女に「承知するな、ぼくはきみに来てもらいたくない」と叫ぶことはできなかった。そしてそれから数分後、きみが彼女をオデオン座街のホテルに送って行く車のなかでは、もう事態は決着がついていて、二度とその話をもちだすわけにはいかなかった。

「どうしても木曜の夜に来なければいけないなんて考えないでくれ。なにか口実を見つければ簡単にことわれることなんだから」

「とんでもない。ここではわたしたちが会う機会があまりないでしょう。こんなやりかたがいちばん簡単だわ。なにもかも、とてもうまくゆくってあなたに言わなかったかしら。奥様とわたし、お別れするときにはすっかり仲良しになっていたでしょう、もういちど奥様から招待をうけるのに成功さえしたのよ。ちょっとしたお手並だと自分でも思ってる」

「きみはみごとだったよ」

「奥様もそうじゃなくて？　あなたよりずっと考えのひろいかたよ。あなたは錯覚を捨てなければいけない、あなたはもう奥様にとってあまり重要ではないのよ。あなたではなくて奥様がわたしをお招きして下さるの、あなたを喜ばせるためじゃもちろんない。奥様があなたを心から熱愛していらっしゃるから、あなたを断念して、あなたを奪い去る女の足に接吻する、というんじゃないの、まったく率直な姿勢なのよ。でも、あなたにはわからないんでしょう、奥様があなたに完全な自由を許しているっていうことが？」

きみは車を停めた。ホテルの入口だった。

きみは彼女に「セシル、きみを愛している、できればきみと一緒に夜を過ごしたいいんだが」と言いたかった、もっと言いたいこともあったが、それは不可能なことだった、きみたちはローマにいるのではなかった。そのためにはホテルではなく部屋を借りておかねばならなかっただろう……。

彼女はきみの額に接吻した。彼女は何度もきみの家に来た。きみはアンリエットのそばに彼女を見ることに慣れていった。そんなことにはなんの重大な意味もない、ときみは考えていた。そのことを深く考えるゆとりがきみにはなかった。とりあえず、いまのところは、こんなふうにして事態がだいたいうまくゆく、それがいちばん重要なことではなかったか？　最後の週は、きみたちがふたりだけで会うことはただのいちどもなかった。彼女は自分の家族の一部とも、とだえていた交際を再開していたし、きみはきみ自身で、食事の時間にまったく多くの仕事の打ち合わせがあったのだった。

鉄の床暖房の上で、菱形模様がゆらめき、たがいにばらばらにはなれる、それらの模様をわかつ溝は、まるで酸性の焔へと口を開けている割れ目のように見える。菱形は彎曲し、尖った角をもちあげると、それはもつれ、とみるまに、またなにもかも真黒になる、跳びはねるパン屑、汚れ、泥のしみ、踏みつぶされた食物の残り、座席の下でふるえている古新聞紙のはし。窓ガラスにうつる反映はしだいにそとの電灯の明りで細かく切りきざまれる、トリーノの郊外だ。まだひとけのない通路の奥のほうからアニェスが近づいてくるのが見える。

シニョール・ロレンツォがグレイの外套を着る、しかし、ほかのふたりのイタリア人、ふたりの労働者はじっと席を動かない、膝の上に口をしばったリュックサックをのせ、腕を組み、会話をつづけ、面白がっている。

きみは内心でつぶやいている、——一年まえ、ちょうど一年まえだ、わたしたちが旅行したことは覚えているが、旅行が正確にはどんなふうだったかは忘れてしまっている、なにしろ、あのときのわたしは帰りのことばかり考えていたのだから、そして帰るころには事態はだいたい収まっていたのだから。

シニョール・ロレンツォがコバルト・ブルーのスーツケースをもち、外套のポケットに新聞を突っこみ、アニエスがはいってくるのを待つ。アニエスはきみに微笑する。アニエスのあとを歩いていたピエールは、ロレンツォが車室から出るのを待つ。

ひとでいっぱいのプラットホームの流れる速さが遅くなる、それにつれて、きらきら輝くレールもだんだん停まってゆく、プラットホームの照明灯、暗い円天井、トリーノと示す掲示板、叫びながら走っている赤帽、食糧品を積んだ車を押している女。

きみはのどが渇いているが、もうすぐぶどう酒を飲むはずだ。おなかがへっているが、給仕の鈴を待たなければならぬ、それももうすぐのことだろう、あの若夫婦がもう帰ってきたのだから。

きみは内心つぶやいている、——どうすべきか、もうわからない、ここでなにをすべきか、もうわからない。わたしは彼女にどう言おうとしているのだろう。彼女がパリに来ればわたしは彼女を失う、彼女がパリに来れば彼女にとってもわたしにとっても、なにもかもおしまいになるだろう。彼女をデュリユーの店に入れて、毎日わたしの事務所の窓から彼女の姿を見るということになるだろう、彼女に、ローマでの位置よりははるかによくない位置をあたえたまま、余儀なく彼女を棄てるということになるだろう、なにはともあれ彼女はローマでたくさんのひとと知り合いなのだから。いや、そんなことを考えてはいけない。なりゆきにまかせるべきだ。明日の朝着いたときにはうまい具合になっているだろう。たぶん事態は別の光のもとに見えてくるだろう。ここにあるものに眼を固定しなければならぬ、包みをもちあげて、窓の向こう側にいる、こちらからは見えぬだれかにそれを渡しているあの通路にいる婦人に眼を固定しなければならぬ。寒い。あの幸福な若夫婦に眼を固定しなければならぬ、いましがた夕食から帰ってきたばかりで、顔の上にぶどう酒と食事ゆえのほてりをまだただよわせているあの若夫婦、いままた手を取りあったあの若夫婦に。

アニェスとピエールよ、きみたちは今晩どうやって眠るのだろう？　あのふたりのイタリア人労働者はまもなく下車するだろうか？　それで、ほかにだれも乗ってこなかったら、きみたちは横になれるだろう。いや、きみたちがらくに寝そべれるように、わたしは食堂車の帰りにほかの車室へ行って坐ろう。きみたちはこの列車に乗ったままずっとシラクーザまで行くのだろうか?

それらの日々は、きみたちにとってさぞ美しいことだろう! きみたちは海辺を散歩する、昼も夜もたがいに完全に和合して、おたがいを完全に尊重し、たえず驚きに眼をみはりながら、孤独の壁もついには崩壊すると考えながら。明日の土曜日には、きみたちはくたくたに疲れながらも恍惚として、さらに汽車の旅をつづけ、ナポリを発見し、ペストゥムのギリシア神殿跡の姿の見えるのを待ちうけ、日曜日には、たぶんもう僭主ディオニュシオスの都にある簡素で上品なホテル、緑の庭に面して窓のあるホテルに落ちついていることだろう、そして月曜日は……、ところで一方わたしはそういう日々になにをするだろうか、まったく途方に暮れているのではないだろうか?

この休暇から、パリの、きみたちを捉え圧しつぶす辛い人生のローラーのあいだに戻って、きみたちはどこに居を構えるのだろう? 十年ののちには、いまのこの和合から、きみたちになにが残っているだろう、疲労を否定し、疲労をきみたちがもう味わいはじめている美酒へと変えてしまうこの喜びから、きみたちになにが残っているだろうか?

やがて子供たちが生まれ、きみが——そう、ピエール、きみのことだ——きみが、わたしの職業と同じくらいばかげた、あるいはそれ以下の職業で地位を進めたとき、きみがたくさんの部下を自分の支配下に置いたとき——事業をうまく運ばせる必要上きみはごく低い給料しか払わないだろうが——、そして、話はちがうが、きみが夢みているパンテオン広場十五番地のあの住居を手にいれたとき、いったいきみになにが残っているだろう？　きみたちのまなざしのなかには、変わらぬ心遣いがあるだろうか、それとも、アニェスよ、わたしがあまりによく知っているあの不信があるのではなかろうか、ピエールよ、きみ自身の回避があるのではないだろうか、わたしが鏡に向かってひげを剃るとき、鏡のなかにはっと見いだすのと同じあの自己回避が。そんな自己回避からきみはただセシルのような女によって、一時的に、いつでもほんの数日のあいだだけ、ローマの夢にふける数日のあいだだけ解放されるにすぎないだろう、しかも、きみはその女をきみの定住地に連れてくることができないのだろうか。

＊ゼカリヤのような長く白いひげをはやした老人がはいってくる。古代ペルシアの巫女《シビラ》のようなすこし鉤鼻《かぎばな》の老婆がそれにつづく。

つまりアニェスとピエールはふたりきりではないことになったのだから、きみは食堂車からここに帰ってきて、彼らが寝にくそうに眠っているのを見るだろう、きみ自身もかずかずの悪夢のなかでもがきあばれるだろう、きみの頭のなかの扉の背後で、鉄の床の上に描かれたこの鉄格子の背後で、悪夢がもう息づき呻《うめ》いているのがきみに聞える、鉄格子もその悪夢を引きとめることがほとんどできず、悪夢は鉄格子を揺すぶり、ねじ曲げはじめる、きみが完璧に配列し、堅固に組み上げたと思っていた計画もばらばらに砕け、その破片のなかにきみは姿を没してしまうばかりか、幻覚ではなくじっさいに、ありとあらゆる割れ目が、パン屑や埃をきっかけに、一群の交尾した昆虫のようなものが生じるのをきっかけに、きみの日常生活と、日常生活の反対側にあってそれと釣合いを取っているものの螺子《ねじ》をたくみに腐蝕し、その遮蔽幕をくい破ってしまい、このありとあらゆる裂け目が、やがてもう手のつけようもないほどはっきりとそこに姿を刻みこまれて、きみを悪魔に、きみだけの悪魔ではなく、きみの同類のすべてのひとびとの悪魔にきみを引き渡すのだ。それにしても、いったいどうして、あの致命的な思い出がこんなにはっきりときみによみがえってきたのだろう、きみたちふたりが、もしかしたら、なにも知らぬままで、すくなくともしばらくのあいだは、いられたかもしれぬこのときに……。

そしてあのゼカリヤ、あの巫女《シビラ》は、なにをするためにこの列車のなかに乗り込んできたのだろう？　彼らの人生はどんなふうに過ごされたのだろう？　彼らはどこに行くのか？　彼らは、あのとても眠りそうもないまなざしでローマまできみをつけまわすのだろうか？

彼らは古びた黒いスーツケースをもっている。帽子をぬいだ。男のほうはたぶん教授か銀行員だ。彼らには子供が何人かあったにちがいない。息子をひとり戦争で失くしてしまった。いまは孫娘の洗礼式に行くところ、旅慣れてはいない。

ああ、話しはじめないでくれ！　彼らがそっとしておいてくれればいいが！　食事の鈴が鳴ってくれればいいが！

彼らはもうしゃべらない。おなかの上に両手を組んで、黒い服を着た体をまっすぐにぴんとのばして坐っている。

鈴が鳴っている。列車はまだ停まっている。きみは本を席の上に置く。窓の縁枠にすがりながら車室を出て行く。

第三部

7

それは一時的な不安にすぎなかった。いまのきみは、あのぶどう酒と食後酒の熱、最後にくゆらせた葉巻の香りをうちに感じて、また自信と力とを取り戻しているのではなかろうか、習慣に反してコーヒーを飲まなかったのでたしかに眠い、が、それは歓迎すべきことなのだ、それは習慣に反してというよりは、むしろ慎重さから出たもので、およそ不眠の度をさらに増しそうなものはすべて避け、えたいの知れぬ破局的な気分の変化と計画の変更へときみを導きかねぬあの反省と思い出の網の目のとりこにはなるまいと思ったからだし、自信と力とを取り戻してはいるが、一種の内的なめまいがつづき、きみをまたとらえている、この不安、旅ということに由来するこの根こぎにされているような感覚、きみは自分がそんな感覚にいつでもそれほど敏感だとは思ってもみなかっただろうが、その事実は、さっきのきみがずるずると押し流されるように思いこんでしまったほど、きみは年老いてもいないし、もうおしまいでも無感覚でも臆病でもないということを示している。

もの静かなこれら六人の旅客があいかわらず席についている、だれもかれもだまっている、もう本も読んでいない、年老いた男、年老いた女、アニェスとピエール、あのふたりのイタリア人労働者、きみはさっき彼らに名前をつけたが、どんな名前だったかもう覚えていない、そんな六人の旅客と一緒にいれば、食事中は考えようと思わなかったことがらを、いま冷静に検討しはじめることができるだろう。食事中のきみは、この旅行がいつもの旅行と同じようにスカベッリ商会のために、会社の経費で行う旅行なのだと考えるという術策を弄して、まるで明日の朝にもコルソ街のあの建物へ行って相談しなければならないことだとばかりに、現在の商会のいろいろな問題を熟慮反省したり、あるいはまるでコックか風俗学者にでもなったような気持で、いま食べているきみの好きなイタリア料理に注意を集中したり――この数日間、きみはイタリア料理に何度もお目にかかることになるし、ほかの料理にはお目にかかれないだろうが――、きみのテーブルや近くのテーブルでのイタリア語の会話に耳を傾けたりしていた、もうフランス人がほとんどいなかったからで、何人かいたことはいたのだが、そんなフランス人の大部分は一日じゅう列車に乗っていたため疲れてしまっていて、その話し声が聞えなかったからでもあった、残念ながらうまくは話せないながらもきみはイタリア語を愛しているのだ、いまはきみは冷静に

きみの旅行という問題を考察しはじめることができるだろう、きみの決意という問題、セシルの運命という問題、アンリエットにどう言うべきだろうかということを、いまやきみは満腹して、充分に休息もとり、さきほどきみを侵し、盲目にし、えらびとった道から遠くはずれたところへときみを迷いこませてしまっていたあの一種の混乱のなかにはいないのだから、きみのいまの全存在から、つまり、読んでいない本を目印にしておいたこの席にきみがいたという事実から、そのすべての意味を剝奪してしまう冷たく恥ずかしい暗闇のなかには、いまはもはやいないのだから、あんな状態は

ただたんに空腹のため、たんに疲労と三等車の居心地の悪さのためだった、きみの年齢ではもう三等車に乗ってローマまで行くというような若者じみた酔狂な行為は許されない（いやわたしは老人ではない、わたしは人生を生きはじめることを決意した、力を取りもどしたんだ、もうあんなことはみんなおしまいだ）、

きみ自身が風化しはじめていたためだった、軋みがきみの成功の表面に浮かび出てきていたためだった、だからこそ、この一歩を踏みだすべき重大なときだった、かりにもう数週間待っていたら、きみはたぶん、ぜひとも必要だったこの勇気を見つけだせなかったことだろう、そのなによりの証拠に、ついいましがた、そう、この車室のなかで、なにもかもが、いまにも消滅してしまいそうだった、

冷静になりたまえ、分別をもつんだ、もうそんなことは考えるな、やってしまったことなんだから、決定的な一歩を踏みだしてしまったのだから、わたしはここにいるのだ、きみはもういちどそう自分に言いきかせるべきだ、わたしはローマに行く、セシルだけのために、わたしがこの席に坐るのは彼女のためなのだ、この冒険を決意するだけの勇気がわたしにあったのだから。

だがそれにしても、なぜきみは扉口に立ったまま、つづいている車輛の動きに体をゆらゆらさせながら、ほとんど気にもしないで肩を扉の竪框《たてがまち》にぶつけているのだろう？　なぜきみは、急に邪魔された夢遊病者さながらに、そんなふうに立ちすくんでしまったのか、なぜこの車室のなかにはいるのをためらうのか、まるで、出発のときに自分の気に入っている席としてえらんだこの席に改めて腰をおろすと、すぐさま、さっきのいろ

いろな考えがどっと押しよせ、きみをまたも翻弄するとでもいうように。

みんなの視線がきみの上に集まり、正面の窓のなかに、ふらふら揺れているきみの像が見える、まるで酔っぱらって、いまにも倒れそうな男といったふうだ、と、雲の切れ目から月が出てきみの像を消してしまう。

この本を買ったからには、なぜそれを読まなかったのか、読んでいれば、たぶんあんな妄想からきみを守ってくれただろうに？　腰をおろし、それを手に取ったいまになっても、どうしてそれを開くことができないのか。その標題だけでも読もうという気持になぜならないのか。そこにピエールが立ちあがり、出て行く、窓ガラスのなかで月がのぼり、そして低くなってゆく、きみはこの本の背中しか見ないのか、まるで本の表紙が透明になってゆき、その下の白いページが見え、まるでページがきみの眼のまえでひとりでに繰られてゆくようだ、活字のならんだ行、その活字はさていったいどんな語を形成しているのだろう?

だが、この本をとにかくきみは開かなかったのだから、いまになってさえきみは標題も著者名も見たいという気にならないのだから、この本はきみの気持をきみ自身からそらし、きみの決意をきみの思い出の腐蝕作用から守り、その決意の表面を、それを侵蝕

し否定するすべてのものから守り、きみの妄想から守ってくれる、そんなことはどれもできなかったこの本だが、

しかしそれでもこの本は小説なのだから、まったくあてずっぽうに手に取ったものでもなく、出版されているすべての本のなかでまったくどれでもいいものというのでもなくて、この本は、それがあの駅の本屋の棚のなかで占めていた位置からして、またその標題や著者名からしても、小説というあるひとつの部門に属している、いまのきみは標題も著者名も忘れてしまったし、もうきみにはそんなものはどうでもいいのだが、その本を買ったときには、標題と著者名はきみになにかを想起させた、

きみの読んだことのないなにかを、だが、きみはもうそのなにかを読まないだろう、もう遅すぎるのだ、だが、その本のなかには、

この旅行のあいだじゅう、この車室のなかにつぎつぎとはいってはまた出て行ったひとびとにある程度似た人物が登場することをきみは知っている、いろいろな背景や事物や言葉や決定的な瞬間などが書かれていて、そうしたすべてがひとつの物語を構成している、

そんなこの本をきみは気晴らしのために買い求めたが、結局読まなかった、それはま

さしくきみがこの旅行中に、せめていちど、きみの行為において完全にきみ自身でありたいとねがったからだった、そしてまた、もしかりにこの本がこんな状況下にいるきみを充分に楽しませてくれるものであったとしても、それは、その内容がいまのきみの立場とたまたまひどく一致しているからであって、そのためこの本はきみの問題をきみ自身のまえにさらけ出してしまい、その結果きみの気持をまぎらすどころか、きみの計画ときみの美しい希望の解体からきみを守ってくれるどころか、事態をいっそう悪いほうに駆りたてることしかできなかっただろう、

この本のなかのどこかには、ひどくすこししか書かれていないかもしれないが、ひどく不自然で下手な書き方だろうが、きっと、困難な事態のなかにいて、なおどうにかして自分を救い出そうと思っているひとりの男がいるにちがいない、彼は旅のなかばにいるのだが、自分のとった道がはじめに考えた方面には通じていないということに気がついている、まるで砂漠か叢林地帯か森林のただなかで道に迷ってしまい、しかも枝々や蔓《つる》植物が彼の通ってきた跡を覆いかくし、踏み倒された草も起き直り、砂の上を吹く風が足跡を消してしまったために、そうした砂漠や叢林地帯や森林がいわば彼の背後で道をとざしてしまって、どこがこれまで自分を導いてきた道なのか、もう見つけだすこと

もできないとでもいうように。

本の背中をきみは見つめる、それから、きみの両手とワイシャツの袖口、今朝着たばかりなのに、もう袖口は汚れている、でもきみは到着までは、今夜のこの旅が終らないうちは、ひどい疲労を感じながら暁を迎えるまでは、それを取り換えることができないだろう、明日という一日はひどく歪んだかたちでしか実現されないであろう、なぜなら、そうだ、きみは改めて自分に言いきかせることができる、やってしまったと、決定的な一歩を踏みだしてしまった、だが、きみがこの列車に乗るときに踏みだしたと思っていた一歩とは別のもの、別の一歩なのだ、きみの計画を、きみにはとても明るく堅固に見えていたその最初のかたちでは放棄すること、この列車がそこへ運んでくれるときみが決意したきみの未来のあの輝かしい姿、パリでセシルと一緒にいとなむ愛と幸福の生活を放棄することになるのだから。冷静になりたまえ、分別をもつのだ、いまのきみは、この車室のなかではもうそんなことを考えてはならぬ。たったいま戻ってきたピエールがアニェスの横に坐り、彼女の額にすばやく接吻してから自分のまわりを眺める、彼女のほうは眠ろうとして眼を伏せる(明りはまだしばらくはついたままだろう)、ピエールがイタリア語会話入門書《アシミール》をまた開き、彼女と一緒に読みはじめる、彼らの唇が音綴《シラブル》をかたちづくるが、声はすこしも出さない。座席の上にある旅行案内書《ギード・ブルー》がすこし跳びはねている、一方、チョッキのポケットから大きな時計を取りだした黒服の老ゼカリヤは、時計の蓋を開け、耳につけて音を聞き（列車の大きな動揺と響きのなかで、どうして時計の動きが聞えるというのだろう？）、眺め（きみも時計を見る、十時半を過ぎてはいない）、蓋を閉め、ポケットに戻す、そのときふたりのイタリア人労働者が通路を通りかかった友人に合図をすると、友人のほうが上半身をひねり、片眼でまばたきして来るようにとせきたてるので、ふたりとも立ちあがり、リュックサックを席に置き、「失礼します《スクージ・スクージ》」と言ってきみのまえを通り、扉の敷居をまたぐや、声高にしゃべりはじめ、遠ざかり、別の車室にはいってゆく。

きみの横のイタリア人の老婦人は、あいかわらずおなかの上で腕を組んでいるが、唇はまえほど固く結んではいない、まるで旅行の危険から身を守るために、なにかお祈りをわが身につぶやいているとでもいうようだ、町の交叉点に憑《つ》きまとう悪魔に呪詛の言葉を吐きかけるとでもいうように、彼女のしわだらけの顔がときどきこわばる、突然、恐怖のうちに決断したとでもいうように、彼女の眼が大きく見開かれる、ついで彼女は冷静になり、瞼《まぶた》はなかば垂れ、唇の動きはほとんど認められなくなる、彼女の顎《あご》がわなわなとふるえ、彼女の年老いた皮膚のしわがかるくふるえているのは列車の震動のためではないかと思われるほどだ。

きみの向かい側にいる彼女の夫のほうはといえば、彼の顔も表情を見せはじめた。きみを眺め、自分に微笑し、まるで、きみがだれかのことを思い出させるとでもいうように、自分に物語を話してきかせている、と、急に残酷さと復讐心の小さな輝きが彼の年老いた眼のなかをかすめる、まるで、きみになにか深く恨むところがあるとでもいうように。

ノヴィ・リグレ駅通過。笠のなかで電球がふるえている。通路の向こうにもそれが映っている、映っているその像は、小さな明るい窓が点々と散在する黒い斜面のまえにくると揺れては歪む。

いや、すべてが語られることはないだろう、きみが言いたかったかもしれぬすべてが語られることはないだろう。はじめにのぞんでいたほど綿密な計画を立てることには成功しないだろう。なるほどいろいろな日付が決定されはするだろうが、それらは最初の計画にしたがった日付、きみがアンリエットを棄て、想い描いていた住居にセシルと一緒に決定的に居を構える日付ではまったくない。

きみがわざわざローマまで来て、彼女のねがっていたパリでの職場を見つけたと告げるからには、きみたちはきっと和解しているだろう、が、その和解も、あまりにも薄く脆《もろ》い表皮でしかなく、和解したにもかかわらず、きみ自身としては自分が彼女から遠くはなれてしまっていると知るだろう。あいかわらずきみのなかにはあの不安がある、いやそれは、まえにも増してきみを大きく蝕《むしば》んでゆく不安であるにちがいない、というのも、きみが彼女の眼にきらめかせた職場に心を惹かれて、彼女がきみと一緒に住むようになったとき、きみたちの愛がいったいどう変わってゆくだろうかと震えながら不安に思うからだ、じつは彼女のほうにしても、かならずやきみが繰り返し口にした愛の宣言や誓いの罠にかかって考えちがいをしていたのだし、きみのほうも、自由の地ローマで彼女と一緒に数日を過ごし、彼女に身も心も捧げきるという胸を深く揺り動かすような幸福感のうちに、情熱に燃えて、愛の宣言や誓いを強調するのだが、その口調が情熱的だったのは、じつは未来が不確実で、危険と失望にみちみちていると感じられていたからだった。

だれかのたのみで車室の電灯が消されてからあとのこと、チヴィタヴェッキアの駅を過ぎて海岸に沿って走っているころには、じつは旅行がはじまってまだそれほどでもないのに、きみはもう今回の旅行の疲労をまえもって感じていることだろう、しかし眠りはやってこない、きみは、すこしでもらくな姿勢をむなしく探し、停まるたびごとに体を立て直し、そういうきみを黒々としたインクと皮肉とですでに追いかけはじめているかずかずの悪夢を追い払おうと努力しているだろう。

ジェノヴァでは、きみはこの三等車室に堪えられなくなってそとに出るだろう。まだ夜は明けていない、窓のカーテンは、あいかわらず下げられたままだろう、車内照明灯のなかでは、いぜんとして青い終夜灯が車室内の男女たちの顔をその光で染めて、彼らは口を開けて、胸のむかつくようなよどんだ空気のなかで重苦しく呼吸しているだろう。

きみが戻ってくるときには、雨の降る寒くて陰鬱な朝の刺すような光が彼らの眼を開かせているだろう。すこしずつアルプスをのぼって行くとき、きみのローマ滞在中の昂揚したきみの言葉で動きはじめた事態が、以後どんなふうに展開してゆくだろうかなど、あまり考えまいとして、きみは本を読もうと試みるだろう、そのとき、国境に近づいてゆくきみが手にもっている本は、いまここにあるこの本かもしれぬ、きみがローマで過ごす夜々はすることがたくさんあるし、それに、こんどは、はじめてきみは深夜疲れた足を引きずり不幸を呪いながらクィリナーレ・ホテルに戻る必要がないのだから、この本でさえ、たぶんローマ滞在中に読み終っていないだろう、いやもしかすると、あいかわらずきみは読みはじめてさえいないかもしれぬ、あるいはローマ終着駅で別の本を買ったかもしれないが、税関通過のとき読みさしのまま閉じたその本の主題は、たとえば森のなかで道に迷ったひとりの男であるにちがいない、森は背後で閉じてしまい、踏み入った枯葉の堆積の上には足跡はなにひとつ残っていないので、これからさき、どの方向に行けばよいのか決定しようにも、ここまで導いてきた道がどれなのか見つけだすこともできず、

（馬の足音を耳にして、その馬はすぐそばまで近づいてくるように思えるが、また遠ざかってゆく、と同時に一種の唸り声があたりに反響する、まるでその馬に乗った騎士も道に迷っていて助けを求めているかのようだ、

突然彼*は柵につきあたり、さきへは進めないので、その柵に沿って進まねばならぬ、しだいに呼吸が苦しくなり、耳を聾するばかりはげしく降りだした雨のため眼を開けていられない、

すると、暖かそうな服を着て武装した男が現われ、ポケットから龕灯提灯《がんどうぢょうちん》を取りだしてあたりをくまなく照らし、篠つく雨をとおして、疲れきった顔と、ふるえながら上げた両手を認め、

ベルトに差し込んである一冊の本を見つけてそれを開くと、雨に洗われたそのページはすこしずつ溶け、散りぢりになってしまう、武装した男はひひひと笑う、そして男は身を縮ませ、小屋のなかに消えてしまう、巨大な土塊《つちくれ》に似ていた小屋、あとに道が開ける）、

税関通過のため、いったん本を閉じて、きみは税関吏に旅券を示し、トンネルをぬけたあとでまたその本を読もうとしはじめるだろう、フランス側の斜面の上を、影にべっとりと覆われたけわしい谷間を下りながら、だが、そうやって本に気持を集中しようと試みても、きみは、これからまさに始まろうとしている生活を不快なまでにあまりにもありありと想い浮かべてしまう、ダニエル＝カザノヴァ街の向こう側のデュリユー旅行社の二階でセシルが働いているのを眼にしながら、きみがパリのきみの事務所で働く日々のことを、セシルは自分の夢想の都市に着いた当初は、彼女がきみに考え出させたあのすばらしい張りのある生活をきみたちが一緒に生きるだろうと想像していたが、まも

なくこんなはずではなかったと気がつく、彼女がまだローマにいたころとは比較にならぬほどきみは彼女から遠くはなれてしまっている、ときにはベッドをともにすることもあるが、もうとくにおたがいに話すこともなく、きみたちが憎しみとはげしい失望のまなざしを投げあうこともときにあって、ついには彼女はパリを去らねばならなくなるだろう、きみはじつに痛ましい気持で彼女をローマに送りかえす手筈をいろいろと整えなければならなくなるだろう、きみが彼女に会うたびに、きみの人生のなかで、もっとも大きかった自己解放への試みが滑稽なやりかたで道から逸《そ》れ、変質してしまったそのありさまが、きみの顔の上にたたきつけられることだろう、

そんなことを考えまいとしてきみはその本に没頭するだろう、ラマルティーヌの悲歌の湖に沿ってきみが走っているそのときには、なにか変更するにはもうあまりにも遅すぎるのだ、きみが彼女のために立てた計画のすべてを打ち明けたら、先のことはなにもわからぬまま、彼女は数日間はほんとうに幸せそうに見えることだろう、そう思うだけでも、計画を断念するよう彼女を説得することはまったく不可能なのだ、その理由を説明してみたところで、きっと彼女は言葉どおりには受け取らずに、きみにふたたび勇気をふるい起させようと努力し、またまたきみの臆病を糾弾することだろう、彼女の寄せ

る信頼、彼女の示す感謝、彼女の不意の驚きにはどうにも抗しきれぬことだろう。ブールでもう黄昏《たそがれ》となるだろう。マコンでは暗い夜になっているだろう。過ぎてきた数日間、いまから見ればこれからさきの数日間の出来事がふたたびきみの頭をよぎるだろう。パリで彼女のための職場を見つけた、いろいろな友人までが住居を貸してくれると申し出てくれたということを彼女に言わずにおくのに成功して喜んでいるかもしれない、それを言わずにおく、彼女から何度も繰りかえしてパリに職を探してくれとたのまれていたのに、そうだ、彼女にこう信じさせるのだ、八方手をつくして探したところ、うまい話にぶつかったと思って、そのためにこの秘密のローマ行きの準備をしたのだが、出発まぎわになって、なにもかもすっかりだめになってしまった、そう、もちろんこれからも探しつづけるし、いまもひとつあてがあって、そいつはきっとうまく決まりそうだ、と、彼女を喜ばせるため、彼女が生活の変化をまえもって楽しむためにそう信じさせるのだ、じつは、その変化はいつになっても起らないのだが。

そんなふうにすればアンリエットとの争いの心構えをする必要もない、彼女にどう言うべきか、それともなにをだまっているべきかなどと考える必要もない、彼女に関しては、なにも変わったことは起らないのだから、そしてきみは、たぶんたくさんの雨滴に覆われているであろう暗い窓ガラスをとおして、明りのついた通路の窓が暗闇をかすめるとき、朽ちてゆく落葉に覆われた土手や、フォンテーヌブローの森のたくさんの樹の幹の一部分が完全な暗闇のなかから姿をあらわすのをじっと眺めているだろう、車軸の響きをとおして、はるかに遠い馬の足音と、「きみにはわたしの言葉が聞えるか」という例の皮肉たっぷりの言葉が耳もとに聞えるように思うだろう。

それから、雨の降るパリの夜、三等車での旅行でへとへとに疲れたきみは、ただひとりでリヨン駅に到着するのだ、来週の火曜日、二十一時五十四分に、そしてきみはタクシーを呼ぶ。

通路の向こうには、いくつかの遠い自動車のヘッドライトが照らす曲がりくねった細い道の上に、峡谷がぽっかり口を開けて地平線をのぞかせて、大きな羽と鶏冠《とさか》をつけた鳥の頭のようなかたちをした雲を押しわけながら月がまた姿をあらわす。きみの正面の老人は眼を薄く開けて、なにか長い定型詩をひとりで朗読して、節の切れ目にくるたびに両肩をゆすぶっているといったふうに見える、その老人の頭の背後では、彼の黒い帽子に一部分隠された山の写真が、鋸歯状《のこぎりば》の暗い一種の光背のようなものをつくりだしている。窓の向こうに長い貨物列車が過ぎる。

リヴォルノを過ぎてからはまだ停まっていなかった。そのときはローマ急行だった。きみはマレンマ沼地を横切っていた。きみの左側、食堂車の窓の向こうには、耕された畠のあいだや鹿毛《かげ》色の葉の茂った樹々のあいだの運河を太陽が輝かせていた、グロッセートの街が見えはじめたとき、きみは長い貨物列車とすれちがった。

それからきみの正面にはイタリアの婦人がいた、夫を従えた大柄のローマの女で、夫のほうはポケットから明るい紫色の革で装釘した小さな備忘録を取りだして神経質そうになにかを記入したり、線を引いたり、なにかを確かめたりして時を過ごしていたが、彼女のほうはその大きな黒い眼で自分のまわりをぐるりと見わたし、未知のひとりひとりに微笑を送り、きみにも微笑してから、きらきらと輝きはじめていたカーテンを下げていいかときみにたずねた。

きみはオレンジの皮をむきながら彼女の手入れのゆきとどいた手に見とれ、六時半にファルネーゼ広場のバーで会う約束をしてあるセシルのことを考えていた、いまごろは彼女はどこで昼食をとっていることだろうか、彼女の部屋でだろうか、それとも彼女の好きなどこかの小さなレストランでだろうか、きっときみのこと、きみたちが一緒にその夜することを考えているだろう、こんどこそ彼女の待ちこがれているニュースをきみがもたらしてくれる、きみが決意してほしいとのぞんでいた、彼女に対する決定的な決断をもたらしてくれる、彼女があれほどのぞんでいたパリでの職場を、きみがようやく見つけたという知らせをもたらしてくれる、そんな期待に胸をふくらませて。

一等車室に戻ると、きみはひとりきりだった、ときどき海が見え、きみは棚にのせておいた背教者ユリアヌス帝の書簡集を手に取ったが、本を両手にもったまま開かず、タルクィニアの駅と、樹の生えていない山を背景に、灰色の塔がいくつかそびえている町が遠くに流れてゆくのを眺めていると、開けはなった窓からは、ときどき爽やかな風とともに砂がすこし舞いこんできた。それからきみは、庖丁のかたちをした日射しが座席のクッションの上にしだいに長く伸びてゆくのをじっと見つめていた。

道にはなんの障害物もなかった。反対側は高い草の生えた草原で、その無数の草は曙の風に乾いていた。

草の茂みのあいだが開けると、彼には、砂埃《すなぼこり》の幕の向こうの地平線に山々の凹凸が見え、その山とのあいだには裂け目があり、彼がそこに近づくにつれてだんだんとその深さをのぞかせてくる、峡谷だ、底のほうに川が流れているらしく、彼は茨の枝に引っかかりながら峡谷の岩壁を下りはじめてゆく。だが、彼が草をつかもうとすると、根が抜けてしまう。石の上に足を停めようとすると、石はぼろぼろに崩れ、石の下が露出し、石はつぎつぎと下のほうへところがり落ちていって、そのころがり落ちる音も下のほうのあたり一面になりひびく轟音のただなかに消えていってしまう、そんななかを、しだいに夜が近づき、空の帯が紫色に変わってゆく。

きみの正面の座席のクッションの上をゆっくりと伸びていった大きな日射しは、クッションのぶあつい布をすこしずつ侵していったが、線路の曲がり目にくると、ふるえている床の上にまで流れはじめ、ついで、すこしずつ車室から引きさがっていった。

いつかは、なんらかの決定をしなければならぬだろうとはわかっていたが、決定の時期がこんなにすぐ訪れようとは、そのときのきみはまだ思ってもいなかった。べつに、時期を早めようとはすこしも思わず、事態はひとりでになんとかおさまってゆくだろう、なにか機会が訪れ、この恋愛事件もひとりでに新しい展開を見せるだろうと期待しながら、

セシルの未来のことも考えず、彼女と共同生活をしようなどと設計も立てず、現在の

きみたちの関係も反省せず、きみたちの共通の思い出に思いをめぐらすこともなく、

膝の上に、読み終っていた背教者ユリアヌス帝の書簡集を閉じて指でもったまま、きみの心はなによりもスカベッリ商会の仕事に占められていた、たしかにきみはそんな仕事のことを呪い、心から追い払おうと試みてはいたが、用事もひどくさし迫っていて、十五時三十分に約束してある会議までほとんど時間の余裕がないということが、たえずきみの考えを仕事のほうへと押しもどし、数字や署名や、フランス支社再編成の提案や宣伝計画のあいだをとおしてしかセシルの顔が浮かばず、セシルの声も仕草も、商売のことを話す声の響きをとおして、売買契約の明細や売り上げの数字の幕をとおして、こっそり識別することしかできなかった。

まず、この障壁、この境界を越えねばならなかった、そうすれば、彼女の眼、彼女の歩み、彼女の腕のなかに憩《いこ》いがあるだろう、あの休暇が、あの閑暇が、あの若返りが、あの新しい視野があるだろう。

深夜クィリナーレ・ホテルに帰らねばならぬということを、いまからまえもって嘆くだけの余裕がきみにはまったくなかった、ほかのことが頭をはなれなかったからだ、あのまったく散文的な時間、あのばかげた問題、どうにも弁護できぬ争い、そんな仕事す

べてのために、きみはきみの人生を失っている、その結果として重要なのは、ただ、より確実な地位をうること、きみから遠く遠くはなれている妻や子供たちの人生をらくにしてやるための昇給の希望、それだけなのだ、

というのも、そのときのきみはセシルのためにローマに行くのではなかったからだ、今日のようにセシルがきみの旅行の唯一の理由というのではなかった、上役が命令して出張旅費を払う旅行だった。彼女に会うという幸福も、きみが上役たちに隠れて手に入れるものだった。それは、きみの隷属状態に対する大きな復讐だった、たえず上役たちのために戦い、きみの利益ではなく、彼らの眼に見えぬ利益を守るようにたえず強いられて、きみが堕落のさなかへと陥らされていることへの復讐だったのであり、言ってみればきみ自身に対するじつに穏やかな裏切りにほかならなかった。

ああ、この勤勉な恥辱と強制された忙しさに満ちた領域、それをひとは庇護者の視線をまえにしては献身へと偽装しようと試み、自分がその庇護者であるようなひとびとの視線をまえにしては熱中へと偽装しようと試み、しかも、そういうひとびとが夢中になってそこに巻きこまれると、口には出さぬながらも彼らを罵る、――ああ、そういう領域のかなたで、彼女の姿はきみの眼になんという解放として映っていたことだろう、き

みの本性への回帰、休息、微笑と焔、熱く、傷を癒やし、清める純粋な水、あの愚劣さのすべてからの離別、まるで、きみをやさしく包みこんでくれる無限の深みのような彼女の眼、だがそのときのきみは、そういう彼女の眼のことをあまり考えられないことを嘆いていたのだった、きみの頭のなかでは、間近に迫った会談のときに使わねばならぬ手際のいい言葉遣いがまたまたむし返されていた、その会談できみ自身を擁護し、きみの地位を手に入れようとしている妬み深いひとびとに対してきみの立場を守るため、きみのぜひとも守るべきものでもなく、じつをいえば、だれにとってもそうでないものに奉仕するためにきみが使わねばならぬ手際のいい言葉遣いが、そんなことを感じながらも、きみは冷静、勇気、穏やかな表情、生の喜びを取りもどしていった、日射しのなかを静かに揺れている松の樹々を見つめながら！

窓には、この車室内のありさまがふるえながらもきわめて正確に映しだされていて、すこし頭をまえに出すと、その反映のなかに、眼をなかば閉じてじっと動かない老イタリア婦人の姿の向こうに、きみ自身の姿を見ることができ、そのきみ自身の映像からほんのすこし遠くに、まるできみをすりつぶす石臼《いしうす》のように、まるで山の断崖か、峡谷の絶壁に沿ってきみが落下しつつあるかと思うと、それは大きな岩だとわかり、トンネルの口がぽっかり開いている。アニェスは眠っている、ピエールはそういう彼女をじっと見つめている、そして混じりあった彼らの髪の上では、*コンカルノーの写真のなかの一艘の小舟が動いているように見える。鉄の床暖房の上を、彼らの足がぶらぶらと揺れ、床の表面をこすっている。

しかし、こんどは彼女だけのためにきみは来たのだ、こんどこそはきみはついに決意を固めたのだ、が、その決意も、この旅のあいだにすこしずつ色褪せ、黒焦げになり、もうそれがあの固い決意だったとは見わけのつかぬものとなって、いまでもなお変貌をつづけ、きみには、その見るも恐ろしい潮解過程にブレーキをかけることがどうしてもできない。こんどはきみはこの本を読まなかった、きみが指のあいだにもっている本、開きさえしなかった、その標題さえ知らない、知るまいとのぞんでいるのだ、なぜなら、こんどのきみには仕事がないのだから、きみを支配していたあの外部のあわただしさを中断してしまったのだから、こんどはスカベッリ商会の仕事という巨大な遮断幕が、きみ自身ときみの愛情のあいだに介入してはいないのだから、なにをしていたか、なにが起っていたかを正確には知らぬまま、事態が進行をつづけて臨界点に達してしまい、それまでに考えていた手筈に一大変更をもたらし、それまでに打ち建てられていた慣例と断絶することを強いてきたので、きみはまさに追いつめられてしまったのだから。それ以後のきみは、将来の生活の構造を、客車の揺れのためいくらか明晰になった眼で、まえよりも注意深く検討しなければならぬ羽目に立ち到っていた、たしかにきみは今朝まではまだその将来の生活を、きわめて綿密に、きわめて完璧に、まったく決定的に整えられたものとして想像していたのだが、現在の自分の状況を反省しなければならぬ羽目に立ち到ったきみは、すっかり忘れ去り、お払い箱にしていた古い思い出のすべてに扉をひろびろと開けてしまうと、その思い出のうちできみのなかに残っていたあるもの(といって、きみがそのことをまったく考えていなかった以上、それをきみ自身と呼ぶことができるだろうか)、きみのそれまでの思考をまさしく規正していたし、きみ自身をみごとに庇護していたと思っていたなにかある思い出、――まさしくそのなにかしらが、事態の急激な変化、この旅行の新しさ、そのつねならぬ相貌によってあふれ出てしまったのだ。これまではどうにかこうにか覆いかくすことに成功していたきみ自身のなかにある別な心の力域が、いまや繰りひろげられ、白日にさらされているのだが、その心の力域もだんだんと衰え、消失しつつある。

そんなわけで、あの不運だったセシルのパリ滞在の終結、あの列車のなかでの出会いの思い出がいまきみの心にのしかかってくる、そのときもやはり車室の等級と金という呪わしい問題ゆえにえらんだ、今日のこの列車と同じ列車のなかで、リヨン駅を出発してずいぶんたってからやっと出会ったときの思い出が。きみたちはリヨン駅のプラットホームで会う約束をしてあったが、その約束も、駅のプラットホームで、という大まかな原則だけで細かなことはきめてなかった、出発まえ、きみは何日ものあいだ彼女に会わなかったし、彼女のほうでも帰りの切符は来たときからもっていたからだけれど、出会うのがずっと遅れたわけは、きみが寝坊して、駅でタクシーから飛びおりたときにはもう八時五分すぎにもなっていて、ゴーロワーズを買うひまさえなく、発車ぎりぎりまでプラットホームで待っていたが彼女は姿をあらわさない、そのうち列車はごとりと動きはじめてしまった。列車は満員だった、いまのこの列車よりもずっと混んでいた。ひとでいっぱいの通路のなかをきみはかきわけて進み、車室をしらみつぶしに調べながら、考えていた、彼女は見つからないのではないか、彼女はこの列車に乗っていないのではないか、パリにおけるきみ、きみの立場を見て期待をあまりにも裏切られ、きみにもううんざりしてしまって、きみに知らせもしないで出発を遅らせてしまったのではないか、それならば差額分を払って一等車に乗り換えよう、すくなくとも確実に坐れるだろうから、そう考えて、

朝食を供していた食堂車まで来て、そこに腰をおろし（朝食はすませていたが、すっかり息が切れてしまったのだ）、きみは考えた、――いま彼女がいない以上、わたしはローマでどうしたらいいだろう？　明日モンテ・デッラ・ファリーナ街に彼女が帰ってきているかどうか見に行こう、もし帰っていなかったら出発まで毎日見に行ってみよう、と、窓ぎわの席で紅茶を注文したきみは、雨滴に覆われた窓をとおして、レールを、転轍機を、レールのあいだの小石をじっと見つめていた、ひどく赤錆のついている小石もあれば、それほどでもないのもあった、

それから、スーツケースを手にもって、食堂車からさきの機関車よりの列車の前半部を調べだすと、突然、「レオン！」と叫ぶ声が聞えるので、きみはふりむいた、扉のところに立ちどまったきみに、彼女は話しかけた。

「もうきっといらっしゃらない、きっと旅行の日程を変えてしまったんだと思っていたの。席を取ってあったんだけど、汽車が動きだしてもうずいぶんになったので、取っ

ておいてもしようがないと思って」

きみは通路に立ったまま、煙草も吸わず、なにも言わずに、読みかけの本にまた向かっていた彼女の姿を見つめていたが、やがて窓に肱をつき、こう考えた、――どうすればうまい具合にことがはこぶだろう？　せめてだれかがラロッシュかディジョンで降りてくれさえすればいい、彼女の横に坐ることができればいいんだ！　きみの眼は森の濡れた枯葉とほとんど葉の落ちてしまった大きな樹々に放心したように注がれていた。

ところで、もうずいぶんまえから虚脱状態に陥っていた彼は、平原のなかをえぐるように流れる川のざわめきにじっと耳を傾けていたのだが、川のおもてのさざ波には月影が千々にきらめいていた、というのも三日月がくっきりと空にのぼり、両岸の絶壁の接近した上縁のあいだに、まるで一艘の小舟のようにその弦角を浮かべていたからで、彼は川の向こう側に、なにか馬の足音のようなもの、そしてある叫び声まで聞きとったように思った、短い音綴《シラブル》が岩から岩へと反響してゆく、まるで彼のいることに気がついただれかが、彼に出会おうと努めているかのように、反響する音綴、「きみはだれだ？」

彼は浅瀬を探して川に沿って進むが、しだいに狭まってくる岩壁に沿いながら滑る。彼は前方にくずおれ、石のあいだの砂にのめり込む、すると他方で、周囲のざわめきの音は反響していっそう強まり、彼は急流に運ばれ押し流されて、岩の上に打ちあげられたので、その岩の上をふたたびよじ登りはじめ、激しい風がひゅうひゅうと音を立てて流れ出る*洞窟の入口に達する。横になれる平らな表面《とこ》はないかとあたりを手で探ってみるが、適当な所は片隅しかなく、あきらめてそこに腰をおろす。横にはなれないが、こめかみを垂直に切り立った岩壁に押しあてる、たぶん大理石の岩脈だ、窓ガラスのように滑らかで冷たく爽やかだ。彼の呼吸はふたたび規則正しくなる。彼は煙の匂いを鼻に感じはじめる。

　フォンテーヌブローの森の枯葉と花のない庭園のなかに積み上げられ燃えている枯葉を放心したように見つめながら、きみは、本に没頭しているセシルに煙草をくれとたのむ気持になれなかった、ハンドバッグにもっているはずなのだが、そういう物乞いの動作から行動をはじめるのがいやだったのだ。きみはポケットからマッチ箱を取りだし、なかに三本しか残っていなかったマッチを、片方の肱を窓の横棒にあずけたまま、一本また一本とつけていった、どれもすぐ消えてしまう、たぶん通路のはしのガラス窓がなかば開いていたのだろう。顔をあげると、セシルがきみをじっと見ながら面白がっているのに気がついて、そこできみがすこし身を引くと、彼女はすぐ車室から出てきてきみに近づき、煙草を口にくわえて火を貸してくれとたのんだ。しかしきみが空のマッチ箱を見せると、彼女はライターを取りに戻った。

「あなたも吸う?」

「いや、いらない」

「お坐りにならない?」

「席がふたつ空くまで待つよ」

「きっとだれかがディジョンで降りるわね」

彼女は指先を小刻みに動かして灰を落した。街の上方に灰色にそびえるサンスの大聖堂がゆっくりと過ぎていった。きみたちはイヨンヌ川に沿って走っていた。

「何時にお昼を召しあがるおつもり?」

「席を予約するひまがなかった。出発まぎわに来たんだ。昨日の夜寝たのが遅かったし、この数日間ひどく忙しかったもので」

「わたしたちふたりとも、この数日間はひどく忙しかったわね」

「もうすぐ給仕が来るだろう」

「もう来たわ。第一回目のサーヴィス時間の予約券を一枚買ってあるの。もしあなたがこの列車に乗っていると考えたら、二枚買っておいたところなんだけど」

「ぼくが紅茶を飲んでいたあいだに給仕がまわったんだな。ぼくだって、きみはこれに乗っていないと思っていた。きみを探して列車の半分を歩いてしまったんだ」

「一緒に行ってみましょうよ。席があるかもしれないわ、もしかしたら……」

「給仕頭はぼくを知っているからね。さあ坐りたまえ。ぼくのためにディジョンまで立っていることもないだろう」

だがその車室内では、ラロッシュでもディジョンでも、だれひとりとして降りなかった。食事のときもふたりならんで席を占めるためにはしばらく待たねばならなかった。しかも、そうまでしても、きみたちはほんとうに胸を打ち明けて話すことができなかった、きみたちと同じテーブルに別のふたり、夫とその妻がいて、がみがみどなりあっていたので。

「ローマへ行けば自由になれる。九時にスカベッリ商会に行く用があり、ばかなことに仕事の話で昼食を一緒にする約束をしてしまったけど、六時以後はもうなにもない。ファルネーゼ広場へ行ってきみを待っているよ」

「ローマへ行けば……」

「ローマが嫌いなような口をきくね」

「好きよ、とくにあなたと一緒にいられるときは」

「できればいつでもローマにいたい」

「わたしはあなたと一緒にパリにいたい」

「昨日までのことはもう考えるなよ。こんどパリに来るときには全然ちがったものになるから」

「もうあのこと、あなたには話さない」

鉄の床暖房の上に、きみが指のあいだにもっていた本が落ちたところだった。頭をあげると、鏡のなかに、山の写真と船の写真にはさまれて、カルカソンヌの塔と胸壁の銃眼が見える、その写真の下にあの労働者のうちのひとりのリュックサック。小さな駅を通過する、ひとけがなく、数個の電灯がベンチと時計と送り出すべきいくつかのコンテナを照らしだしているだけだ。

そのうち騒音が倍になる、まるでなかなかいうことをきかない釘を金槌で腹を立てながらがんがんとたたくように、窓ガラスのなかに反対方向に走る列車の明りのついた窓がつぎつぎと全速力でとおり過ぎてゆく、きみがこのまえの旅行の帰りに乗ったローマ発パリ行急行だ。

列車の静かな横揺れに体をあずけたまま、あいかわらずじっとしているふたりの老人が、おたがいの顔を見て、なれあいの微笑を浮かべている。

ポケットをさぐるとゴーロワーズがもう二本しか残っていない、しかもさっきナツィオナーレを買うのを忘れてしまった。きみは体を動かして別の姿勢をとってみる。明りが堪えがたくなってきたので眼を閉じる。いまのところは眠ることは問題ではない。いや、ひと晩じゅう眠ることなど問題にならぬだろう。きみはだいぶ元気になったが、いまのように脚を組んだ姿勢を長いあいだつづけることはできないだろう。

煙の匂いがするからには、この洞穴のなかにだれか生きた人間がいるにちがいない。彼は天井に頭をぶつけないようにと注意して立ちあがり、両手を岩に押しあてながら進む、と、煙の匂いがだんだん強くなる。

曲がり角までくると、水がじくじくと滲み出し、霧の立ちこめた大きな部屋のまんなかに火が燃え、霧のなかを大きなオレンジ色の光がゆらめいているのを彼は認める。近づくと、だれか別のひとの重苦しい、しわがれた息が聞える、老婆の息だ、身動きもせず大きな本を見つめている、頭を動かさず、ただ眼だけを彼のほうに動かし、嘲《あざけ》るような微笑を浮かべ、ささやく(だが、そのささやきは驚くほど増幅されて、列車がトンネルをぬけるときの響きのようで、彼女がなにを話しているか理解するのはとても困難だ)

「あの森や草原や岩地でさぞお疲れのことだろう、だが、いまのおまえにはすこし休む権利がある、休んでわたしの言うことをお聞き、おまえがきっとずいぶんまえから綿密に考えていた質問をわたしに訊ねなさい、そうとも、こんな危険な冒険へと乗り出したからには、さだめしはっきりと決まった理由、しっかり反省し、すっかり熟した理由があるにちがいない。ほれ、この霧とわたしの赤い火をとおして、おまえのその変わった服の上にへばりついているのが見える二枚の紙に、その理由が書いてあるにちがいない。おまえの服のかたちがくずれ、色が変わってしまっているところから見ると、だいぶ遠くから来たようだが。

「どうしてわたしに話をしないのだね? わたしが知らないと思って*いるのだろうが、おまえもまた、おまえの種族の未来を教えてもらうために、おまえの父を探しに来たのとちがうかね?」

そこで、息をつまらせ、どもりながら、

「ぼくを冷笑なさるには及びません、ぼくはなんにものぞみません、巫女《シビラ》よ、ぼくのねがいは、ただ、ここを出て家に帰ること、歩きはじめていた道に戻って、また歩きつづけることだけなんです。あなたがぼくと同じ国語を話されるからには、ぼくの衰弱をどうかすこしは憐れんでください。あなたに敬意を表することもできず、あなたの気にいり、あなたの返答を引きだすような言葉を語ることのできぬぼくの状態を憐れんでください」

「その迷えるものの旅行案内書《ギード・ブルー》の紙の上には、その言葉は書いてないのかね?」

「ああ、巫女《シビラ》よ、書いてありません。たとえ書いてあってもぼくには読めないのです」

「さあ、竈《かまど》*で焼いたこのふたつの菓子をもたせてやることはできるが、さてさて、おまえが光のあるところに戻れるかどうか」

「黄金の小枝*があるではありませんか、ぼくを導き、柵を開いてくれるあの黄金の小枝が?」

「いや、おまえにはやれぬ。おまえのように自分の真の欲望を知らぬひとびとにはやれぬ。おまえは、このかすかな火が消えたのちに現われるぼんやりした光しかたよりにできないのだ」

あたりにはもはや濃い雲がたちこめているだけだ、そしてはるかかなたに、つんと鼻をさす霧をとおしてなにか銀色の光が見える。彼は歩きはじめる。

脚を組んでいられなくなって、きみはまるで歩くように脚を片方ずつ動かしてらくにする、と、きみの正面の老イタリア人の足にぶつかり、老イタリア人はまるで眠っているように身動きもしない、だがその眼は開いていて、すこしまえからずっときみを見つめて動かない、まるできみの唇の動きを楽しんでいるかのようだ、まるでなにか夢を見ていて、その夢できみの唇の動きに説明がつくとでもいうかのようだ。

この列車の動き、横揺れ、響き、明り、そのすべてがきみに重くのしかかりはじめる。これまでの長い時間と距離のあいだに蓄積された疲労が、これまではきみはしかるべく抵抗してきたものの、いまや、まるで巨大な干し草の堆積となってきみに襲いかかり、横になりたいという激しい欲望がきみを捉えるのだが、きみは横になれない、この老イタリア婦人の邪魔をすることができないし、ピエールよりもきみのほうが耐久力がないということを示したくないのだ。アニェスを自分の肩によりかからせて眠らせているピエール、うち見たところ、きみほどこの沿線に慣れていないにちがいない、きっとパリ＝ローマ間の旅行ははじめてにちがいないのだが、彼は、いぜんとして微笑を浮かべて、アニェスを愛撫している、そんなピエールを老イタリア婦人がじっと見つめている、そのまなざしはすこし張りを失って眠そうだが、そのまなざしを染めているのは、苛酷で執拗な幾歳月を通りぬけたのちに、いつしか彼女の表情として浮かびあがっているもののような、好意の表情なのだ。

きみは隅に体を固定し、瞼をなかば閉じる、するとその瞼のすきまから、まるで居酒屋の鎧戸をとおして見るように、そう、きみは、気に入らぬ酔い加減を眠りへと導くのにぜひとも必要な小銭をポケットの底からうまく取りだせない酔っぱらいのようだ、ぼんやりした霧のなか、ざわめきのなかに四つの顔がゆらゆら揺れているのがきみに見える、それから四角い夜の闇、それはきみの左側にあり、ときどき闇の深さが変わる、そう、きみの左側だ、あの窓にうつる反映の奥だ。そして反対側は通路、そのなかを金属性の音が近づいてくる、イタリア人の検札係の足音だ。

そのとき、きみの上のほうのふたつの頸椎骨のあいだ、環椎《かんつい》と、軸椎《じくつい》のあいだに(たっぷりとした食事の風味というものもずいぶん昔のものだが、これもまたひどく昔に聞いた名前だ、ずっと昔、博物学の講義かなにかで聞いたのだろうか)、まるで細い錆びた針をちくちくと刺しこまれるような鈍痛をきみが感じているところに、帽子をかぶった男が引き戸を開け、ひげをはやした口できみに「切符を拝見させて下さい」とイタリア語でたのむ。頸が痛くてうまくまわらないのに苦しみながら、きみは外套と上衣のポケットを探る、ズボンのなかを探ったとき、やっときみはその薄い紙片を探りあてる、どうしてそこに入れてしまったのかわからない、ふつうは習慣どおり札入れに入れておくはずなのに。さっきもたしか検札係が来たはずだ、この検札係だ、きみが食堂車にいたときだけれど、そのときのこの男は、こんなふうにきみの顔をじろじろと見はしなかった。彼はきみを一等車の客だと思っていたにちがいない。たぶんきみを一等車でよく見かけたのだろう。それで、こんどは三等車にきみがいるのにびっくりしたのだろう。きみが破産したのではないかと考えているにちがいない。彼は検札鋏で帽子に触れる。引き戸をはげしく閉める。

第二頸椎と第三頸椎のあいだで、尖端の錆びた別の長い針が突き刺さるべき場所を探している、ねじこまれるように刺さる、すると、きみの背中一面で、ほかの尖端があちこちを刺しはじめ、きみは背凭れで背中をこする、すると尖端はさらに深く刺さる、一ダースくらいの尖端が深く刺さってしまい、きみは動けない、まるで、かずかずの爪や歯が深くくい込んでゆくようだ、まだほかにも尖端がある、十五本の歯の尖端が上下に並んでいる顎、その顎の歯の尖端がまるでそれぞれ自由に動けるように背中を引っ掻きまわし、突然その歯がかみあわされ、きみは思わず体を硬直させる。

うしろをふりむきたくない。とげとげしい蛇の口の吐息を感じ、その無情などんよりしたまなざしや鱗を見るのが怖いのだ。冷たい蛇の尾がきみの両脚のまわりに絡みついて、どうしてもそれをふりほどけない。

きみの正面の老人が立ちあがる。まるできみに「ごらんなさい、わたしはこんなにらくに体を動かせますよ」とでも言わんばかりの態度だ。扉のほうにふわふわと浮いてゆくように見える、ほとんど手も触れないのに扉が彼のまえでひろく開き、彼は消えてゆく。

車内照明灯のなかで電球が揺れている、まるで、いまにも突然消えそうに電球の光がまたたく。アニェスがぴくりと体を起し、自分のまえに突然穴があいているのを見たとでもいうように口を開ける。彼女は自分が汽車に乗っていることを思い出し、額に手をやる、髪がスカーフからすこし出ている、ピエールの顔を見ると、ピエールは彼女の指を取り、頸にかるく接吻し、彼女の頭をまた自分の肩にもたせかけ、彼女はきみの顔を見て微笑み、改めて列車の震動に身をゆだね、瞼が静かに閉ざされる。彼女の上の写真の船は、まるで波の上を進んでいるようだ。夕方、ローマの暑い夕陽をうけて金色と暗い青色の絹のような波の上を。

光のなかを松の樹々が静かに揺れていた。畠にはひと影は見えなかった。農夫たちは眠っているにちがいない。

だれもいない車室のなかで、読み終った背教者ユリアヌス帝の書簡集を手にしたきみの眼に、もう、サン・ピエトロ大聖堂の円屋根のそびえる都市が姿をあらわして、その都市への接近がきみを喜びで満たしていた。

そこできみは立ちあがり、本をスーツケースのなかにしまい、窓をすっかりおろして、流れゆく家々をじっと見つめた、街々、扉口に立つ女たち、車やひとびとの往来、電車、テーヴェレ河、トラステーヴェレ駅、またテーヴェレ河を渡る、城壁が見えはじめる、オスティエンセ駅。

そのときみは、なんとふかぶかと息を吸いこんだことだろう、すぐにもセシルに会いたいとどんなに強く思ったことだろう、スカベッリ商会の仕事をはやく終えてしまいたいと、どんなにもどかしく思ったことだろう。いつか彼女だけのために来たいという強い欲望がそのときのきみを満たしていた、きみは、それがいつのことか、まだ知らなかった、こんどの旅行がそれになる、きみがその決意をこんなに早く固めるだろう、とはまだ知らなかった。

トゥスコラナ駅を通過した、ついでパン屋エウリュサケースの墓のあるポルタ・マッジョーレが近づいてくると、その墓によりかかっていた老人の酔っぱらいが立ちあがり、まるできみをローマに喜んで歓迎するとでもいうように汽車に向かって手を振った。それから道路修理作業中の現場が見えた。

＊

彼はふたたび動きはじめた。彼が石の上に足を置こうと思うと、石はぼろぼろに崩れ、石の下が露出し、石はつぎつぎと下のほうへころがり落ちていって、そのころがり落ちる音も、下からしだいに強くひびいてくる轟音のただなかに消えていってしまった。

あたりには濃い雲がひろがっていて、はるかかなたに、つんと鼻をさす霧をとおしてなにか銀色の光が見えていた。

彼は水辺にたどり着いた。波の上にかすかになにかが映っているのが見える。彼は長いあいだじっと波のざわめきに耳を傾ける。するとと、泥で濁り渦を巻く河水の上に一艘の帆のない小舟がやってくる、小舟のなかにはひとりの老人が立ち、*櫂《かい》を肩の上にかついでいる、まるでそれでいまにもなぐりつけそうな恰好だ。

光の反映のためまったく紫色に見える彼のこわいひげの上には、眼というものがまったくなく、しゅうしゅうと音をたてて焔の燃える火口に似たふたつのうつろな穴がぽっかりと開いているだけで、その穴の発する眼の眩むような輝きのため顔のほかの部分はよく見えない。

それは鉄製の小舟、赤錆《あかさび》のぶあつい塊だが、舷側はまるでレールのように明るく輝き、鎌の刃のように鋭く尖っている。

小舟は河岸に横着けになり、かすかに揺れ、櫂が黒い砂の上に押しつけられる。そのとき、異常なまでに穏やかな声が語りかけてくる、

「きみはなにを待っているのだ？　きみにわたしの言葉が聞えるか？　きみはだれか？　わたしが来たのはきみを向こう岸に運ぶためだ。きみは死者だと、わたしにはよくわかっている。顚覆《てんぷく》の心配はない、きみの重さでは舟は沈みはしない」

だが、彼にはその手をつかむことができぬ。火口から伸びる焔に照らされた自分の掌を見ると、ひとつひとつの爪から腐蝕性の黒い油が滴り落ち、皮膚に粘り着き、ねばねばと這いあがり、袖の内側にしのび込んでゆく。

彼はくずおれるように倒れ、泥の波が体全体をなめまわす。渡守《わたしもり》が彼を抱き起し、舟底に投げ入れ、舟を河に押し出す。渡守の声が、まるで鉄道の駅で使う金属製拡声器で増幅されたように、彼の耳もとでわめき立て、他方で渡守の眼から出る熱い空気が彼を焼く。

「おまえがローマに行こうとのぞんでいたことは、おれもよく知っている。おれはおまえのことをよく知っているんだ。いまはもう引き返すときではない。おれがおまえをローマに連れて行ってやる」

それから彼はポルタ・マッジョーレをくぐった、そしてきみはローマにはいった。ほかの列車がきみの列車に近づいてきた、ほとんど同じ速度だ、開いた窓に男や女が顔を出して、あの赤い円形建物、ミネルウァ・メディカの神殿を見ている。ついで駅の建物が見えてくる、プラットホームと大理石のベンチ。

そのとき以来、なんと長い時間が流れたことだろう。いや、まだ八日とすこしにしかならない。これまできみはこんなに短い間隔を置いてローマへ行ったことはなかった。ここ数年来積み重ねられ、まるで煉瓦造りの壁面のように平衡を保っていた過去のすべての時間が、この旅行のあいだに突然ぐらぐらと揺れはじめて、そういう時間がいまもつづいている、明日の朝の夜明けまえまで容赦なくつづいてゆくだろう、事態がようやくすこし安定した新しい姿をとっているようになるまで。

そのときはまだ、すべてが期待の状態にあった。セシルと一緒に迎えるすべての未来がまだ開かれていた、新しい青春、きみの真の意味での最初の、まだ手を触れていない青春をセシルと一緒に生きる可能性が。ローマ終着駅に陽光が左側から射しこんでいた。ああ、あの数日のなんと美しかったことか!

船が、トンネルのなかを走る列車の響きにあわせて、眠っているアニェスの頭の上で航行している。ピエールの耳の上、鏡のなかで、カルカソンヌの塔がふるえている。

セシルは三等車室の席にまた腰をおろしたところだった、きみがいま坐っているのと同じ席、進行方向に向かった通路よりの席だった。彼女の向かい側にいたあの男、きみからは顔は隠れて見えなかったあの男の上に、彼女はどんな写真を見ていたのだろう。

　通路で、真鍮の横棒に肱をついて、きみは石の大きな壁が通り過ぎるのを見ていた。その石の壁の上にはこう刻んであった。「この村にて（ついさきほどそこを通り過ぎて、その石と碑銘にまたも注目したばかりで、きみはこの沿線上でなんの意味もない村の名前をたくさん知っているのだが、その村の名前はあいかわらず覚えない）、しかじかの年に（十九世紀初頭だ、たしか千八百……とあったがそのあとの数字は？）、ニセフォール・ニエプス、写真を発明せり」。きみは扉から頭をつっこんでセシルにこのことを指摘したが、セシルはそのまま本をまた読みはじめた——きみはその本の名前を知らない——、きみはローマの彼女の部屋にあるパリの写真のことを想い浮かべはじめた、凱旋門、オベリスク、ノートル＝ダムの塔、エッフェル塔の階段、二面の壁の窓の両横にそれらの写真が貼ってある、ちょうど、この車室、きみが横になることのできぬこの動く当座かぎりの部屋を写真が飾っているように。

　ジュラ地方には今日と同じように雨が降っていた。窓ガラスを覆う雨滴はしだいに大粒になり、列車が揺れるたびにゆっくりと、うねうね、まるで喘《あえ》ぐように斜めに落ちてゆき、トンネルのなかにはいると、まるで透明な影の穴のようにきみの顔が映って、それをとおして岩がものすごい速さで流れてゆくのが見えた。

きみは考えていた、――もうあの不運な滞在をふりかえり眺めてはならぬ、あの彷徨の数日のことは消してしまわねばならぬ。あそこ、パリにいたのは彼女ではなかったのだ。もうわたしたちはあの日々のことを話すまい。わたしはローマに行く、セシルに会いにローマへ行く、彼女がそこでわたしを待っているということを、わたしは知っている。わたしたちは一緒にパリに行きはしなかった。いま彼女がそこ、わたしの背後にいて、リヨン駅で出発の直前に買った本を読んでいるとしても、それは偶然そうなのだ、と。

アルプスには雨が降っていた、その雨がいまは眼に見えぬ高みへ行けば雪になるときみは知っていた。列車がモダーヌに停車したとき、すべては鈍い白色に埋もれていた。きみは坐っていた(だからきっと、だれかがシャンベリーかその谷間の小駅のどこかで降りたにちがいない)、きみの向かい側で読書に熱中していたセシルは、たまに眼をあげてはガラス越しに外を眺め、「なんて天気なんでしょう!」と言うのだった。

雪片が窓に貼りついていた。税関吏がきみたちに旅券を見せてくれとたのんだ。彼女は本を閉じた。きみはその本を読まなかったし、その標題すら彼女にたずねなかったが、その本のなかでは、ローマに行こうとしている男が扱われているのかもしれず、その男はタールを溶かしたような細かい雨のなかを舟旅をつづけていたが、雨はだんだん雪のように白くなり、引きちぎられた紙の切れはしのようにだんだん乾いてゆく、彼はほんとうは鉄の小舟に横になっているのではなく、まるで窓ガラスのように冷たく爽やかで滑らかな、垂直に切りたった岩壁にこめかみをもたせかけている、するとそのとき煙の匂いを感じ、暗闇のなかに焔の赤い光をまた認める、揺れがすこしずつおさまり、下で砂がきしむと、鉄の船体がまるでふたつの手のように霧の岸辺にぱっくり口を開ける、だれひとりいない、渡守は夜のなかに消えてしまった、きっと別の亡霊を探しに戻ったのだろう。

彼はあいかわらずふたつの菓子を両手にかかえていた。菓子には黒い油と血で汚れた掌のあとがついていた、舟で渡るあいだ眠っていて舷側で手をすりむいてしまったからだ。

彼は濃い血が三、四滴、ゆっくりとうねりながら、まるでひとけのない山岳地方をくねくねと進んだ旅程を再現しようと試みているかのように流れてゆくのをじっと見ていた。

黒い波が紫色の砂をなめる音がたえずしていた、と、突然、光の見えるほうで大きな羽ばたきが聞えて、空間をあらゆる方向にたくさんの鴉《からす》が飛びめぐっている、何羽か彼の頭上をかすめ、川の上を飛んで行く、──それが川だとしてのことだ、湖かもしれぬ、いや、たぶん沼だろう、蘆《あし》や泥や藻の匂いがしだいに焔の匂いに混じって匂ってくるから、あの焔はきっと泥炭の燃える焔だろう、結局は彼はその焔に近づかねばなるまい、そういつまでもひとりで、この危険で心もとない薄い鉄製のこわれた小舟のなかに横になっているわけにはいかないだろうから。豆の莢《さや》のようにぱっくり口を開け、さざ波とその泡になめられた小舟、波が打ちよせると砂と砂利の渦が彼の両脚と背中に沿って滲み込む。

鴉は彼を死人だと思っている、それが鴉だとしての話だが、というのも、そんな薄明りではどんな鳥でも黒く見えるからだ。鴉は啼き声ひとつたてない。二羽が彼の肩にとまった、つづいてもう一羽が頭の上にとまり、髪の毛をつかむ。

彼はひどくのろのろと起きあがる、はじめは頸を、ついで胸をあげ、それから怪我をした両手を地面について体を起し、よろめきながら膝をついて体を立てる。やっと立ちあがるがふらふらしていて、三羽の鴉はじっと動かず、彼からはなれず爪を立てており、ほかの二羽が、汚れて貧弱なふたつの円い菓子を彼から奪う。

紙切れの雨は降りつづいている、まるで花びらか枯葉のように、水の表面に降り、それをほとんど覆い、鱗状の絵のように見せる。ちぎれた服の残りの上にも、顔の上にも、眼の上にも貼りつき、眼はようやく闇に慣れはじめ、そこがただの岸辺ではなく港であること、右手のほうに堤防があり、すこしさきに波止場や段々や鉄の環があること、あの光が灯台の光であることを見ぬきはじめていた。

彼は乗る、運ばれてゆく。波の音が小さくなる。ときどきざわめきがさっと彼を襲う、まるで息の巨大な塊のようだ。彼は自分が煉瓦の壁に沿って進んでいることを知っている、いまここはポルタ・マッジョーレだということも、だが電車も鉄道線路もない、労働者も群衆もいない、拡散した光のなかには動いているものはなにひとつない、ポルタ・マッジョーレのまえに、ある男が古代*ローマ風の高官椅子に坐っている、あきらかに普通の人間よりはずっと大きい、しかも顔がひとつではなくふたつある、不幸な男に向いたほうの顔がしわをよせて笑い、彼に叫ぶ、

「おまえはもう引き返せないぞ」

だが、もうひとつの顔は門のほう、都市のほう、彼の顔と同じ方向を向いているので、

その顔は彼には見えない、その顔もまた叫んでいるのが聞える、彼自身には声に出せない嘆きよりはずっと長く、ずっと陰にこもった叫びなので、彼のほうがその嘆きを、あえて大きな声を出して言ってみると、まるで犬のほえ声のようになってしまう。そして鴉が数羽、ページの切れはしの雨の降るなかで双面の頭のまわりを飛んでいる。

ついですべてが沈黙する。壁からにじみ出るぼんやりした大きな呼吸しかない。

制服と髪の上に雪片をつけた忙しげな税関吏がきみたちに旅券を返し、扉をうしろ手で閉めた。

満員で暑かった車室のなかにいたひとびとの顔付をきみは忘れてしまった、いや、あのときのきみは彼らの顔付に注目しさえしなかった、そのなかにはフランス人やイタリア人がいて、彼らはたぶん話をしていただろうが、きみはその会話に耳を傾けてはいなかった(その会話は、また動きだしてトンネルのなかにはいっていた汽車の響きのようなものでしかなかった)、そんなひとびとのあいだにいて、きみはきみの向かい側に坐っていたセシルだけを見つめていた。また本を取り上げていた彼女はきみに注意を払わなかった。きみが彼女を見失ってしまい、長いあいだかかってひどく苦しみながら彼女を見いだそうと試み、パリ滞在がきみたちのあいだに溝を掘ってしまったあとで彼女にもう一度近づこうと試みているのがわかっていないというふうに見えた、いや、そのパリ滞在のことをもう考えてはならなかったのだ。

彼女はもうそれを考えないようになりはじめていたのだ、いや、より正確には、パリ滞在のあいだのきみのことをもう考えないようになっていたのだ、というのも、その過ぎ去った数日間のきみのことを括弧に入れ、まるできみがパリにいなかったようにすることができれば、つまり、彼女のパリ到着も、きみたちの逢引も、彼女がパンテオン広場十五番地を訪れたことも思い出さぬようにすることができれば、彼女があんなにのぞんだこの旅行は成功したものと彼女に見えるからなのだ。彼女はこの旅行のあいだ、自分の生まれた都市に会うことに強い喜びを感じていた、それなのに、きみはそういう点では彼女になんの助力もしなかった、ちょうど大戦後アンリエットと一緒にローマへ行ったとき、ローマを知るという点に関しては、きみがアンリエットになんの助力もすることができなかったように。

セシルの眼は本の終りの数行をうわの空でたどっているだけだった。彼女の精神のなかではひどく辛い努力が行われているのが、きみに感じられた。きみは彼女の表情を窺っていたが、彼女のほうは、まるできみがそこにいるのに気がつかないとでもいうように、そんなきみをそのままにしていた、その二週間の思い出を整理するためには、きみがそこに不在であることが必要だったからだ。彼女がこの旅行をきみと一緒にしたのではないようにすることが必要だった、したがって、まったく偶然にこの列車のなかで彼女がきみに出会ったのでなければならなかった、さっき彼女がきみと一緒に昼食をしたことさえもなかったことにしなければならなかったのだ。ひとりで微笑しながら、きみはここにはいないのだと彼女は夢想していた、きみのことを考えている、これからローマに行ってきみに会うことを彼女は心に想い描いている、そうしたら、突然、きみがもうここにいる、と気がつき、そのことに彼女はすっかり幸福になり、ほんとうにびっくりしてしまう、なぜって、まるでローマが彼女を迎えにきてくれるみたいだから、と。

そんなことをきみは彼女の顔の上に読んでいた、本という幕の背後にある書かれていない会話を、きみはそんなふうに解読していたのだ。

いまのきみの席と同じ場所に坐り、閉じた本を手にもち、顔を右のほうに向けて、彼女は夢想していた、――いまきみはいない、自分はピエモンテの暗い風景を、旅慣れたきみがもう何度もしげしげと見たピエモンテの風景を眺めているのだ、と。彼女は夢想していた、――いま彼女は、きみがそれと知らずに自分と同じ列車に乗って、彼女もそれに気がつかぬまま、きみが彼女の向かい側でやっぱり彼女と同じように窓の外の風景を眺めているというありようを空想している、と。彼女は夢想していた、――突然ここできみと出会ったらどんなにすばらしいことだろう、と。彼女はこんなふうに夢想していたのだ、――自分がとてもきみに会いたいと思っていると、ほんとうに突然きみが通路に姿をあらわし、彼女の姿を認めて扉を開け、彼女の向かい側の、そのときぎみが坐っていたその席に腰をおろして、横目で彼女を見る、なにかきみには心配の種があるみたいに、きっとそれはスカベッリ商会のため、でなかったら、彼女がまだアンリエットに会っていなくて、そのアンリエットのことで心を悩ませているのだ、と。

こんどは彼女はきみの顔を晴れやかに見つめていた。きみがまったく哀れな役割を演じたあのパリでのかずかずの情景の思い出も、それよりも強力なこの夢想の背後に沈んでしまったのだ。だがまた彼女は、この領域はとても危険だ、その話をしてはならない、夕食が沈黙がちにならぬように、ローマのことを話すべきだということをよく知っていた、ローマ、――きみたちはふたり一緒にローマに着く、いやできるものならどちらかひとりがローマに迎えに出てきているほうがいい、いやさらに、どちらかひとりがローマを出てトリーノまで来たところで、きみたちが出会い、おたがいを迎え、おたがいに最近のニュースを知らせあうのならもっといいのだが。

きみたちふたりとも相手の言葉をどれほど恐れていたことか、たったひとつの軽はずみな言葉だけでも、きみたちおたがいをまた結びつけたと感じられるそのつなぎ目にひびを入れてしまう！　ひとこともしゃべらず、きみたちは三等車室へと戻ってくると、食堂車に行っているあいだに数人の客が降りていたので、きみはセシルの横に坐ることができた。彼女の背中のうしろに手をまわすと、彼女は「疲れたわ」と言ったが、明りを消すにはジェノヴァまで待たねばならなかった。

青い光のなかで彼女はきみの肩にもたれて眠ってしまった、きみは彼女を愛撫し、その黒い髪に何度もかるく接吻すると、髪はすこしずつ乱れ、きちんととめてあったヘアピンからほつれ出てきみの頸に沿って流れ、きみの唇や鼻孔や眼をくすぐった。

ピエールの肩の上の鏡のなかで黒い塔が動いている。窓の鏡に映るこの車室の反映をとおして、平野のなかの灯火、自動車のヘッドライトが流れてゆく、踏切番の家の明りのついた部屋、ひとりの少女が鏡のついた衣裳戸棚のまえで制服を脱いでいるのがちょうどちらりと見えた。べつの反映、あらゆる反映のなかで、いちばん揺れ動いている反映がある、きみの向かい側の、もう眠っている老イタリア人の鉄ぶちの眼鏡に、きみの頭上、きみの頭の背後にある写真が映っているのだ。それが旧式のタクシーにかこまれた凱旋門の写真であることをきみは知っている。

きみはまだいまのような社会的基盤も、いまのような地位も、きみがこの旅行でそこから自分を解放しようとつとめていたいろいろな習慣ももってはいなかった。きみはまだパンテオン広場十五番地のあの壁のなかに住んでいなかった。パンテオン広場のあの住居、きみはそこをはなれ、パリのほかの場所でセシルと一緒に生活しようとのぞんでいたのだが、きみはこのさきもきっとそこをはなれないだろう、きみはいまや死ぬまでそこにいる運命にある。なぜなら、セシルがパリに来てきみと一緒になることはおそらくないだろうし、彼女がパリに来るようにはきみは取りはからわないだろうからだ、きみは今朝リヨン駅を出発するときには、そういう意図を固く心に抱いていたのだが、……駅あたりまではまだそういう意図を固く心に抱いていたのだが、……駅あたりまでは自分がまだそういう意図を固く心に抱いていると思っていたのだが。きみは彼女がパリに来るようには取りはからわないだろう、そんなことをしてみても、たとえ精一杯の努力を試みて彼女の眼を欺き、きみ自身の眼をも欺こうとしてみたところで、結局はすこしずつ、しかし必然的にきみは彼女からはなれてしまうという結果に到るだろう、すこしずつ、しかしきみたちふたりにとっては、いちばん辛く、いちばん有害なかたちで彼女からはなれてしまうことになるだろう、それが、いまやきみには、あまりにもよくわかっている。そしてもし、きみが彼女を見棄てれば(きみの愛情がどれほど誠実なものであろうと、きみはじきに彼女を見棄てるだろう)、彼女のためにパリで見つけ出してやったあの職場も、じつは空しい蜃気楼にほかならぬということが明らかになるだろう、彼女はきみの庇護なしにはその職場にとどまっていられないだろうし、しかも、きみはそういう庇護を彼女に拒絶してしまうだろう、もう二度と彼女に会いたくないと思って、

そう、あのころきみはまだあの住居に住んではいなかった、あの住居、きみはいまや、きみの終末までそこにいる運命にある、なぜなら、もう第二のセシルは存在しないだろうからだ、もうきみの年齢ではおそすぎる、これが若返りの最後の機会だったし、その機会をきみはひたむきにつかもうとした。すくなくともそれが正しかったことだけはきみも自分で認めることができるが、その機会はきみの指のあいだからこぼれ落ちてしまったばかりか、そんな機会は、じつは現実には存在しなかったのだ、いろいろな過去の

事情をきみが忘れてしまっていたというきみの知力の卑怯な振舞いの間隙をぬって姿をあらわしたにすぎない、

あのころ、きみはまだ、きみの家の客間をいま飾っているあれらの家具をもっていなかった、家具はまだきみの両親の家にあったか、アンリエットの両親の家にあったか、あるいは、きみがまだそれらを買っていなかったのだ、

あのころ、きみはまだあの子供たち、マドレーヌ、アンリ、トーマ、ジャクリーヌの父ではなかった、きみは結婚したばかりだったのだ。そう、それはきみの新婚旅行のとき、きみがはじめてローマに行ったときのことだ、ローマ、中学生のころ、はじめて美術館を見て歩いたとき以来きみが憧れていた都市、

あれは春のことだった、パリの郊外は果樹の花盛りで、快く晴れた日のかぐわしい匂いが、なかば開いた列車の窓から流れ込み、きみの隣に坐っていたアンリエットは、仕立ておろしの当時流行の服を着て、幸福に包まれ、ちょっとした丘が見えてもそれに感嘆していた、イタリア旅行案内書《ギード・ブルー》を手ににぎって、もういまとなっては古い版だが、きみはいまでもあいかわらずそれを、土曜日ごとにイリュミネーションのつくあのパンテオンの円屋根に面した窓の横のきみの小さな書架の棚の上に置いてある、そんなアンリ

エットの隣で、きみはイタリア語文法書の例文を一所懸命暗記しようとしていた、フォンテーヌブローの森はみずみずしい若芽にみちみちていたし(そのとき彼女がきみに、まだほんの少女だったころ姉妹たちと一緒によくそこへ散歩に出かけて、日が暮れかかるともう狩猟頭《グラン・ヴヌール》に出会って誰何《すいか》され、さらわれはしないかとびくびくしていたことを話したのではなかったか?)、

驟雨のあとを追いかけるようにきみたちは走っていたらしく、家々の屋根や鋪道はきらきら輝き、山々の上の草原はまばゆいばかりに光っていた。

国境に来るともう日が暮れてしまって、山の頂きが夕闇の上で金色に染まっていた、そして警察官がきみたちに旅券の呈示を求めた。

そのあとは、もう、壁からにじみ出るぼんやりした大きな呼吸しかなかった。そのとき、年老いたイタリア人税関吏の顔が同情の微笑を浮かべはじめ、こうささやいた。

「きみはどこにいるのか? きみはなにをしているのか? きみはなにをのぞんでいるのか?」

「わたしがこんなに危険や過ちを冒してここまで来たのは、失くしてしまった本を探しているからなんです、失くしたのはその本が自分の持物だということさえ知らなかっ

たからでしたし、気をつけてその本の標題をちょっと読んでおくということさえしなかったのですが、それはこの冒険旅行にわたしがもちこんだただひとつのほんとうの荷物だったのです。ひとの話では、あなたが門のところできびしく監視しているあの都市のなかにはいれば、その本を数冊手に入れることができるということでしたが」

「いったいおまえは、その本のイタリア語版が読めるほどイタリア語をよく知っているのかね？　うまく保存されている本が何冊かあったらおまえにあげられると思うが。

「はいりたまえ、門はひろく開いている、おれはおれのもうひとつの顔で、なかにはいってからのおまえの最初の歩みを監視するだろう。なかにはいる以外の解決法はおまえに残されてはいない。おれにできることは、おまえの背後の道を閉ざして、うしろに戻る道は閉ざされているとおまえに断言して、おれの案内人のひとりである牝狼*を貸してやることだけだ。その牝狼の毛並みは大地とそこから出る靄《もや》とにそっくりの色をしているから、おまえの曇った眼では、ときどき、それにひどく近づいたときしか姿は見えまい、近づけば毛並みや爪の見分けがつくだろうが、ふだんはそれが鼻を鳴らして匂いをかいだり爪で引っ掻いたりしている音だけをたよりにするしかない」

金色と緋色に染まった山々の上に月が姿をあらわしていた。この巨大な爽やかな焰を背景として、税関吏の顔はすこしずつ紫色に変わり、その目鼻だちには今日の税関吏と同じような俗悪さが浮かんだが、やはりもっと尊大で残酷なふうだった。

列車がまた動きだし、トンネルにはいっても、明りはまだつかず、終夜灯さえつかなかった。数秒のあいだ完全な闇がつづき、ついでエメラルド色の出口が見え、ピエモンテの暗くけわしくひろびろとした谷間の上の空の割れ目は黄昏の色を見せていた。

＊

そのころのイタリアはローマ帝国の夢に中毒した警察国家で、どの駅にも制服に身を固めた人間がたくさんいたが、きみはそれまでは知らなかった空気を呼吸し、フランスの春からは漠然とした観念しかあたえられなかった真の春をやっと感じていたので、そういう真の春の雰囲気をきみに感じさせせないためには、あの武装したぞっとするような愚劣さ以上のものが必要だっただろう。窮屈な気持を告白したアンリエットに、きみは「あんな連中は実在しちゃいないよ」と言い、彼女はそう信じようと努力したがだめだった。

夜のあいだきみたちは、月が静かな波にきらめいている海岸に沿って走っていた。アニエスとピエールのように、きみの隣には彼女がいて、きみの腕は彼女の腰にまわされ、彼女の頭はきみの肩の上にもたれかかり、彼女の両手はきみの膝の上に置かれていた。

彼女の髪がいくすじか風に吹かれてきみの瞼をくすぐると、きみはまるでおとなしい昆虫でも追い払うような手つきでそれをそっと払いのけていた。暑かったので上衣を脱いでいて、きみのワイシャツをとおして彼女の鼻孔と呼吸が感じられた。

だんだんきみの体が曲がってゆく。きみの背中がだんだん背凭《せもた》れから横のガラスへと移ってゆく、そのため、旧型のタクシーのまんなかに凱旋門のそびえる写真がまっすぐ前に見えるようになる。きみの正面、老イタリア婦人の横顔の向こうの窓ガラスのなかで、この車室の映像を、突然別の列車が横切り、砕き、散乱させる、その列車の窓にはぜんぶ、あるいはほとんど明りがついているが、数えることも、それをとおしてなかを見ることもできない、反対方向に走っているので速さが倍になっているためであり、ちょうどトンネルにはいったところなので列車の響きもそれだけよけい激しく聞える、と、列車もとおり過ぎ、トンネルも終った。山の背後から月が顔を出し、天井灯の映像のやや下方にしばらくぶらさがっている。

明りがふえてくる。ほら、照明をつけた看板や、ひとでにぎわうカフェのある街々。きみは時計を見る、そうだ、ジェノヴァに近づきつつあるのだ。もうすぐまた長いトンネルがあるはずだ、そしてそれを過ぎるとジェノヴァ中央駅だ。

一台の電車ががたがた揺れながらとおって行く、ほとんど空っぽだ。ふたりの労働者が戻ってきてリュックサックを取る。巫女《シビラ》が窓ぎわの席に移る。アニェスがつぎつぎと流れてゆくざらざらざらした絶壁を眺めている。

市の中心だ、きみの右側に見える港には、どの舷窓にも明りのついた船が数隻、有名な灯台、波止場、ほかの列車、それぞれ荷物をもって待っている旅客たち、岩の上にそそり立つ高い建物、停車した、アニェスが立ちあがってガラス窓をおろす。

きみはと言えば、突然すっかり停止したなかで、指のあいだで本をひっくりかえす、きみの読まなかった本、しかしこの本があったために、きみの想い描くもうひとつ別の本がいまや強くきみの心にのしかかりはじめている、いまのような状況にあって、その本がきみにとって迷えるものの旅行案内書《ギード・ブルー》であったらと、きみはどんなにねがっていることだろう。その迷えるものの旅行案内書を求めて、走り、泳ぎ、忍びよるあの萌芽状の人物は、まだうまくかたちをとらぬ風景下の風景のなかでもがき、税関吏ヤヌスのまえで沈黙を守っている、税関吏ヤヌスの双面の顔は鴉を冠のようにのせて、鴉の黒い羽のひとつひとつをふちどる焔は大きくひろがり、やがて鴉の翼は焔と燃えあがり、その体も燃えあがり、嘴《くちばし》と脚は白熱した鉄に似てくる、が、眼だけはそうした炎上のただなかでも、まるで冷たく黒い真珠のように残っている、その萌芽状の人物は、

ひゅうひゅういう音を耳にし、よく見ようと努力するが、あたりにはもはや濃い雲がひろがっているだけで、遠くのほうには、まだそれとわかる大きなアーチをとおして夜明けの反映に似た銀色の光が見え、

うすれはじめた濃い靄のなかに彼は尻尾と脚を認めて、狐か狼の、牝狼の耳を見たように思い、

動きはじめて、ポルタ・マッジョーレをくぐりぬける、その向こう側に彼が見いだしたのは街ではなく、岩のあいだの割れ目で、暗闇のなかに牝狼のかろやかな足音を耳にして、そのくねくねと折れ曲がった隘路へとはいって行くと、高いところでなにかが照らしだされているように感じ、これが最後とうしろをふりむくと、靄は凝縮して緩慢な金属性の露となり、通りぬけることのできぬ幕をつくりだし、そのなかに、細い焔にふちどられてあの税関吏の眼と唇がきわめてはっきりと描きだされているのが見え、彼は

牝狼の足跡を見失ってしまい、いそいで進んで、上方の円い穴から射し込む銀色の光の下で壁面にさわってみると、それは岩壁ではなく水の滲み出る土の壁面で、水の流れ

る音のため、先導する牝狼の鼻で匂いをかぐ音を聞きわけることができない、しばらく進んで道の分岐点にくると話し声や足音が聞え、ついで松明がちらりと見え、白い服を着たひとびとが讃美歌をうたいながら屍体をかついでいる、ここでも上方には穴があいていて、そこから円錐形の光が流れ込んでいる、まえの穴から出る光よりは明るくない(きっと夕方なのだろう)、

ふたたび、くんくん鼻で匂いをかぐ音が聞え、それがだんだん強くなり、馬の鼻息、馬のいななきに似てきて、

まっすぐな昇り坂になった歩廊のなかを彼が駆けだしはじめると、そのはしに、黄昏の光のうちに、すっかり緑色をした出口があるのを認め、そこから馬ほども大きい一匹の牝狼が飛び出してきて、それには翼をひろげた数羽の鴉を拳の上にのせた騎士がまたがっている、鷹に似た鴉は、飛び立ち、アーケードの上の、窓に小さな明りのついた高い家々のあいだを旋回しながら、鷲のように大きく翼をひろげて舞いあがってゆき、彼が

小さな広場に着くと、樹々の下にテーブルが置かれ、ぶどう酒を入れた瓶《カラフ》が並んでいて、二、三人のひとが近づいてくる(イタリア人だ、と、彼は思う、知っているイタリア

人だ)、

眼をこすり、残る最後の紙状の鱗を眼からこすりおとし、自分に向かって話しかけられる言葉に耳を傾けるが、わからない、

きみはというと、列車がすっかり停止したなかで、指のあいだで本をひっくりかえしている。

だれかがきみに「失礼します《スクージ・シニョーレ》」とイタリア語で言う、ひとりの若い女がはいってくる、とても背が高く、唇は真赤で、ベージュ色のウールの外套を着ていて、紫色の小さなスーツケースをどこに置こうかと考えている。彼女は、彼女もまた、そこから本を取りだすだろうか？

きみはきみの本を腰掛けの上に置く。なぜ汽車はまだ出発しないのだろう、きみはいぶかしく思う。きみは立ちあがって、プラットホームの時計に時刻を見に行く。

8

きみは席に戻った、きみの心は、この列車がパリを出発して以来ひたすら増大し暗鬱になることをやめなかったあの心の動揺にあいかわらず満たされている、体のあちこちにうごめくつねられるような疲労感は時のたつにつれていよいよ鋭くなり、思考の流れのなかにしだいに激しく介入し、なにかある物体、ある顔に視線を集中しようと努めると、その視線をかき乱す、そんなあげくきみは、いまのきみがまさにそこから逃れたいとねがっている領域のほうへ、きみの思い出や企図のほうへと、まるで転轍機にでも乗せられたかのように、急に向けられてしまうのだが、それらの領域は、きみ自身のイメージときみの人生のイメージの再構成がきみの意志とは無関係に仮借なく繰りひろげられ、いまにも完成しようとしているさなかにあって、まさしく沸騰し、醱酵し、激しく顚倒させせられるのだ。きみははっきりと感じている、このほの暗くおぼろな変貌の過程のごく小さな地帯しかきみは認めていないし、その変貌過程の詳細と帰結は、まだ大部分がきみには未知の状態にとどまっているので、その未知の詳細と帰結になんらかの光を投射することがきみにとってぜひとも必要であろう、骨身を削るようなこの上なく辛い検討を行うことも、この上なく緻密な忍耐をはらうことも、暗闇をすこしでも後退させるためには、いまのところはきみを暗い夜のなかに圧《お》しつぶしている決定論的な考え方にすこしでも影響をおよぼし、すこしでもそこから自由になるためには、けっして過剰にすぎる振舞いではないのだ。そういう激しい労苦がきみのなかで続けられ、きみという人物をすこしずつ破壊してゆく、あの照明と展望の変化、きみの疲労といろいろな状況の帰結にほかならぬ、きみが自分にふさわしいと想像していたあの決意の帰結にほかならぬ、ひとびとの行動の空間のなかのきみの位置の帰結にほかならぬあのさまざまな事実と意味の自転が、いわばそうした自転の響きと喘《あえ》ぎである疲労へと翻訳されるのだ。きみの体にべっとりにじみ出る汗、それがなかば乾くと、きみの下着が肌にくっつく、あのさまざまな事実と意味の自転が、あのようなめまい、きみの消化器官と呼吸器官のあの混乱、あの不快感、あの突然襲いかかった衰弱感、きみを窓の縁枠につかまらせたあのよろめき、きみの瞼と頭のあのけだるさを生み、きみに深くうつろな穴をうがつのだ。そのため、きみは席に坐るというよりはむしろ席にくずおれる、置いてあった本をどけようともせず、坐ってから、やっとのことで腿の下から本を取りだし、きみは隅によりかかり、正面の老イタリア人の脚のあいだに自分の脚を伸ばす、この老イタリア人だけが眼を開いているらしいが、青い薄くらがりのなかで輝いている円い眼鏡のかげにかくれて、それとはっきり知ることができぬ、きみは顎を頸に埋め、手で顎を撫で、ひげが今朝以後すっかりのびてしまったのを感じ、きみは

のどが渇いている、あのぶどう酒、花綱模様のように飾られた電球に刻まれた夜のなかに、赤く塗られた鉄製テーブルの上の、腰のあたりが少女のようにほっそりとくびれた瓶《カラフ》のなかで輝いているあの澄んだぶどう酒を飲みたい。花綱模様のように飾られた電球のまわりには蚊の群れがぶんぶんと飛びかい、だんだんたくさんのひとが集まってきてきみに話しかける、もしそのがやがやした声がやめば、もしだれかがひとごみからそとに出て、きみになにかはっきりした言葉を語ってくれれば、きみはきっと理解できるのだろうが、きみは

大きな声で「のどが渇いた」と言う、だれにも聞えないので、さらに声を大きくしてもういちど言う、その衝撃で沈黙の波が起り、広場のはしの高い家々の窓の下にまでひろがってゆき、窓からはひとびとの顔がきみを眺めている、もういちど繰りかえしても、

きみは自分の言葉をわかってもらえず、他方でひとびとは集まって協議し、不安げで疑い深そうな気持をしだいにあらわに示しながら、たがいに訊ねあっている、きみは指でぶどう酒の瓶《カラフ》をさす、するとひとりが、みんなの注目の的となっているのを感じて、ひどくおずおずとした手つきで、指の上や青色と紫色の縞のワイシャツの袖口にぶどう酒をたくさんこぼしながら、グラスになかばほど満たし、それを手につかんでもち上げ、電球のまえで何度もぐるぐると回してきみに注目させ、きみに差し出す、きみはわなわなとふるえながらそれをつかみ、グラスの縁をひどく努力して唇に近づけ、やっとひと口飲むのに成功する(そのとき、きみの口のなかでグラスの縁がかける)、きみは尖った破片をはげしく吐き出す、焼けつくようなぶどう酒がきみの咽喉から奥のほうまでをはげしく焼いたので、きみは唸り声をあげ、グラスを建物の前面に投げつけると、ガラス窓が一枚割れ、巨大なぶどう酒のしみが漆喰《しっくい》と煉瓦《れんが》を蝕みはじめる、きみはひげがのびてざらざらし、肌のあぶらが浮き、汚れた顎を手でこすり、眼を開け、青い光のなかで指をしげしげと眺める。

だれが明りを消したのか？　きみが食堂車へ行こうと車輌の通路から通路へと経めぐっていたあいだに、だれが明りを消してくれとたのんだのか、食堂車がジェノヴァで切りはなされることはよく知っていたはずなのに、煙草を買おうと思って食堂車へ行こうとしていたのだった、煙草があればずっと眼をさましていて、ただただ混乱と心の動揺を増大させることしかしないあのばかげたかずかずの夢想から身を守るのに役立ったはずだ、事態を冷静に、客観的に、いわば他人の眼で正面から直視することがきみにはぜひとも必要だったのだから、

というのも、いまとなってはもう確実なのだが、きみがほんとうにセシルを愛しているのは、ひとえに、彼女がきみにとってローマの顔、ローマの声、ローマの誘いである度合に応じてのことにすぎない、ローマなしでは、ローマのそとでは、きみは彼女を愛さない、ただただローマのためにだけ、きみは彼女を愛しているのだ、なぜなら、彼女はまったくきみの導きの女性であったし、いまでもあいかわらずそうなのだから。カトリックの連禱でマリアを天国への門というあの言いかたを借りれば、セシルはローマへの門なのだ。とすれば、いまきみがどうしても知らねばならぬのは、ローマがきみに対してそれほどまで不思議な魅力をもっているのはどんな理由にもとづくのか、そしてまた、いったいどういうわけでそのローマの魅力には充分なまでの客観的強固さが欠けていて、セシルがみずから意識し意図してローマの魅力のパリ駐在大使となることができ

ないのかということであり、またあのカトリックの信仰篤いアンリエットにとって、この「都市のなかの都市」は必然的にさまざまのことを意味しているはずだが、それにもかかわらず彼女は、いったいどういうわけで、きみのその都市への愛着を、彼女が非難するきみのうちのなにかの現れだとまで見なしてしまったのかということなのだ、

そんなふうに、きみのセシルへの愛がきみのまなざしの下で変質してしまい、もう今後はちがった顔のもとに、ちがった意味できみに現れてくるのだから、同じく、いまきみがゆっくりと冷静に検討しなければならないのは、このローマというきみにとっての神話の基盤と、じっさいの大きさなのだ。神話としてのローマというこの巨大な対象をきみのまなざしの下で歴史的空間のなかで回転させてみようと試みることによって、それがきみに現れてくるときの顔の詳細と帰結と周辺を検討すべきなのだ。その巨大な対象ときみ自身の行動や決意との関係、その眼や態度や言葉や沈黙が、きみの動作や感情を規制している、きみの周囲のひとびとの行動や決意と、その巨大な対象との関係についてきみの認識を深めるために。だがそれにしても、せめてきみが、眠りと、この青い光のもとできみに襲いかかるあのかずかずの悪夢とに抵抗できさえすれば、この青い光、それはきみをきみの疲労へ、疲労の生む怪物たちへとゆだねてしまう。

だれが明りを消してくれとたのんだのか？　だれがこの終夜灯だけを残すことをのぞんだのか？　消すまえの光は固く燃えるようだったが、それに照らしだされた事物は、すくなくとも、きみがよりかかり、つかまることができそうな固い表面を示していた、そうした表面できみは城壁をつくり、あの滲透に、あの亀裂に、拡大しきみを辱《はずか》しめるあの疑問に、列車というこの外部の機械の――きみはこの金属の鎧《よろい》がこれほど薄く脆いものとはいままで思ってもみなかったが――しだいに多くの部分をゆるがせはじめるあの伝染性の訊問に抵抗しようと試みていたのだったが、

それにひきかえ、まるで宙に浮いたままのようで、ものを見るためにはそれを横切らねばならぬような印象をあたえるこの青さ、列車のたえざる震動と響きや、かすかに聞こえる息吹きの加わったこの青さは、事物をその根源的な不確定性へと送り返してしまい、事物をあからさまに見えるものではなく、ある手がかりから出発して再構成して見るものとしてしまうので、その結果、きみが事物を眺めるように、事物のほうでもきみを眺めるわけで、

きみ自身も、あの静かな恐怖、あの原始の情緒へと送り返されて、そこでは、幾多の虚偽の廃墟の上で、人間存在と真実への情熱がじつに力強く尊大に自己を主張するのだ。

きみは執拗な青い電球をじっと見つめる、まるで大きな真珠のようだ、じつを言えばけっして明るくはないが、眠るひとびとの手や額のすべての上にふりかかる、穏やかな木霊《こだま》のようにつぶやきつづける濃い色の源泉なのだ。その青い電球を保護する天井灯の円屋根のなかに小さな透明な球体がふたつあり、その内部には冷たいフィラメントが透けて見える、ついいましがたまでは、いま通路に光る電球のフィラメントのように激しく輝いていたのだが。通路の向こう側には、海辺の村のまだすこし明りのついた街々がときどき見えるが、それもだんだんとすくなくなってゆく。

月曜日の夜、ファルネーゼ館から出てきたセシルは、夜のなかを眼できみを探し、浴槽のかたちをした噴水のほとりにきみを発見するだろう、そのときのきみは、心に悩みを抱きながら彼女を待っている、というわけは、まさしくそのとき、リストランテ・トレ・スカリーニでの夕食のときには、きみはどうしても告白し、痛ましい想いで事態をはっきりさせねばならぬからだ、きみ自身よく知っているではないか、黙ったままにしておくなど、とてもできはしない、彼女がやがてはきみも決意すると期待し、きみがいまでも彼女のための職場をさがしている、いまにもなにかが見つかりそうなところだと想像するのを放っておくことなどとてもできない、――じつはきみはもう彼女のためにパリに職場を探しはしないのに、いや、それどころか、もう見つけた職場があるのにもかかわらず。

とてもできはしないだろう、ただ彼女だけに捧げられたその滞在のあいだ、思いがけぬきみの訪れ――数時間後にきみがすることになる思いがけぬ訪れ――にすっかり喜んだ彼女が、やっと勝負に勝ったと思い、そんな数日間も過ぎて、きみが帰りの支度をととのえ彼女からはなれようとしているときになって、じつはきみがはじめはまったく別の思いもかけぬ言葉を彼女に告げるつもりであったと言わずにおくことなど、とてもできはしないだろう。思いもかけぬ言葉――じつは、やっと彼女のための職場を見つけた、パリに向けて彼女が出発する日はもう近い、彼女は大使館に辞表を出し、出発の準備をはじめられる、ローマに別れを惜しみ、きみたちがふたり一緒になって蓄積することに成功したローマに関する知識を、彼女自身のためにおさらいしはじめることができる、

きみが住居を探すためにいろいろと奔走したあげく、相当な見込みがあり、すべては準備がととのい、もう手を伸ばしさえすればつかみ取ることができるという言葉を、だ

が、それにもかかわらず、きみは断念してしまった、

　とてもできはしないだろう、そういう方向でのすべての希望から彼女を引きはなすために、いったいどうしてそんな*心変わりが起ったのかを彼女に説明しようと試みないではいられないだろう、

　とてもできはしないだろう、沈黙を守ることなどは、なぜなら、いろいろな事情から見て、また、きみが彼女だけのためにこの例外的な旅行を企てたという事実のなかに、彼女がきっと一種の約束と正式の宣誓のようなものを読みとってしまうにちがいないからには、沈黙はきわめて重大な嘘をつくりあげてしまうことになりかねないからだ、その嘘は、いまのきみが彼女とのあいだに保ちたいとねがっている関係のすべてに、さらにローマときみの関係にまで害毒を流し、いまのきみが浄化しようと努めているきみのきみ自身との関係についてさえ、その空気を暗くし、悪臭で満たしてしまうことだろう。

　だから、その最後の夜にはどうしても、そう、いま彼女の手からも、きみの手からも滑り落ちてゆきつつあるあの幸福を、この数日のあいだはせめてうわべだけでもふたりで楽しむことができるように、きみがあんなに近いと思っていたのに、いましだいに空しさと不可能のなかへと遠ざかりつつあるあの生活の一断片を、せめて味わえるように

と、きみは最後の夜まで待ちたいとのぞんでいる、だから、どうしても最後の夜には、

リストランテ・トレ・スカリーニで「四大河の泉」を眺めながら、そのとき彼女は、きみの間近い出発を考えてすっかり心を動かされながらも、その夜のあいだはまだきみを完全に所有していると思って、そしてまた、これこそはその夜がほかの場所でのもっと永続的な所有のまえぶれにほかならないと考えて、とても幸福な気持でいることだろう、それをもふりきって、

勇気を出して彼女にあの一撃を激しく加え、彼女を失望させねばならぬだろう、彼女に事態をはっきりと告げ、準備はすっかりできてはいたが、すべて失われてしまったと彼女に論証しようと試みねばならぬだろう、

が、そんな論証、そんな説明はきみにはできまい。たとえ、どんな言葉で話すかすっかり用意しておいたところで、それを聞いたときの彼女の顔や彼女の驚き、彼女の理解不能を考えると、きみにはそんなことはとてもできないだろう。

そのときのあらゆる状況が、その夜までの数日間のきみの行動のすべてが、彼女にはきみの言葉を否認するものと思えるだろう。彼女はきみの言葉を信じることができないだろう。そんな言葉のなかに彼女は魂の偉大さ、アンリエットのための犠牲的行為を見

てとり、彼女を羨み、憎むことだろう、いまや息も絶えだえな古い昔の愛情が、その臨終のときに華やかに燃えあがったものと見て、もうほんのすこし待っていさえすればいいと思いこんでしまうだろう、なぜなら、やっとすべての準備ができたという言葉をきみから聞いたばかりなのだから、――きみの決意が断行されるのを阻《はば》んでいた最後の絆も、きみの決意が引きちぎってしまうだろうと思って。

彼女のまだもったことのないそういう確信、きみへのそういう信頼を、その告白は彼女にあたえてしまうことになるのだ、だからきみが沈黙を守るのは虚偽であるばかりではない、彼女が理解しない以上は、告白に到るまでのきみの行動が彼女にその理解を阻む以上は、きみの説明までが虚偽となるのだ。

彼らはふり向き、そのぶどう酒のしみを眺めるだろう、漆喰《しっくい》と煉瓦《れんが》の破片が彼らの頭上に降るだろう、グラスの破片で怪我をしたひとも何人か出る、彼らは驚きと憎悪を抱いてきみからはなれてゆき、ながながとつづく相談のささやき声はしだいに興奮して激してゆくだろう。そのとき数名の警官が彼らの円陣を越えてあらわれ、きみを逮捕する、乱暴ではない、きみがもうほとんど歩けず、足を引きずっていて、しかも、すりへったきみの靴の底の穴をとおしてきみの皮膚が、でこぼこした焼けるような地面にこすりつけられているのを見て、むしろ憐れみの態度で肩を貸してきみを支え、ときどききみの頭を起してくれるが、そのたびに頭はまた垂れてしまう、意味はわからぬが、やさしい言葉できみを力づけようと試みさえする、

きみを連れてトラステーヴェレ地区の街々を通って行く、あちこちのピッツェリアでテーブルにつき、暗くて見通しのきかぬ円天井の部屋の奥で赤々と燃える竈《かまど》をまえにしているひとびとが、おたがいにフラスカティぶどう酒をグラスに注ぎあいながら、うさんくさげにきみをちらちら見る、ローマの夜のすべての熱気が石や鋪道から放射されている様子だ。

ある神殿の扉をとおして、柱のあいだに、煙る松明《たいまつ》と香をたいた雲のなかに偶像が輝いているのがきみに見えるだろう、香の雲が流れてきてきみに届く、そんなきみを広場の窓からダ・ポンテ家の全家族が見守っているが、それがきみだとはわからない。

きみは銃や十字架や剣でいっぱいの中庭にはいって行き、狭い螺旋《らせん》階段を何階ものぼって、テーヴェレ河に沿った巨大な裁判所の最上階にたどりついて、そこの屋根窓からきみは、イリュミネーションに照らしだされたサン・ピエトロ大聖堂の円頂《ドーム》、同じくイリュミネーションに照らしだされたヴィットリオ・エマヌエーレ二世記念堂、ローマ終

着駅前の公共浴場《テルメ》跡の広場を認め、轟々《ごうごう》たる叫び声が真新しいコロセウムから湧きあがってくるのを耳にしてから、ついにきみは小さな黒い扉にたどりつく。

その夜、きみの行動までが妨げになって、彼女にはきみの言葉が理解できないだろう。というのも、クィリナーレ・ホテルにスーツケースを取りに戻る必要も、食事のあとでいそぐ必要もないのだから。きみはモンテ・デッラ・ファリーナ街五十六番地の、三日間きみたちの家であった彼女の家に戻り、その夜の残りを彼女のそばで過ごすことになる。ばつの悪さを感じて、どうにかして彼女の誤りをさとらせたいとのぞんでいるために、また、夕食のあいだ、この目的のためにきみがありとあらゆる努力をふりしぼってもなんにもならず、そうやって彼女の家に向かう道すがら詳しく説いて聞かせてもなんにもならなかったあとだけに、帰りの旅の疲労までも先まわりして考えて、彼女の家のほうに向かうきみの歩みはよどみがちだろう、しかも、そんな歩みの一歩一歩が、いやさらに、些細なきみの愛撫までが、悲壮なまでに愛情のこもったきみの声のありとあらゆる抑揚が、きみの言葉とは反対の意味を彼女に伝えてしまうだろう。

彼女のほうできみを引き立て、きみを支えるだろう、そしてローマの夜のなかで、きみは恥と絶望を感じながら彼女の顔に勝利の微笑を――ああなんということだ、まったく空しい勝利なのだが――見抜くだろう、彼女のほうはそんな微笑をきみには見せまいとするだろう、きみのゲームに加わり、そうやってきみを助けているのだと思って。

写真の貼ってある下の彼女のベッドにふたりならんで横になって、きみたちはおしゃべりをしながら愛撫しあうだろう、いや、彼女のために職場と、いかに仮の住居ではあれ、とにかくふたりでパリに住むための住居を見つけたあとで、きみたちの愛の脆弱さと、きみたちの愛がローマという場所に結びついているという容赦のない明白さに負けて、きみがすべてを放擲《ほうてき》しようとしているということを彼女に信じてもらうためには、たしかにきみは早くことにとりかからねばならないだろう。

彼女はきみが話すままにしておくだろう、だが理解はしないで、こう考えるだろう、――このひとがこんなに貞節で誠実だとは思わなかった、こんなになにもかも打ち明けてくれたことをどんなに感謝していることかしら！　このひと以上に、わたしはこのひとのことを知っている、いまのわたしはこのひとが自分を信頼している程度以上にこのひとを信頼している。もうわたしはほんの数週間待っていさえすればいいのだ。このひとを埋めていた臆病から、わたしはこのひとを引きはなすのに成功してしまった、わたしはこのひとの力、このひとの若さなのだ。

きみの言葉の重さをはかる時間を彼女にあたえねばなるまい。だから、きみはそのまえの晩か、さらにもうひとつまえの晩――つまり明日のことだが――に言っておかねばならないだろう、そうすれば彼女は、きみが眠っているのを見ながら、あるいは月曜日にきみとはなれてファルネーゼ館で働いているときに、きみのその言葉を繰りかえし考えることができるだろう、そうすれば彼女はきみにその言葉を何度も繰りかえさせたあげく、そのほんとうの意味をさとり、それ以外に解釈のしようがないということを確信するだろう。

だから、きみはその二、三日をだいなしにしてしまわねばならぬだろう、じつは、その二、三日のあいだは、きみのこんどの出発の目的だったあの自由を楽しみたいとのぞんでいたのだが。

ああ、なんということだ、それではこのローマ滞在も不信の日々となり、彼女の側から見れば、残るただひとつの絆でしかないものを彼女が引きちぎるための努力の日々となってしまうのだろうか、愛情のあふれた皮肉にみちみちたものとなるのだろうか、そんなものに抵抗することはきみにはまったく困難だろう、ほとんど不可能ではないだろうか？

といって、たとえ明日にもすぐにきみが事態のすべてを語ったとしても(それにいったいどうやって語るのか?)、月曜日の夜、プラットホームに立ち、《ピサ、ジェノヴァ、トリーノ、モダーヌ、パリ行》と書いてある三等車をまえにしても、まだ彼女にはあいかわらず理解できず、彼女がきみに手かせをはめることこそきみのねがいなのだ、きみのそうした断念は本心から出たものではないのだとあいかわらず思っていることだろう。じつに明確にきみの気持を語っていると思えることがら、この旅行がスカベッリ商会とは無縁のものであり、きみが彼女に詳細にわたって——というのは、はじめは別の意味で嘘ではないかと思って彼女がきみに根掘り葉掘りたずねるだろうからだが——話したことの次第も、じつに明確にきみの気持を語っていると思えて、それにしがみついているのだ、そしてきみが、いま坐っている席と同じく進行方向に面した通路よりの席を取って——うまくそういけばいいが——そこに本を目印に置いてから、彼女にもういちど接吻するため降りてきたとき、彼女は、そのときもまたきっとこう言うだろう、

「で、こんどはいついらっしゃるの?」

それは、きみの感動につけこみ、駅の喧騒を利用して、きみの新しい仮面をついには脱ぎ棄てさせようと意図した上での言葉なのだ、彼女の考えによれば、きみがその新し

い仮面をかぶったのは彼女を試すため、とくに、きみの内的緊張をいくらか解きほぐそうとして自分で自分自身にお芝居をしてみせるためなのだ、

それはまた、きみがこんど来るときには、あの美しい計画をもっと練りあげ、しかも固くその実行を決意しているにちがいないと確信したいと考えればこその言葉なのだ、この数日間を冷酷な争いのうちに過ごさねばならなかったこと、この数日間が、もうそんなにも近くに迫っている幸福な生活の断片とならなかったことを後悔して、

とすれば、ほんとうにきみにできるのだろうか、きみの心にそんな言葉が浮かぶだろうか、たとえ浮かんだとしても、ほんとうにそれを言う勇気があるだろうか、出発直前のあわただしいあいだに、しかも、辛く、長く、孤独な旅行を眼のまえにして、彼女に誤りをさとらせることがほんとうにきみにできるだろうか？

できはしまい、そんなことはきみの力にあまる、きみの今回のローマ滞在とその動機となったあのさまざまな奔走や計画の総体をきみは彼女に詳細にわたって話さねばならないわけだが、それを彼女が考えちがいをして、いますこしずつきみに明かされつつある考え方とはまったく正反対の方向で決定的であり、重大な意味をもつものだとは考えさせないための唯一の方法は、もっとあとになってから、彼女にそのことを知らせると

いうことだろう、かなりずっとあとになってから、おそらく第三者をとおして、あるいは遠まわしにほのめかせて、きみの心のなかの未来への希望は、いまのままのかたちでは実行してみたところで裏切られるばかりだろうから、それがすこしずつ色褪《あ》せ、あるいはかたちが変わってしまってからがいいだろう。

だからきみは、こんどは彼女に会うことをまったく断念すべきだろう。まえもって知らせてないのだから、彼女のほうもきみを待ってはいない。

きみがローマに来たということ、きみが職場も見つけ、手筈もととのえてあったということを彼女に知られてはなるまい、じっさい彼女にとってみれば、いわばきみが職場を見つけもしなければ探しもしなかったに等しいことになるのだから、また他方で、きみにしてみれば、もう今後きみは職場を探しはしないのだから、職場を見つけることもないと自分でよく知っているのだから。

それが唯一の方法だろう、ちょうどトンネルから出たときのように、きみの心にやっと光が射してくる、彼女に会わぬこと、彼女になんにも言わぬこと、このつぎの旅行、スカベッリ商会から出張命令をうけて旅費をもらい、いままでのようにまえもって彼女に知らせておく旅行のときまで彼女にきみの姿を見せぬこと、この秘密はまるできみの舌の上で凝結してしまったように秘めておくのだ。きっとこれからも彼女にしばしば会い、彼女を愛しつづけるだろう、だが、きみたちのあいだには恐ろしい裂け目が生まれ、それが会うたびごとに痛ましくもひろがってゆく、いままさに行われているこの旅行ゆえに、その裂け目は癒着することはできない。そして、彼女が充分にきみからはなれてしまい、きみが彼女になにもかも話すことができ、しかも、そのなにひとつとして虚偽とはならぬほど彼女がきみに対して抱いた幻想が充分に光を弱めてしまう日がついには来るだろう、

それが唯一の方法だろう、そうすればきみは、窓ガラスをおろした車室か通路の窓から、彼女がプラットホームの上を駆けだし、きみに手を振り、ついにはもうそんなこともできなくなるまで見つづける、そんなこともしないですむだろう、

遠くなり、すっかり小さくなってしまった彼女の顔、息を切らせ、駆けだしたためと、こみあげてくる感情のために真赤になっているだろう、涙を浮かべているかもしれぬ、そんな彼女を最後にもう一度見る、ということもしないですむだろう、そんな彼女の顔の上の、新たな微笑、きみへの執拗な、さらに強められた信頼、きみを拘束するような感謝、——歩みののろく、悲痛な、愚かな、確実な内的破局の到来するまえに、そうし

た微笑や信頼や感謝を破壊することが、きみにどうしてできよう、いやそれどころか、そうしたものは、今朝リヨン駅を出発したときにはきみの目的であった冒険、いまやどうにも抜け道がないときみの知っているあの冒険のなかに、ふたたびきみを閉じ込めかねぬものだろう。

きみは帰りにもひとりでローマ終着駅に来ることが必要だろう、その数日間を彼女を避けて過ごしただけに、いっそう彼女のことで心をいっぱいにして、いっぱいひとがいるのに知っている顔のただひとつもない夜のプラットホームが遠ざかってゆくのをじっと見つめる、きみはぜひともそうしなければなるまい。そんなきみの眼のまえを郊外の駅々が流れてゆくだろう、ローマ・トゥスコラナ駅、ローマ・オスティエンセ駅、ローマ・トラステーヴェレ駅、と。すると、だれかが明りを消してくれとたのむだろう。

頭をもちあげ、頸をねじり、背骨をしかるべきところに置き換えようと試み、きみは眼を開き、視線を、老イタリア人の開いた口の上、その濃いひげと鼻孔の上、縁のあたりでレンズのはみだした眼鏡の上のほうにある、四角いガラスの上に固定する、そのガラス板の下には山の写真があることをきみは知っているが、通路の黄色い反映のため、いまはまったく見えない。その隣の鏡のなかには、カーテンを下げるのを怠ったため、ゆらゆらと揺れながら、窓の向こう側に姿を見せる、満月。

窓の向こうには上弦の月が見え、その下に郊外の屋根屋根やガスタンクがあった。一等車の通路にいるきみの背後を――そのとききみのポケットにはゴーロワーズがちゃんとはいっていた――何人か夕食の第一回サーヴィスへ行こうとして通り抜けて行った。

客車には、きみのほかに客はたったひとりしかいなかった、きみと同年輩の肥った男で、黒ずんだ色の辛口の小さな葉巻をふかしていた、頭の上には大きな赤いスーツケースがふたつあった。

窓の向こうの森では、もう大部分の木の葉は落ちていたので、樹々の枝をとおして上弦の月が直立する小舟のように揺れているのが見えた。

広い肱掛けに左手を置き、透し模様のはいったさっぱりした白いカヴァーに襟首をもたせかけ、――食事を終ったひとびとが通路を戻ってきた――きみは手をガラス窓に置き、夜のなかを、老朽機関車置場からそこがローム＝アレジア駅だと推測しようと試みた。

きみの頭の上には今日と同じ暗緑色のスーツケースがあっただけではなく、書類や資料のぎっしりつまった明るい色の革の書類入れもあった。手にはランス支店関係のオレンジ色の紙挟みをもっていた。

窓の向こうでソーヌ河の水が穏やかに輝いていた。そのとき肥った男がきみに明りを消してくれとたのみ、それから彼はカーテンを下げたので、きみは通路に出て煙草をたてつづけに何本も吸いながら、そとの風景を、とりわけほとんどひと影の見えぬマコンのプラットホームと、文字盤の上を飛ぶように動く秒針をじっと見つめていた。

明りがついたと思ったらモダーヌだった。税関吏が拳骨《げんこつ》でガラス戸を軽くノックした。そしてその小さな黒い扉が開かれると、その向こうは真暗な部屋で、辛うじて円天井とその下の箱や本をいっぱい並べた棚が見えた。

細長いテーブルの向こうから肥った手をした男がきみに話しかけるが、なにを言っているのかきみにはわからない。きみのまわりを見渡すと、どの守衛も頭を左右に振り、眼には憐れみを浮かべている、男も女もいるが、女たちは白と黒のヴェールを顔にかけている。

そこできみは勇気をふるい起し、瞼を閉じて注意を惹くために両手を挙げ、みんながきみの言葉を聞こうと息をひそめたのを感じて、できるだけ厳密なイタリア語で話そうと努力しながら、きみは説明をはじめる。

「あんなことは、みんなわたしの意志とは無関係に起ったことです、いつでも非は認めます、わたしは一介のタイプライター商人にすぎませんが、お国の商業的繁栄には協力していますし、お国に仕えるもののひとりで、この都市では評判もいいんです、スカベッリ商会に問い合わせてさえくだされば、すぐにわかります」

だが、それ以上言葉をつづけてもむだだと、きみにはよくわかっている。というのも、きみがまったく正確に述べていると思っていた言葉が、じつは、きみの咽喉からさきには出ず、きみの口から出るのは、ただ、だんだん鋭くなり強くなるひゅうひゅういう音だけである以上、いったいどうして彼らにきみの言葉を理解することができるだろう、そこでみんなはきみの弁明を聞きたいと思ってはいたのだが、ゆっくりと立ちあがり、なんの役にも立たず、耳に苛立たしいだけの音をやめさせようとして、手をわなななかせながら近寄ってくる。

税関吏が明りを消したところだった、そして停まっていた列車はまた動きだし、トンネルにはいっていった。きみは両足を伸ばして向かいの座席の上にのせたまま、トリーノ駅まで眼がさめなかった。トリーノ駅では、まだ夜は明けていなかったが、もうかなりひとの往来が多く、けばだった帽子をかぶったふたりの聖職者がはいってきて、明りをつけ、話をはじめた。彼らの言葉の一部がときどききみの耳にはいってくるので、一瞬好奇心をそそられはしたが、ジェノヴァの中学校についてのつまらぬ話だった。

きみがひげを剃っているうちに、磨《す》りガラスの窓がすこし明るくなってきた。食堂車で泡立つカフェ・ラッテを飲み、新鮮なマーマレードをつめたイタリアでは「クロワッサン」と呼ばれているものを食べているうちに夜が明けた。空は輪郭のはっきりした雲が二つ三つ浮いているほか、まったく澄みわたって、雲が村の上に流れてゆくと、色が変わり、その村の街々では街灯がつぎつぎと消されて、牛乳配達車が重そうに通って行き、朝早い自転車に乗ったひとびとが影から姿をあらわしてきた。と突然、地平線が三日月形に急に激しくくぼみ、太陽のあらわれるのが見え、陽光がきみの坐っているテーブルの上を掃くように水平に照らし、あらゆるものを、パン屑までをくっきりときわだたせ、長い影でそれらを強調した。

きみの車室のなかでは、黒い僧衣のひだは金色の埃で満たされ、聖職者たちの会話は一瞬とだえたりした。短いトンネルにはいるたびに、その輝かしい光がちょっと中断される。岩山を出るとジェノヴァで、きみは港に浮かぶ船を眺めた、舷側につるされた真白いボート、穏やかな波の輝きと競うように輝いている窓ガラス、高い灯台、鷗《かもめ》がその影のなかにはいり、一瞬姿を消す。

三人とも中央駅で降りた。ケープを肱にかけた聖職者たちはプラットホームの上で雑談しながら大きな黒いスーツケースをかるがると振っていた、きっとほとんど空っぽなのだろう。肥った男はまだよく眼のさめぬまま、ひげも剃らぬ顔で、通路の窓から体を乗り出して「赤帽《ファッキーノ》！」と呼んでいた、その隣にきみは立って爽やかな空気を吸い込み、その日の最初の煙草をふかしながら、男の狼狽《ろうばい》ぶり、憔悴した顔付、苦々しげな口もとを見て楽しみ、彼が荷物をおろし赤帽に渡すのを手伝いながら、きみはこう思った、――この男はわたしよりほんのすこし年上という程度にちがいないが、用心しないと、わたしもあんなふうになってしまいかねないな。

きみが月影を見ているのはもはや鏡のなかでではなく、アニェスの髪――月の光で水銀色に染められ、乱れ、なにか夜の獣の足跡に似ている彼女の髪――の上の写真を覆うガラスの上でである。写真はいまは見えないが、波止場に沿って浮かぶ帆船を撮《うつ》したものであることをきみは知っている。ヴィアレッジョ駅通過。

だから、きみは思ったよりずっと長く眠ったのだ。

ああ、執拗な悪夢で、どうしてもこの眠りがかき乱されるとしても、せめて、もうすこしこの眠りがつづいてくれればいいのだが、この眠りがこんなふうにたえずとぎれ、そのたびにきみの頭や腹のなかにその有害な煙を、その毒の味を残すということがなければいいのだが！

悪夢がこれからもきみをはなれぬものなら、せめて、こんなふうに何度も繰りかえし眼をさますことだけでもまぬかれて、悪夢が自由に跳梁する余地を一度はたっぷりとあたえられればいいのだが、そうすれば、そんなものは終ってしまい、いまきみの顔の上に浮きあがったように貼りついている垢《あか》を洗いおとし、出発以来きみの顎の上に伸びつづけているひげを剃ってしまうように、悪夢をはらいのけることができるのだが、

ほかの客のように席に落ちついて明けがたまでほんとうに眠れればいいのだが、ジェノヴァではいってきた若い女でさえ、もういまは、頭がきみの肩に触れはしまいかと思

えるほど体をきみのほうへ傾けている、すこしずつ体が倒れてゆく、と思うと、溜息をついて体を起すが眼は開けず、また彼女の頭が倒れはじめ肩が落ちはじめる、座席の上に片方の手をつき腕を伸ばして体を支え(すこし強く車輛が揺れるたびに肱がかくんと曲がり、また伸ばされる)、口を開け、紫色の唇のあいだに歯がすこし光って見える。

と、こんどは、彼女の指が座席の縁まで滑ってきて、さらにその縁に沿って横に滑りつづける。腕がすっかり曲がり、体全体がきみのほうに倒れかかってくる。両肩が背凭れからはなれる。左の掌《てのひら》がドレスの両腿の上を滑り、ついで下に垂れさがり、ついには鉄の床暖房にまで届いて、その上を爪がぶらぶらしはじめる。襟と髪のあいだで彼女の襟首の皮膚がすこし明るい三日月形をなしている。

さっきの駅がヴィアレッジョだったのなら、きみはもうすぐピサに着くだろう(いまは松林を通っているにちがいない、きみは海からはなれてゆくはずだ)。ピサ到着が正確には何時であるかきみは覚えていない。きみの頭上のスーツケースのなかの時刻表に書いてはあるが、それを取りだすために立ちあがる気がしない。きみは時計を見る。だいたい一時十五分。時計はどのくらい進んでいるのだろうか、いつ合わせたのだったか、きみはもう覚えていない。

いまから眠ろうとするには及ばない、駅に着けば、どうせがたりと揺れ、明りがつき、きっとだれかが乗り込んでくるのだから。

あのすこし光っているのはアルノ川ではないか。

城壁が近づく。ひと影のない街の上に、電球がいくつか電線にぶらさがっているが、街をはっきり照らし出すまでには到らない、緑と赤の交通信号灯、別の列車、貨物列車だ、自動車を積んでいる。駅がゆっくりと流れる。がらんとしたプラットホームで、ひとりの男が郵便物袋を満載した車を押している、別の男が電話をテーブルの上にほうり出して駅事務所から急に跳びだす、きみが待ちうけていた以上に激しく揺れて停車する。

きみの隣の女が肱をついて体を起し、反《そ》り身になり、坐り直し、指を眉の上にやり、背凭れにもたれかかり、ふたたび眼を閉じ、渋面をつくるが、それもすこしずつ和らいでゆく。

そのとき、アニェスが思わず飛びあがる。ピエールがその腕を引き、何度も曲げたり伸ばしたりしてから、窓ガラスのほうに身をかがめ、頸を伸ばしてあたりを眺め、「ピサだよ」と言い、時計で時刻を見て「ローマまでもうあと四時間半だ」と言ってから、アニェスの両手を取り、彼女の頭を自分の肩の上にもたれさせ、まるで自分たちふたりだけであるように彼女を抱き、愛撫する。

きみの背後で扉が開く。ふり向いてみると、守衛がひとり前腕で顔を隠してはいってくる、あとにだれかが続いている、顔付をよく見分けることができぬものの、きみと同じだが仕立ておろしの服を着て、手にはきみのと同じ型のスーツケースをもっている、きみよりすこし年上らしい。

警察署長はなにか言うが、きみにはあいかわらずわからない。署長の言葉が終ると、新しくはいってきたその男の声が高まる、驚くほどはっきりわかる。

「きみはだれだ？　きみはどこへ行くのか？　きみはなにを探しているのか？　きみはだれを愛しているのか？　きみはなにが欲しいのか？　きみはなにを待っているのか？　きみはなにを感じているのか？　きみにわたしが見えるか？　きみにわたしの声が聞えるか？」

濃い青い光と丸窓の紫色の穴しか残っていない。壁に沿ってならんだすべての守衛が頭をのけぞらせ、眼を閉ざす。

出発の動きとともに、みんながなにか仕草をしはじめる。

きみの正面の老イタリア人は、停車したときには眼をさまさなかったが、咳をし、ハンカチーフを取り、眼鏡をはずしてレンズを拭き、眼と鼻筋を指でこする。

きみの隣の若い女が唇を動かしている、まるでなにかを執拗に繰りかえし語っているとでもいうように、まるで是が非でもなにかを確信したいとでもいうように。頭を振っているが、その頭の動きの軸がすこしずつ変化してゆく。いま彼女は背凭れをこめかみで愛撫している、肩がまた静かに落ち、倒れはじめる、腕がまた曲がり、きちんと揃えてあった両脚が片方ずつすべりだし、ドレスがくぼみをつくり、そのくぼみが両膝のあいだで揺れている。

老イタリア婦人が手を組んで彼女を眺めている、ついで窓のほうに顔を向け、指をひろげ、お祈りのときのように手を挙げ、肩をすこしそびやかし、また手を握って黒いスカートの上におろし、倒れそうになっている若い女に視線をふたたび戻す。若い女の背中が息で大きく波打っている、まるで彼女がきみのほうに這い上がってくるような印象をきみはうける、彼女の髪に接吻してみたい、彼女のほうに、彼女の上に、きみもまた倒れかかってみたい。

アニェスの顔が月光に打たれている、開いた眼、まるで陶器の輝きのように光る角膜、黒い瞳孔の上に、まるで濡れた矢の尖端のようなものがちらちら光っている。

ピエールの横顔が見える、まるで愛する妻に情熱をこめてなにかをささやいているふうだが、眠っている。いまのところは、この車室内で眠っているのは彼だけだ。きみも眠らねばならぬ、眠るために体を席に落ちつけねばならぬ。

きみはもうピサから遠くはなれている。きみは海に近づきつつある。きみはリヴォルノを通るだろう。列車がそこに停まるかどうか、きみはもう覚えていない。

アニェスがピエールの腕をそっとはなす。その手がだらりと落ちる。彼の手首は両方とも座席の縁に置かれている、指をみんな軽く折り曲げ、掌を上に向けて。

アニェスが片方の手できみの頭上の荷物棚の横棒につかまり、もう一方の手でスカートを直し、そとに出る。

きみは眠りたい。きみはきみの横のガラス窓にカーテンをおろす、すると、きみの正面の老イタリア人もきみの例にならい、扉も閉め、窓にもカーテンをおろす。

もはや、天井灯の青い光とアニェスのいないあとの席の上の月光の断片しかない。窓の向こうで、自動車のヘッドライトが突然夜のなかに松の樹々を照らしだす。

ひとりきりだった、ユリアヌス帝書簡集をきみは両手にもっていた、ジェノヴァ郊外をはなれたあとで、家々の屋根や山々の上に太陽がのぼりはじめ、陽光の色がはっきりと明るくなり、暑くまばゆくなって、きみの顔を浸していた、

席を変えてきみは窓ぎわの席に来ていた、鐘楼はまだ長い影を投げていたが、通りはひとでにぎわい、女たちがもう流れのなかで布を洗っていて、反対側には、岬と一戸建ての家々のあいだに海の三角形が突然あらわれた、真白に輝く帆船がひとつ、庭園にはまだ花がいくらか咲いていた、

(ラ・スペツィアでは灰色の船が何隻か、緑の水の上に長くつらなっていた)、トンネルにはいるたびごとに照明がつく、車内照明灯は消され、終夜灯まで消えた、ヴィアレッジョ駅が過ぎてゆくのをきみは見た、リグリア地方をはなれ、エトルリア地域にはいっていた、

(松が風に揺れていた、列車は海からはなれていった)、

ついで、ローマ風の瓦でふかれた屋根屋根のでこぼこしたひろがりの上に、低い丘のつらなる地平線を背景にして、まるで日の出のときの水深のふかい港に浮かぶ帆船か鷗《かもめ》のように、

大聖堂の円屋根や洗礼堂や斜塔が輝いているのをきみは認めた、きみはこういう時刻

に、こういう光線の下で、その駅に着くたびごとに、その斜塔を訪れたいという欲求を感じる、この地方ではそういう光線に出会うことはよくあるのだ。

だがきみは、いちどもピサに降りたことはなかった、そんなひまがあったことがかつてないのだ。

きみはいつでも途中の駅で足を停めることなくローマへ直行する、仕事がきみを待っているから、セシルがきみを待っているから。

だが今日は、きみが夜のなかを彼女に近づきつつあることを彼女は知らない。今日は、きみがローマに近づきつつあることをスカベッリ商会は知らない。

リヴォルノの陽の当った真直ぐな街々では、——いまのきみは、これからその街なかを通り過ぎるはずだ、夜だからもちろん街は見えない——葬列がうねうねとつづいていた。プラットホームの上では新聞売りが叫んでいた(これからその駅を通るときには駅員しかいないだろう)、旧式の小さい機関車が濃い煙をあげていた。そとの空気はとてもやわらかく、塩と纜《ともづな》と石炭の匂いがまじって爽やかだった、ひとすじの光線がひげを剃ったきみの顎に落ちてきた。

それから、きみは不動の部屋のなかできみの頭がのけぞるのを感じた。

丸窓の紫色の穴をとおして、埃と腐臭と砂まじりの風がはいってきていた。色の濃くなってゆく青い光しかもはや残っていなかったので、そのため、椅子に坐り、壁に沿って向きあっている守衛たちの顔は、きみにはもはや見分けもつかず、きみには、彼らがまるでしだいに壁の内側に沈んでゆくように思われた。だがきみには、だんだん強く、だんだん荒く、だんだん金属的に、彼らの規則的な呼吸音が聞えた。

きみの足がもはやきみを支えていない、いや、それどころか、きみの足はもう地面についていなくて、しだいに浮きあがりつつあり、きみの体全体も空中で回転して、ついには、坐っているひとびとの閉じた眼の高さで水平に保たれていると、きみは感じていた。

きみにはもはや円天井しか見えなかった、その円天井の下を、きみはちょうどトンネルのなかでも抜けるように動きはじめていた、そして守衛たちも壁に沿って、身振りひとつせず、きみと同じ速さで移動してゆくのだった。

きみは、いま自分がどこにいるか知っている。この化粧漆喰《スタッコ》と色彩の跡、滲み出る水、赤みを帯びた電球、その電球のまわりには巨大なねばねばする緑色のしみが壁を蝕んでいる、それはネロ帝の黄金の家の地下室だ。

ときどきいくつかの円形の穴から夜空がのぞける。トンネルが急にひろがる。すべては動かなくなる。

列車は停まっていた(列車は停まったはずだ、きみはもうリヴォルノをはなれたはずだ)、きみはまだリヴォルノにいた(リヴォルノでは電灯をつけなかった)、煙にかこまれたまんなかでリヴォルノ駅には陽光が輝いていた(まえにはいなかっただれかがいる、アニェスも戻ってきている、彼らはきみの心を乱しはしなかった)、きみは車室のなかでひとりきりだった、窓ガラスをおろしてプラットホームに顔を出し、新聞売りから新聞を買った。それから、きみはリヴォルノを発車した。トスカーナ地方の朝の、十一月はじめとはいえ、まだ強い陽光に照らし出された裸の畠、村々、丘、青くまたは白く塗られた小屋の立ちならぶだけでひとけのない海岸を眺めていた、その同じ風景のなかを、いまきみは夜に包まれて走っている、たえまなくつづく苦しい悪夢に浸りながら。

通路の向こう、海のかなたにピオンビーノ岬とエルバ島が姿を見せた。

食堂車で第一回サーヴィス時間のとき、列車はマレンマ沼地を横切っているところで、きみはとても美しいイタリア婦人と向かいあって坐っていた、大柄なローマの女性で、きみにセシルのことを思わせた。

またも、アニェスの髪の上の、いまは眼に見えないが小さな港の波止場に碇泊《ていはく》する船を撮した写真を収めたガラスのなかに、月が映っている、その歪んだ反映はなにか夜の獣の足跡に似ている、いや、たんなる足跡ではない、獲物をつかもうとじりじりして曲げたり伸ばされたりしている爪さえ思わせる。月影は写真を収めた額縁のほうへ移動し、窓に移り、消える、だが、こんどは窓ガラスをとおして円い月それ自体がきみに姿をあらわし、窓のまんなかにふるえながら停まっている、急にその光がまっすぐ車室のなかに流れこみ、きみの両方の靴のあいだで、金属の床暖房の菱形の鱗《うろこ》を輝かせ、よみがえらせる。

ピサへ向かって進みながら、青い光のなかできみは彼女が眠っているのを、まるで列車のなかで会っただけの見知らぬ女を見るような眼で眺めていた、まるでいまきみの隣にいる女を見るような眼で——彼女のみごとな背中が起き上がってはまたふかぶかとまえに倒れ、その髪が、開きもしなかった本をあいかわらずにぎりしめているきみの手に触れる——まるで隣のその女は座席の上でまえのめりになって眠るかわりに、大胆にもきみに体をくっつけて眠っているかのようだ、まるで彼女の眠っているうちにきみが大胆にも彼女を自分のほうに引きよせても、彼女はきみになにも言わず、彼女の声はまったく聞えないとでもいうようだ、あのとき、

きみはこんなふうに考えていた、――わたしはこの女の名前を知らない、彼女がだれであるか、いやイタリア人か、それともフランス人かということさえ知らない、いつ彼女はこの列車に乗り込んできたんだろう、きっとわたしは眠っていたのだ、眼がさめてみたら、この美しい顔がわたしの頸にもたれかかっていて、わたしの手が彼女の腰を抱きしめている、彼女の膝がわたしの膝をやさしく愛撫している、この瞼がわたしの唇のこんなにまで近くにあったんだ、と。

窓のカーテンは下ろされていたが、通路よりのガラスには下ろされておらず、そのガラスにきみはこめかみをこすりつけていて、通路の向こう側の窓ガラスの外側は雨滴で覆われて、秋の雨がはげしく降っているのが感じられた。

きみたちのパリ滞在ゆえの疲労、帰りの列車の旅ゆえの疲労、きみのいろいろな思い出を偽装し、心のなかで事態を整理しようとする努力ゆえの疲労、そんな疲労のためきみがときどき身ぶるいすると、そのきみの体のふるえにこだまのように応えてセシルの

体がふるえるのだが、セシルのほうはすぐおさまり、また長く安らかに呼吸しはじめた、そして、そんなセシルのおかげで、きみの体の節々の痛み、きみの傷痕、消化器官の苦しさ、全身の骨の軋み、神経の抑圧感は、ちょうど荒れた海に油を流したように静まってゆき、秘かな、優しく、熱い光に浸されていった、きみが近づきつつあったローマの空気や壁や歩みや言葉や名前を蒸溜してできた、酔わせ宥《なだ》めるようなエッセンスに浸されたのだった。

　きみはリヴォルノ以後とまらなかった。きみはマレンマ沼地を横切った。きみはまた眠ろうと努めた。チヴィタヴェッキアに着いたときセシルが眼をさました。

　すべてが動かなくなっていた。きみの上、ちょうどきみの眼の正面に『大洪水』*の絵があった。きみと一緒に動いてきたひとびとは、男も女もみんな、大きくふくらみ、壁に沿って浮かび上がり、彎曲し、円天井にくっついた。

　きみの体に沿って、その両側を、帽子をかぶりケープをまとった枢機卿たちの行列がとおっていった、どの枢機卿もきみの耳のところまで来るとこうささやいた、「なぜおまえはわれわれを憎んでいると称するのだ？　われわれはローマの人間ではないのか？」

ついで、四人の琥珀の眼をした黒大理石の巨人像にかつがれた教皇昇輿《セディア・ジェスタトリア》が、巨人像の歩みにつれて揺れながらとおってゆく、その教皇昇輿の上には、大きな羽根の扇にかこまれ、白と金色の絹の傘の下に、手袋をした手に指輪をはめて、冠をかぶり、厚く丸い眼鏡の背後に眼を隠した、やつれた顔の教皇がのっている、その足がきみの足にほとんど触れそうになったとき、教皇は、まるではるかかなたの墓から出てくるような声を、にぎやかな壁の上にしゅうしゅうと反響させて、ひどくゆっくりと、ひどく悲しげに宣言する。

「おお汝、我が足もとの空中に麻痺し、唇を動かすことも、我が出現を見まいとして瞼を閉ざすこともかなわぬ汝よ、

眠りを求めてかなわぬ汝、いまや奪われた大地に足をつけようと求めてかなわぬ汝よ、かずかずの映像に監視され、それらを整理することも、それらに名前をつけることもかなわぬ汝よ、

なにゆえに汝はローマを愛すると称するのか？　余はかずかずの皇帝たちの幻、いまは亡き彼らの世界の首都に数世紀来つきまとう彼らの幻ではないのか？」

教皇の頭が最初に灰色になり、ついでその服装のすべてが青く染まる。教皇の姿は濃

い光のなかに溶け込み、広間の中央に塊のようなものを形成する。

だれかが降りるときに、荷物棚の上のスーツケースを取ろうとして電灯をつけた。セシルは眼をさましたばかりのところで、自分がどこにいるかわからず、停車しているあいだじゅうきみの顔をじっと見つめていたが、きみがだれだかわからないようだった、まるで悪夢からさめて、その夢を追いはらおうと努力しているようだった、といって彼女の眠りはとても平和に見えたのだが。

ひげを剃りながら見た鏡のなかのきみの顔は憔悴し、蒼ざめていた。

車室のなかでは、彼女はきみの出て行ったあとの席に坐り、眼を開けたまま身動きもしないでいたが、きみはその車室に戻らず、雨の降るなかをローマ郊外の駅々が過ぎてゆくのを眺めていた、ローマ・トラステーヴェレ駅、それから河、橋の上を喘ぎあえぎ進む牛乳運搬トラック、波の高くうねる黒い水上にうつるヘッドライト、ローマ・オスティエンセ駅、それから暗い城壁、その城壁の上には、いまやゆっくりと活動を再開しようとしている都会の光、ザマ広場、アッピア・ヌオヴァ街道、トゥスコラナ駅。

彼女は立ちあがって、ヘアピンを歯のあいだにくわえて、髪の乱れを直そうとしていた。ひとびとはスーツケースを通路に出していた。ポルタ・マッジョーレとミネルウア・メディカの神殿はもう過ぎていた。きみはローマに着いていた。

月は窓からはなれたが、その弱い反映がピエールの頭と新たにはいってきた男——その顔付はきみには見えない——の頭のあいだの鏡に映っている、と思うと、もう、こんどは銃眼のある壁と塔の写真を覆うガラスに映っている。グロッセート駅通過。

きみの肉にはなんとかずかずの爪が深くくい込んでいることか、きみの胸のまわりには鎖がなんと強く巻かれ、きみの両脚に沿って蛇が這いあがってくるではないか！

きみはゆっくりと頸を立て直し、拳を痙攣させ、腕の緊張をほぐす、だが、きみが手にもっていた本がない、落したんだろう。きみは体をかがめ、鉄の床の上を、靴のあいだ踵《かかと》のあいだとさわって探す。踵がぶるぶるとふるえる、本は見つからない。

本は座席の上だ、女の指が本の上に置かれている、彼女の頸をそっと咬《か》んでやりたい、すると彼女のほうは眼もさまさずに頭をあげ、きみに唇を差し出す、そんな彼女を抱きしめ、きみの手を彼女の肌着のなかにすべりこませるんだ、

本が彼女の指をはなれ、小刻みな震動につれて遠ざかる。きみは座席から落ちる寸前で本をつかまえる。

あの男が出ていこうとするが、こんどもその顔を見るのに成功しなかった、車室を出て、扉をうしろ手に閉める、オレンジ色のひとすじの光が、男のツイードの背広の上、きみの一方の手の上、一方の膝の上にさし込む。ついでまた青い闇。

そしてあの塊が散りぢりになって消えたとき、広間の奥に「裁きの王」*が片手を挙げて姿をあらわす。円天井のまわりにぶらさがった巨大な人物たちが頭をのけぞらせ、眼を閉じる。

「我が言葉の響きだけで、汝の四肢は、すでに蛆虫《うじむし》にくい荒らされたごとく痙攣しはじめるであろう。汝に刑を言い渡すのは我ではない、我につき従うすべてのひとびととその先祖たち、汝につき従うすべてのひとびととその子供たちが刑を言い渡すのだ」

「裁きの王」の姿の背後の壁に稲光りが縞模様をつけはじめ、壁はばらばらの大きな破片となって崩れ落ちはじめた。

眼をなかば開くと、濃い青色の光のなかに数人の頭が見える、眼を閉じ、どれもこれものけぞり、列車の動きに揺れている、老イタリア婦人と銀色に照らされた美しいアニエスのあいだに、どうやらすこし灰色がかってきた四角く切り取られたそとの夜、まるくなった天井のつけ根に付いた荷物棚がこれらの男女の所有物を支えている、彼らには

きみはこれまで会ったことはないし、これからさきも、きっともうけっして会わないだろう、

きみがピエールと名づけている男が眼をさまし、肩を背凭れから引きはがし、膝の上に両肱をついて、細部の見えぬ暗い風景が流れてゆくのを眺める、きみがアニェスと名づけている女も眠りの底から浮かびあがり、夫の拳を手に取り、月の光で時刻を読もうとする

(「……ね、ローマ到着まで」

「だいたいね、まだ眠っていられるよ」

「ちょっと通路に出て脚を伸ばすわ」)、

ふたりとも立ちあがり、きみの邪魔をしないよう気をくばって歩き、男のほうが扉の把手をにぎって、できるだけそっと開けようとする、オレンジ色の光が斜めに射し、彼の手ときみの手の上に、きみの隣の女の長く横に伸びた髪の上に散る、

きみは体の位置を直そうとして、額をカーテンに押しあててみる、だめだ、こんな恰好では眠れない。頭をまた仰向けにする。

眼はいま室内照明灯内の青い真珠に注がれている、きみは鉄の床暖房の上で両足をず

らせて老イタリア人の両足のあいだにもっとうまく置こうと試みる、と、きみは若い女の垂れ下がった手がきみの片方の踵をやさしく愛撫しているのを感じる、彼女の指が、まるでなにかを確かめようとしているとでもいうように、きみの踵をまさぐっている。

ローマ終着駅の上には、雨がほとんど列車の動くときのような音を立てて降り、きみたちがスタンドバーで立ったままカフェ・ラッテをいそいで飲んでいたとき、雨は待合室の透明な屋根の上に大きな波となって音を立てて流れていた、そして駅前の広場には大きな水溜りがいくつもできていて、タクシーがそこを通るたびに大きくはねがあがった。ときどき突風が吹きぬける玄関の庇《ひさし》の下で、きみたちはふたりならんで、なにも言わず、身動きもせず、外套の襟を立てて閉め、暗い夜のなかを車を待っていた、トロリーバスが動いているほかは、夜明けを告げるものはなにひとつないように思えた。

きみはセシルのスーツケースをモンテ・デッラ・ファリーナ街の彼女の部屋のまえの踊り場まで運んでから、接吻さえせず、すぐに彼女と別れた、ただ、まるで気休めのように、「じゃあ、今晩ね」とささやいただけだった。それからきみは、彼女が鍵穴に鍵を入れてまわす音、扉をぴしゃりと閉める音を聞いた。
　クィリナーレ・ホテルの、ずっと上のほうのテラスのついた小さな部屋にはいり、きみはテーブルの上にスーツケースを置き、ギヨーム・ビュデ叢書の『アエネーイス』第一巻を取りだした。きみは鎧戸を開けた。雨の線をとおして陽光が滲み込みはじめていて、すこしたつと、ナツィオナーレ街の屋根屋根の上にのしかかる雲のあいだに明るい裂け目があらわれた。
　その夕方、予定したよりすっかり長びいてしまったスカベッリ商会での無味乾燥で芯の疲れる討議がすんだときには、ファルネーゼ広場でと約束した待ち合わせの時刻はもうとっくに過ぎていたが、きみはゆっくりと歩いていった、飾り窓のまえで立ちどまったり、しばしば鋪道を変えてみたり、まわり道をしてパンテオン広場を抜けて行くのを楽しんだりして、まだすこし濡れている爽やかな空気のなかを、黄昏がほんのすこし空に残っている下を、
　まるでファルネーゼ広場へ行くのを避けたいとでもいうように（だがきみの足はきみをそこへ連れ戻そうとしていたし、きみの心のなかには、そういうばかげた成行に対する怒りのようなものがあった）、あの夜行の旅のあとだけに、休暇明けの勤務の一日に

はかなり疲れただろうから、着くころには彼女はもういやになって、いないだろう、そうのぞんででもいるように、

きみはこう考えた、――彼女はたぶんわたしを待っていないだろう、もう七時近い、きっと早く寝るつもりで家に帰ってサンドウィッチでもつくっているにちがいない、だが、彼女はいつもの場所で、モード雑誌をめくりながら待っていた、待ちかねていらいらしているという様子さえなく。

きみは彼女に、パリ滞在はどうでしたかとたずねたくなった、まるで、きみが彼女をアンリエットに紹介したときの言葉がほんとうのことであって、彼女がじっさいその言葉どおりに、ローマでの知り合いの女性で、いつでもきみにとても親切にしてくれるひとでもあるかのように。

彼女はきみに言った。「おなかがへって死にそう。今朝ラルゴ・アルジェンティーナに新しいレストランができたのを見つけたの、ためしてみない？ それから帰って寝るわ」

こんどはきみは彼女の家の階段をのぼりさえしなかった。翌日の待ち合わせの約束さえしなかった。彼女はあくびをしながら手でおやすみの挨拶をした。きみは外套を体に

しっかりと巻きつけ、寒いなかを歩いてクィリナーレ・ホテルに帰り、真夜中近くまでウェルギリウスの詩を読んだ。

広間の奥の壁がばらばらの大きな破片となって崩れ落ち、中央に見えた姿は青く染まり、濃い光線のなかに溶け込み、塊のようなものをかたちづくり、そのまわりには、夜の都市の風景がすこしずつ姿をあらわしていった。

きみの頭上で俯《うつむ》いている巨大な人物たちはなにかをつぶやき、彼らの指は巨大な本のページをめくっていた。

きみは彼女のことを想いながらこう考えた、――あんなことはちょっとした出来事にすぎない、また彼女には会えるさ、わたしたちはいつでも仲がいいだろう、と。だがその翌日の夕方には、空はすこし曇り気味だったが、きみはもう我慢がならなかった。スカベッツリ商会を出るとすぐ、きみはほとんど駆けだすようないそぎ足でファルネーゼ広場に向かった。

はじめ、きみは隠れていた。きみはローマの夜のなかを彼女のあとをつけて行った、彼女はモンテ・デッラ・ファリーナ街にまっすぐ帰る道を歩かず、なにかいそいでいるようないらいらしているような様子で、彼女に近づきながらきみは考えた、ほかの男の家に行くところなのかな？　彼女に追いつき、しばらくならんで歩きながら、きみは顔を彼女のほうに向け、眼をはなさなかった。やっと彼女がきみの顔を見た、立ちどまり、叫び声をあげ、ハンドバッグを落しても、身をかがめて拾おうともせず、きみの腕のなかに跳び込んできた。

きみは彼女に接吻した。彼女に言った。

「きみなしではいられない」

「あなたに会うってわかってたら、夕食を準備しておいたんだけど」

パリ旅行のすべての思い出、すべての後味は、いわば消えてしまった。きみはまた青年に戻った。きみはやっと「ローマの彼女」を見いだしていた。それまでのきみは、まだローマに着いていなかったのだ。

テーヴェレ河の島に面した小さなレストランで食事をすませてから、きみたちはウェスタの円形神殿へ行き、ヤヌスの拱門《アーチ》を通り、パラティーノ丘やカエリウスの庭園に沿って歩いた、おたがいにしっかりと身をよせあい、何度も抱き合って接吻し、ひとことも口をきかぬまま、ネロ帝の黄金の家の廃墟まで来て（コロセウムの広場にはまだ自動車やスクーターがたくさん走っていた）、きみはそこの掲示を声を出して読んだ、木曜日しか参観できません。

「だからわたしはまだ、はいったことがないの」

「明日ぼくがきみのために見に行くよ」

いまのところ、月光は老イタリア婦人の頭を照らしている、そして彼女の頭の上の、カルカソンヌの写真を収めたガラス板が、まるで垂直に置かれた光り輝く薄い四角形のように見える。きみが手ににぎっていた扉の把手が動く。扉が開き、ひとりの男が顔をのぞかせ、また閉める。

ふたつの止めをはずされたカーテンが、ぴくぴくふるえながらのぼってゆき、あとにできた隙間がだんだん明るくなり、ひろがってゆくにつれて、その隙間をとおして、細長い横線となったローマ平野がきみに見えはじめた、横線はいろいろに色を変えた、はじめは灰色の暁に染められ、ついで緑色になり、それから黄色くなった。つづいて、畠やぶどうの樹の上のほう、つらなる丘々のわきの下に、明るい空の三角形がいくつも見えた。

旅客のひとりがカーテンをすっかりあげ、窓ガラス全体を見せたとき、列車が線路の曲がり目に来て、太陽が真鍮色の光の束を投げ込み、眠っているひとびとの頬や額を光る熱い金属薄片《フォイル》で覆った。

一群の鴉がとある農場の上に飛び立ち、通路の向こうには、あのクロード・ロランの絵に細かく描かれているような海の波がひろがっていた。

「もう着いたの?」アンリエットが眼を開きながら言った。

「もうすぐチヴィタヴェッキアに着くところだよ」

その町はまだ破壊されてはいなかった。大戦まえのことなのだ。プラットホームには黒シャツを着た少年たちがいた。

きみから、髪を直して顔を化粧水《オー・ド・コローニュ》で拭いてきなさいと言われていたが、彼女はきみのそばからはなれず、片方の手をきみの肩にあずけて、眼をしばたたかせながら、しだいにのぼってゆく太陽が松林や一戸建ての家々の背後の奇妙な形をした雲を追い散らしてゆくありさまを喰い入るように眺めていた。

古いローマ終着駅——むかしの重苦しい十九世紀風建物だった——のまえには、スクーターもトロリーバスもなく、まだ馬車がいた。戸の閉まったうら淋しいビュッフェで朝食をすませてから、きみたちは四輪馬車に乗り込んだ。

そのころのきみはイタリア語に関しては本で覚えた知識しかまだもっていなかった、まだスカベッリ商会に入社していなかったのだ。あらゆるものがきみの眼を見はらせた。黒シャツの制服も、「首相万歳《ドウチエ》！」も、なにごとでもなかった。

きみは彼女にホテルの部屋で休みたいかとたずねた。スペイン広場のそばのボルゴニョーナ街のクローチェ・ディ・マルタ・ホテルだったが、彼女は、歩くこと、見ることしか求めず、そこで、きみたちはふたりそろってすぐそとに出て、しだいににぎやかになってゆく街々を歩き、名高い丘々を探った。

巨大な預言者たちや巫女《シビラ》たちが手にした本を閉じる、彼らの外套やヴェールや祭服のひだが揺れ動き、引き伸ばされ、大きな黒い羽根のようになり、その羽根も薄くなる、きみの頭上にはもはや黒い羽根が大きく飛びまわっているだけだ、その飛翔のあいだを縫って、だんだんと煙る夜空があらわれ、その夜空がくぼんでゆく。

きみは自分が落下しつつあるのを感じる。きみは草に触れる。頭を左右に向けると、灰色の柱の上部の欠けた柱身や規則的に植えられた茂みが見え、その奥に、なかば壊れた巨大な煉瓦造りの格天井《ごうてんじょう》つき壁龕《へきがん》がある。

すると、きみの眼の上ほんの数センチの空中に、鉄製の飾りをつけた小さな青銅像がいくつも近づいてくる。

*

「わたしはウァティカヌス、子供たちの泣き声をつかさどる神だ」

「クニナ、子供たちの揺り籠をつかさどる女神だ」

「セイア、大地に播《ま》かれた麦粒をつかさどる女神だ」

「穀粒からの最初の芽生えをつかさどる神」

「茎が芽を出すのをつかさどる神」

「ひろがってゆく葉をつかさどる神」

「若い穂をつかさどる神」

「穂のひげをつかさどる神」

「まだ緑色をした穂花をつかさどる神」

「穂花の乳白をつかさどる神」

「穂の成熟をつかさどる神」

「時間と行為の細分化をつかさどる古代イタリアの細心な小さな神々、この神々の灰からローマ法は生まれた」

「男の手と女の手を結びあわせるユガティヌス」
「新妻をその新しい住居へ導くドミドゥクス」
「新妻をその家に落ち着かせるドミティウス」
「新妻をいつまでも夫のものたらしめるマントゥルナ」
「新妻の腰帯を解くウィルギニエンシス」
「*ペルトゥンダ」
「*プリアプス」
「*ウェヌス」

ウェヌスは遠ざかりながらしだいに大きくなってゆく、彼女の体が明るく金色になり、巨大な彼女は大きな壁龕のなかからきみのほうをふり向き、片方の掌のなかに仲間の神々のすべてを載せてさしあげる。

彼女の頭の上に三つの大きな立像があらわれる、青銅の立像、鉄の立像、三番目はずっと暗くかすんでいるが黒い土の立像、*ユピテルとマルスとクィリヌスだ。

ついで四方八方から、長衣《トーガ》を着た、あるいは甲冑に身を固めた、あるいは緋色の外套を羽織った男たちが集まってくる、あとになるにしたがって、金の装身具をつけたり、冠をかぶったり、宝石で身を飾ったり、ケープを重い刺繍で飾ったりするものの数がふえる。ひとりひとりにきみは見覚えがある。それは歴代のローマ皇帝たちの行列なのだ。

きみたちはふたりならんで街々を歩き有名な丘々を探っていた、まだそのころは真新しかった旅行案内書《ギード・ブルー》を手にしながら。

午後、きみたちはフォロ・ロマーノとパラティーノ丘を訪れた。夕方、鉄柵が閉まろうとしていたとき、きみたちはウェヌスとローマの神殿にのぼった。

「あの下のほうの」と、きみは彼女に説明した、「コロセウムの向こう側の隅に、ネロ帝の黄金の家の廃墟がある、右下のほうにコンスタンティヌス帝の凱旋門、ずっと遠くのほうに、樹々のあいだに見えるのがクラウディウス帝の神殿だ、皇帝たちは神と見なされていたのさ」

そのコロセウムのまわりは車の往来がはげしかったが、去年やいまの自動車にくらべればずっとのろい自動車ばかりだった。ちょうどフォリ・インペリアリ通りが開通して、この神殿の廃墟のなかに公園がつくられたばかりだった。

酔いをさそう夕暮れのなかを、その公園のベンチに腰をおろしていた彼女が突然きみにたずねた。

「なぜ*ウェヌスとローマの神殿って言うの？　そのふたつにどんな関係があるの？」

頭をのけぞらせると、四角いガラス板がすこし光っているのが見える、きみの席の上のほうにある凱旋門の写真を覆うガラス板だ。駅の電灯が通りすぎる。タルクィニア駅にちがいない。

きみは考える、——じっとしていなければならぬ、眠れないまでも、すくなくともじっとしていなければならぬ、こんなふうに体を動かすのはまったく無意味だ。この客車の震動だけで、きみのいろいろな確信を、まるで、あまりに酷使された機械の部品のように衝突させ軋ませるのに充分ではないだろうか。

といってそれを阻止する手だてもない、この緊張した腕を休めねばならぬ。まるで弓を引きしぼっておいてその弦を急にはなしたように、きみの手が飛んでゆき、指が伸ばされる。指の背がとある頰の皮膚に触れ、まるで熱いものにさわったように激しく引きはなされる、きみの隣にいる女の頰だ、体を起きあがらせていたのだ、彼女の顔を見ると眼を開けている。

きみは、いつのまにか右手を扉の把手《とって》の上にまた置いていたが、把手がいままた動く。

オレンジ色の光の割れ目がひろがる。靴がその割れ目に侵入する、ついで膝、ピエールだ、手になにももっていないのだからひげを剃りに行ったところではない。彼は車室のなかにはいってくる、顎の半分が照らされている、まるでインクのなかを泳いだあとのように汚れている。手で探りながら、体をまえに傾け、向きをあちこちに変え、足をゆっくりと高くもちあげて一歩一歩と進み、最後にぐるりと体をまわしてから座席の上に腰をおろす。

アニェスの服の半分がきみに見える、ついで、彼女の片方の脚がためらいがちに弧を描いてあがる、つまさきが、脚を組んだきみの膝の上で、まるで検流計の針のようにふるえる、ひだのあるスカートの布地が通路の照明をうけて、雉子《きじ》の翼のようにきみの眼の高さのところにひろがる。彼女の手がきみの肩の上に、ついでその横の背凭れに押しあてられる。彼女は体の向きを変え、床についた踵を軸に回転する、スカートの裾がきみのズボンの上に触れ、きみの組んだ膝が彼女の両膝のあいだにある、渋面が彼女の顔の上に浮かぶのが青い暗闇のなかでもほとんど見分けがつく、雉子のもう一方の翼が閉じる、彼女はもう一度体の向きを変え、両手でピエールの肩の上によりかかりながら彼女の席まで進む、いま、彼女はそこにきちんと坐っている、頭をすこしまえに出し、そここここで電灯が壁の上にしみをつくっている青みを帯びた暗い風景を眺めている。彼女はうしろ手に扉を閉めようとはしなかった。老イタリア人が手を伸ばして把手をつかみ、しばらくはそのままだったが、また手を引っこめる。オレンジ色の光を浴びたきみの膝、隣の女の膝。

「皇帝たちとローマの神々よ、わたしはあなたがたのことを研究しはじめたではありませんか？　ローマの街々や廃墟の曲がり角で、わたしはよく、あなたがたの姿をふっと眼前にありありと描きだしたではありませんか？」

一群の顔が近づいてくる、巨大な、憎悪を浮かべた顔、まるできみは裏返しにされた一匹の昆虫に変わってしまったようだ、稲妻が彼らの顔に縞目をつけて走る、彼らの顔の皮膚が片々と剝げ落ちる。

きみの体は濡れた大地に埋まってしまった。きみの真上の空に稲妻が走りはじめていて、大きな泥の塊が落ちてきてきみを覆う。

きみの拳がオレンジ色の光のなかにある。手を腿の上にすべらせ、腕時計をワイシャツの袖口から出す。五時だ。もういくつかの窓に明りのついているあの街々はチヴィタヴェッキアの街々にちがいない。きみはきみの右側のカーテンをあげる、すると、きみの隣の古代ローマ風の女の顔が、客室内の影や彼女の黒い髪と対照をなすように、はっきりとあらわれる。

きみはもう眠れないだろう。きみは立ちあがらねばならない、スーツケースを取り、腰掛けの上に置き、それを開けてなかから洗面道具を取りだし、それからまた蓋を閉めるんだ。

この扉を大きく開けるんだ。きみの脚がよろめく。

外に出るんだ。

9

車室のなかにはいると、空気はよどんでいて暑苦しく、むっとするような匂いがする、きみの手にした白と赤の縞模様の濡れてひんやりしたナイロンの洗面具入れのなかに、ひげ剃りブラシ、剃刀《かみそり》、石鹸、剃刀の刃、化粧水《オー・ド・コローニュ》の瓶、ケースに入れた歯ブラシ、使いかけのチューブ入り歯磨、櫛《くし》がはいっている、それらをさっききみは、蛇口からぽとぽとしか水の出ないうえに栓もない小さな洗面台のそばの小机にならべたのだった。きみは顎の上に人差指をすべらせてみると、ほとんど滑らかになっているが、頸はまだざらついていて、すこし傷をつけてしまったために指先についた乾いた小さな血痕を眺める、それからきみはスーツケースの蓋を開け、洗面道具を入れてからふたつの真鍮の錠を閉める、また荷物棚の上にあげようか、それとも通路に出てローマの近づくのを待ちうけようか、と考えながら。いや、まだ三十分くらいあるはずだ、時計を見るとあと正確に二十五分。

そこできみはスーツケースを上にあげる、座席と背凭れの合わせ目の溝に本がもぐりこんでいる、パリを出発するとき買ったまま読まずに、まるできみ自身の目印のように旅行のあいだじゅうもっていた本、さっき車室を出るときにはその本のことを忘れてしまっていた、きみが眠っているうちに手からはなれ、すこしずつきみの体の下にもぐりこんでしまったのだ。

きみはそれを指でつかむ、こんなふうに考えながら、――わたしは一冊の本を書かなくてはなるまい。それがわたしにとっては、深くうがたれたこの空虚を埋める手段となるだろう、もはやほかに自由をもたぬわたし、この列車で駅まで運ばれてゆくわたし、ともかく束縛され、このレールにしたがわねばならぬこのわたしにとっては。

したがって、わたしはこれからも、スカベッリ商会でわたしには有害な仕事をつづけ、パンテオン広場十五番地に住みつづけるだろう、子供たちのために、アンリエットのために、わたし自身のために。逃げだせると思ったのは誤りだった。しかし、これからも、そうわたしにはわかっている、ローマに行くたびに、わたしはセシルに会いに行かぬわけにはいかないだろう、

まずは、彼女にはなにも言わないつもりだ、この旅行のことも話さぬつもりだ。わた

しの接吻はひどく悲しげであろうが、彼女にはその理由がわからないだろう。彼女はすこしずつ感じてゆくだろう、彼女がこれまでいつも感じていたことを、わたしたちの愛がどこかに到着するようなひとすじの道ではなく、わたしたちふたりが年を取ってゆくにつれて、その年齢の砂のなかに消えてゆく運命にあるものだということを。

マリアナ駅通過。通路の向こうはもうローマ郊外だ。

きみはあともうすこしであの透明な駅に到着するだろう、夜明けにあの駅に到着するのは美しい、別の季節だったら、この列車でその美しさが味わえるのだが。まだ暗い夜だろう、巨大なガラス窓をとおして、街灯の光や電車の青い火花がきみの眼に映るだろう。

きみは地下の有料休憩所《アルベルゴ・ディウルノ》には行かず、まっすぐスタンドバーへ行ってカフェ・ラッテを注文し、買ったばかりの新聞を読んでいるうちに、陽光があらわれ、しだいに量を増し、ゆたかになり、すこしずつ暖かくなってくることだろう。

きみがスーツケースを手にもったまま、曙《あけぼの》のなかを駅をはなれるときには（いま空はまったく清らかに澄みわたっている、月はもう見えない、きっとすばらしい秋晴れだ)、市街はふかぶかとした赤みを帯びてその姿をあらわしてくることだろう。きみはモンテ・デッラ・ファリーナ街に行くことも、クィリナーレ・ホテルに行くこともできないから、タクシーをとめて、スペイン広場のそばのボルゴニョーナ街にあるクローチェ・ディ・マルタ・ホテルへ、と命ずるだろう。

きみはセシルの部屋の鎧戸の開くのを待ちうけるために出かけることもない。彼女が家を出るのを見もしない。だから彼女はきみの姿を認めないのだ。

きみはファルネーゼ館の出口で彼女を待つこともしないだろう。きみはひとりで昼食をとる。この数日のあいだじゅう、きみはいつでもひとりで食事をするだろう。

彼女の住居のあたりを避けてきみはひとりぼっちで散歩をする、そして夜になるとひとりでホテルに戻ってきて、ひとりで眠るのだ。

そして、その部屋で、ひとりきりで、きみは一冊の本を書きはじめるだろう、セシルのいないローマ、セシルに近づくことを禁止したローマでのそれらの日々の空虚を埋めるために。

そうして月曜の夜がやってくる、予定の時刻に、予定の列車に乗るために、きみは駅

に向かうだろう、
彼女にはまったく会わぬまま。

通路の向こう側を、焔の見える大きな石油精製所や、そこの高いアルミニウム柱をまるでクリスマスツリーのように飾っている電灯が流れてゆく。

あいかわらず立ったまま、きみの座席や、パリの凱旋門の写真に向かいながら、指のあいだに本をはさみもっていると、だれかがきみの肩をたたく、きみがピエールと名づけていたあの若い夫だ。きみは腰をおろして彼を通してやろうとする、だが、彼ののぞんでいるのはそれではない。彼は腕を伸ばして、明りをつける。

するとみんなの眼が大きく開く、みんなの顔にあわただしさが浮かぶ。

彼は新妻の頭上にあるスーツケースのひとつを取って座席の上に置き、蓋を開けて洗面道具を探す。

きみはこんなふうに考える、――もしこれらのひとびとがいなかったら、もしこれらのものや写真がなかったら、どうだっただろう、わたしの考えがそれらに引っかかってしまったために、なにか思考装置のようなものができあがって、いつもの旅行とはちがうこの旅行、習慣となっている一連のわたしの日々や行動とは切りはなされたこの旅行のあいだ、わたしの存在のさまざまな領域をたがいに交錯させてしまったのだ、
もしこうした周囲の事情がまったくなかったとしたら、こんな手札《カード》を受けとらなかったとしたら、いま、わたし自身のなかで大きく口を開けている割れ目も、昨夜のうちに口を開けることはなかっただろう、わたしの幻想もまだしばらくはつづくことができただろう、
だが、その割れ目がはっきりと正体をあらわしてしまったいまとなっては、割れ目が癒着するだろうと期待することも、わたしのほうで忘れてしまうだろうと期待することも、もはやわたしには不可能だ、実際、その割れ目は、じつはそれの原因にほかならぬ洞窟、ずっとむかしからわたしの心の内部に現存している洞窟の真向かいにあるものなのであって、その洞窟をふさごうとのぞむことはわたしにはできない、その洞窟は巨大な歴史の割れ目につながったものなのだから。
わたしは自分ひとりだけを救いだそうとのぞむことはできない。わたしの日々のすべての血、すべての砂を費やしつくして、わたしの土台を強固にしようと努力してみたところで何の結果も生まれないだろう。

だから、たとえば一冊の本の力を借りて、わたしたちの手のとどかぬあの未来の自由が、どれほど脆弱にでもいい、とにかく打ち建てられ確立されるようにしてやるのだ、その本こそは、わたしがすくなくとも、その自由のすばらしくまた胸を深く揺り動かすような反映を享受することのできる唯一の可能性なのだ、

わたしたちの意識のなかで、あるいはわたしたちの無意識のなかで、ローマという名前が指示する謎に回答をあたえることも、その感嘆と難解の根源の地をたとえ大ざっぱにであれ説明することも、問題とはしないで。

ローマ・トラステーヴェレ駅通過。窓の向こうで、電灯をつけた早朝の電車が街なかで交錯している。

もう暗い夜だった、自動車のヘッドライトがパンテオン広場の濡れたアスファルトの上に反射していた。窓のそばに坐ったきみが書架から背教者ユリアヌス帝の書簡集を取りだしたとき、アンリエットがはいってきて、きみに夕食を食べるかどうかをたずねた。

「食堂車で食べるほうが好きなのを知っているだろう」

「スーツケースはベッドの上に用意してあります。わたしは台所へ行きますから」

「じゃ月曜まで」

「月曜日にはお食事の支度をして待っています。行ってらっしゃい」

きみがいそいで家を出ると、雨はやんで雲のまんなかに月が出ていた。サン＝ミシェル大通りはちょうど大学の学期始めで、さまざまな色の皮膚をした学生たちでにぎわっていた。きみの乗ったタクシーは、パリにいたローマ皇帝の宮殿だったと伝えられている廃墟の角を曲がった。

リヨン駅できみは煙草を買い、プラットホームで、夕食の第二回サーヴィスの席を予約した。きみは一等車に乗り、車室に席を占めたが、そこではすでにきみと同年輩の男が小さな葉巻をふかしていた。荷物棚の上にスーツケースと書類や資料のいっぱいつまった明るい色の革の書類カバンをのせて、そのなかから、ランス支店に関するオレンジ色の紙挟みを取りだした。

それは習慣どおりの旅行のはじまりにすぎなかったが、そのころはもう、ほとんど投げやりにではあったが、きみはパリでセシルにふさわしい職場がないものかとあちこち問い合わせていた。まだなにごとも、みごとに規制されたきみの生活の織り目を引き裂いてはいなかったが、ふたりの女性に対するきみの関係はもう危機に近づきつつあって、いまや終ろうとしているこの臨時の旅行が、その危機の結論なのだ。

列車が発車したとき、きみは通路に出ていて、窓の向こうの上弦の月と、その下にひろがる郊外の家々の屋根やガスタンクを眺めていた。


窓の向こうにはもう満月は見えない、アウレリアヌス城壁のまえには、たくさんのスクーターが集まり、近くの建物のどの階にも、もうだいぶ明りがついている。

きみがピエールと名づけていた男が、さっぱりした顔で、眼をはっきり開き、微笑を浮かべて車室にはいってくる。入れかわりに、きみがアニェスと名づけた女が、大きなハンドバッグを手にもって出て行く。きみの横の古代ローマ風の顔をした女が立ちあがり、外套をととのえ、髪をすこし直し、小さなスーツケースを下ろす。

きみは考える、——あの水曜の夜以来、このまえ平常どおりにローマに向けて出発したあのとき以来、いったいなにが起ったのか？　どんなわけですべてが変化し、いまのこんな気持をもつようになってしまったのか？

もうずいぶんまえから蓄積されていたさまざまな力が爆発してこの旅行の決意となっ

たのだが、その突然の燃焼作用はそこだけにとどまらなかった、というのも、長いあいだ温めてきた夢の実現にあたって、きみは、セシルに対するきみの愛が、ローマというあの巨大な星の徴《しるし》の下に置かれているということ、きみが彼女をパリに来させたいとのぞんでいるのは、彼女を媒介として、ローマを毎日きみの眼前に存在させたいという企図に発するということをさとらないわけにはいかなかったからなのだ。だが、きみの日常生活の営まれるパリという場に彼女が来ると、彼女はローマの媒介者としての力を失ってしまうことになる、彼女はもはや、あたりまえの女、新しいアンリエットとしてしか見えなくなり、いわば結婚生活を更新しようと思っていたのに、これまでと同じような障害があらわれてしまうことになるだろう、いや、彼女が近づけてくれるはずだったあの都市がいまや消失してしまったことをたえず思い出すために、これまでよりはさらに悪性の障害があらわれることだろう。

ところで、セシルがパリに着くやいなや、彼女が反映し凝集しているローマの光が消えてしまうとしても、それは彼女の罪ではない。罪はローマという神話それ自体にある、ローマという神話をセシルという女性において決定的なかたちで——いや結局おずおずとしたかたちであれ——具現化しようと努めるやいなや、その神話は幾多の曖昧な点をあらわし、そういうきみを咎《とが》めるのだ。「ローマの平和《パクス・ロマーナ》」へと立ち返ること、つまり、ある主要な都市を中心として全世界をひとつの帝国に組織することへのひそかな信仰によって、きみはパリにおけるきみの不満に埋め合わせをつけていた、その中心となるべき都市、それはおそらくもはやローマではなく、たとえばパリだろう。きみのあらゆる怯懦《きょうだ》をまえにしても、やがてはローマとパリというこのふたつの主題が溶け合うだろうというきみの希望のなかに、きみは自分の怯懦に対する正当化を見いだしていたのだ。セシル以外のどんな女でも、セシルの立場に立たされれば、きっとその力を失ってしまうことだろう。パリ以外のどんな都市に移ってみたところで、セシルのその力は失われてしまうことだろう。

歴史の大きな波のひとつが、こうしていまきみの意識のなかで完成しつつある、――世界がひとつの中心をもっていた、その中心とは、ただたんにプトレマイオスの言う諸天体の中央に位置する地球のことではなくて、地球の中心にあるローマのことだった、その中心がローマの崩壊以後移動し、ビザンチウムにとどまろうとし、ついで、ずっとのちになって帝政時代のパリにとどまろうとした、ローマを中心に放射状にならぶさまざまの道の影のように、フランス全土の上を鉄道がパリを中心として黒く放射状にならんでいる——こういう変転をもたらした歴史の大きな波が。

幾多の世紀のあいだヨーロッパ人のすべての夢においてきわめて強力だったローマ帝国の思い出は、こんにちの世界がわたしたちひとりひとりにとってはるかに広大なものとなり、その布置をまったく変えてしまったために、世界の未来を指示するには、いまやあまりにも不充分な形象なのである。

それゆえに、きみがそのローマ帝国の思い出をきみ自身に近づけようと個人的に試みたとき、そのイメージは破壊されてしまったのだ。それゆえに、セシルがパリに来ると、彼女はほかの女と似たりよったりの女になり、彼女を照らしていた空も暗くなってしまうのだ。

きみは言う、——その本のなかに、パリに住むある男の人生においてローマが演じうる役割を描かねばなるまい。そのふたつの都市を、ちょうど一軒の家の地階と一階のように重ねあわせて想像することができるだろう、一方の都市が地下にあり、双方をつなぐ揚げ蓋がついているが、ほんの若干のひとたちが揚げ蓋のあることを知っているだけで、それも、たぶんだれにもその揚げ蓋のすべてを知ることはできない、そのため、一方から他方に行くのに、近道や思いがけぬ曲がり角がいくつかあるかもしれないし、一方の点から他の点までの距離やそのあいだの旅程は、そのひとがもう一方の都市をどのくらい知っており、どのくらい親しいかの度合にしたがって、いろいろに変わってしまうだろう、そのあいだのどこかでどのように自分の位置を定めたところで、その位置は二重の意味をもってしまうだろう、ローマの空間が各人各様にパリの空間を多少とも変形し、さまざまな出会いを許してみたり、あるいは罠へと誘い込んだりするのだから。

きみの正面の老イタリア人が立ちあがり、大きな黒いスーツケースを重そうに下ろし、車室を出て、ついてくるように妻に手で合図する。

通路のなかを、もうたくさんの旅客が手に荷物をさげて通り、昇降口の扉のそばに集まってゆく。

ローマ・オスティエンセ駅通過、ケスティウスのピラミッドが暗闇のなかにその白い尖端をすこしのぞかせている、きみの下のほうには、ローマ・リド駅に到着する早朝の郊外電車。鉄の床暖房の上についている菱形模様は、理想的な鉄道交通網図表に似ている、埃や微細なごみが、この一昼夜のあいだに集まり、まるで床の上に象眼されているようなのをきみは眺める。

その翌日の朝、木曜日のことだ、きみはセシルの意向にしたがって、ネロ帝の黄金の家を見に行った、その前夜、きみは十二時ごろセシルをモンテ・デッラ・ファリーナ街五十六番地まで送って行ったが、そのとき彼女は、きみのまなざしにきみの欲情を感じながら、この時間ではダ・ポンテ家のひとびとがきっとまだ寝てはいないから、部屋まできみが上がりこむことはできないときみに言ったのだった、そして木曜の夜、きみは彼女の部屋で彼女と一緒に夕食を食べた、部屋に貼ってある四枚のパリの写真をきみは見ないように努めたために、きみの話ははずまなかった。

きみたちふたりがベッドにはいって電灯を消したときになって、はじめてきみは彼女に黄金の家を訪ねたときのことを話すことができた、開いた窓から月の光が射し込み、ベッドの上のふたりを照らしていた、風がすこしあり、近くの家々には電灯がともり、階下の街角をうなり声をあげて曲がって行くスクーターのライトが天井にオレンジ色のしみを投げかけた。

きみはいつものように、十二時をすこし過ぎたころ彼女と別れた。きみはクィリナーレ・ホテルに戻った。引き裂かれた糸はふたたび結ばれていた。だが、そうして傷を覆った膜はあまりにも薄く、ほんの些細な軽率さにでもたちまち剝がれそうだった。そのためきみは彼女に、ふたりのパリ滞在についてはただのひとことも触れなかった、同じ理由から翌日の金曜日にも、きみの心配に反して、ディオクレティアヌス帝の公共浴場《テルメ》跡の広場のレストランで一緒に食事をしているとき、彼女はパリ滞在についてはひとこともきみに言わなかったし、駅のプラットホームできみに別れを告げたときも、そのことはなにも言わぬまま、列車は動きだし、彼女はきみをじっと見つめながら手を振った。きみはふたたび彼女の心を手に入れたのだった。すべては消失したように思われた。きみはあのことはまったく話さなかった、そしてその沈黙ゆえに、いまになっても傷口は癒えない。その早すぎた治癒という偽りのゆえに、内部の傷に壊疽《えそ》がひろがってしまい、あの旅行のさまざまな事情のために、その衝撃や動揺やざらざらした表面のために、傷口の治癒しかけたところが剝ぎ取られてしまったいま、傷口からはげしく膿《うみ》が流れだしている。

「さようなら《アディユー》」──きみは彼女に叫んだ、彼女が顔をあげ、ほれぼれするように美しく、黒い焔のように髪をなびかせてプラットホームの上を走り、息をつまらせながら微笑んだときに。きみはそのときこう考えていた、──わたしは彼女を失ってしまったかと思ったが、また見いだした。わたしは絶壁の縁に沿って歩いていたのだ、もうけっしてあのことを話してはいけない。いま、わたしは彼女を手許に引きとめることができるだろう、わたしは彼女を所有している、と。

鉄の床暖房の上に、きみはきみの靴を見つめている、あちこちに灰色の傷のついた靴。そしていまきみの頭のなかで、あの「さようなら《アディユー》、セシル」という言葉が鳴りひびいている、希望に裏切られたきみの眼に涙がにじみ出る、きみは思う、――この愛が欺瞞だったということを、いったいどうやったら彼女にわかってもらえるだろう、どうやったらそれを許してもらえるだろう、たぶん、この本によってしかほかに方法はあるまい、彼女がその美しい姿をくっきりと浮かびあがらせて、彼女がみごとに映しだすすべを知っているあのローマの栄光に装われて、登場するはずのあの本による以外には。

ローマとパリ、このふたつの都市のあいだには、その距離、そのふたつをへだてるすべての駅々、すべての風景を保たせておくほうがいいのではあるまいか？　だが、ひとがだれでも、のぞむときに、そこを通れば一方の都市から他方の都市へと行くことができるふつうの交通路のほかに、いくつかの接触点、瞬時にして通過できる道がきっとあるのだろう、その道は、ある法則にしたがってときどき開きはする、が、その法則は、すこしずつ知ってゆくしかすべのないものなのだ。

そうして、パリのパンテオンの周囲を散歩しているその本の主人公も、いつの日か、よく知っている家の角を曲がると、期待していた街とはまったくちがう街に突然はいってしまうということができるようになるのだろう、そこにはまったくちがう光が照り、別の国の言葉で掲示が出ていて、彼はそれがイタリア語であることを認め、その掲示を見ると、

それまでとおってきた街のことを彼は想い起し、そしてすぐに、そこがローマのパンテオンのまわりの街々のひとつだということを発見するだろう、そして、彼がそこで出会うかもしれぬ女にもういちど会うためには、ローマに行きさえすればいいのだということもわかっている、金とひまさえあればいつでもだれでもローマに行くことができる、たとえば汽車に乗り、時間を費やし、中間のすべての駅を通って、

そしてまた同様に、そのローマの女もときどきパリにやって来るだろう。彼女に会うために長い旅をしてローマに着いてみると、彼女が、きっとはっきりとした意図もなかったのだろうが、彼がはなれてきたばかりの場所へ行ってしまっているということを、彼は、たとえばパリにいる友人から彼女のことを書いた手紙を受け取って知るというよ

うなことになるかもしれぬ、

そんなわけで、彼らの愛のすべての挿話は、ローマとパリの関係についての法則、彼らのひとりひとりにとって、すこしずつちがっているかもしれぬ法則によって支配されているばかりでなく、彼らがその法則についてもっている知識の度合によっても支配されるということになるのだろう。

きみがアニェスと名づけていたあの若い女、きみがなんにも、名前すら知らず、ただ顔とシラクーザというその旅の目的地しか知らぬ女が車室に戻ってきて、夫のそばに坐り、暗いアウレリアヌス城壁のまえを交錯するスクーターを眼で追っている、城壁は遠ざかり、ザマ広場の地区の、盛り土道路と建物の背後に隠れる。

列車は城壁のあいだにはいり、アッピア・ヌオヴァ街道の橋の下をくぐる。

ローマ・トゥスコラナ駅通過。ひとりの男が扉から顔をのぞかせ、そこここを眺める、まるでなにか忘れ物をしなかったかとたしかめているように(たぶん、昨夜、数時間のあいだ、きみの向かい側のいまは空いている席に坐っていた男だろう、彼のほうも闇に浸されていたし、きみのほうも悪夢に満ちた眠りに沈みこんでいたので、彼の顔さえ見ることができず、きみのかずかずの悪夢がなにかを引き裂くように展開されてゆくうちに、かずかずの疑問が懐胎され、ゆっくりと残酷に芽生えて、それが今朝のきみを引き裂いている、大きく口を開けた空虚のまえできみをとらえていたあの眩暈《めまい》と恐怖、数分後のきみの到着の瞬間から、しだいにさらにひろく深くなってゆくあの断層、その断層の固い縁、それだけがたしかなものとして残っている唯一の地盤だ、きみのこしらえあげたすべての建築物がすこしずつ呑み込まれていったあの断層の)。

きみたちがクローチェ・ディ・マルタ・ホテルに帰る途中、ローマの春の夜につつまれ、すべては新しかった。

まだ地下鉄もトロリーバスもスクーターもなく、あるものは電車と箱型のタクシーと数台の四輪馬車だけだった。

色のついた帯をしめ群れをなして歩いている老若の聖職者たちのことを、アンリエットはきみと同じく嘲笑っていた。

そのときさみが手にしていた真新しい旅行案内書《ギード・ブルー》も、その後しだいに内容が不正確になっていったものの、きみは旅行のたびごとにそれを携行していたが、セシルに会うのが習慣になってからは、彼女の旅行案内書を使うのが習慣となり、きみの旅行案内書の

ほうはパンテオン広場十五番地の窓ぎわにあるローマ関係の小さな書架にほうり込んでしまった、

きみたちはふたりとも疲れを知らなかった(朝、部屋のなかで、きみのほうはひげを剃りながら、彼女のほうは髪を直しながら、きみたちはふたりとも、イタリア語会話入門書《アシミール》の文例をなんども繰りかえし唱えていた)、

翌日、きみたちはヴァティカンへ行き、ヴァティカン市国の城壁のまわりをぐるりと歩き、商店に飾られた宗教装飾品をまえにして高笑いをして、劣悪な古代の彫像や近代の各地の王侯の贈物に満ちた回廊をさっさと駆けぬけ、

ひとびとや街々や記念建造物を眼で愛撫しながら、きみたちはふたりとも、これが第一回目のローマへの接触にすぎぬと確信していた。

そして、喜びにあふれながら歩きまわり、曲がり角のたびごとに出会う無数の黒シャツの制服を、ふたり声をあわせて静かにののしっていた数日も矢のように過ぎ、ローマにまったくふさわしくない、古くさく、みすぼらしく、けちくさいローマ終着駅から帰りの列車に乗らねばならなかった、列車ががたりと動きはじめたとき、きみは彼女にささやいた。「また来られるようになったらすぐに来ようね」

またひとり別の男が扉から顔をのぞかせ、左右を眺める(たぶん、あの若い夫の隣の座席に何時間か坐っていた男だろう)。

きみは言う、――アンリエット、おまえに約束するよ、それができるようになったら、すぐに一緒にローマに来よう、この心の動揺の波が静まり、おまえがぼくを許してくれたらすぐに。わたしたちはまだそんなに年をとってはいないだろう。

列車が停まった。きみはローマにいる、現代的なローマ終着駅のなかにいる。まだ暗い夜だ。

あの新婚夫婦のほかこの車室にいるのはきみだけだ、彼らはここでは降りず、シラクーザまで直行するのだ。

赤帽の叫び声、別の列車の汽笛、喘ぐような音、軋む音がきみに聞える。

きみは立ちあがり、外套を着て、スーツケースをもち、本を取りあげる。

いちばんいいのは、きっと、ローマとパリというふたつの都市に現実の地理的関係を保たせておき、

そしてきみの恋愛事件のもっとも決定的なこの挿話、きみの体がひとつの駅からもう

ひとつの駅へ、介在するすべての風景を通りながら移動してきたのにつれて、きみの心のなかに生み出されて行った動き、

あのなくてはならぬ、そしてまだ書かれていない本へと向かう動きを、読書という様相においてよみがえらせようと試みることだろう、そしていま、その未来の本のかたちは、きみの手ににぎられている。

通路にはだれもいない。きみはプラットホームの群衆を眺める。きみは車室《コンパルテイマン》をはなれる。

訳注

頁

六　**車室《コンパルティマン》に…**　この当時の多くの列車が（そしていまもフランス新幹線をのぞき多くが）そうなのだが、ここで主人公が乗りこんだ客車は、列車の進行方向に向かって右側に「通路」があり、その「通路」に沿って左側は、いくつもの「車室」に仕切られていて（「コンパルティマン」とは語源的に「仕切る」という意味）、「車室」のなかは、三等車の場合、扉から入って正面に窓、左右両側にそれぞれ四人掛けの座席がある。

一〇　**パンテオン**　パリのカルチエ・ラタンの中心にある記念建造物。十八世紀半ばに宗教建造物として建てられたが、大革命以後「フランスの自由時代の偉人たちの遺骨」を埋葬する場所と定められ、ヴォルテール、ルソー、ヴィクトル・ユゴーらが祀られている。建物外壁の上部にある花綱模様が美しい。

一三　**背教者ユリアヌス帝の公共浴場《テルメ》**　サン＝ジェルマン大通りとサン＝ミシェル大通りの交叉点にある古代ローマ公共浴場の廃墟。これが一説によれば背教者ユリアヌス帝の時代のものとされている。いまは、この廃墟の隣のクリュニー館に中世芸術を展示する美術館がある。なお、ユリアヌス帝は、紀元三六一年から三六三年までローマ皇帝の地位にあったが、幼時から古代ギリシア文明に親しみ、キリスト教を棄てたので「背教者」と呼ばれる。その書簡集は彼の古代ギリシア志向をよく現すものとされており、この小説の主人公の愛読書でもある。

二三　**ぶどう酒倉庫**　いまは存在せず、跡地は大学になっている。

〃　**シテ島**　パリを流れるセーヌ河の中央部分にあるふたつの島のひとつ。もうひとつはサン＝ルイ島。シテ島にノートル＝ダム大聖堂がある。

四三　**ローマ・トラステーヴェレ駅…**　鉄道は、これらのローマ郊外駅をぐるりとまわるように通過してから、ローマ市中央にあるローマ終着駅にはいってゆく。

〃　**ポルタ・マッジョーレ**　三世紀後半に建てられたローマの古い城壁につくられた門のひとつで、鉄道がローマ終着駅にはいってゆく、すぐ手前にある。

四六　**十一月十六日**　この箇所は原文では「十一月十三日」となっている。ところが、三三頁の記述で明らかなように、この物語は一九五五年のことで、一九五五年十一月十三日は、このページの記述にあるように「水曜日」ではなく「日曜日」である。フランス語の「十三」と「十六」は、とくに筆記体の場合、見誤りやすい。そこでここは誤植と判断して、また「水曜日」のほうは筋の展開の上で動かせないので、日付のほうを現実の暦にしたがって「十六日」に訂正した。

六二　**ジェズ教会**　ローマにおけるイエズス会の主教会。バロック様式の代表的教会。

〃　**サンタンドレア・デッラ・ヴァッレ教会**　ローマで、円頂《ドーム》がサン・ピエトロ大聖堂に次いで高いといわれる。内部装飾は壮麗なバロック様式。

六三　**トラステーヴェレ地区**　ローマの中心を流れるテーヴェレ河の西南地区。街の古い味わいの残る地区で、美味しいピッツェリアなどが多い。

七一 **第一級**　中等教育の第六学年のこと。ふつうは十六歳ではいる。

七五 **千フラン紙幣**　この物語の時代背景である一九五五年当時、比較的に言えば、ふつうの小説の価格は一冊二、三百フランであった。なお、この「千フラン」という表記はいわゆる「旧フラン」で、フランスでは一九六〇年に、百フランを「新一フラン」とする通貨単位の変更が行われ、物価などでは「旧フラン」と「新フラン」がしばらく並記されていた。その後、ヨーロッパ統合にともなう通貨統合が企てられ、一九九九年にヨーロッパ連合諸国に共通する帳簿貨幣として「ユーロ」が導入され、現金上でのフランとの併用期をへて、二〇〇二年にこれが決定通貨となった。

七八 **ウェルギリウス**　ローマのアウグストゥス時代、いわゆる「ラテン文学黄金時代」の最高峰に位置する詩人(前七〇―一九)。代表作は、この小説でも引かれる叙事詩『アエネーイス』、『農事詩』、『牧歌』など。なお、引用は『農事詩』より。

八〇 **モーツァルトのオペラ「魔笛」の…**　台本作者の名前はロレンツォ・ダ・ポンテ(一七四九―一八三八)。他に「フィガロの結婚」や「ドン・ジョヴァンニ」の台本も書いている。画家バッサーノ(一五一〇／一六―一五九二)の本名はジャコポ・ダ・ポンテ。

八三 **サン・ピエトロ大聖堂**　ローマのヴァティカン市国にある、ローマ教皇の支配する大聖堂。カトリックの中心であり、正面大広場はバロック芸術を代表するひとりベルニーニ(後出一〇〇頁訳注参照)の設計により、聖堂のほうはブラマンテとミケランジェロの設計による。なお、隣にヴァティカン美術館があり、ミケランジェロのシスティナ礼拝堂をはじめ、多くの美術品を所蔵している。

八四 **ナヴォナ広場**　ローマ・バロックの聖地と言われる広場。楕円形をして、中央にベルニーニの設計した「四大河の泉」と名づけられるバロック風のみごとな噴水があり、広場の西側には、天才的な建築家ボッロミーニ設計のバロック様式正面で有名なサンタニェーゼ・アル・チルコ・アゴナーレ教会もある。この広場は車の出入りが禁止されていて、ひとびとでいつもにぎわっている。なお、リストランテ・トレ・スカリーニは実在の店。

九一 **聖骸布**　十字架から下ろしたキリストの体を包み、そのかたちがついたといわれる聖遺物のこと。トリーノのサン・ジョヴァンニ大聖堂のなかの、グァリーニ作のサンタ・シンドーネ礼拝堂に収められている。

〃 **タルクィニアのフリュート吹き**　タルクィニア近くのエトルリア時代の墓の内壁に発見されたフレスコ画のなかに描かれた人物として、美術史的に有名。

九二 **石棺や…**　以下のルーヴル美術館の内部は一九五〇年代のもので、「サモトラケの勝利」のニケ像は別にして、作品の配置はいまとはすっかりちがっている。

九三 **パンニーニ**　ジョヴァンニ・パオロ・パンニーニ(一六九一―一七六五)。イタリアの画家。ここでは「三流画家」とされているが、最近いろいろな角度から注目されるようになっている。とくに、ここに挙げられた二枚の巨大な『近代ローマ風景画の画廊』と『古代ローマ風景画の画廊』は有名で、この小説のなかに名前の挙げられている古代ローマや十八世紀ローマの名所は、すべてこのふたつの絵に描かれた画廊のなかを飾る絵として描かれている。つまり、この二枚の絵は内部に多くの絵を飾った画廊を描いた《絵の絵》であり、さらに小説『心変わり』のなかで挙げられるローマの名所のすべてを含んでいるという意味で、小説のミニアチュア版、ないし小説そのものを反映するいわゆる《中心紋》の位置にある。なお、パンニーニが描き、すぐあとに出てくる版画家ピラネージが『ローマ風景』に描いたころのローマは、組織的発掘のはじまるまえで、いまとは異なった姿をしていた。

九四 **ピラネージ**　ジャンバティスタ・ピラネージ（一七二〇－一七七八）。イタリアの版画家。連作集『牢獄』と『ローマ風景』が代表作。

九六 **ボルゲーゼ美術館所蔵の…**　ティツィアーノの作品『聖愛と俗愛』のこと。この絵では石棺をあいだにはさんで、衣裳をつけた女と裸体の女が左右に描かれている。

九八 **ラマルティーヌの詩**　十九世紀ロマン派の詩人アルフォンス・ド・ラマルティーヌ（一七九〇－一八六九）は、一八一八年、エクス＝レ＝バンからの帰途、前年に女友達と一緒に住んだことのあるブールジェ湖畔にひとり立ち寄り、そのときの感興から有名な詩『湖』を書いた。

一〇〇 **ベルニーニ**　ジャン・ロレンツォ・ベルニーニ（一五九八－一六八〇）。ローマ・バロック期の最大の建築家・彫刻家。ローマのサン・ピエトロ大聖堂前の広壮な広場やナヴォナ広場の噴水「四大河の泉」は彼の設計になるものだし、ボルゲーゼ美術館には彼の彫刻の代表的な作品が多く展示されている。

一〇一 **プッサンとロラン**　ニコラ・プッサン（一五九四－一六六五）、クロード・ロラン（一六〇〇－一六八二）。フランスの絵画の実質的創始者と見なされるふたり。ともにイタリアに留学し、また友情にもむすばれた。プッサンの代表作は『アルカディアの牧人』、ロランのそれは『聖ウルスラの乗船』。ロランは海の情景を多く描いた。

一〇二 **フォロ・ロマーノ**　古代ローマの宗教上、政治上、そして商業上の中心地であった公共広場で、元老院、多くの神殿などの廃墟が残されている。なお、ここで「十七世紀における」と限定があるのは、フォロ・ロマーノの組織的・考古学的な発掘と整備がはじまったのは十八世紀後半からのことであり、それまでは多くが地に埋もれ草が生い茂っていた。なお、このフォロ・ロマーノの南にパラティーノ丘がある。

〃 **カンポ・ヴァッチーノ**　フォロ・ロマーノはローマ帝国衰退後は放置されて廃墟と化し、高所には中世に建物が建てられたが、平地のほうは草に覆われて、家畜の放牧場となり、ひとびとから「カンポ・ヴァッチーノ(牛の原っぱ)」と呼ばれた。

一〇四 **フィルター・コーヒー**　いまでこそパリのどんなカフェもエスプレッソ・コーヒーを供するが、この作品の時代背景をなす一九五五年ごろにはまだ珍しく、小さいブリキ製の円筒形のコーヒー濾過器《フィルター》にコーヒーを入れ、上からお湯を注いだものを茶碗にのせてもってきて、客はコーヒーが濾過されて茶碗にたまってから飲む、という「フィルター・コーヒー」の方式がふつうだった。

一一三 「**愛するルテチア**」　「ルテチア」はパリの古名。

一一七 **アグリッパが…神殿**　ローマのパンテオンのこと。紀元前二七年に建てられたものを、ハドリアヌス帝が再建した。「十二神に捧げた」というのはなにかの間違いで、ウェヌスなど惑星の名前につけられた七柱の神々を祀ったもの。さらに紀元六〇九年には殉教者たちに捧げるキリスト教会とされた。ナヴォナ広場から近く、いまこのなかに画家ラファエッロの墓がある。

一三〇 **『アエネーイス』** ラテン・ローマの詩人ウェルギリウスの書いたローマ建国叙事詩。トロイの落城後、英雄アエネーアスが各地を放浪し、辛苦を重ね、ついにローマを建国するまでに到る物語。なお、この小説の第三部に描かれる主人公の奇妙な夢は『アエネーイス』第一部第六歌にうたわれた冥界下りを下敷きにしている。

一三三 **チェチリア** 聖人名「チェチリア」はフランス語では「セシル」となる。

一七一 **狩猟頭《グラン・ヴヌール》** フォンテーヌブローの森に伝わる伝説で、昔、森人たちは、真黒な服装をして、帽子に赤い羽根をつけ、笛を恐ろしげに吹き鳴らし、黒い馬に乗って疾駆する狩猟頭に、ときどき出会ったと言い伝えていた。そしてこの出会いは不吉なしるしとされていた。

一七七 **カヴァルカンティ** グイド・カヴァルカンティ（一二五五頃－一三〇〇）。イタリアの詩人。いわゆる「清新体派」の代表的存在で、ダンテから『新生』を捧げられている。

一八七 **カルカソンヌ** 南部フランス、ラングドック地方の山のうえにある、城壁をめぐらせた古い都市。観光都市として有名。

二五八 **サン・パオロ教会から…サン・ロレンツォ教会へ** ここややわかりにくいが、ローマには同一の聖人に捧げられた教会が多々ある。たとえば、ここでは聖パウロ、ヨハネ、アグネス、ラウレンティウスに対してサン・パオロ・アッレ・トレ・フォンターネ教会とサン・パオロ・フオーリ・レ・ムーラ教会のふたつ、聖ジョヴァンニに捧げられた教会のごときはサン・ジョヴァンニ・イン・ラテラーノ教会のほかすくなくとも五つはあり、またサンタニェーゼ・アル・チルコ・アゴナーレ教会とサンタニェーゼ・フオーリ・レ・ムーラ教会のふたつ、聖ロレンツォに捧げられた教会はサン・ロレンツォ・フオーリ・レ・ムーラ教会ほか四つはある。だから、この一節は、だれか同一の聖人名をたよりに教会から教会へと巡礼するという意味である。

二五九 **ピエトロ・カヴァッリーニ**　ローマの画家(一二五〇—一三三〇)。モザイク画も多く描く。サンタ・マリア・イン・トラステーヴェレ教会にあるモザイク画『聖母の生涯』が代表作。

二六〇 **モーセ像**　ミケランジェロの代表作のひとつ。ローマのサン・ピエトロ・イン・ヴィンコリ教会にある。なお、このモーセ像は《父》の観念を代表するものとしてフロイトが論じている。

二六四 **クーマ**　ナポリ近郊にある古代ギリシアの最初の植民都市のひとつ。ここのアクロポリスに《巫女《シビラ》の洞窟》が口を開けており、巫女が神託を授けるとして、古代世界においてもっとも崇敬された場所。

二六五 **大教会**　「礼拝堂」とあることから、たぶんヴィットリオ・エマヌエーレ二世大通りにあるサンタンドレア・デッラ・ヴァッレ教会のこと。

二六七 **『天地創造』**　ヴァティカン美術館のシスティナ礼拝堂にあるミケランジェロの天井画の一部。

〃 **『最後の審判』**　同じくシスティナ礼拝堂の正面祭壇画。

二六八 **列柱のそばの**　正確には教会の主祭壇の左側にある、ミケランジェロ作の『十字架をかつぐキリスト』像。

三〇一 **ゼカリヤ**　旧約聖書に出てくる十二小預言者のひとり。

三一七 **彼**　ここで突然主人公を三人称「彼」で呼んでいることについては解説参照。

三一八 **コンカルノー**　フランスのブルターニュ地方にある漁港。海水浴など観光地として有名。

三二三 **洞窟**　『アエネーイス』の第一部第六歌のなかで、アエネーアスが神託を聴こうとする巫女はクーマの洞窟に住んでいるという叙述に対応する。

三三八 **父**　アエネーアスの父は死んで冥界にいる。

三三九 **竈で焼いたこのふたつの菓子**　『アエネーイス』には、巫女《シビラ》が冥界の番犬ケルベルスを眠らせるための菓子というものが出てくる。

〃 **黄金の小枝**　『アエネーイス』によれば、一本の「蔭多き樹」にひそむ「黄金の枝」を採って行けば、冥界の女王プロセルピーナに会える、という。

三四五 **パン屋エウリュサケース**　エウリュサケースはローマ共和制の末期に政府にパンを納めていた。この墓はポルタ・マッジョーレの外側のすぐ近くにあり、特殊な石灰岩でできていて、パンを焼く竈のかたちをしている。

三四六 **老人**　『アエネーイス』に出てくる冥界を流れる河アケロンと、そこで死者たちを冥界へとはこぶ渡し舟をあやつる渡守カロンを踏まえている。

三五三 **顔**　ローマの古い神ヤヌスを踏まえている。ヤヌスは門の守護神で、前後に向いたふたつの頭をもつ。

三六三 **牝狼**　狼は古代ローマの象徴的な動物。

三六四 **警察国家**　ムッソリーニ政権のファシズム時代で、黒シャツの制服に身を固めたひとびとの多かったころの話である。

三七九 **心変わり** 作品のなかで、ただ一か所、ここだけに、この小説の標題である「心変わり」“la modification”という語が使用される。(この語のふつうの意味は「変化」、「変更」であり、それに沿えばこの小説の標題は「予定変更」としてもいい。) 作品の冒頭から、すこしずつ始まっていた主人公の心境の変化が、ここではっきりと具現化するわけである。

四〇八 **『大洪水』の絵** ヴァティカン美術館のシスティナ礼拝堂にあるミケランジェロの天井画の一部である。

四二一 **「裁きの王」** 同じくミケランジェロの祭壇画『最後の審判』に描かれた像に対応する。

四二三 **「わたしはウァティカヌス、…** 古代ローマは汎神教の世界であり、あらゆるものに、また行為を細分化したものに、それをつかさどる神々がいた。以下はそうした神々の名前をアウグスティヌス『神の国』第六巻第八章および第六巻第九章に列挙されたところから抄出したものである。翻訳に関しては教文館版『アウグスティヌス著作集』の訳文および註解を参照した。

四二三 **ペルトゥンダ** 原文の Partunda は Pertunda の誤植。Pertunda は動詞 pertundere「刺しつらぬく」からつくった語なので(教文館版『アウグスティヌス著作集』の訳註による)、このあとの「プリアプス」および「ウェヌス」との関連から見ても「性行為にかかわる」神。なお、本来男性側の行為であるものを女神の役としていることを、『神の国』では「まったく不穏当なこと」だと書いている。

〃 **プリアプス** 男性性器を象徴する神。

〃 **ウェヌス**　ローマの産みの母とされる愛の女神。ただし、ここでは直前の「ペルトゥンダ」および「プリアプス」と対応して女性性器の象徴とも読める。

〃 **ユピテルとマルスとクィリヌス**　ローマの国家の三柱の主神。

四三 **ウェヌスとローマの神殿**　一三五年にハドリアヌス帝が建設した。二重の構造になっていて、それぞれが向かう方向がちがって、「ローマの神殿」のほうはフォロ・ロマーノのほうに向き、「ウェヌスの神殿」はコロセウムのほうに向いている。また、『アエネーイス』によれば、このローマ建国叙事詩の主人公アエネーアスは女神ウェヌスの息子になっている。

解　説

《ヌーヴォー・ロマン》からはなれて

一九五〇年代の半ばごろ、アラン・ロブ＝グリエ、ナタリー・サロート、クロード・シモン、そしてミシェル・ビュトールらの作家たちが小説を発表しはじめたとき、彼らの作品がいずれも、それぞれの方法意識にもとづき、それまでの小説作品と大きく変わっていて、彼ら自身もまた、それぞれに小説概念の革新を語った。さらにそれらの作品の多くが同じ出版社から刊行されたこともあって、出版ジャーナリズムは彼らの作品を《ヌーヴォー・ロマン》（「新しい小説」の意）という言葉でまとめて大いに話題にした。しかし実際は、彼らは別に党派を組んだり、マニフェストを発表したわけでもなく、その作品はそれぞれにまったくちがう質のもので、作家として志向するところもたがいに大きくちがっていた。

だから、以来半世紀もたったいまでは、彼らの作品は、発表当時のジャーナリズムの標語からはなれて、彼ら個々の作家の個々の作品として読み直されねばならない。ミシエル・ビュトールの『心変わり』は《ヌーヴォー・ロマン》という言葉からはなれて、一九五〇年代半ばというフランスの小説の変革期における、ひとつの独自な秀作として読み直されねばならない。

二人称について

この『心変わり』という小説でまず注目されるのは、主人公を二人称「きみ」――フランス語では"vous"――で呼んでいることである。おそらく小説の歴史のうえではたぶん前例のすくない(ヴァレリー・ラルボーの小説にいくらか似たものがあるらしい)この人物呼称は、実際、ひとびとの注意を惹き、この作品が一九五七年度のルノードー賞を受けたとき大きく問題視されて、ちょうどフランス文壇ジャーナリズムでにぎやかになりかけた《ヌーヴォー・ロマン》論議のなかでひとつの中心となったほどである。

一人称小説の「わたし」や三人称小説の「彼」と一見同じように、ここでは「きみ」と名づけられた人物が登場し、動いてゆく。だが、それだけではない。「わたし」や「彼」の場合とちがって、作者の背後にいる発語者から主人公が「きみ」と措定されて語られてゆく叙述を読んでゆくとき、読者は「きみ」という主人公が読者の眼前で考え、行動するのを見てゆくと同時に、ほとんどそれ以上に、読者はまるでページの向こう側から自分が「きみ」と呼びかけられているような感じがしてしまう。「きみは真鍮《しんちゅう》の溝の上に左足を置き、右肩で扉を横にすこし押してみるがうまく開《あ》かない。きみは……きみは……」――これはまるで催眠術の手法であり、読者は否応なしに「きみ」にされてしまう。あるいはそれは、裁判における論告の口調(「あのとき、あなたは……をした」等々)だとも言える。こうやってこの主人公の行動や感覚や心の動きが語られてゆくとき、読者はまるで呪文にかけられたようにして主人公の行動や感覚や心の動きに同化してしまう。たしかに小説を読むとは多少とも読者が作中人物と同化する営みにほかならないが、二人称呼称の場合、その同化の度合いは圧倒的に大きい。わたしたちはこの二人称呼称によって、たんなる読者であることから否応なしに作品世界のなかにより深くひきずりこまれてしまう。

いや、ビュトールはそうした同化作用だけを狙って二人称を採用したのではない。ビュトールは受賞当時のあるインタヴュー記事のなかで、二人称呼称についてこう語っている。

「物語がある人物の視点から語られることがぜひとも必要でした。その人物がある事態をしだいに意識してゆく過程が主題となるのですから、その人物は《わたし》と語ってはなりません。その作中人物そのひとの下部にある内的独白、一人称と三人称の中間の形式にある内的独白が、わたしに必要だった。この《きみ》という呼称のおかげで、わたしには、その人物の置かれている位置と、その人物の内部で言語が生まれてくるときの仕方のふたつを描くことが可能となるのです」(『フィガロ・リテレール』紙、一九五七年十二月七日)

とりわけ注目すべきは、「ある事態をしだいに意識してゆく過程」という言葉だろう。主人公「きみ」は「きみ」自身の眼や心に映るものによって、しだいにいわば「教育」されて、なにごとかを意識化してゆく。そういう意識化の過程そのものがこの小説を構成している。(ここでフランス語の〝vous〟が英語の〝you〟と同じく単複同形であることを言いそえておく。訳文中で「きみたち」とある部分も原文は〝vous〟である。)

といって、この作品はすべて「二人称」で語られているわけではない。第五章のなかばあたりから、「きみはこう考える」というような語句に導かれて一人称記述がときどき出現する。だいたい、この「二人称記述」の全体が一種の《内的独白》であり、そういうなかに、もうひとつの《内的独白》が出現するわけで、それだけでもこの「わたし」

の特殊性が認められるのだが、それらを詳しく見てみると、いずれもある追いつめられた状況からの「不確かなわたし」、「長い試練の果ての崩壊しかかったわたし」であることが明瞭である。すでに書いたようにこの物語では、主人公が何ごとかを意識してゆく過程を描こうという意図から「二人称呼称」が選ばれたのだが、実際は主人公の意識獲得とは、最初の決意の順次的崩壊の過程に他ならない。主人公がしだいに内的崩壊をとげてゆくときの、その崩壊から析出された、まるで悲鳴をあげているように語られた「わたし」――だいたい、二人称「きみ」はつねに潜在的に二重である。「きみ」と呼ばれている人物自身は自己を「わたし」と措定するし、「きみ」と呼びかけられた読者にも、どうしたって読者自身に他ならぬ「わたし」がいる、そういう潜在的二重性においてある「きみ」から、その崩壊過程において析出された「わたし」、――ここではそれ以上の分析を書く余裕はないことをお許しねがいたい。

しかしまたここから、この小説の第七章で主人公が突然「彼」となってしまう理由も明らかだろう。主人公は早起きをして、午前八時十分パリ＝リヨン駅発ローマ方面行きの列車の三等車室に乗りこむのだが、それまで会社の出張旅行がいつも一等車だったのにくらべ、三等車でまる一昼夜かかる旅はつらい。体の疲労と睡魔とに襲われ「虚脱状態」に陥ってしまった主人公を語るために、記述が突然二人称「きみ」から三人称「彼」に変わり、そういう状態にはいりこんだ主人公の夢が、主体を三人称の「彼」にして語られている(半眠半醒状態の夢ないし夢想は二人称で語られている)。ふつう「わたし」が「わたし」と語るためには、「わたし」は自分を「わたし」だとする側面からの作用によって支えられていなければならぬ。前に触れたここでの「わたし」はそういう側面からの支えの最小な「わたし」と言える。それがさらにすすんで、もはや自分を「わたし」だとする側面からの支えのなくなった状態、眠りや夢のなかでの主体に反省意識が絶対に介入してこないような状態——介入してくれば眼がさめる——そういう意識状態をこの作品の文脈で示すためには三人称を使うしかないだろう。

なお、この二人称呼称の効果をより高めるものとして、この作品における人物や事象のきわめて細密な描写がある。たとえば、繰り返し語られる車室内の「菱形模様のついた細長い鉄の床暖房」の細部の緻密な描写などは、主人公の見ている対象をより具体的に現前させることで、いわば主人公の意識をそれらで塗りこめてしまい、それが読者の側では二人称呼称の催眠的な作用に協力することになる。車室の描写をはじめとして、それらの多くが(一九五七年に出版されてからすくなくとも七〇年代前半くらいまでは)

「現実そのもの」、「現実に確かめうる」ものだったということも、この小説の特異性のひとつをなしているだろう。

バロック芸術

主人公レオン・デルモンは、セシル・ダルチェッラと知り合って、はじめて一緒にナヴォナ広場のレストランで昼食をともにしたとき、「彼女はきみに《すてきなところ》を見せてあげたいと言って、その日の午後じゅうきみを案内して、きみのまだ知らなかったボッロミーニ設計のすべての教会のそばを通らせてくれた」。ボッロミーニはローマ・バロックの鬼才といわれた建築家であり、そもそもナヴォナ広場という楕円形の広場自体が、その中央にもうひとりのバロック芸術の巨匠ベルニーニの設計による「四大河の泉」があり、その真向かいにボッロミーニ設計のサンタニェーゼ・アル・チルコ・アゴナーレ教会がみごとなバロック風の正面《ファサード》を見せているというバロックの聖地のようなところなのだ。

バロック芸術とはルネサンス期の宗教改革のあと、おもにカトリック教会側の支持のもとにひろまった芸術様式を言う。教会建築を中心として発達したバロック芸術は、静的な構築性よりは動性を重んじ、曲線やさまざまな装飾模様による動的な表面性を求めて、訴えかける力のつよい教会正面《ファサード》を特徴とし、また教会内部は高く天をめざすような円頂《ドーム》、化粧漆喰《スタッコ》による柱、唐草模様をはじめとするさまざまな金色の装飾模様、小天使像などによって絢爛として眩暈的な空間――天上の空間を幻視させるようなそれ――をつくりあげている。

セシルのおかげでバロック愛好家となった主人公は、パリでふと空いた時間にルーヴル美術館へ行っても、多くの名品のまえを素早く通って、十八世紀の画家パンニーニの『古代ローマ風景画の画廊』と『近代ローマ風景画の画廊』の二枚を「ほれぼれとしたまなざしで、しげしげと見つめ」る。これらはともに縦二・三×横三メートルという巨大な画面上に、たくさんの画を飾った画廊内部を描いた作品で、『古代ローマ風景画の画廊』では、描かれた画廊の壁面にはコロセウムやパンテオンやフォロ・ロマーノ内のいくつもの建物の十八世紀当時の姿を描いた画が――つまり画のなかの画として――六十以上も掲げられており、『近代ローマ風景画の画廊』ではベルニーニ設計のサン・ピエトロ大聖堂前広場をはじめとするバロック期の建築を描いた画が同じく六十ちかく画廊内の壁面に掲げられたところが描かれている。この二枚の画を「ほれぼれと」見つめる主人公は、この画をとおして、自分がセシルと一緒に訪れたローマのいろいろな建物や場所を見ているわけであり、そういう意味でこの情景は小説『心変わり』を凝縮させたような位置、小説論でいうところの《中心紋》の位置を占めていると言ってもいい。

ここで展開されるバロック建築論にも注目しておきたい。

「見るひとを幻想のなかにつれこむことを意図したローマ・バロック期の大建築家たちは、彼らの建築家としてのすばらしい記号体系、つまり透し柱の集成や快感をそそる曲線の力をかりて、たえず自分たちの眼前にあり、自分たちに屈辱感を味わわせていた古代ローマの遺跡に拮抗するモニュメントを、空間のなかに描きだし、……」（本書九三頁）

バロック建築論としてまさしく正統的なこの言葉に、一方では緻密な描写によって読者をいわば幻想のなかに連れこむようなビュトールの技法との類比を読むこともできるが、さらにこの言葉の向こう側に、わたしたちは小説家ビュトールのひとつの決意を読むことも許されるのではないか、——バルザックやトルストイたちの巨大な近代小説の圧倒的な存在感をまえにして、それに「拮抗する」ようにして、二人称呼称をはじめ、スーラを思わせる精密な断章的構成と巧妙な時間構成などの技法によって、一九五〇年代の《新しい小説》をつくりあげようとしている決意を。

神話としてのローマ

ローマという都市は、近現代の街並みのうえに、伝承としてある神話時代、古代ローマ、帝政期ローマ、ルネサンス期のローマ、そして十七―十八世紀のバロック期ローマというふうに、さまざまな層の重なった都市である。主人公はセシルと一緒に、あるときはフォロ・ロマーノを訪れて古代ローマを探り、またあるときはネロ皇帝の「黄金の家」跡を見にゆき、あちらこちらの美術館を訪ね、バロックの聖地ナヴォナ広場のレストランで好んで食事をともにし、というふうにして、この都市の魅惑にふかく浸っていった。そのようにしてローマを探ることは、《都市のなかの都市》としてのローマの魅力、超時間的・超空間的な都市の魅力へと到ろうとする試みである。だから、この作品には《ローマ観光小説》のような側面もある。まだローマを知らぬ読者は(はじめてこの小説を読んだときの訳者がそうだった)、永遠の都ローマを憧れ、すでにローマを訪れたことのある読者は、懐かしさとともにローマの魅力を再発見するだろう。

この小説は、パリからローマへと向かう旅、ローマへの接近の旅であり、その旅の過程で、主人公のさまざまな想いをとおして、《都市のなかの都市》ローマへの夢があざやかに描きだされる。セシルへの愛があるからこそローマは神話的に輝きだす。しかし、そういう夢と逆行するようにして、この旅の目的であったセシルをパリに呼びよせ、一緒に幸福な生活をはじめようとする夢が実現不可能であることが明らかになってくる。ローマはセシルをかこむ舞台装置、セシルの魅力をもっともつよく浮かびあがらせる場というだけではなかった。主人公がセシルへの愛をとおして《神話としてのローマ》を想い描くとは、ひとが真に住むことのできる都市、理解しあえる場所を求めるという欲求の現れに他ならぬ。しかしそれは、だれのなかにもひそむ、ありうべき有機的な全体性のなかに活き活きと生きたいという、結局のところ不可能な夢なのだ。

書物への接近

夢の不可能を知り、心に深く空虚をうがたれた主人公は、最後に、愛するセシルが「みごとに映しだすすべを知っているあのローマの栄光に装われて、登場するはずの、一冊の本を書かなくてはなるまい」と思う。この主人公は、羅仏対訳本でウェルギリウスの『アエネーイス』を読み、また背教者ユリアヌス帝の書簡集を愛読する教養人として設定されているが、それでもこのような筋の展開はやや唐突な感じがする。プルーストの『失われた時を求めて』の語り手＝主人公の「わたし」は早いころから作家になりたいと願い、さまざまな試みや挫折をとおして最後に「書くこと」の秘密を発見し、作家として誕生するのだが、この主人公にはそうした段階はない。『心変わり』を《作家誕生の物語》と読むのは早計だろう。

「いちばんいいのは、きっと、ローマとパリというふたつの都市に現実の地理的関係を保たせておき、

そしてきみの恋愛事件のもっとも決定的なこの挿話、きみの体がひとつの駅からもうひとつの駅へ、介在するすべての風景を通りながら移動してきたのにつれて、きみの心のなかに生み出されて行った動き、

あのなくてはならぬ、そしてまだ書かれていない本へと向かう動きを、読書という様相においてよみがえらせようと試みることだろう……」（四四九―四五〇頁）

なるほど、スカベッリ商会パリ支社長レオン・デルモンは、なかなかの教養人であるとはいえ、とてもこの「本」は書けそうにない。だがここで重要なのは、「本」が書けるかどうかという問題ではなく、「本を書く」という着想そのものである。主人公レオ

ン・デルモンはパリを出発したときの決意と計画が崩壊したばかりか、自分の「心変わり」をセシルに語ることも諦める。しかし、「夢の崩壊」をだれに語ることもできないという事態そのものを諦めきれぬときに残ったのが、「本」というかたちでみずからを他者へと開くことなのだった。「本を書く」とはぎりぎりの場での他者とのコミュニケーションへの決意に他ならぬ。

主人公はこの旅行をとおして《神話としてのローマ》への夢の崩壊に立ち会わざるをえなかった。しかし、彼の書きたいとのぞむ「本」は、ただその崩壊の過程を語るだけのものではない。ひとが真に住むことのできる都市としての、ありうべき全体性は、ついに不可能でしかありえないが、「きみ」の書こうとする「本」には、「セシルがその美しい姿をくっきりと浮かびあがらせて、彼女がみごとに映しだすすべを知っているあのローマの栄光に装われて登場するはず」であるからには、「ローマとパリというふたつの都市に現実の地理的関係を保たせて」おいたうえで、崩壊の廃墟をつらぬいて、ありうべき全体性への志向もまたそこに書きこまれるはずである。たとえ不可能であれ全体性への志向を「読書という様相においてよみがえらせる」ことが意図されているわけだ。この作品の末尾に導入された「本を書く」という主題のなかには、ある根源的な志向につらぬかれた力学がある。そして、ここにもまた「二人称」のいわば詐術がある。この「本」を書こうと考えるのは「きみ＝読者」なのだ。この「本」はこの作品を読み終わったときの「きみ＝読者」の心のなかにある。「彼（主人公）は、その書物をみごとに完成するだけの力は自分にはないとわかっている。だから彼はこう思うのです、自分ではないだれかにどうしてもその書物を書いてもらわねばならぬ、自分ひとりだけではなくさらに他のだれかにその書物を読んでもらうために、そのだれかが、そういう読書によって、国と国とをへだてる境を越えるために」

これは、ミシェル・ビュトールがこの作品の中国語訳のための序文を求められたときに書いた言葉だが、そして表面的にはこの作品が翻訳によって中国に受けいれられることをのぞんでの言葉だが、その奥には《神話としてのローマ》への夢がけっして虚しく消えはてるだけのものではない、「ローマとパリというふたつの都市に現実の地理的関係を保たせて」おいても、その境界は「本」への夢によって乗り越えられてゆくはずだという彼の祈念が秘められていよう。

訳文について

『心変わり』はただ二人称というだけではなく、じつに独特の文体で書かれている。ビュトールは、この約二十四時間のあいだの主人公の心の起伏、彼の眼に映る風景と平行する心の風景、過去の喚起や未来への予測などの持続を作品化するにあたって、意図的に精密な描写にもとづく長い文章——視線に映る車室内の様子や窓外の移動する風景、そしてそこに交錯する心の風景の移動などに即した長い文章——を、さまざまな接続詞や関係代名詞、並列や同格、繰り返しなどによって、いわば人工的につくりだした。また、一行空き、二行空きなどをたくみに使って、時間の流れ方の切り替えを示している。十数行よりなる一段落がセンテンスひとつという例はいくらでもあるばかりか、さらに彼はセンテンスとしては終わらぬまま改行し、そうやって小文字ではじまる段落がいくつもつづいて——しかもそれらの段落の最初の文字を等しくさせることによって、いわば段落ごとに頭韻を踏むようにして——ひとつの文章が二、三ページに及ぶという例もすくなくない。

こういう原文を言語構造を異にする日本語にそのまま移行させようとするのはほとんど不可能に近い。そこで訳者は主人公の内的・外的な視線の動きとその流れ方を尊重するという原則のもとに、たとえば繰り返しやダッシュを多用して、わかりにくくならずに長い訳文をつくろうとした。また段落が変わっても文章が持続していることを示すために工夫をこらしたり、頭韻風の段落の開始部分に対しては日本語の通常の語順を変えて対応したりした。それでも、原文の文体的特徴のすべてを写しきることはできなかった。翻訳という操作に不可避な欠落としてお許しねがいたい。ただ特記しておきたいのは、文章としては終止形になっているのに句点をつけず読点とした部分が多いことである。その操作によって持続感をすこしでもつくりあげようというのが訳者の意図したところだった。

著者のこと

ミシェル・ビュトールは、一九二六年、北フランスのリール近郊で生まれ、二九年に一家はパリに移住。学生のころはシュルレアリスムの影響下に詩を書いていた。大学卒業後、外地で教鞭をとり、エジプト、イギリス、スイスと任地を変えた。その間、小説『ミラノ通り』(一九五四)、『時間割』(一九五六)を刊行、この『心変わり』でルノードー賞を受け、一躍注目された。しかし彼はつづいて小説『段階』(一九六〇)を発表したあと、小説からはなれてしまう。というのも、彼は一九六〇年一月からアメリカに赴き、各地で教壇に立ったり講演をしたりして八か月ほど滞在したが、このアメリカ経験が決定的だった。渡米まえの彼は新しい小説の計画を抱き、多くのひとたちのように自分なりのアメリカ紀行を書こうと思っていたのだが、アメリカとヨーロッパとの国家構造としての決定的な相違――たとえば、同じ名前の都市があちこちの州にあったり、全米のほとんどすべての家庭が、ひとつかふたつの通信販売会社から家具から壁紙に到る多くの物品を購入していたり、各地にある同一のアイスクリームショップには、何色ものアイスクリームがずらりと並んでいたり――に、小説の計画は崩壊し、またふつうのスタイルの旅行記などとても書けないと思ったのである。ここにミシェル・ビュトールの作風の決定的な変化が起こる。

一九六二年に刊行された『モビール――アメリカ合衆国表現のための習作』は、大判三百ページ以上もの大作で、さまざまな種類の活字を使用しながら、都市の名前、断章的記述、引用などを、いわばページのうえに楽譜のように配置する方式、書物の形態そのものに働きかけたポリフォニックな方式でアメリカの全州を表現しようとした。それより前に発表された、地中海周辺についての旅行エッセー『土地の精霊』(一九五八)はふつうの形式のものだったが、『モビール』以後の彼は、彼の訪れたオーストラリア、メキシコ、日本、中国など世界各地の旅行印象を素材に、――ビュトールはおそるべき旅行家である――『モビール』と同じ大判の書物として、同じく巧緻な活字配置や複雑な断章構成にもとづく『ブーメラン』(一九七八)、『ジャイロスコープ』(一九九六)などの《土地の精霊》シリーズを刊行している。

実際ビュトールは驚くべき多作なひとで、他に評論集『演奏目録』全五冊、つくられた夢の記述である『夢の素材』全五冊、活字配置に工夫をこらした詩集『挿絵集』全四冊などがある。彼はまた長いあいだジュネーヴ大学で教えたが、そのときの講義の録音にもとづく《即興演奏》シリーズとして――彼は原則として引用のための本以外にはメモももたずに講義する――ランボー、フロベール、バルザックなどについての評論を刊行している。

近年のビュトールの活動としてとくに注目すべきは画家たちとの共同作業としての詞画集の制作である。絵画や版画への凝視は彼のなかの詩の水脈を改めて掘りおこすことになり、彼は少部数出版の薄い、しばしば豪華本である詞画集をじつにたくさん刊行した。最近はコラージュや版画など画家の作品にビュトール自身が自筆でテクストを書き入れるかたちのものが多い。絵画的形象と文学言語の相互的な滲透が彼の狙いなのである。(こうした多彩なビュトールの活動の概略は、彼がジュネーヴ大学定年のときの自分の文学活動を主題とした講義にもとづく『即興演奏——ビュトール自らを語る』(清水徹・福田育弘訳、河出書房新社刊、二〇〇三年)に読むことができる。)

『心変わり』の翻訳は、はじめ、一九五九年に河出書房新社から出版された。わたしのはじめての翻訳小説であるため、愛着もふかい。初訳を刊行したあと機会があってパリに滞在したとき、思い立って一九六八年冬にこの『心変わり』と同じ時刻の汽車に乗ってローマを訪れ(そのころは、この本にも触れられているような三等という階級は廃止されていたが、車室の様子はここに描かれているとおりだった)、この本をガイド・ブック代わりにしてローマの街を歩きまわった。リストランテ・トレ・スカリーニで「四大河の泉」を眺めながら食事をしたり、セシルの住居とされているモンテ・デッラ・ファリーナ街の建物に、ここに描かれたとおりに「パドヴァの聖アントニウス像」を見いだしたことなど忘れ得ぬ思い出である。しかし、最近またローマを訪れてみたら、ナヴォナ広場の美しさはそのままだが、リストランテ・トレ・スカリーニはすっかり様変わりして昔の魅力を失っていた。

翻訳は一九五七年ミニュイ社刊の初版本を底本とした。現行の《コレクション・ドゥブル》版は行空きが不統一で、誤植も散見される。ローマの遺跡やイタリア各地の名所についての詳細な記述のなかには、著者の勘違いと推定できるものがいくつかあるので、それらは訳文で直し、あるいは注記した。

今回岩波文庫から刊行されるにあたり、全面的に改訳をして若年時の過ちをどうやらただすことができてうれしく思っている。また、刊行について細かく気をくばり、面倒な地図の作製に努力を惜しまなかった文庫編集部の小口未散さんに感謝する。

二〇〇五年十月

清水　徹

パリ関連地図
レピュブリック
広場
ヴォルテール大通り
バスチーユ広場
ノートル=ダム
大聖堂
サン=ルイ島
オーステルリッツ橋
パリ=リヨン駅
背教者ユリアヌス帝の
公共浴場跡
パンテオン
スッフロ街
植物園
セーヌ河

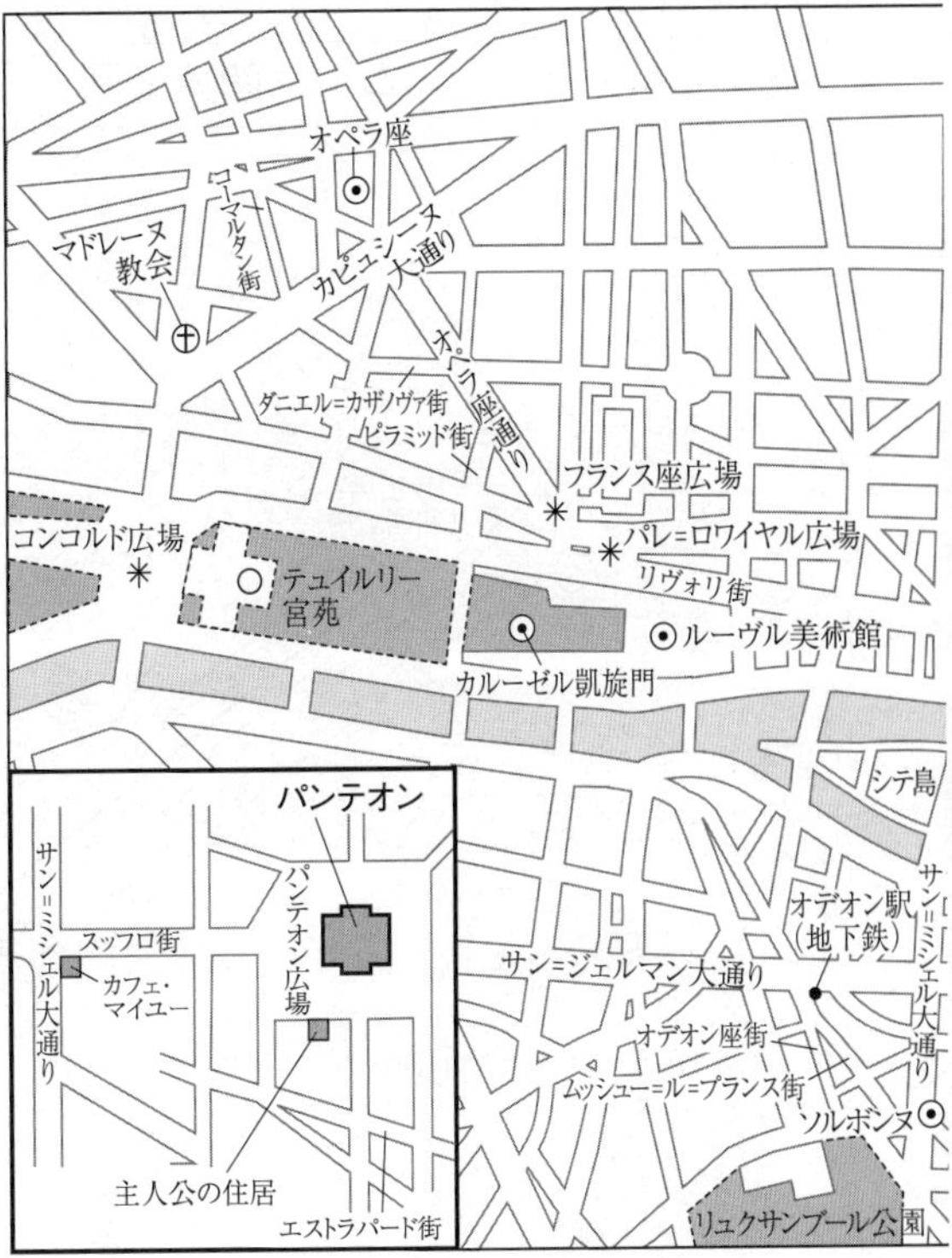

オペラ座
コーマルタン街
マドレーヌ教会
カピュシーヌ大通り
オペラ座通り
ダニエル=カザノヴァ街
ピラミッド街
フランス座広場
パレ=ロワイヤル広場
コンコルド広場
テュイルリー宮苑
リヴォリ街
ルーヴル美術館
カルーゼル凱旋門
シテ島
パンテオン
サン=ミシェル大通り
パンテオン広場
スッフロ街
カフェ・マイユー
主人公の住居
エストラパード街
オデオン駅（地下鉄）
サン=ジェルマン大通り
オデオン座街
ムッシュー=ル=プランス街
ソルボンヌ
リュクサンブール公園

ローマ関連地図
ボルゲーゼ美術館
ヴィットリオ・ヴェネト街
ディオクレティアヌス帝公共浴場跡（現・テルメ美術館）
エゼードラ広場（現・共和国広場）
オペラ座
クィリナーレ・ホテル
クィリナーレ街
ナツィオナーレ街
ローマ終着駅
ヴェネツィア広場
ヴィットリオ・エマヌエーレ二世記念堂
サン・ピエトロ・イン・ヴィンコリ教会
トリーノ丘
フォロ・ロマーノ
ネロ帝の黄金の家
ポルタ・マッジョーレ
ウェヌスとローマの神殿
コロセウム
コンスタンティヌス帝凱旋門
パラティーノ丘
カラカラ帝公共浴場跡

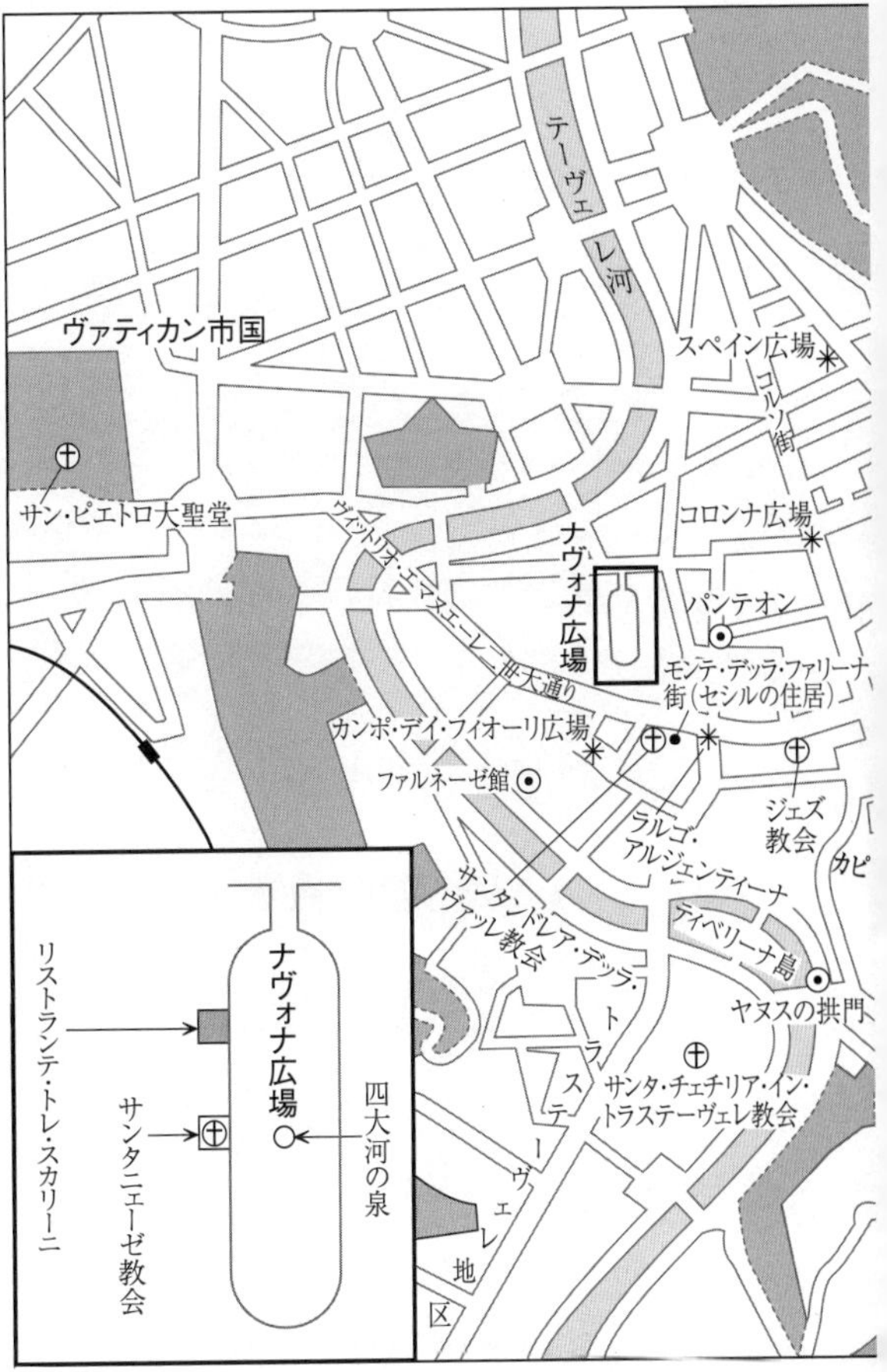

テーヴェレ河
ヴァティカン市国
スペイン広場
コルソ街
サン・ピエトロ大聖堂
ヴィットリオ・エマヌエーレ二世大通り
コロンナ広場
ナヴォナ広場
パンテオン
モンテ・デッラ・ファリーナ街(セシルの住居)
カンポ・デイ・フィオーリ広場
ファルネーゼ館
ジェズ教会
ラルゴ・アルジェンティーナ
カピ
サンタンドレア・デッラ・ヴァッレ教会
ティベリーナ島
ヤヌスの拱門
トラステーヴェレ地区
サンタ・チェチリア・イン・トラステーヴェレ教会
ナヴォナ広場
リストランテ・トレ・スカリーニ
サンタニェーゼ教会
四大河の泉

心変わり《こころが》　ミシェル・ビュトール作

2005年11月16日　第1刷発行
2021年 4 月15日　第4刷発行

訳　者　清《し》水《みず》徹《とおる》

発行者　岡本　厚

発行所　株式会社　岩波書店
〒101-8002 東京都千代田区一ツ橋 2-5-5

案内 03-5210-4000　営業部 03-5210-4111
文庫編集部 03-5210-4051
https://www.iwanami.co.jp/

印刷 製本・法令印刷　カバー・精興社

ISBN 4-00-375061-6　Printed in Japan

読書子に寄す

――岩波文庫発刊に際して――

岩波茂雄

真理は万人によって求められることを自ら欲し、芸術は万人によって愛されることを自ら望む。かつては民を愚昧ならしめるために学芸が最も狭き堂宇に閉鎖されたことがあった。今や知識と美とを特権階級の独占より奪い返すことはつねに進取的なる民衆の切実なる要求である。岩波文庫はこの要求に応じそれに励まされて生まれた。それは生命ある不朽の書を少数者の書斎と研究室とより解放して街頭にくまなく立たしめ民衆に伍せしめるであろう。近時大量生産予約出版の流行を見る。その広告宣伝の狂態はしばらくおくも、後代にのこすと誇称する全集がその編集に万全の用意をなしたるか。千古の典籍の翻訳企図に敬虔の態度を欠かざりしか。さらに分売を許さず読者を繋縛して数十冊を強うるがごとき、はたしてその揚言する学芸解放のゆえんなりや。吾人は天下の名士の声に和してこれを推挙するに躊躇するものである。このときにあたって、岩波書店は自己の責務のいよいよ重大なるを思い、従来の方針の徹底を期するため、すでに十数年以前より志して来た計画を慎重審議この際断然実行することにした。吾人は範をかのレクラム文庫にとり、古今東西にわたって文芸・哲学・社会科学・自然科学等種類のいかんを問わず、いやしくも万人の必読すべき真に古典的価値ある書をきわめて簡易なる形式において逐次刊行し、あらゆる人間に須要なる生活向上の資料、生活批判の原理を提供せんと欲する。この文庫は予約出版の方法を排したるがゆえに、読者は自己の欲する時に自己の欲する書物を各個に自由に選択することができる。携帯に便にして価格の低きを最主とするがゆえに、外観を顧みざるも内容に至っては厳選最も力を尽くし、従来の岩波出版物の特色をますます発揮せしめようとする。この計画たるや世間の一時の投機的なるものと異なり、永遠の事業として吾人は微力を傾倒し、あらゆる犠牲を忍んで今後永久に継続発展せしめ、もって文庫の使命を遺憾なく果たさしめることを期する。芸術を愛し知識を求むる士の自ら進んでこの挙に参加し、希望と忠言とを寄せられることは吾人の熱望するところである。その性質上経済的には最も困難多きこの事業にあえて当たらんとする吾人の志を諒として、その達成のため世の読書子とのうるわしき共同を期待する。

昭和二年七月

《イギリス文学》〔赤〕

- ユートピア — トマス・モア　平井正穂訳
- 完訳カンタベリー物語　全三冊 — チョーサー　桝井迪夫訳
- ヴェニスの商人 — シェイクスピア　中野好夫訳
- ジュリアス・シーザー — シェイクスピア　中野好夫訳
- 十二夜 — シェイクスピア　小津次郎訳
- ハムレット — シェイクスピア　野島秀勝訳
- オセロウ — シェイクスピア　菅泰男訳
- リア王 — シェイクスピア　野島秀勝訳
- マクベス — シェイクスピア　木下順二訳
- ソネット集 — シェイクスピア　高松雄一訳
- ロミオとジューリエット — シェイクスピア　平井正穂訳
- リチャード三世 — シェイクスピア　木下順二訳
- 対訳シェイクスピア詩集 —イギリス詩人選(1) — 柴田稔彦編
- から騒ぎ — シェイクスピア　喜志哲雄訳
- 言論・出版の自由 —アレオパジティカ　他一篇 — ミルトン　原田純訳
- 失楽園　全二冊 — ミルトン　平井正穂訳

- ロビンソン・クルーソー　全二冊 — デフォー　平井正穂訳
- ガリヴァー旅行記 — スウィフト　平井正穂訳
- ジョウゼフ・アンドルーズ　全二冊 — フィールディング　朱牟田夏雄訳
- トリストラム・シャンディ　全三冊 — ロレンス・スターン　朱牟田夏雄訳
- ウェイクフィールドの牧師 —むだばなし — ゴールドスミス　小野寺健訳
- 幸福の探求 —アビシニアの王子ラセラスの物語 — サミュエル・ジョンソン　朱牟田夏雄訳
- マンフレッド — バイロン　小川和夫訳
- 対訳ブレイク詩集 —イギリス詩人選(4) — 松島正一編
- 対訳ワーズワス詩集 —イギリス詩人選(3) — 山内久明編
- 湖の麗人 — スコット　入江直祐訳
- キプリング短篇集 — 橋本槙矩編訳
- 対訳コウルリッジ詩集 —イギリス詩人選(7) — 上島建吉編
- 高慢と偏見　全二冊 — ジェーン・オースティン　富田彬訳
- 説きふせられて — ジェーン・オースティン　富田彬訳
- ジェイン・オースティンの手紙 — 新井潤美編訳
- 対訳テニスン詩集 —イギリス詩人選(5) — 西前美巳編
- 虚栄の市　全四冊 — サッカリー　中島賢二訳

- 床屋コックスの日記・馬丁粋語録 — サッカレ　平井呈一訳
- デイヴィッド・コパフィールド　全五冊 — ディケンズ　石塚裕子訳
- ディケンズ短篇集 — 小池滋　石塚裕子訳
- 炉辺のこほろぎ — ディケンズ　本多顕彰訳
- ボズのスケッチ　短篇小説篇　全二冊 — ディケンズ　藤岡啓介訳
- アメリカ紀行　全二冊 — ディケンズ　伊藤弘之・下笠徳次・隈元貞広訳
- イタリアのおもかげ — ディケンズ　伊藤弘之・下笠徳次・隈元貞広訳
- 大いなる遺産　全二冊 — ディケンズ　石塚裕子訳
- 荒涼館　全四冊 — ディケンズ　佐々木徹訳
- 鎖を解かれたプロメテウス — シェリー　石川重俊訳
- ジェイン・エア　全二冊 — シャーロット・ブロンテ　河島弘美訳
- 嵐が丘　全二冊 — エミリー・ブロンテ　河島弘美訳
- アルプス登攀記　全二冊 — ウィンパー　浦松佐美太郎訳
- アンデス登攀記　全二冊 — ウィンパー　大貫良夫訳
- ハーディ テス　全二冊 — 井上宗次　石田英二訳
- 緑の木蔭 —和蘭派田園画 — トマス・ハーディ　阿部知二訳
- 緑の館 —熱帯林のロマンス — ハドソン　柏倉俊三訳

ジーキル博士とハイド氏	スティーヴンスン	海保眞夫訳
プリンス・オットー	スティーヴンスン	小川和夫訳
新アラビヤ夜話	スティーヴンスン	佐藤緑葉訳
南海千一夜物語	スティーヴンスン	中村徳三郎訳
若い人々のために 他十一篇	スティーヴンスン	岩田良吉訳
マーカイム・壜の小鬼 他五篇	スティーヴンソン	高松雄一 高松禎子訳
怪談 —不思議なことの物語と研究	ラフカディオ・ハーン	平井呈一訳
心 —日本の内面生活の暗示と影響	ラフカディオ・ハーン	平井呈一訳
ドリアン・グレイの肖像	オスカー・ワイルド	富士川義之訳
サロメ	ワイルド	福田恆存訳
嘘から出た誠	ワイルド	岸本一郎訳
童話集 幸福な王子 他八篇	オスカー・ワイルド	富士川義之訳
人と超人	バーナド・ショー	市川又彦訳
分らぬもんですよ	バァナード・ショウ	市川又彦訳
ヘンリ・ライクロフトの私記	ギッシング	平井正穂訳
南イタリア周遊記	ギッシング	小池滋訳
闇の奥	コンラッド	中野好夫訳

密偵	コンラッド	土岐恒二訳
コンラッド短篇集		中島賢二編訳
対訳 イエイツ詩集		高松雄一編
月と六ペンス	モーム	行方昭夫訳
人間の絆 全三冊	モーム	行方昭夫訳
サミング・アップ	モーム	行方昭夫訳
モーム短篇選 全二冊		行方昭夫編訳
アシェンデン —英国情報部員のファイル	モーム	中島賢二 岡田久雄訳
お菓子とビール	モーム	行方昭夫訳
荒地	T・S・エリオット	岩崎宗治訳
悪口学校	シェリダン	菅泰男訳
オーウェル評論集		小野寺健編訳
パリ・ロンドン放浪記	ジョージ・オーウェル	小野寺健訳
動物農場 —おとぎばなし	ジョージ・オーウェル	川端康雄訳
対訳 キーツ詩集 —イギリス詩人選(10)		宮崎雄行編
キーツ詩集		中村健二訳
阿片常用者の告白	ド・クインシー	野島秀勝訳

20世紀イギリス短篇選 全二冊		小野寺健編訳
イギリス名詩選		平井正穂編
タイム・マシン 他九篇	H・G・ウエルズ	橋本槇矩訳
トーノ・バンゲイ 全二冊	ウェルズ	中西信太郎訳
回想のブライズヘッド 全二冊	イーヴリン・ウォー	小野寺健訳
愛されたもの	イーヴリン・ウォー	中村健二 出淵博訳
イギリス民話集		河野一郎編訳
フォースター評論集		小野寺健編訳
白衣の女 全三冊	ウィルキー・コリンズ	中島賢二訳
対訳 ブラウニング詩集 —イギリス詩人選(6)		富士川義之編
灯台へ	ヴァージニア・ウルフ	御輿哲也訳
船出 全二冊	ヴァージニア・ウルフ	川西進訳
夜の来訪者	プリーストリー	安藤貞雄訳
アーネスト・ダウスン作品集		南條竹則編訳
ヘリック詩鈔		森亮訳
フランク・オコナー短篇集		阿部公彦訳
たいした問題じゃないが —イギリス・コラム傑作選		行方昭夫編訳

英国ルネサンス恋愛ソネット集　岩崎宗治編訳

文学とは何か　—現代批評理論への招待　全二冊　テリー・イーグルトン　大橋洋一訳

D・G・ロセッティ作品集　南條竹則・松村伸一編訳

真夜中の子供たち　全二冊　サルマン・ラシュディ　寺門泰彦訳

《アメリカ文学》〔赤〕

ギリシア・ローマ神話 付 インド・北欧神話　ブルフィンチ　野上弥生子訳

中世騎士物語　ブルフィンチ　野上弥生子訳

フランクリン自伝　松本慎一 西川正身訳

フランクリンの手紙　蕗沢忠枝編訳

スケッチ・ブック 全二冊　アーヴィング　齊藤昇訳

アルハンブラ物語 全二冊　アーヴィング　平沼孝之訳

ウォルター・スコット邸訪問記　アーヴィング　齊藤昇訳

ブレイスブリッジ邸　アーヴィング　齊藤昇訳

エマソン論文集 全二冊　酒本雅之訳

完訳 緋文字　ホーソーン　八木敏雄訳

哀詩 エヴァンジェリン　ロングフェロー　斎藤悦子訳

黒猫・モルグ街の殺人事件 他五篇　ポオ　中野好夫訳

対訳 ポー詩集 ―アメリカ詩人選(1)　加島祥造編

ユリイカ　ポオ　八木敏雄訳

ポオ評論集　八木敏雄編訳

森の生活 (ウォールデン) 全二冊　ソロー　飯田実訳

市民の反抗 他五篇　H・D・ソロー　飯田実訳

白鯨 全三冊　メルヴィル　八木敏雄訳

ビリー・バッド　メルヴィル　坂下昇訳

ホイットマン自選日記 全二冊　杉木喬訳

対訳 ホイットマン詩集 ―アメリカ詩人選(2)　木島始編

対訳 ディキンソン詩集 ―アメリカ詩人選(3)　亀井俊介編

不思議な少年　マーク・トウェイン　中野好夫訳

王子と乞食　マーク・トウェーン　村岡花子訳

人間とは何か　マーク・トウェイン　中野好夫訳

ハックルベリー・フィンの冒険 全二冊　マーク・トウェイン　西田実訳

いのちの半ばに　ビアス　西川正身訳

新編 悪魔の辞典　ビアス　西川正身編訳

ビアス短篇集　大津栄一郎編訳

ヘンリー・ジェイムズ短篇集　大津栄一郎編訳

あしながおじさん　ジーン・ウェブスター　遠藤寿子訳

荒野の呼び声　ジャック・ロンドン　海保眞夫訳

どん底の人びと ―ロンドン1902　ジャック・ロンドン　行方昭夫訳

ノリス 死の谷 マクティーグ 全二冊　石田英二 井上宗次訳

赤い武功章 他三篇　クレイン　西田実訳

シカゴ詩集　サンドバーグ　安藤一郎訳

熊 他三篇　フォークナー　加島祥造訳

響きと怒り 全二冊　フォークナー　平石貴樹 新納卓也訳

アブサロム、アブサロム! 全二冊　フォークナー　藤平育子訳

八月の光 全二冊　フォークナー　諏訪部浩一訳

ブラック・ボーイ ―ある幼少期の記録 全二冊　リチャード・ライト　野崎孝訳

オー・ヘンリー傑作選　大津栄一郎訳

黒人のたましい　W・E・B・デュボイス　木島始 鮫島重俊 黄寅秀訳

フィッツジェラルド短篇集　佐伯泰樹編訳

アメリカ名詩選　亀井俊介 川本皓嗣編

魔法の樽 他十二篇　マラマッド　阿部公彦訳

青白い炎　ナボコフ　富士川義之訳

風と共に去りぬ 全六冊　マーガレット・ミッチェル　荒このみ訳

対訳 フロスト詩集 ―アメリカ詩人選(4)　川本皓嗣編

とんがりモミの木の郷 他五篇　セアラ・オーン・ジュエット　河島弘美訳

岩波文庫の最新刊

揖斐高編訳

江戸漢詩選（下）

社会の変化と共に大衆化が進み、ますます多様に広がる江戸漢詩の世界。無名の町人や女性の作者も登場してくる。下巻では後期から幕末を収録。（全二冊）

〔黄二八五-二〕　本体一二〇〇円

鈴木大拙著

禅の思想

禅の古典を縦横に引きながら、大拙が自身の禅思想の第一義を存分に説く。振り仮名と訓読を大幅に追加した。（解説＝横田南嶺、解題＝小川隆）

〔青三二三-七〕　本体九七〇円

スウィフト作／深町弘三訳

奴婢訓 他一篇

召使の奉公上の処世訓が皮肉たっぷりに説かれた「奴婢訓」。他にアイルランドの貧困処理について述べた激烈な「私案」を付す。奇作二篇の味わい深い名訳を改版。

〔赤二〇九-二〕　本体五二〇円

アレクサンドラ・ダヴィッド＝ネール、アプル・ユンテン著／富樫瓔子訳

ケサル王物語
—チベットの英雄叙事詩—

古来チベットの人々に親しまれてきた一大叙事詩。神々の世界から人間界に転生したケサル王の英雄譚。（解説・訳注＝今枝由郎）

〔赤六二一-一〕　本体一一四〇円

……今月の重版再開……

川端康成作

山の音

本体八一〇円
〔緑八一-四〕

木下順二作

夕鶴・彦市ばなし 他二篇
—木下順二戯曲選Ⅱ—

本体七四〇円
〔緑一〇〇-二〕

定価は表示価格に消費税が加算されます　2021.3

岩波文庫の最新刊

カミュ作／三野博司訳
ペスト
突然のペストの襲来に抗う人びとを描き、巨大な災禍のたびに読み直される現代の古典。カミュ研究の第一人者による新訳が作品の力を蘇らせる。
〔赤N五一八-一〕 定価一三二〇円

イェンセン作／長島要一訳
王の没落
デンマークの作家イェンセンの代表作。凶暴な王クリスチャン二世と破滅的な傭兵ミッケルの運命を中心に一六世紀北欧の激動を描く。
〔赤七四六-一〕 定価一一二二円

ヘーゲル著／上妻精・佐藤康邦・山田忠彰訳
法の哲学(下)
―自然法と国家学の要綱―
一八二一年に公刊されたヘーゲルの主著。下巻は、家族から市民社会、そして国家へと進む「第三部 人倫」を収録。現代にも通じる洞見が含まれている。（全二冊）
〔青六三〇-三〕 定価一三八六円

ヴァルター・ベンヤミン著／今村仁司、三島憲一 他訳
パサージュ論(三)
夢と覚醒の弁証法的転換に、ベンヤミンは都市の現象を捉え、根源の歴史に至る可能性を見出す。思想的方法論や都市に関する諸断章を収録。（全五冊）
〔赤四六三-五〕 定価一三二〇円

……今月の重版再開……

田山花袋作
一兵卒の銃殺
定価六一六円
〔緑二一-五〕

ミシェル・ビュトール作／清水徹訳
心変わり
定価一二五四円
〔赤N五〇六-一〕